Blümen bar

Pressestimmen zu THE COCKA HOLA COMPANY

»Zwischen Etablierten und Außenseitern, Überbau und Untergrund verlaufen die Fronten. Faldbakken wirft die Frage nach der Möglichkeit des Widerstands in einer Gesellschaft auf, welche die Abweichung im Namen von Toleranz, Emanzipation und Selbstbestimmung zur Regel erhoben und das Andersartige kulturell eingemeindet hat. (...) Frech, theatralisch und hochironisch ist die Anlage von Faldbakkens Roman, er zeigt eine monströs-zynische Welt, in der kaum mehr zu entscheiden ist, wo die Grenze zwischen dem aufgeklärten und dem kritischen Bewußtsein, Intelligenz und Verblödung verläuft. (...) Die Fragen, die er aufwirft, treffen ins Herz der Gegenwart.«   *Neue Zürcher Zeitung*

»Endlich liegt nun das libertäre Gegenbuch zu Michel Houellebecqs konservativen Beziehungsfibeln vor.«   *Süddeutsche Zeitung*

»Ein Klasse-Debüt! Eine Entdeckung!«   *Nürnberger Zeitung*

»Das alles liest sich gräßlich, schauerlich, ekelhaft, grandios und unterhaltsam.«   *Frankfurter Allgemeine Sonntagszeitung*

»Es ist eine schrecklich wahre Welt, die Faldbakken skizziert.« *Style*

»Kein Buch eines frustriertes Zynikers, sondern schräg und rasend komisch.«   *Glamour*

»Wie überhaupt dieser Roman bei aller Misanthropie und Schlechtgelauntheit vor burlesker Komik fast aus den Nähten platzt.«
                    die tageszeitung

»Eine freche Parodie. Eine der interessantesten Bucherscheinungen in diesem Herbst.«   *Bayerischer Rundfunk*

»Jung und wild kommt dieser Norwegenseller daher, flott, heteromorph und streckenweise sehr lustig, läßt er sich besser weglesen als das meiste, was bedeutungsvoll als deutsche Gegenwartsliteratur dahertrabt und -wiehert.«   *Frankfurter Allgemeine Zeitung*

Das Buch

Schwarz gegen Weiß, Unten gegen Oben, Mainstream gegen Minderheit: *Macht und Rebel*, der neue Roman von Matias Faldbakken, treibt aktuelle gesellschaftliche Zustände auf die Spitze. Das Buch spielt in einer hyperrealen Gegenwart, in der sexuelle Phantasien und Vergewaltigungen, Markenprodukte und Fälschungen, Linke und Rechte zum Verwechseln ähnlich sind. Macht, ein überdrehter Unternehmensberater, arbeitet für internationale Konzerne – und ist auf Ideen aus dem Underground scharf. Rebel, ein Nihilist des 21. Jahrhunderts, gehört dem subkulturellen Milieu an – und ist genau davon angewidert. Bald treffen die beiden aufeinander; es kommt zu einem furiosen Showdown, bei dem zwei attraktive junge Mädchen im Teenageralter und Pasagen aus *Mein Kampf* eine wesentliche Rolle spielen. »Ich habe aufgehört, Drogen zu nehmen, es macht mir kein schlechtes Gewissen mehr«, sagt Rebel am Anfang des Romans. »Alles, was mir kein schlechtes Gewissen macht, erscheint mir sinnlos.«

Der Autor

Matias Faldbakken, 1973 geboren, lebt als bildender Künstler in Oslo. 2003 erschien bei Blumenbar sein aufsehenerregendes Debüt *The Cocka Hola Company*. Bühnenfassungen des Romans sind an den Münchner Kammerspielen und am Stuttgarter Staatstheater geplant; bei BMG erscheint das gleichnamige Hörbuch. Faldbakken gilt als einer der bedeutendsten Gegenwartskünstler und Schriftsteller Skandinaviens. Er repräsentierte Norwegen bei der Biennale 2005 in Venedig.

Der Übersetzer

Hinrich Schmidt-Henkel, 1959 geboren, lebt in Berlin. Übersetzt Prosa und Stücke aus dem Französischen, Norwegischen und Italienischen, zuletzt vor allem von Jean Echenoz, Michel Houellebecq, Jon Fosse. Seine von der Presse gefeierte Neuübersetzung von Louis-Ferdinand Célines *Reise ans Ende der Nacht* wurde 2004 mit der Verleihung des Paul-Celan-Preises gewürdigt.

Personen und Handlungen dieses Romans sind frei erfunden. Sollten sich bei der satirischen Darstellung gesellschaftlicher Verhältnisse Ähnlichkeiten mit der realen Welt ergeben, so bedauert der Verlag weniger die Form der Darstellung als den Zustand der realen Welt.

Matias Faldbakken

Macht und Rebel
Skandinavische Misanthropie II

Aus dem Norwegischen von
Hinrich Schmidt-Henkel

Blumenbar Verlag

»Eine wirksame und nachhaltige Abschreckung ist nur
(…) durch Maßnahmen zu erreichen, die die Angehörigen und die Bevölkerung über das Schicksal des Täters
im unklaren lassen. (…) sollen künftig die Beschuldigten
heimlich nach Deutschland gebracht werden (…). Die
abschreckende Wirkung dieser Maßnahme liegt
– im spurlosen Verschwinden der Beschuldigten
– darin, daß über ihren Verbleib und ihr Schicksal
  keinerlei Auskunft gegeben werden darf.«

Erläuterungen von Generalfeldmarschall Wilhelm Keitel,
Oberbefehlshaber der Deutschen Wehrmacht, zum »Nacht
und Nebel«-Erlass vom 7. Dezember 1941

KAPITEL I

REBEL
MITTWOCH

Ich stehe in der Kassenschlange im Supermarkt hinter einem Typen, der seine Koteletten dermaßen hoch ausrasiert hat, dass er ganz mongoloid aussieht. Fett ist er außerdem. Ich hasse ihn zutiefst. Ich hasse fette Menschen. Wenn man so aussieht, sollte man eigentlich nicht vor die Tür gehen. Der hat wahrscheinlich vorm Spiegel gestanden und gedacht: »Ist doch in Ordnung, wie ich aussehe, dann ziehe ich mir mal die Jacke an und gehe einkaufen.« Ich hätte nicht übel Lust, ihm von hinten ein paar auf seine fetten Backen zu verpassen für den ÜBERGRIFF, dass er sich der Öffentlichkeit zumutet.

Ich befinde mich bei einem – ja, wie sagen wir's? – *engagierten* Einkaufsakt. Die Salatgurke, die soeben durch die Hände der Kassiererin gleitet, wird in eineinhalb Stunden gut dreißig Zentimeter tief in meinem Hintern stecken. So lautet mein Plan. Ich bin kein Homo oder so, ich habe nur mein eigenes Gewichse dermaßen tödlich über, dass ich hier und da versuche, es mit ein paar kleinen Tricks etwas aufzupeppen. Mr. Fatso vor mir stopft eine ganze Zehnerpackung Fleischwürste in seine Einkaufstüte, und ich denke mir meinen Teil. Die Frau an der Kasse ihrerseits ist, wen überrascht's, hässlich wie die Nacht. Unbeholfen nimmt sie mein Geld entgegen, und ich muss intensiv NACHDENKEN, welchen von beiden ich mehr hasse, sie oder die fette Sau. Wie ich sehe, ist der Fette einer von der Sorte, die *akzeptiert* haben, fett zu sein. »Ich bin fett und stolz darauf.« Die Kassiererin hat etwas derart Jämmerliches und Minderwertiges an sich, dass ich nicht mal anfangen will darüber nachzudenken, wegen welcher Komplexe sie nachts heulend im Bett liegt.

Meine Prophezeiung erfüllt sich; zu Hause verschwindet die Salatgurke gut dreißig Zentimeter tief in meinem Enddarm, das ist nicht unbedingt angenehm, aber doch besser als nichts. Der Orgasmus – na ja, das ist beinahe eine Übertreibung; mir gelingt es, nach längerem Gewerkel ein bisschen Sperma rauszuquetschen – ist ungefähr genauso schmerzhaft wie die selbst zugefügte Penetration, und im Endeffekt bin ich nicht weniger stinkig als zuvor, eher mehr. Das am wenigsten inspirierende Element beim Gebrauch von – nennen wir's *Hilfsmitteln* – beim Wichsen ist ja, dass man hinterher aufräumen muss. Ich spüre noch meinen pochenden Schließmuskel, während ich mich stöhnend und ungeschickt bücke und unter der Arbeitsfläche der Küche zu schaffen mache, beide Hände im Mülleimer, beim halbherzigen Versuch, die Gurke unter einer alten Schinkenverpackung aus Plastik zu verbergen.

Alle Menschen, denen ich über den Weg laufe, hasse ich abgrundtief. Ich hasse verflucht noch mal alle. Seit kurzem hasse ich sogar *Dinge*. Und Geräusche. Das Geräusch, das mich nicht nervt, gibt es gar nicht. Ich finde alles abscheulich. Ungelogen. Meine Interessen sterben aus wie die Insassen eines Altersheims, eines nach dem anderen. Und last but not least: Ich habe mich selber und mein eigenes Gewinsel derart satt, dass ich kotzen könnte. Es ist sozusagen unmöglich geworden, auf *individuelle* Weise zu winseln. Viel zu viele Leute winseln GENAU so wie ich.

Ich rolle die drei Flyer zusammen, auf die ich meinen mühsam herausgepressten Samen vergossen habe. Auf allen dreien steht AMBUSH! Schwarze Schrift auf rotem Papier. Arolf und ich haben sie vor ein paar Monaten für Fatty gemacht. Nicht den Fettwanst aus dem Supermarkt, sondern Fatty HÖCHSTPERSÖNLICH. Fatty Frank Leiderstam. Die Flyer landen neben der Gurke im Müll.

Es ist drei Uhr nachmittags und ich bin zapplig wie ein Höllenfurz, aber außerstande, irgendetwas zu UNTERNEHMEN, also greife ich zu Hausmittel Nummer eins: Ich mache den Fernseher an, zappe ein bisschen rum und lande bei einem Interview mit einem 16-jährigen Theoretiker, der gerade erzählt, er habe zwölf neue *Assays* geschrieben – Essays aus der Arschlochperspektive. Mir wird übel und ich qualme eine Zigarette nach der anderen weg, was mich nur noch zappliger macht, und je zappliger ich werde, desto weniger Lust habe ich, etwas zu tun. Etwas auf die Beine zu stellen. Ich halte es mit mir selber nicht aus. Also warum nicht was Soziales? Denn das Soziale erlebe ich sowieso wie folgt:

MODERNE VERSION DER HÖLLE
Die Sozialhölle

Erster Höllenkreis: Kaffeetrinken mit Freunden
Zweiter Höllenkreis: In fremden Wohnungen
    schlafen
Dritter Höllenkreis: Die Eltern von Leuten treffen
Vierter Höllenkreis: Mit Leuten reden, die sich *auf-
    richtig* für das interessieren, was ich zu sagen habe
Fünfter Höllenkreis: Mit Leuten rumhängen,
    die dümmer sind als ich
Sechster Höllenkreis: Mit Leuten rumhängen,
    die schlauer sind als ich
Siebter Höllenkreis: Abendessen
Achter Höllenkreis: Abendessen zu zweit
Neunter Höllenkreis: Partys

Ich bleibe sitzen wie von der Brust abwärts gelähmt und
kann mich eineinhalb Stunden lang nicht von dem unerträglichen Anblick Gwyneth Paltrows lösen. Gwyneth
Paltrow gelingt es FAST, dass ich vor Wut anfange zu heulen, aber es gelingt ihr NICHT, mich vom Sofa hochzuscheuchen. Warum bloß? Ich finde es wahnsinnig unoriginell, hier vor Langeweile paralysiert herumzusitzen,
doch warum soll ich andererseits VERFLUCHT NOCH
MAL nicht das Recht auf Langeweile haben? Ich hasse
mich selber für meine Ohnmacht. Ich kneife mein Rektum zusammen, um es wieder auf Normalgröße zu bringen, und denke dabei, wie sehr ich tatkräftige Leute
hasse, ebenso sehr übrigens Leute, die sich zu nichts aufraffen können – irgendwie bleibt mir keine Alternative.

Anders gesagt: Ich würde mich ebenso hassen, wenn ich auf einmal den Arsch hochbekäme und rausginge, zupackend und voll jugendlichem Tatendrang, um etwas Positives zu leisten.

Ich dusche, denn ich fühle mich wie mit Darmbakterien glasiert, doch aus mysteriösen Gründen benutze ich KEINE Seife. Die Duschkabine ist eng, der Abfluss größtenteils mit Haupt- und Schamhaaren verstopft, die ich definitiv nicht entfernen werde, bevor gar kein Wasser mehr abläuft. Ich kriege heißes Wasser in den Mund, das macht mich stinkig. Mein Schwanz ist wund, das macht mich stinkig. Alles macht mich stinkig. Ich habe ein bisschen studiert, das hat mich stinkig gemacht. Ich habe ein bisschen protestiert, das hat mich stinkig gemacht. Ich war unengagiert, das hat mich stinkig gemacht. Ich habe ein bisschen gejobbt, das hat mich stinkig gemacht. Ich war arbeitslos, das hat mich stinkig gemacht. Wenn ich daran denke, was ich alles gemacht oder nicht gemacht habe, macht mich das stinkig. Und was mache ich jetzt? Vielleicht studiere ich Geschichte, vielleicht bin ich ein Performancekünstler, vielleicht jobbe ich im 7-11, vielleicht bin ich arbeitslos, vielleicht bin ich ein Aktivist, vielleicht bin ich krankgeschrieben, vielleicht bin ich pädophil und völlig auf Speed, vielleicht habe ich einen Doktor in Mikrobiologie – aber was für eine Scheißrolle spielt das hier in Skandinavien, wo alles so wunderbar funktioniert, in einer Zeit, da alle – jeder Student, jeder Loser, jeder Junkie, jeder Lohnarbeiter, jeder Staatsmann und jeder … MUSIKER – gleich denken, gleich subversiv und *on the edge* und folglich alle miteinander SCHEISSÖDE sind. Was ich mache, spielt KEINE Rolle. Was ich denke, spielt auch KEINE Rolle. Aber egal, was ich mache, ich kann beschwören: Es hat dafür gesorgt, dass ich durch und durch stinkig bin.

Ohne darüber nachzudenken, setze ich mich zum Scheißen aufs Klo, *während* dem Zähneputzen. Warum verdammt noch mal habe ich nicht vor dem Duschen geschissen?

In meinem Klo sieht es auch nicht unbedingt appetitlich aus. Im Lauf des letzten Jahres habe ich alle möglichen Sachen mit aufs Klo genommen, wahrscheinlich ist das in irgendeiner Hinsicht ein schlechtes Zeichen. Zeitungen und Papiere. Lesestoff. Auf einem Zeitungsstapel vor der Kloschüssel liegt ein anderer Flyer, den Arolf und ich vor rund einem Jahr gemacht haben. Auf dem steht SPARE ME drauf. AMBUSH! auf dem einen, SPARE ME auf dem anderen. Scheiße, was hasse ich Fatty Frank Leiderstam. Ich habe schon mehrmals zu Arolf gesagt, dass ich keinen weiteren Scheißflyer mehr für ihn machen werde, und er ist ganz meiner Meinung. Keine Flyer für Fatty. Ich erwäge, mir mit SPARE ME den Hintern abzuwischen, damit das Ding endlich zu etwas nutze ist, komme aber mit mir selbst überein, dass die Papierqualität wahrscheinlich zu schlecht ist.

Ich mache die Beine breit, drücke meinen Schwanz mit der Linken beiseite und spucke Zahncremeschaum zwischen den Schenkeln in die Schüssel, auf der ich sitze und kacke. Ich schließe die Augen, denn unter gar keinen Umständen möchte ich mir diesen Anblick zumuten. Dann das Dilemma: Breitbeinig und gekrümmt zum Waschbecken schlurfen und mir *vor dem* Abputzen den Mund ausspülen, oder die Zahnbürste zwischen die Zähne klemmen, während ich mir den Hintern wische, um dann aufrecht zum Waschbecken zu gehen. Ich entscheide mich für die zweite Alternative, obwohl es nicht unbedingt verlockend ist, im Rektum herumzumachen, den Mund voll Colgate.

Zurzeit lautet meine Weltanschauung wie folgt: Während der Westliche Westen sich von Tokio bis Los Angeles die Nille schlappwichst, wichse ich auf dem Klo, unter der Dusche, auf dem Sofa, im Autobus. Der einzige Unterschied zwischen meinem Schlappschwanz und dem des Westlichen Westens ist, dass der eine in meinem Privatleben, der andere draußen in der Welt herumhängt.

Ich grause mich davor, rauszugehen, aber ich weiß auch, dass ich einen Knall kriege, wenn ich weiter hier drin um mich selber kreise, also zwinge ich mir die Schuhe an die Füße, trödle mörderisch, gehe hin und her, weil ich denke, ich muss noch was mitnehmen, aber das ist nichts als Lüge und Selbstbetrug, ich gehe rund zehn Mal ins Bad und schaue in den Spiegel, schaffe es irgendwann aus der Tür, und als allererstes laufe ich *natürlich* meinem unerträglichen Nachbarn über den Weg. Er trägt einen College-Pullover mit der Aufschrift THE KING OF ANALINGUS, und es ist mir technisch unmöglich, nicht mit ihm im Aufzug zu landen. Das Schlimmste an meinem Nachbarn ist nicht, dass er ein liebenswürdiges und hässliches Arschloch von Musikliebhaber ist, sondern er ist so *beflissen*. So beschissen, würgreizerregend *beflissen*, und wie alle Beflissenen ist er völlig außerstande, den Wink mit dem Zaunpfahl wahrzunehmen, den ich ihm JEDES Mal gebe, wenn wir uns begegnen. Der Wink bedeutet: Sprich mich bloß nicht an und behalte deine grässliche Beflissenheit und deine grässlichen Theorien für dich! Die Aufzugtür gleitet zu.

»Hallöööchen«, sagt er, dreht sich zu mir und lächelt, was in einer Aufzugkabine von höchstens einem Quadratmeter Grundfläche an sich schon unsinnig ist. Er atmet mir ins Gesicht. Ich kann nicht antworten.

»Bist du heute genervt oder was? Hehe! Häh? Du bist doch nicht genervt? Komm schooon! Bist du GENERVT? HÄÄÄÄH?« Ich mache die Augen zu und wappne mich dafür, dass er mir gleich eine von seinen ewigen Theorien auftischt. Und da ist auch schon die Theorie des Tages:

»Weißt du, warum ich so viel übers Scheißhaus und übers Scheißen rede? Weil, nicht wahr, das Scheißhaus ist einer der letzten gemeinsamen Nenner in einer zersplitterten Gesellschaft, ja? Auf dem Scheißhaus sitzen, das ist der globale Akt, die globale Körperhaltung, etwas, was so gut wie alle Klassen, Rassen und Menschenkategorien miteinander gemein haben, in räumlicher wie zeitlicher Hinsicht. Das Scheißhaus ist der universelle kontemplative Raum. Es definiert die ›Denkzeit‹ des Durchschnittsmenschen. Rechnet man die Zeit zusammen, die normale Menschen in ihrem Leben mit ›reiner‹ Kontemplation verbringen, dann dürfte diese Zeit mit größter Wahrscheinlichkeit verdächtig nahe an der totalen Scheißhausaufenthaltsdauer liegen, ja. Wenn man das sieht, dann begreift man, dass *high* und *low*, oben und unten, *high street* und *underground* immer eine unsichtbare Affinität zueinander haben. Eine Art heimliche Zusammenarbeit. Der ›reine‹ Gedanke entsteht, wenn du dich gerade der fundamentalsten Dinge entledigst. Der fundamentalsten Stinke. Hä hä hä hä.«

Mir wird schwarz vor Augen, ich schalte nach der Hälfte der Erläuterung ab, und ich weiß verflucht nicht, was passiert ist, denn auf einmal bin ich draußen und gehe die Obergate runter, an der Halal-Metzgerei von Mamar Mohandi vorbei, bei dem, das weiß ich genau, Heroin über den Ladentisch geht, und der KING OF ANALINGUS ist weg, Gott sei gelobt und gepriesen. Ich beschließe, zu Fuß in den *Leermeister Pub* zu gehen, denn ich bringe es nicht über mich, in die Trambahn zu steigen. Fotti hat mich angerufen, bevor ich im Supermarkt war, und gesagt, dass sie gegen sechs dahin kommen würde.

»Mann, du siehst aber scheißfröhlich aus«, sagt Fotti.

»Schnauze«, sage ich.

»Was ist los?«, fragt Fotti.

»Nix, was soll los sein«, sage ich.

»Was hast du heut so gemacht?«

»Nix. Bin rumgelaufen und habe darum gewinselt, dass was passiert.«

»Und Arolf? Was macht ihr?«

»Jedes Mal, wenn wir uns treffen, *deepthroaten* wir uns gegenseitig, bis wir kotzen; Arolf hat es besonders gern, wenn ich ihm auf den Schwanz kotze, ich kriege es am liebsten auf den Sack«, sage ich. »Nein, wir sehen uns manchmal, aber wir MACHEN nichts, nein. Wir erledigen dann und wann einen Job für Fatty, aber das ist bald vorbei. Wir winseln im Duett«, sage ich.

Der Barkeeper kommt mit gebleckten Zähnen auf uns zu. Gott weiß, wie oft ich schon hier gesessen und krampfhaft überlegt habe, ob man jetzt seine Ober- oder seine Unterzähne sieht, wenn er lächelt. Er bringt uns zwei Bier.

»Iss'n das da? Sierra-Leone-Chic?«, frage ich im Versuch, ausnahmsweise mal *fresh* und lustig zu sein und deute mit gekralltem Mittelfinger (der mich sofort an eine Mini-Salatgurke erinnert, eine Gewürzgurke, eine Anusgurke für einen Zwerg oder einen kleinen Jungen) auf die Verbände an Fottis Handgelenken. »Bist du endlich zur Besinnung gekommen und hast versucht, uns zu verlassen?«

»Einer von den Jungs im Job hat mich umgeschmissen«, sagt Fotti. »Sie haben sich um einen McPork-Burger gekloppt, und der eine hat mich umgeschubst und in die Rippen getreten, als ich versucht hab, sie zu trennen. Beide Handgelenke verstaucht. Die sind echt so was von stark und haben nicht die geringste mentale Bremse, diese Kids«, antwortet Fotti und zieht den Pullover hoch, um mir ihren bandagierten Brustkorb zu zeigen. Ich hebe die Hand und wende mich ab, zum Zeichen, dass ich momentan NICHT am Anblick nackter Haut interessiert bin.

»Mit so einer Gang zu McDonald's gehen, heißt um Anarchie und Gewalt BETTELN«, sagt sie.

Ich mag nichts mehr essen, so im Großen und Ganzen, wobei ich erwähnen sollte, dass ich, wenn ich unbedingt essen *müsste*, Junkfood essen würde, aber auf Junkfood habe ich noch weniger Scheißlust als auf sonst was, und ich weiß verdammt auch, warum. Ich esse eher gekochten Dorsch als Junkfood. Das ist ziemlich grässlich, denn ich würde lieber Junkfood essen als gekochten Dorsch. Ich kann mich dazu zwingen, zu tun, was ich will, doch offensichtlich nicht dazu, zu wollen, was ich will.

»Wie alt sind die Kids?«, frage ich.
»So dreizehn, vierzehn, fünfzehn«, sagt Fotti.
»Jungs und Mädchen?«
»Ja.«
»Alles Problemfälle?«
»Ja, genau wie du«, sagt Fotti.
Sie weiß, dass das nicht stimmt. Ich bin höflich. Ich bin derart beschissen wohlerzogen, dass man sich übergeben möchte. Alles in meinem Leben ist zutiefst kotzharmonisch.
»Damit ist aber bald Schluss«, sage ich. Wir trinken das Bier aus und gehen auseinander. Fotti sagt, sie will noch ins TESCO.

Es scheint technisch unmöglich zu sein, länger als zehn Minuten trockene Füße zu behalten. Was zum Teufel denken die sich eigentlich bei NIKE? Poren. Die müssen anfangen, Schuhe mit Poren zu machen. Schon mal was von Poren gehört? Versucht haben sie's vielleicht, möglich, aber hinbekommen haben sie's nicht. Die Schuhe MÜSSEN verdammt noch mal atmen können, wenn sie brauchbar sein sollen. NIKE sitzt auf dem größten Geldhaufen der Welt und verfügt über Heerscharen von indonesischen Kindergartenkindern als Arbeitskräfte, trotzdem bringen die keine Schuhe zustande, die ATMEN! Fußschweiß? Problem Nummer eins? Nein, haben wir leider nicht lösen können. NIKE *Gothic*: keine Poren.

Shady-NIKE: keine Poren. NIKE *Proffensive*: Leider, leider – keine Poren.

So laufe ich mit nassen Füßen weiter und sehe möglichst zu Boden, um jeden Augenkontakt mit den vielen Dutzend anderer Menschen zu vermeiden, die GENAU so herumlaufen wie ich. Ich kann nichts dafür, aber mich befällt jedes Mal akute Niedergeschlagenheit, wenn ich feststelle, dass es MILLIONEN Leute gibt, die genau so herumlaufen wie ich, die genau so denken wie ich und unter Garantie stinksauer werden, wenn sie Typen wie mich sehen – genau wie ich, wenn ich sie sehe. Wäre ich Kommandant von Bergen-Belsen, dann würde ich meinen eigenen TYPUS, nicht meine Rasse, sondern meinen eigenen scheißöden MenschenTYPUS als ersten in die Gaskammern schicken.

»Hallo, hier ist Fotti.«

»Wie, wir haben doch eben…«

»Ich hab nur gedacht, vielleicht hast du ja Lust, nächsten Freitag mit mir und den Problemkids picknicken zu gehen? Wenn du dich so für sie interessierst?«

»Interessieren? Picknick – pfui bäh. Wenn das nicht die Problemkids wären, würde ich nein sagen. Ja.«

»… und so ein Meckerpott, wie du bist, freundest du dich vielleicht sogar mit ein, zwei von ihnen an …«

»Wer im Glashaus sitzt, sollte schön aufpassen, Miss Missvergnügt, ja? Miss Missmut, ja?«, sage ich, und sofort wird mir übel angesichts meiner bemühten Wortspiele.

Ich mag nicht mal mehr vom Krieg fantasieren. Lange dachte ich, das wäre der einzige Ausweg. Dem Krieg eine

Chance zu geben. Weil Todesangst und Not und die grausamste Form von tyrannischer Unterdrückung das Einzige wäre, was den Leuten echte Wertvorstellungen vermitteln könnte. Oft habe ich mir gewünscht, wie ein räudiger Hund unter der Knute von fetten, uniformierten Kommandanten in grauen, tristen Konzentrationslagern zu winseln. In der Fantasie habe ich, vollgepumpt mit Methamphetamin und Kampfkokain, und allen möglichen Kriegsdrogen fremden Rassen und Menschen die unmenschlichsten Dinge angetan. Ich habe von unbegreiflich avancierter Flugzeugtechnologie und perfekten ballistischen Bahnen geträumt, von Zielen, die mit mathematischer Präzision getroffen werden, von Hass, so glühend, dass er glücklich macht. In meinen feuchten Träumen wurde meine Familie verschleppt und gemeuchelt, für mich der Freibrief, wie ein kranker Teufel zu morden und zu metzeln und mit Blut an Kirchen und Grabsteine und Entbindungskliniken zu schreiben: »Der liebste Platz, den ich auf Erden hab, das ist die Rasenbank am Elterngrab.« Ich kann kaum glauben, dass ich diese Fantasien über bekommen habe. Synagogen und Moscheen abzufackeln, schwangeren Müttern und kleinen Feindeskindern mit dünnen Dolchen den Bauch aufzuschlitzen, die Schweinehunde zu zwingen, sich gegenseitig kreuz und quer zu vergewaltigen, Gefängnisse zu öffnen und die Gefangenen freizulassen – oder die ganze Bande hinzurichten, ganz nach Lust und Laune –, Regierungen zu stürzen, Fernsehsender zu verbieten, die Presse zu zensieren, stolze ideologische Führer und abstoßende, nach Kohlrabi stinkende intellektuelle Pazifisten zu misshandeln. Oder ausgeklügelte Technologien zu erfinden, wie man möglichst rasch möglichst viele feige Zivilisten umbringen könnte. Und sich auszudenken, wie man sie dann beiseite schafft: Es ist kein Kinderspiel, wenn nicht nur ein paar tote Viecher, sondern zehn- und hunderttausende herumliegen und verwesen. Da heißt es rationell denken. Bis vor sehr kurzer Zeit noch lag ich im Bett und fantasierte, wie andere mir bodenloses Leid und Unglück zufügten und wie ich anderen bodenloses Leid und Unglück zufügte, aber das habe ich aufgegeben. Derlei Fantasien sind ganz sicher gesund, aber ich habe sie satt.

Nur um es zu erwähnen, auch die Fantasien, in denen ich kleine Mädchen und Jungen sexuell missbrauche, haben sich gelegt. Bei der Vorstellung, Zehnjährigen, Siebenjährigen, Fünfjährigen allerlei Dinge in allerlei Körperöffnungen zu stecken, wird mir nicht mehr schlecht. Was ist schlimmer als sexuelle Gewalt und Machtmissbrauch, schlimmer als eine ausgeklügelte, kaltblütige Kombination von beidem? Als ausgiebige sexuelle, körperliche und psychische Schändung von unschuldigen Kindern? Mir will einfach nichts einfallen, und das beunruhigt mich. Es MUSS doch noch etwas Schlimmeres geben?

Fotti ruft noch einmal an und teilt mir mit, wo und wann ich mich übermorgen zu diesem Picknick einzufinden habe. Sie sagt, sie sitzt im TESCO, und vielleicht habe ich ja Lust nachzukommen? Ich lehne ab, erwäge, Arolf anzurufen – was bedeuten würde, dass ich zu ihm hoch und bis morgen früh um fünf da rumsitzen müsste – oder nach Hause zu gehen und zu schlafen, um der schlechten Gesellschaft zu entgehen, die ich mir selber bin. Nichts davon ist eine befriedigende Aussicht, aber ich entscheide mich für die zweite Alternative. Oben bei Arolf wäre es sicherlich unterhaltsamer als zu Hause mit der Salatgurke, aber der Serotoninspiegel in meinem Gehirn ist so niedrig, dass ich ernsthaft befürchten müsste, den letzten Rest auch noch zu verbrauchen.

Apropos Serotonin – der Restspiegel sackt abrupt in den Keller, denn auf der Straße kommt mir jetzt ausgerechnet Sören Martinsen entgegen. Er schiebt sich die Brille auf der Nase zurecht, als er mich sieht, und hebt die Hand zum Gruße.

»Hallo, Rebel!«, sagt er mit seiner abgeschmackten Intellellenstimme.

»Tach auch«, sage ich und hoffe bei Gott, dass das Gespräch nicht auf Fatty kommt. Martinsen ist nämlich einer von Fatty Frank Leiderstams engsten Mitarbeitern und trägt selbstverständlich ein bei Fattys Label PUSH produziertes *counterfeit-brand*-T-Shirt, mit dem Aufdruck:

Mich schaudert es.

»Mann, Rebel, grad hab ich Remmy Bleckner getroffen, der hat sich vielleicht benommen ... Keine Ahnung, was mit dem los ist. Okay, er hat schwer was zu sagen in der Szene und alles, aber wirklich ... eine geschlagene Stunde lang meinen britischen Freund mit Fäkalwitzen einzudecken, quer durchs Lokal, das ist vielleicht ein bisschen übertrieben ...«

»Ja«, sage ich.

»Ich begreife nicht, warum Frank ihn bei PUSH behält.«

»Nein«, sage ich.

»Mein britischer Freund hat das auch nicht begreifen können. So kann man sich doch in einer Kulturnation nicht aufführen.«

»Nein«, sage ich.

Sören Martinsen hatte seinerzeit mal einen wilden, halb-akademischen Fetisch-Job bei *Bwittish Ahndersgraund* und *Bwittish Caunta-Culcha*, ein gutes Sprungbrett in Sachen Karriere: Erst hat er sich einen Job als Katalogschreiber für die Galerie HELLEVEN 747 in Manchester erwinselt, und nach ein paar Halbjahren eifriger Vernissagebesuche hat er sich einen Job als Schreiber für das *R_T_S Magazine* erbettelt, entgegen allen Erwartungen. Vielleicht hatte der verantwortliche Redakteur ja irgend so ein verschrobenes Neunziger-Jahre-Skandinavien-Bild, à la neu und exotisch oder so. Immerhin ging es Martinsen auf, dass er sich einen neuen Stil zulegen musste, denn jetzt sollte er für ein kritisches, waches Londoner Publikum schreiben und nicht mehr für schlappe Skandinavier. Und wild inspiriert von Steven Wells, widmete er sich gleich in seinem ersten Artikel, einer Musik-Kritik, dem Londoner Auftritt der norwegischen Gruppe Dollie de Luxe, einer Veranstaltung mit

dem Titel *Which Witch*, weil er darin irgendeinen »iro-
nischen Dreh« sehen wollte, zweitens gelang ihm der
folgende nicht im engeren Sinne leserfreundliche Eröff-
nungssatz, dessen Entwurf ihn drittens fünfunddreißig
Minuten kostete, und er kostete ihn viertens den Job bei
dem Blatt, und zwar noch selbigen Tages:

Switch it
    By Sören Martinsen
    *»Which Witch« with which »the bitch« (Bjørnov) and
*»the litch« (Adrian) wished to switch the rich British posh-
kitsch into a lush niche-opera Frenchie-quiche-sandwitch-
dish with Norwegian »fish« in it, by making a career-hitch
(hike), with the stiched up itchy-bitch named Trish Tha
Cleavedge – the privileged bridge-playing dyke married to
Mike Mitch with a Lucky Strike-fetish, who came to like
Shish Kebab during Rehab in The Lichfab Rehab Lab because of the arab lad who you'd wish he had a slightly less
sad start to the bad smelling fart he called his life, which
made him ultimately mess up his wife with a dull kitchen
knife and a blowtorch which brought him the force to the
ironporch in a Porsche as red as the color of his head which
is now led back from the dead, although 24–7 in bed.*

Das war nun eine ausgemachte Peinlichkeit, natürlich besonders für Sören Martinsen selbst, aber ebenso für den
Teil der Menschheit, der als Muttersprache Englisch
spricht. Nicht nur, dass der verkackte Artikel Schande
über die gesamte *R_T_S*-Redaktion brachte, Mike Mitch,
der Musikproduzent, zerrte die Zeitschrift auch noch vor
Gericht, weil hier Details seines Entzugs öffentlich ge-

macht wurden, und schon war Martinsens Karriere als Musikkritiker in Großbritannien Geschichte. Martinsen war stinkbeleidigt und begann, über die britische Snobkultur herzuziehen – wohlgemerkt ohne den Akzent loswerden zu können, den er sich so mühsam zugelegt hatte. Er schielte nach Amerika rüber und probierte eine Reihe Strategien aus, bevor er die endgültige Strategie entwarf, die ein paar Jahre später Fattys fettem Hirn so imponieren sollte. Was für eine Strategie? Er beschloss, sich »irgendwas zu widmen, das autonomer ist als die beschissene Zeitschriften-Hurerei«, und endete – Überraschung! – als Buchautor. Ojoj! Erst beschloss er, ein literarischer Eddie Murphy zu werden, dann, als er die Begeisterung für das subversive Potenzial der Stand-Up-Comedy überwunden hatte, kam er auf die Idee, es als literarischer Tarantino zu versuchen, das wäre doch der Bringer. Danach kam dann nur noch in Frage, ein literarischer Eminem zu werden, ein literarischer Oberklasse-Eminem wohlgemerkt, denn, ja, klassenmäßig gesehen ist Martinsen eine Promenadenmischung; seine Eltern sind Alkoholi-Akademiker … egal; als diese Idee erschöpft war, ging ihm folgende Tatsache auf: Ein Autor, egal ob von Belletristik oder Sachprosa, sollte möglichst eine Bibliographie voller COOLER TITEL vorweisen können. Das ist viel, viel wichtiger als der Inhalt. »Spar bloß keinen Pfeffer bei den Titeln, das wäre, als würdest du deine Uhr anhalten, um Zeit zu sparen«, schrie er sein Bild im Badezimmerspiegel an, um sich selber zu peppen und sein mickriges Autoren-Selbstvertrauen zu *boosten*. Darum starrt seine Bibliographie vor lauter dünnen, dämlichen Büchern mit Titeln wie:

BELLETRISTIK:
HERPES NATION
BLACK MAN ON DRUGS
WITHIN EVIL
A SHAMELESS SELF-PROMOTER
HE WAS A RUNNER
ADULTS IN HOUSES
WHAT PARTS OF ¥€$ DON'T YOU UNDERSTAND?!?
JAKE ONDOM, THE MAN WHO MOVED TO IBIZA

SACHPROSA:
®EBELLION ®IOT ®ESISTANCE: COMMERCIAL
    WHITEWASHING OF THE UNDERGROUND
NATIONAL AN™: THE CORPORATE PIMP AKA THE
    NATIONAL STATE (SLUT)
THE TOMORROW SHOW: THE RISE AND RISE OF
    TALKSHOW DICTATORSHIP
POWERDOPE: COCAINE'S INFLUENCE ON WHITE
    MANAGEMENT CULTURE
EVIL SUNDAY: AN ACCOUNT OF THE WEEKLY
    PORTIONING OF DOMESTIC VIOLENCE
FIGHT CUBE: THE 20TH CENTURY BATTLE OF THE
    WHITE CUBE
FUNK FOOD: WHAT'S WRONG WITH JUNK FOOD?
CURSOR CURSE: WRITER'S BLOCK THANKS TO
    MICROSOFT CORP.
DIE KUNST DER KARRIERE: THE SPIRITUAL DESCENT OF
    THE CAREER-ART OF THE NEW MILLENNIUM
HARDCOVER HARDCORE: THE PORNOGRAPHIZATION OF
    THE COFFEE TABLE BOOK
THE RACE RACE: A HISTORY OF CAREERIST RACISM

RAPUCCINO: THE DESCENT OF FINE ITALIAN RAP INTO CRAPUCCINO.

Diese Titelliste also imponierte Fatty derart, dass er Martinsen für die Mitarbeit bei PUSH gewann, als ... ja, als was nun ... heute ist er jedenfalls »Logistiker« und Propagandaminister. Der Underground verlangt keine Kompetenzen, nur den Willen zum Stinkefinger (*Wille zur Sourballness*), und wenn man nur stinkig genug ist, kriegt man »da unten« jeden Job, den man will. Fatty und Martinsen haben nicht viele Gemeinsamkeiten außer dem Interesse an »Widerstand« und an kultureller *youngness* und *freshness*. Man könnte in diesem Satz auch »kulturell« durch »sexuell« ersetzen, denn, um die Wahrheit zu sagen, träumen sowohl Sören Martinsen als auch Fatty oft von einem Ort, den es nicht gibt, nämlich einer Welt voller kleiner Teenie-*hardbodies*, die willig sind, alles – wirklich *was auch immer* – zu tun, um morgens neben einem intellektuellen Schwergewicht (von 37 Jahren) aufzuwachen. Aber hier und da ist die Welt doch gerecht; weil Sören Martinsen mehrmals geäußert hat, er habe ein »Problem mit der Sprache«, hat das Schicksal einen auf ewig unüberwindlichen Abstand zwischen ihm und den *hardbody*-Teenies dieser Welt errichtet.

»Wie ich höre, macht ihr zurzeit das eine oder andere für Frank, Arolf und du«, sagt Sören.

»Mmmm«, sage ich.

»Und was genau? NIKE-Sachen?«

»Mmmm«, sage ich.

»Da läuft ja zurzeit so einiges. Die Jungs, die den NIKE-Chef in den Wald geschleppt haben, haben ja jede Menge Aufmerksamkeit erregt. Was haben die noch mal gemacht?«

»Ihn gezwungen, ihnen die Füße mit Fußpilzsalbe einzuschmieren. Sie hatten zu viele NIKES getragen und alle Fußpilz gekriegt.«

»He-he-he.« Martinsen lacht sein neunmalkluges Akademikerlachen.

Ich wäre ja glücklich, vergessen zu können, aber ich habe aufgehört, Drogen zu nehmen. Es macht mir kein schlechtes Gewissen mehr. Alles, was mir kein schlechtes Gewissen macht, erscheint mir sinnlos. Und Dope bringt mich nicht mehr vor noch zurück.

»Du hast nicht vielleicht was zu verkaufen, Rebel?«, fragt Martinsen. Er ist der straighteste Typ, den ich kenne, absolut wie ein Familienvater, und ich WEISS, dass sein Dope-Verbrauch jämmerlich gering ist. Trotzdem hält er es sozusagen für ein *Must* zu fragen. Ich erfinde irgendeine Ausrede und gehe nach Hause. Im Fernsehen gerate ich an eine Sendung über das abweichende Sexualverhalten von Problemkindern. Das ist der erste Doku-Film, der mich JEMALS interessiert hat. Jetzt hege ich bezüglich des Picknicks am Freitag hohe Erwartungen. Der Sprecher sagt unter anderem:

Nicht selten entwickeln junge Menschen, die ein problematisches Verhältnis zu Konventionen haben, auch ein unkonventionelles Verhältnis zu sexuellen Normen, etwas, das für

»normale« Menschen meist eine unüberwindliche Barriere darstellt.

Ungewöhnlich starke sexuelle Aktivität von schwer erziehbaren Jugendlichen ist oft als Symptom für tiefer gehende Persönlichkeitsstörungen anzusehen.

Schwer erziehbare Kinder und Jugendliche sind gegenüber Machtstrukturen und Autoritäten in der Regel hellwach – oder übersensibel – und widersetzen sich ihnen daher. Oft stellen sie fest, dass sich Sexualität in diesem Zusammenhang als destruktives Machtmittel einsetzen lässt.

Übertriebene geschlechtliche Aktivität bei schwer Erziehbaren kann oft als eine Reaktion auf den hohen Anpassungsdruck des Schulsystems gelesen werden.

Ich sage mir, dass ich *unter gar keinen Umständen* noch einmal wichsen sollte. OBGLEICH die Problemkindersendung Prozesse in Gang gesetzt hat, die ein solches Unternehmen technisch gesehen realisierbar erscheinen lassen. Die Nummer mit der Gurke ruft auch nicht nach Wiederholung. Es ist ein Uhr nachts. Nichts spricht dafür, dass das noch ein gemütlicher Abend werden könnte. An Schlaf ist nicht zu denken. Nicht, dass ich »hellwach« wäre oder so. Ich bin wach auf eine übelkeiterregende Weise. Mir ist so schlecht, dass ich nicht schlafen kann. Die Sendung über das wilde Geschlechtsleben der Problemkinder ist schon lange vorbei, aber der Fernseher zeigt immer noch andere Sachen und versucht mit ihnen zu locken. Der Apparat und ich interessieren uns beide gleich wenig für das Angebot.

Alles enttäuscht mich. Jede Situation bietet eine Million möglicher Auswege, ein jeder Ausweg ist gleich enttäuschend und sinnlos. Die Erfahrung selber verwandelt sich jedes Mal mehr in die demotivierende Bestätigung des Umstands, dass immer das Erwartbare eintritt. So ähnlich ist die Hölle beschrieben worden; du kannst dich drehen und wenden, soviel du willst, du entgehst den Qualen nicht. Und du gewöhnst dich auch nicht an sie. Qualen und Foltern sind da, um zu bleiben. Unentrinnbarkeit und unendliche Wiederholung von der billigsten Sorte.

Ich zwinge mich, ins Bett zu gehen, als die schlimmste Übelkeit vergangen ist. Mittlerweile ist es vier Uhr.

DONNERSTAG

Nach einer Kavalkade schäbiger Träume beiße ich in den
sauren Apfel und stehe auf. Ich habe Lust auf Kaffee, aber
als ich in meiner Kochecke stehe, fällt mir die Gurke im
Müll ein und lässt mich zurückschrecken wie ein Inzestopfer beim Anblick seines Stiefpapas. So stehe ich splitterfasernackt ohne Kaffee da und gucke dumm.

Das bin ich: 22-25-27-30-32 Jahre alt, MIT Zigarette,
OHNE Unterhose, MIT einem vollkommen gewöhnlichen Äußeren, OHNE Lust, den Tag grauen zu sehen,
WOMIT der sich allerdings schon seit ein paar Stunden
vergnügt, OHNE mein Wissen, OHNE meinen Willen,
aber dennoch – obgleich so wahnsinnig viel Scheußliches
OHNE mein Wissen, OHNE meinen Willen geschieht, und
egal, wie groß meine Lust ist, dagegen etwas zu unternehmen, daMIT es anders wird – habe ich eingesehen,
dass ich OHNE jede Fähigkeit und MITwirkungsmöglich-
keit dastehe, etwas MIT meiner eigenen Situation anzufangen, OHNE Interesse an allem, was MIT anderen Leuten als mir passiert, OHNE Interesse für mein eigenes
Volk, meine MITbürger und MITbürgerinnen, ich scheiß
auf sie, ich scheiß drauf, wenn es MIT meiner eigenen Nation bergab gehen sollte, ich scheiß auf alles, was OHNE
mein Land passiert, leider bin ich OHNE jedes MITgefühl

32

für andere Menschen und verspüre zugleich nicht das geringste Bisschen MITleid MIT mir selbst; paradoxerweise stehe ich OHNE die Traute da, mir das Leben zu nehmen. Selbstmord wäre OHNE Zweifel das beste MITtel, die beste Medizin. (Fürs Vaterland sterben, indem man sich das Leben nimmt.)

Letzthin hat mir der Trick geholfen, alles so langsam wie irgend möglich zu tun. Mein Plan ist jetzt also, mit allem wahnsinnig zu trödeln, bis es halb vier ist. Um vier treffe ich Arolf. Regel Nr. 1: Tu nie mehr als eins auf einmal. Regel Nr. 2: Tu dieses eine so langsam, wie du kannst. Regel Nr. 3: Denk an etwas anderes, während du das eine tust; das erhöht die Chance, dass du vergisst, was du tust, und du kannst es gleich noch einmal tun. Regel Nr. 4: Wenn eins erledigt ist, denke genau nach, bevor du das Nächste angehst; du kannst dich gern mehrmals umentscheiden, bevor du loslegst; Regel Nr. 5: Fühl dich nicht verpflichtet, irgendwas fertig zu machen. Es ist zweckdienlich, Prozesse mittendrin abzubrechen. Regel Nr. 6: Geh unter gar keinen Umständen aus dem Haus, bevor du fünf bis sieben verschiedene Dinge getan hast (ganz oder unvollständig).

Ich bin noch beim ersten: eine rauchen. Danach erwäge ich, ob ich duschen soll, beschließe aber, lieber erstmal noch eine zu rauchen. Ich kombiniere das damit, aus dem Fenster zu schauen, obgleich das eigentlich Regel Nr. 1 widerspricht. Ich schaue auf die Straße runter, einem Typen aufs Haupt, der mich unheimlich an Niko erinnert, einen dämlichen Idioten, mit dem ich auf der Schule war. Soweit ich weiß, hat Niko selten oder nie irgendein Feedback auf sein Äußeres bekommen. Mit gutem Grund. Schon auf der Sekundarstufe war sein Haar so dünn und wuschig wie seine ganze Persönlichkeit. Sein BWL-Studium lief ganz gut, bis auf einen kleineren Rückschlag wg. allzu eifrigen Koksgenusses, aber das hatte er bald aufgeholt und einen ziemlich hohen Job bei irgendeinem Multi abgegriffen. Das letzte Mal, als ich ihn getroffen habe, erlebte er gerade einen der enthusiastischsten Koks-Rückfälle, die ich je gesehen habe. Er zog sich vier ungesund fette Lines rein, dann schleppte er Sun Yong – unter Freunden gern Fick-Ding genannt – ins Schlafzimmer ab; irgendwie hatte er sie hinter aller Rücken bequatscht. Den restlichen Abend über langweilten Arolf und ich uns massiv und hörten dabei durch die Rigips-Platten, wie Niko herumferkelte. Dass man dabei nur ihn selber übereifrig stöhnen hörte, ließ für die Qualität des Ficks nichts Gutes ahnen.

Ich sehe das Rauchen als erledigt an und gehe duschen. Diesmal mit Seife. Und immer so weiter, immer eins nach dem anderen, im Schneckentempo, bis halb vier. Ich werfe sogar noch die Tüte samt Salatgurke in den Müllschlucker. Was rund eine Viertelstunde beansprucht.

Schlag vier stehe ich an der Kreuzung unter dem BÖRING-Schild und warte auf Arolf. Der Pelzhändler gegenüber starrt durch sein Schaufenster, als böte sich seinen Blicken die Hölle dar. Arolf kommt fünf Minuten zu spät und verursacht damit schuldhaft, dass ich 1. fünfmal genötigt bin, mich wegzudrehen, um Bekannte nicht grüßen zu müssen, darunter Niko/Fick-Ding, und 2. einem Schnüffler drei Zigaretten abtreten muss.

Wir fahren in eine nordöstliche Vorstadt. Hier ist es genauso öde wie da, wo ich wohne, obgleich der Lebens-

standard in dieser Gegend angeblich etwas höher ist.
Arolf biegt in die Einfahrt eines Reihenhauses ein.
Draußen steht Catos grässlicher oranger Ford Transit.
Mindestens zwanzig Jahre alt. Ich hasse die Karre. Sie erinnert mich an Fatty. Bei Cato sind alle Vorhänge zugezogen, und ich werde mich weigern reinzugehen, falls er uns hineinbittet. Nein, dann bleibe ich auf der Außentreppe, verflucht noch mal. Den Gestank da drin tu ich mir heut nicht an. Pot und Computerzeugs und alte Fertigmahlzeiten und Wichse, die Kombi gibt einen alptraumhaften Hautgout. Das letzte Mal, als ich da drin war, hab ich nicht mehr gehört, was Cato erzählte, denn ich war in eine Fantasie abgetaucht, in der meine Nase sich desintegrierte und ein für alle Mal im Nichts verschwand.

Ich klingele, Cato braucht zum Aufmachen gut drei Minuten, das ist reichlich, wenn man bedenkt, dass das Reihenhaus höchstens fünfzig Quadratmeter Grundfläche besitzt. GARANTIERT ist er erstmal hochgegangen und hat zwei Minuten lang heimlich mit seinen durchgedrehten, paranoiden Hackerglotzern durch den zugezogenen Vorhang auf uns runtergeschmult, dann hat er sich zusammengerissen und ist runtergekommen. Seine Visage erscheint in der Tür, man sieht, dass er sich ein *Stirnband* zugelegt hat, jetzt sieht er aus wie Björn Borg anno 1973, nur fünfzehn Jahre älter und ohne Siegerinstinkt oder sonst irgendeinen *Appeal* – schon gar keinen Sexappeal.

»Schlüssel fürn F-F-Ford?« Er hält sie mir vors Gesicht. Ich sehe auf seine Rauchergriffel und nicke. Er lässt sie fallen, ich fange sie auf.

»Sorry J-J-Jungs, aber ich hab so w-w-wahnsinnich

viel zu tun, kann euch nich r-r-reinbitten … hab auch nix zu trinken da. Frank hat mir eine K-K-Killerdeadline r-reingewürgt.«

»Macht nichts«, sagt Arolf eilig. »Wir müssen selber schnell weiter.« Ich nicke nochmals.

»Wann k-k-kommt ihr und holt die M-M-Mistkarre ab?« Cato deutet mit der ganzen Hand auf Arolfs weißen Fiesta.

»Zwei, drei Stunden«, sagt Arolf.

»K-K-Könnt ihr nich einfach die Sch-Sch-Schl-Schl-Schlüssel inn B-B-Briefkastn werfn, dann muss ich nich noch mal unterbrechn.«

»Klar doch«, sagt Arolf.

Der Transit startet mit einer Fehlzündung, wir rollen die Auffahrt runter. Arolf sucht dieselbe Sitzposition wie in seinem Fiesta, aber die steinharten, rechtwinkligen Sitze lassen sich offenbar nicht in Liegeposition bringen; also sitzt er so gerade wie ein Busfahrer.

»Was Cato wohl so Scheißwichtiges macht?«, frage ich.

»Glaub, er soll irgendwelche Infos für Fattys Fest am Samstag zusammenhacken. Schafft er sicher nicht. Ist wohl darum so stinkig. Hoffentlich merkt er endlich, dass er ein Scheißhacker ist«, sagt Arolf.

»Muss ja bitter sein für ihn«, sage ich. «Wenn er merkt, dass er auch als Hacker ne Null ist, wie bei allem anderen.«

»Wir müssten ihm auch mal stecken, dass es bei ihm stinkt wie auf dem Scheißhaus, dann ist sein verkacktes Leben restlos verkackt«, sagt Arolf. »Hei, hei, ich heiße C-C-Cato. Ich stink nach Scheiße. Mein Gehacke auch.«

36

Wir fahren wieder auf die Ringstraße. Jetzt geht es beträchtlich langsamer, obwohl Arolf den Wagen tritt, wie er kann, und dazu raucht, die ganze Hand auf dem Gesicht. Der Himmel ist grau in grau, und ich habe Arolfs Augen heute noch nicht gesehen, wg. Sonnenbrille, aber das ist kein Verlust. Ich lege nie besonders Wert darauf, die Augen von Leuten zu sehen. Wir fahren so dreißig, vierzig km/h über der erlaubten Höchstgeschwindigkeit, der Motor kreischt wie ein Schwein. Nach zehn Minuten biegen wir Richtung Zentrum ab, durchqueren es von Nordosten her so gut wie ganz und kommen im Hafen wieder raus.

Warum widerspreche ich mir selbst mit allem, was ich sage oder tue? Antwort: Wenn eben NICHTS Konsequenzen hat, dann werde ich natürlich ... *inkonsequent.* Man kann sich unmöglich vor jener generellen Haltung schützen, die da heißt:

Provozierend? Ach, diese »erschütternde« Aussage überleben wir auch noch, wie üblich.

Fundamentalkritisch? Ach, die Kritik wird einfach durch Umarmung entschärft, wie üblich.

Innovativ? Ach, die Idee machen wir marktgerecht, wie üblich. Für billiges Geld. Schon steht der »Neuerer« da wie ein altmodischer Trottel.

Verlasst euch auf uns.

Gleich mehrere der alten Lagerhallen im Hafen sind zu Büroräumen und fancy Businessräumen umgewandelt worden, mit trendy Inneneinrichtung, gestaltet von Homoarchitekten, die sich während der Planung lauter Insiderwörter wie »leere Strukturen«, »Module«, »Junk-Space« oder »architektonische Readymades« an die Homoköppe geworfen haben. Wir fahren zu einem der Lager, die noch Lager sind.

Ein Kerl um die fünfzig, mit dem wir schon ein paar Mal geredet haben, schließt uns das Lager auf und zeigt auf die Kartons. Er hat es fertig gebracht, sich auf BEIDE Unterarme eine Frau tätowieren zu lassen, die vom Teufel gefickt wird. Arolf nimmt die Sonnenbrille ab, denn hier drin ist es schwarz wie die Nacht.

»So, Jungs, sagt Bescheid, wenn ihr fertig seid, dann schließ ich wieder ab. Sitze im Wachraum«, sagt der Kerl.

»Ist hier drin kein Licht?«, frage ich.

»War letztes Mal welches?«, fragt er.

»Nein«, sage ich.

»Siehste«, sagt der Kerl.

Mir fällt auf, dass er für einen, der so tut, als wäre er der schlimmste Typ auf Erden, einen hübschen Hintern im Overall hat. Etwas breit, aber fest. Wäre ich eine Frau mit Vergewaltigungsfantasien, würde ich verdammt noch mal darüber fantasieren, dass er es mir besorgt, und zwar HART. Auf sämtlichen Kartons steht RICE und noch ein paar asiatische Zeichen, die sicher auch RICE bedeuten. Auf Indonesisch oder so. Schwer zu sagen.

»LICE«, sagt Arolf auf Pseudochinesisch und trägt zwei Kartons zum Transit. Insgesamt sind es dreißig Kartons. Catos orange Scheißkarre steht mit offenen Rückklappen zum Lagertor, und wir laden ein. In den Kartons ist KEIN Reis. Wenn Reis drin wäre, könnte ich nicht jedes Mal zwei davon tragen. Und Arolf auch nicht, dabei ist der in jeder Hinsicht besser gebaut als ich. Als wir fertig sind, klopfe ich ans Fenster des Wachraums, und der Kerl blickt träge von seiner Lektüre auf, einem – ja, tatsächlich – einem Porno, den er, bevor er aufsteht, über seinen Kaffeebecher legt. Hat ein paar Tricks gelernt, wie er an störungsreichen Tagen seinen Kaffee warm hält.

»Bis denne«, sagt er und grüßt mit zwei Fingern.

»Mm«, sage ich und erwidere den Gruß. Arolf hat die Sonnenbrille wieder auf. Wir fahren rüber zum östlichen Rand des Zentrums. Die Straße ist voller Araber. Ich will lieber NICHT wissen, worüber die den ganzen Tag lang reden. Arolf parkt in der Tsargata direkt vor PUSH, nachdem er einem, der uns fast den Parkplatz weggenommen hätte, WICHSER zugeschrien hat, so laut, dass sich seine Stimme überschlug. Er räuspert sich, schaltet die Zündung aus und zündet sich eine an. Ich mir auch. Wir sitzen in dem orangen Transit. Und grausen uns beide davor, Fatty entgegenzutreten.

Bis zum heutigen Tage habe ich mich irgendwie der Linken zugehörig gefühlt. Warum? Weil sie rebellionsfreundlich ist? Was war nur mit mir los? Der einzige Grund, aus dem ich JEMALS rebellieren würde, wäre, dass eine Gang linksdrehender autonomer Teufel mir auf die Eier gehen würde. Es ist UNTER aller Kanone, anzunehmen, dass ich mich jemals vom UNTERgrund ÜBERreden ließe. Ich bin ÜBERhaupt sicher, dass die UNTERgrund-UNTERmenschen absolut ungeeignet sind, die Macht zu ÜBERnehmen. Wer wollte sich schon von deren UNTERentwickelten ÜBERzeugungen vorschreiben lassen, wie er zu leben hat? Ich nicht. Das ist ÜBER jeden Zweifel erhaben.

»Wie viel wiegt Fatty, was meinst du?«, fragt Arolf.

»Weiß der Teufel, so 120, 130 Kilo?«, sage ich.

»Dann hat er noch zehn, fünfzehn Jahre, statistisch gesehen«, sagt Arolf.

»Tja. Klingt wahrscheinlich, wenn man bedenkt, was der so isst und dass er noch nie in seinem Scheißleben schlank war«, sage ich. »Er ist 36, 37, oder –?«

»Schon gehört, dass er wegen Munan ausgetickt ist?« Arolf liebt abrupte Themenwechsel.

»Nein.«

»Munan hatte einen Köter in Fattys Wohnung mitgebracht, einen fetten Golden Retriever. Gehört seinem Onkel oder so. Und das Vieh hat aus Fattys Klo gesoffen. So weit, so gut. Köter saufen aus Klos, weiß man. Fatty auch. Aber dann hat der Hund angefangen, Fattys Klobrille abzulecken, und da ist Fatty ausgetickt.«

»Wegen so was?«

»Ja, klar. Entweder hatte Fatty gerade geschissen, oder er pinkelt im Sitzen, was weiß ich; egal, die Brille war jedenfalls runtergeklappt, und der Köter schleckt sie ab, als wäre es Jenna Jameson oder wer. Fatty ist kreischend durch die Wohnung gerannt, hat Munan samt Köter rausgeschmissen und seitdem kein Wort mehr mit ihm gesprochen.«

»Ist doch krank. Der spinnt, sag ich schon immer.«

»Tja«, sagt Arolf.

»Die Klobrille berührst du doch nur mit dem Arsch. Was soll dann so schlimm daran sein, wenn die abgeleckt wird?«

»Es ist die Kombi«, sagt Arolf.

»Häh?«

»Die Kombi der Elemente. Eine eklige Kombi, egal,
wie du's drehst und wendest. Fatty hat es wahrscheinlich
so gesehen: a) Der Köter hat sozusagen die Scheißhaus-
Logik umgedreht ...«

»Häh?«

»Ja, man setzt sich auf die Schüssel, um etwas LOS-
zuwerden, nicht wahr, um etwas aus der Welt zu schaffen, und indem der Köter erst getrunken *und dann* die
Klobrille abgeleckt hat, hat er abstrakt gesehen Elemente an ihren Ausgangspunkt *zurückgeführt.* Etwas ging
vom Klo *zurück* in die Welt (lies: an Fattys Arsch), wenn
du so willst. Zurück und in Fattys Arschbereich, also die
Klobrille, nicht wahr. Etwas, von dem Fatty dachte, es
wäre aus der Welt, wurde für seinen Arsch wieder aktu-
ell. Oder b) Weil Hunde so frenetische Arschlecker sind
und weil Munans Köter so frenetisch an Fattys Klobrille
rumgeleckt hat, könnte das theoretisch darauf hindeuten, dass Fattys Arsch nach Golden-Retriever-Arsch
schmeckt, ja. Nach einem goldenen Arsch, den so ein
Hund unbedingt abschlecken muss. Wahrscheinlich
stimmt das sogar, ist eigentlich auch egal, aber mitzuer-
leben, wie so ein Köter das bloßstellt, vor dir und deinem Kumpel, das ist wahrscheinlich eher uncool«, sagt
Arolf.

»Möglich.«

»Dritte Variante: Fatty hat nicht so wahnsinnig viel
zwischenmenschlichen Kontakt – also körperlich –, und
wenn ihm schon wer den Arsch leckt, wäre es ihm wahrscheinlich lieber, wenn das nicht ausgerechnet ein Hund
wäre, sozusagen. Also eine ziemlich intime und gefühls-
beladene Sache«, sagt Arolf.

Wir lassen die Kartons im Wagen und betreten den Lastenaufzug. Alles in dem Gebäude befindet sich auf halbem Wege zwischen fancy und heruntergekommen, genau, wie Fatty es will. Fatty wünscht sich seine Umgebung WEDER allzu verslumt NOCH allzu prunkvoll; alles muss »bewusst, präzise und brauchbar« sein, wie er immer sagt. Mir unbegreiflich, dass er nichts mit seinem Gewicht macht, wenn ihm das Äußere so wahnsinnig wichtig ist. Die Kabine ist von oben bis unten voller Aufkleber, die sich irgendwie auf Fattys Aktivitäten beziehen. Ich hasse Aufkleber. Der Fahrstuhl hält im Dritten, wir gehen nach links den Flur runter, an einer Reihe Türen vorbei, die nicht zu Fattys Reich gehören. Designbüros, eine Telefonsexfirma, ein Snowboardimport, ein paar Kleinverlage, eine Produktionsgesellschaft, Der Somalische Club. An Fattys Tür steht in Großbuchstaben senkrecht von unten nach oben PUSH. Natürlich muss man an der Tür ziehen.

Schon beim Eintreten fängt Arolf an, fast unmerklich den Kopf zu schütteln. Die neue Deko an der Wand ganz hinten kotzt ihn wahrscheinlich genauso an wie mich. In derselben Schrift wie draußen an der Tür steht quer durch den gesamten Raum:

IF DICKHEADS COULD TALK, THIS PLACE
WOULD BE A CONFERENCE ROOM!

Fatty – so Frank Leiderstams *nom de guerre*; schon von Kindesbeinen an wurde er »kleine fette Sau« gerufen, oft wie ein einziges Wort ausgesprochen, »Kleinefettesau«, später Fat Frank, heute nur mehr Fatty – sitzt mit dem

Rücken zu uns in der linken Ecke, genau zwischen dem
C und dem K von DICKHEADS. Arolf und ich nicken zum
Gruß ein paar von den Untergrundnutten zu, die in den
Geschäftsräumen irgendeine Scheiße treiben, und gehen
zu Fattys Ecke rüber. Als wir auf fünf Meter dran sind,
schnurrt sein Fettleib auf dem Drehstuhl herum, als hätte er am Hinterkopf Augen, und bietet uns den uner-
sprießlichen Anblick seines starren Gesichts sowie seines
Wanstes, der prall in einem roten T-Shirt steckt, mit der
Aufschrift: *Give it all up for Fidel Cashtro, Check Guevara,
Karl Markt and Friedrich Pengels!* Er lächelt nicht, deutet
aber mit dem Hinterkopf auf die Inschrift an der Wand;
er ist sichtlich stolz darauf. Wir nicken zurück, um zu
sagen, ja, haben wir gesehen. Zum T-Shirt trägt er Jeans,
für seinen tonnenförmigen Leib maßgeschneidert,
schwarze Locken à la Jesus und einen schütteren schwarzen Bart, wie ein unterentwickelter orthodoxer Jude. Das
I-Tüpfelchen seines Outfits ist eine fette Baudrillard-Bril-
le; unmöglich zu sagen, ob die ironisch oder ernst sein
soll. Dazu die dickste Goldkette, die ich in meinem Leben gesehen habe. Wie stets, wenn er etwas sagen will,
hebt er ein paar Finger auf Kopfhöhe und macht den
Mund auf. Doch bevor der Monolog anhebt, senkt er den
Blick und richtet zwei Wurstfinger auf meine Schuhe.

»Hey ...«, fängt er an, und mir graut schon davor,
was gleich kommt, «die sind ja voll gut. Waaahnsinn. Die
sind wohl nicht von hier, was?« Er starrt auf meine
NIKES. Ich werd dem nicht erzählen, dass das keine
Kopien sind.

»Wo hast'n die her?«

»Aus L.A.«, lüge ich. »'n Kumpel von mir war da. In

der Ecke Degos-Spick rum. Keine Ahnung, wer die gemacht hat. Wahrscheinlich die Chinesen«, sage ich.

»Chinesen am Arsch!« Fatty hält die Hand als Stopp-Signal hoch. »Das ist verdammt keine Chinesenarbeit ... sieht aus wie ... hm ... Shit, vielleicht sogar die Amis selbst? ... Oder die Kanadier«, sagt er. »Klasse Arbeit jedenfalls.«

»Keine Ahnung«, sage ich.

»Das *solltest* du aber wissen ... echt, Scheiße ...« Er streckt seine fette Rechte zu dem endlosen Araber-Handschlag aus, den er aus irgendeinem Grund »urban« oder »sozial« zu finden scheint. Arolf und ich geben ihm beide die Hand, aber legen sie um Himmels willen nicht hinterher auf's Herz, wie Fatty es tut, denn in dieser Begegnung liegt NICHT viel Herzlichkeit. Es wäre auch leicht übertrieben, zu sagen, Fatty würde die Hand aufs HERZ legen; er knetet sich kurz mit seinen Wurstfingern die linke Titte, fertig.

»Deine Kartons sind unten im Wagen«, sagt Arolf.

»Cooool. Wir bringen sie gleich direkt ins Lager«, sagt Fatty.

Arolf und mir ist völlig klar, dass »wir« hier »ihr« bedeutet, also Arolf und mich. Ich hab Fatty noch nie einen einzigen verdammten Handschlag tun sehen. Schon die Fahrt hinunter im Lastenaufzug bringt ihn aus der Puste. Er steht am orangen Transit und reißt einen der Kartons auf, um »die Lieferung zu checken«, als wäre er ein verdammter *druglord*. Er nimmt die Kopie eines NIKE-*Boost* heraus, für meine Begriffe ist sie recht gelungen, er dreht und wendet sie vor seiner Nase und atmet dabei schwer.

»Nicht schlecht … ganz okay … (an mich gewandt) kommt an deine nicht ran, aber … yepp, yess. YO! Ab ins Lager damit!« Er öffnet das Tor zum Hinterhof. Arolf setzt zurück.

Sobald der Transit in der Einfahrt vorm Lager steht, muss Fatty – perfekt getimed! – in sein Handy quatschen. Arolf und ich schleppen. Als wir fertig geschleppt haben, legt Fatty auf. Fettes Schwein. Faule Sau.

»Gut, Jungs«, sagt er, zieht ein paar Geldscheine aus der Tasche, entrollt sie und gibt sie Arolf. »Was habt ihr sonst noch so am Laufen?«

»Nichts Besonderes.« Arolf gibt mir die Hälfte des Geldes.

»Ich bin seit neustem professioneller Antisemit«, sage ich und blicke auf seinen Bart.

»Ihr hättet mal in Indonesien mit sein sollen, wo ich den Deal gemacht hab. Da war vielleicht was los …« Fatty haut auf seine fette Goldkette. »Scheiße, billiges Gold und alles. Gold ist voll in, wisst ihr …«

»Ja«, sagen Arolf und ich im Chor und bekommen beide eine SCHEISSANGST, dass Fatty uns jetzt mit einer längeren Reiseschilderung voll sülzt. Arolf rettet uns:

»Oh Mist, wir müssen los. Cato wartet auf den Wagen.«

»Wieso denn das? Ich hab ihm doch gesagt, er soll zu Hause bleiben und seinen Job erledigen. Der soll nicht rumkutschen«, sagt Fatty.

»Nein, er will nur was Material abholen oder so …« Arolf beginnt den Rückzug Richtung Transit. Ich folge ihm.

»Kommt ihr am Samstag oder was? Wird eine Super-party! PUSH-Party No. 5! Dope und Suff und SUBVERSION bis zum Abwinken!«, ruft Fatty uns nach.

»Jaja«, sage ich, obwohl ich am liebsten nicht reagiert hätte. Fattys Events gehen mir allmählich auf den Sack. Arolf fährt so schwungvoll aus der Einfahrt, dass der Transit fast umgekippt wäre, und lacht schallend.

Schon als er vor 15 Jahren anfing, Politikwissenschaft zu studieren, hatte Fatty einen schweren Untergrundfetisch. In seinen ersten zwei, drei Jahren an der Uni identifizierte er sich ABSOLUT mit Che Guevara. Er WAR Che Guevara – eine widerliche, fette Ausgabe, versteht sich. Er ließ sich seinen Judenbart wachsen und machte tatsächlich eine bescheuerte Motorradreise durch Südamerika, die dem Vernehmen nach dadurch endete, dass seine *La Poderosa III* einen Rahmenbruch erlitt. Und NICHT etwa wegen der schlechten Straßen. Dann begriff er, dass sich die Welt inzwischen etwas verändert hatte und es nicht mehr genügte, mit dem Schießgewehr im Wald herumzulaufen, wenn man etwas bewirken wollte. Er kam wieder nach Hause, watschelte durch einen Halbjahreskurs in EDV und entwickelte abgefahrene Visionen von den Möglichkeiten einer »elektronischen Rebellion«. Er richtete ein »Computerlab« ein – mit drei fest angestellten Hackern, und zwar BEVOR '93 das Internet so richtig losging – und krähte stolz überall herum, er sei die »sechste Macht im Staate«. Wenn jemand tollkühn genug war, ihn zu fragen, welche denn die fünfte sei, gab er mehr als gern Lektionen über politische Ignoranz zum Besten. Die Begriffe, mit denen er um sich warf, waren Klischees, bevor er sie laut aussprach: *»Cyber-Pirates«*, *»A Virus in the*

Societal Organism«, »Revolution at the Speed of Light«, »E-rrorism«, »Wild Wild Web«, »Electronic thug-life«, »GuErilla«, »Public E-nemy No. 1«, »Cryptonite for the Super-Structures«, »W.w.w.arriors«, »rEmEdy for thE nExt gEnEration« und was sonst noch alles mit E drin. Ein halbes Jahr lang oder so hörten die Leute ihm sogar zu, aber dann wurde er verhaftet, nachdem er in das Datenarchiv der Zentralbank eingedrungen war, und es war Schluss mit lustig. Er bekam sechs Monate Gefängnis, bis dato die höchste verhängte Strafe für Computerkriminalität, und ich kenne niemanden, der nicht vor Scham erröten würde, wenn er an die Bilder von »Fatty als Märtyrer der Revolution« denkt, die zwei Tage lang in den Medien kursierten: Leiderstam beim Einsteigen in die grüne Minna, rechts und links von Polizisten flankiert, die fetten Arme kreuzförmig gespreizt, der reinste Jesusjude, eine Zigarre in der Hand, sein Fett in ein T-Shirt geschossen mit der Aufschrift *Public E-nemy No. 1*. Als er freikam, war ihm die Zeit davongelaufen. Sein Hackerladen war beschlagnahmt, die Hard- und Software waren rettungslos veraltet, und für einen Neuanfang fehlten ihm die Mittel; seine Hacker hatten Anstellungen gefunden zu Gehältern, die noch fetter waren als *you-know-who*. Fatty musste ganz von vorn anfangen. Er bildete sich ein, er verfüge immer noch über den Status eines Cyber-Gurus, und versuchte, sich in Wirtschaftskreisen zu promoten als der »Netzberater, der die hellen und dunklen Seiten des Webs kennen gelernt hat«. Bekannten gegenüber behauptete er, er nutze sein Beratungsangebot, um »in die Höhle des Löwen« vorzudringen und »the rules of the game of Big Business« zu lernen, lauter so Scheiß. Und ganz offenbar lernte er tatsächlich VERDAMMT viel, denn nach einem Gurujahr wanderte er WIEDER vor Gericht, diesmal wegen Geheimnisklau bei einer Offshoregesellschaft und Verkauf der Infos an die Konkurrenz, um, wie er es sagte, »zu spalten und Goliath gegen Goliath aufzuhetzen«. Sie brummten ihm eine astronomisch hohe Geldstrafe auf, die er immer noch nicht abbezahlt hat; die beiden betroffenen Konzerne standen in den Medien supergut da, denn sie hatten kooperiert, um Fattys kriminelle Umtriebe aufzudecken, anstatt, wie es in einer Zeitung hieß, »die halbseidenen Möglichkeiten zu nutzen, die die ›Spalte-und-zerstöre-Technik‹ des selbst ernannten Gurus geboten hätte«. Fatty musste sich nach einem neuen Betätigungsfeld umsehen und nahm sein Politik- und Informatikstudium wieder auf, um »etwas Fleisch auf die Knochen« zu bekommen. Einer seiner Dozenten, Prof. McNavaro, beeinflusste ihn zutiefst mit seinen am Fließband produzierten Theorien à la »Die privatwirtschaftliche Tyrannei sieht die Demokratie als echte Bedrohung an. Die stetig zunehmende Konzernpropaganda unterminiert die Demokratie, daher muss sie im Namen der Demokratie mit allen Mitteln bekämpft werden.« Fatty war ja so, so einverstanden. In blinder Gefolgschaft beschloss er, »to Fight Fire with Fucking Fire« (FFFF) und hatte die Eingebung, Markenpiraterie zu betreiben mit dem Ziel: »die Konsumlogik fistfucken, bis sie nur noch AAAUUUFHÖREN! BIIITTE! schreit«. Er riss sich den Profit unter den Nagel, den die halbrevolutionäre Gruppe STAATAN auf ihren Flohmärkten verdient hatte, und reiste in den Fernen Osten, um dort unter dem Namen PUSH sein Schmugglergeschäft aufzuziehen. Ein

48

paar Mal ließ er sich nach Strich und Faden betrügen, dann geriet er an den Thailänder Kok Bang, der sich als relativ vertrauenswürdiger Krimineller erwies, so vertrauenswürdig, dass er zum Beispiel keine Verträge »vergaß« und stattdessen mit seinem Kok im Bordell gangbangte ... Dank seinem Schmuggel mit Kopien von Markenschuhen, -kleidung und -software ist Fatty seither immer nur fetter geworden. Seine Idee war natürlich, das Geschäft nicht um des Profits willen zu betreiben, sondern als »subversive politische Strategie«. Das Faustfick-Argument ritt er in der Startphase bis zur Erschöpfung tot. Weihnachten 1996 formulierte er das Ganze in berauschtem Zustand etwas differenzierter:

»Ich werde bei der Jugend ein Bewusstsein dafür schaffen, dass es viiiel cooler ist, queer zu sein als straight, ja, verkehrt ist fetter [sic!] als richtig rum, es ist fresh, kritisch zu sein, ja, und es wird pupseinfach, hörst du, pupseinfach, junge Leute davon zu überzeugen, dass sie den Mainstream ficken, indem sie ›FAKE BRANDS‹ kaufen. Kein Mensch findet die großen Konzerne cool, nicht wahr, allen geht es ums *feeling*, nicht wahr, und das *feeling*, das es den Leuten beschert, wenn sie die Konzännporpaganna gegen die Konzänne selber umdrehen, das *feeling* ist viel cooler als das Konsum-*feeling*, nicht wahr, du altes Aaschloch...«

Und siehe da, Fattys Klamotten und Software und Schuhe gehen weg wie warme Semmeln. Kein Wunder. Fatty reist durch die Welt, Kok Bang gibt ihm die Tipps, wo er die Großdealer mit Fake-Waren findet, zuletzt also in Indonesien. Seit Mitte der 90er Jahre wechselt ein *Deal-Sealing-Drink* mit der nächsten *Deal-Sealing-*

Drug – nebenbei bemerkt, hat Fatty dadurch ein derart relaxtes Verhältnis zu Alkohol und Drogen entwickelt, dass es »plötzlich« wieder furchtbar unrelaxt ist. Apropos unrelaxt: Es ist für Fatty keine geringe Anstrengung, die elfjährigen Huren zu ignorieren, die ihm dort im Fernen Osten jedes Mal zahlreich am Hemdzipfel hängen. Nicht unerwähnt sollte bleiben, dass der Untergrund wie schon seit jeher auf *youngness, freshness, newness* und *actuality* aus ist – wie alle anderen auch. Daher vielleicht auch das Interesse an »frischen Mädchen«, das mehrere Mitarbeiter von PUSH miteinander teilen.

Mittlerweile ist es acht Uhr, Arolf bringt mich nach Hause, denn ich sage ihm, dass ich es nicht aushalte, bei ihm in seinem Loch bis morgen früh um sieben vor der Glotze zu sitzen.

»Also bis morgen?«, fragt Arolf und schaut starr geradeaus, obwohl der Wagen steht. Ich bin am Aussteigen.

»Da mach ich mit Fotti und ihren Problemkindern ein Picknick«, sage ich.

»Häää?« Jetzt schaut er mich doch an.

»Ja. Warum auch nicht? Problemkinder verfügen über eine aggressive Sexualität, sind von Natur aus subversiv und GARANTIERT netter als du und Fatty«, sage ich.

Arolf bläst dicke Rauchwürste aus der Nase.

»Und Samstag?«

»Tja, da müssen wir wohl oder übel zu Fattys Fest, nehme ich an?«, sage ich und gehe ins Haus. So gegen zwei Minuten lang warte ich auf die scheißlangsame Schnecke von Fahrstuhl, ohne irgendwen zu hören oder zu sehen, aber als das Ding kommt, materialisiert sich aus

dem Nichts mein verfickt anstrengender Nachbar, der
KING OF ANALINGUS, und hält mir übertrieben höflich
grinsend die Tür auf wie ein Butler. Ich verkrieche mich
so weit hinten in der Kabine, wie es nur geht. Schon geht
der Scheiß los:

»Ich denke immer mehr über die Dynamik zwischen
Eltern und Kindern nach, Rebel. Du nicht? Nicht wahr,
das Generationsparadox, nicht wahr. Ein banaler, aber interessanter Mechanismus. Und zwar so: Wenn du auch
nur einen Hauch von Integrität besitzt, wirst du das ge-
naue Gegenteil deiner Eltern. Nicht wahr, früher wurden
die Kinder von ignoranten und unpolitischen Rassisten
zu politisch korrekten und bewussten und engagierten
Menschen, nicht wahr. Und deren Kinder wieder – also
wir – sind egoistische, kalte, zynische, schadenfrohe
Scheißbälger. Nicht wahr, ich hab vorm Fernseher gesessen und mich über die Flieger im WTC kaputtgelacht,
während Muttern barmte und weinte. Das ist ein Zeichen
für geistige GESUNDHEIT, nicht wahr. Aber jetzt, wenn
eine Generation *zu lange* bleibt, dann kommt das Generationsparadox zum Tragen. Heute besteht folglich die
Herausforderung – zum ersten Mal in der Geschichte –
darin, GEGEN DIE EIGENE GENERATION zu sein!«

Würde ich, sagen wir mal, im neunten Stock wohnen
statt im vierzehnten, wären mir geschlagene fünf bis sieben Sekunden von dieser gequirlten Scheiße erspart geblieben. Mit anderen Worten, nach dem »Generationsparadox« wäre die Fahrt beendet gewesen, aber ich
bekomme vom KING OF ANALINGUS jetzt noch folgendes Gedicht (!) serviert, das er selbst geschrieben hat; es
geht darum, dass »die wirkliche Welt, die echten Größen,

im Kopf drinne sind und nicht außen«. Hier kommt's.
Alles anschnallen:

Aus meinem unendlich großen Gehirn
Blicke ich durch meine gigantischen Augen
Durch ein mittelgroßes Fenster
Hinaus auf die winzig kleine Welt.

Das Einzige, was hier stimmt, ist die Stelle mit den Augen. Dem KING OF ANALINGUS seine Kucker sind verdammt noch mal so groß, dass ich fürchte, sie wachsen bald in der Mitte zusammen.

Oben gehe ich als Erstes aufs Klo, um zu kotzen, aber nach einer kleinen, erfolglosen Weile auf Knien vor der Kloschüssel beschließe ich, den Fernseher anzumachen, ach nein, lieber rasiere ich mich. Ich mache mich oben herum frei und schmiere mich mit Gillette-Rasierschaum ein, wobei ich an eine Idealistengeschichte denke, die Fatty mal ganz begeistert erzählt hat, über den Rasiererkönig King Camp Gillette und seine »Metropolis«, die er bei den Niagarafällen bauen wollte; eine utopische Stadt, ein einziges, wahnsinnig großes, allein mit Wasserkraft betriebenes Gebäude mit Platz für 60 – in Worten: sechzig – Millionen Menschen. 60 Millionen. Idiot. Das wäre ganz sicher die Rettung der Welt gewesen. Der »Metropolis«-Plan ging aber den Bach runter, zugunsten des Gillette-Rasierers. Ausgezeichnet. Ab in den Schrank mit dem Idealismus, verkauf lieber was!

KAPITEL 2

FATTYS UNDERGROUNDPARTY –
VORBEREITUNGEN

Fatty wählt eine Musik auf seinem Laptop aus, das mit einem potenten Sub-Woofer unter seinem Computertisch verbunden ist. Was für Musik er hört? Wenn keiner zusieht, tanzt Fatty öfter *hands-over-head* zu … ja, ob man's glaubt oder nicht: zu Moby. Jetzt aber tanzt er nicht, denn er hat sein Handy gezückt und fummelt im Adressbuch verzweifelt nach Pat Riot. Seine fetten Finger aber lassen die Namensliste im Display immer wieder am gewünschten Namen vorbeilaufen. An die falsche Adresse versandte Mails und SMS werden allmählich zu Fattys Markenzeichen. Mehrmals pro Woche passiert ihm das. Kürzlich zum Beispiel hatte er gerade eine wilde erotische Geschichte mit einem Araber-Teenie-Mädchen namens Fatima, dem er eine zutiefst romantische SMS schrieb, wonach er haarscharf an »FATIMA« vorbeitippte und bei »FATTYS VATER« auf »SEND« drückte, so dass Fritz Leiderstam, sein Erzeuger, eine Nachricht des folgenden Inhalts zu lesen bekam: »*Oh you sexy* BEAST, *I wanna lick your butthole* NOW, *you hear me?*« In der Sekunde, als die Nachricht abgeschickt wurde, entdeckte Fatty seinen Fehler, den er verzweifelt zu beheben versuchte, indem er »ÄÄÄÄÄÄÄÄÄÄÄ« schrie und sein Handy an die Wand schmiss, wo es in tausend Stücke zerbarst, eine Reaktion, die sozusagen von einer Generation auf die andere übersprang, denn in eben derselben Sekunde schrie Vater Fritz ebenfalls »ÄÄÄÄÄÄÄÄÄÄ« und warf seinen Apparat voller Abscheu an die Wand, wo er zerschellte. Seither hat der ärmste Fatty mit »Fattys Vater« nicht mehr gesprochen ...

Stöhnend nimmt Pat Riot das Gespräch an, und Fatty fragt ihn, ob er sich eine Strategie hat einfallen lassen für die Rekrutierung und Organisation der Teilnehmer an der PUSH-Party Nr. 5. NATÜRLICH hat Pat Riot das getan. In Sachen Einfälle für Selbstorganisation kann Fatty Pat Riot blind vertrauen. Riot ist Fattys ältester, straightester und seriösester Mitarbeiter, vielleicht der einzige mit einer echten Ausbildung und *ganz sicher* der einzige, der eine geregelte Arbeit ausübte, bevor er beschloss, unter die Aktivisten zu gehen. Fatty nennt ihn oft ein »selbstorganisatorisches Genie«, so sehr Pat Riots zutiefst unterentwickelte sprachliche Artikulationsfähigkeit daran auch zweifeln lassen mag. Es stimmt aber auch, dass Pat Riot einigen Einblick in Selbstorganisationsformen hat. Bis 1997, dem Jahr, in dem er Frau und Kinder verließ, um sich gänzlich dem politischen Aktivismus zu widmen, saß er im *Committee of United Nations Taliban Specialists* – CUNTS – als Experte für politische Strategien islamischer Fundamentalisten. Pat Riot (ursprünglich Patrick Rimmelföt) meint, die afghanischen Taliban seien womöglich noch heute das weltweit beste selbstorganisierte oder sozusagen »alternative« System. Und er hat in seine eigenen Theorien bezüglich Rebellionsstrategien und Rekrutierungsmöglichkeiten viel von der talibanischen *Bereitschaft zum Dissens* übernommen. Seine wichtigste Erkenntnis (und sein oberstes

Gebot) ist, dass man *per def* weder dynamisch sein noch dynamisch operieren kann, wenn die eigenen generellen Voraussetzungen ZU GUT sind. Von dieser Erkenntnis ausgehend, gelangte er zu der Dichotomie PARADISE/ PARALYZE. Die Vollkommenheit, der Schutz, kurz, das Paradies, das du als Bewohner der Westlichen Welt erlebst, lähmt dich und macht dich statisch und blablabla, findet Riot. Daher seine antiamerikanische und antikommerzielle Einstellung, nicht nur wg. Ausbeutung und Unmoral und Heuchelei, sondern auch wg. dem Streben Kommerzamerikas nach dem *Paradiesischen,* also dem *Statischen,* immer noch O-Ton Riot. 1995 kam er mit den französischen Gegnern der FNAC-Kette in Kontakt (*Les* FNAC*tivistes*) und legte sich gegen Ende der 90er Jahre eine immer größere Anzahl von -tivismen zu, die im selben Maße härter und expliziter wurden, wie sein Drogengebrauch schwerer wurde infolge vertiefter Kontakte zu kriminellen Kreisen in Afghanistan. So sah diese Steigerung aus:

Factivism (den Gegner mittels »harter Fakten« schlagen)

Hacktivism (den Gegner mittels elektronischer Angriffe schlagen)

Mactivism (den Gegner schlagen, indem man die idealistischen Mac-Fantasten der Welt organisiert)

Blacktivism (den Gegner mittels der durch Dope-Gebrauch entstandenen kulturellen Aggression der Schwarzen schlagen)

Cracktivism (den Gegner schlagen, indem man die »Verbraucher« zu einem Heer von aggressiven »Crack-Babies« macht)

Smacktivism (den Gegner schlagen, indem man die »Verbraucher« zu einem Heer von passiven Junkies macht).

Man würde sich wünschen, dass Riot sich vom »kreativen« Teil des politischen Aktionismus fern gehalten hätte. Hat er aber nicht, leider. Jüngst hat er ein paar aktionsorientierte Happenings organisiert, die »Wirklichkeit und Fiktion derart vermischen, dass Mitwirkende und Zuschauer miteinander darum wetteifern, wer von ihnen den MIR-BLÄST'S-DAS-HIRN-WEG-Pokal verdient hat«, wie er in einem ungewöhnlich eloquenten Moment formulierte. Da gab es z. B. DOPE OPERA, ein Kammerspiel, für das Riot seine Kumpel (unter anderem von PUSH) mit Dope voll dröhnte und dann in eine winzige Einzimmerwohnung sperrte. Die sich darin abspielenden hysterischen Szenen übertrug er live auf einen Riesenbildschirm in der Staatsoper, für ein Publikum aus Pazifistenferkeln, Kulturschaffenden verschiedenster Art und anderen »Interessierten«. Der persönlich am Schauplatz anwesende Autor Riot – eigener Ansicht nach ungekrönter Professor (!) in Sachen Stressmanagement – fungierte dort als »Cutter des wirklichen Lebens«, als »the editor of the *real*«, wie er es ausdrückte, und sorgte durch verschiedenste Impulse und paranoide Ideen, dank derer die zugedröhnten Mitwirkenden vor Entsetzen schier durchdrehten, für allerlei Abwechslung und Durcheinander. Es endete in einer halbherzigen und blutarmen Keilerei zwischen sechs der Drogis. Ähnlich lief es mit dem »Schauspiel« BUREAUCRAZY, für das Riot den Kaffeeautomaten in einem Buchhaltungsbüro mit Speed dopte. Die Inten-

tion? Mit seinen Worten: »Neeee alsooo … es ging um-
äääh … sozusagen, nichwahr, die Infragestellung … äääh
… nichwahr … der Langsamkeit … äääh … in all der
Dynamik, die … nichwahr … die Bürokratie ›normalerweise‹ … haben soll … angeblich, nichwahr … also die
… Scheiß … *crazyness* … und all so'n Scheiß.«

Für alle Beteiligten wäre es gewiss besser gewesen,
wenn Riot bei seinem Job bei CUNTS geblieben wäre, aber
wie so oft wird alles mit der Zeit nur immer noch schlimmer. Oder, um Sören Martinsens neuestes Buchtitel als
gesellschaftliche Generalmetapher zu verwenden: *From
Bad to Worse.*

»Eh warum denn … äääh … so'n Scheißstress jetzt …
Frank, du weißt doch … hier ist alles sonnenklar … Vorbereitung und so … ›Alles klar, Pat?‹ Aber klaro!«, klingt
Pat Riots verrostete Stimme im Handy. Fatty nickt und
zwirbelt eine seiner fetten Schläfenlocken.

»Ich weiß«, sagt er. »Mach einfach die Standardrunde.
TRUST! War nicht meine Absicht, dich zu dissen, Pat.
Check nur einfach die Masken im Netz durch, ja?«

»*Sure* … come down, see you.«

»See you … ach Pat … was von Sören gehört?«

»Hä? Sören? … Äh, Martinsen? … Nein, seit … ner
Woche nicht …«

»Ooollrait! Keep slim!«

Keep slim? Pat Riot ist selber ein Dickerchen. Fatty
und er wurden bei einer Autoreise durch die Staaten
dicke Freunde – einer Reise eher von *roast to roast* und
toast to toast statt von *coast to coast*, wenn man so will.

In Fattys Organigramm zeichnet Sören Martinsen für Logistik und Propaganda verantwortlich. Ob es um vorzubereitende Feste geht oder um Aktionen, jeder hat bei PUSH mehr oder weniger seinen festen Platz. Martinsen ist immer noch sauer wegen Remmy Bleckner; er hat schon öfter Bleckner und Fatty geschworen, sie könnten sich seinetwegen gegenseitig faustficken, bevor er wieder einen Job für PUSH übernehmen würde. Aber wie alle cheapen Kulturuntergrundarbeiter ist auch Martinsen todgeil auf Anerkennung und Status; er lässt kein Angebot ungenutzt an sich vorübergehen.

»Ja hallo, hier ist Sören«, meldet er sich mit seiner cheapen Unistimme.

»Frank. Ich ruf nur überall mal durch«, sagt Fatty.

»Hier ist alles klaro«, sagt Sören Martinsen in einem Versuch, ähnlich *street-wise* zu klingen wie Pat Riot.

»Cool«, stöhnt Fatty. »No bad feelings for Remmy?«

»Don't remind me about *him*«, sagt Martinsen mit seinem lausigen pseudobritischen Akzent und legt auf. Fattys Englisch seinerseits klingt, als käme er aus Zimbabwe, aber Sören Martinsens unbegreiflicher, übelkeiterregender Brit-Akzent ist und bleibt unschlagbar.

Hacker-Cato – nicht gerade das umwerfendste Genie – ackert wie ein Verrückter, um den Job zu erledigen, den Fatty ihm aufgetragen hat. Recht betrachtet, steht er seit jenem Tag in Fattys Schuld, an dem Fatty wegen des elektronischen Eindringens in das Datenarchiv der Zentralbank festgenommen wurde. Cato sollte die Mittel beschaffen, um Fatty aus der Haft auszulösen. Und wie ging er vor? Nicht etwa, dass er sich in irgendwelche Konten

eingehackt hätte, wie jeder im Kopf einigermaßen helle
Hacker es getan hätte. Oh nein. Von plötzlichen Zweifeln
gegenüber seinem eigenen »Fach« befallen, meinte Cato,
ein Postraub sei einfacher, als sich etwas Cash zu er-
hacken. Also gut: Postraub. Eine einzige Sache bedachte
Cato genauer, bevor er zur Tat schritt, und zwar, wie er
am Schalter Geld verlangen konnte, ohne allzu viel Auf-
sehen zu erregen. Er meinte, es werde am unverdächtigs-
ten wirken, wenn er einen BRIEF hinlegte. So also sah der
Umschlag aus, den er der Dame am Schalter hinhielt:

Mr. Gel Dherso
Fort Intü
28342 Telégen
Ungarn

Die außergewöhnlich intelligente Postangestellte erkannte tatsächlich, dass sie »Geld her« geben und es »sofort in
Tüte legen« sollte, so dass – um eine lange, idiotische Geschichte rasch zu erzählen – Cato das Geld dankend (ja,
er bedankte sich freundlichst) entgegennahm, aus der
Post rannte und ihm draußen vor der Tür zunächst klar

wurde, dass er sich die Mühe beim Erdichten dieser pseudoungarischen Adresse hätte sparen können, denn erstens hatte er keinen Fluchtwagen, zweitens keinen Fluchtweg im Kopf, drittens war er nämlich seit Jahren nicht mehr im Stadtzentrum gewesen, so dass er sich hier viertens kaum auskannte, fünftens war er außerstande, draußen im »wirklichen Leben« rasch etwas Konstruktives zu improvisieren, sechstens erkannte er, dass er dank seiner sitzenden Lebensweise ziemlich steife Beine hatte (der junge Mann war da gerade mal 28), was ihn daran hinderte, kurzerhand wegzuflitzen, siebtens nötigte ihn das, sich in seinen Hackerschädel zu verkriechen, weshalb er achtens nur noch zu heulen anfing, worauf neuntens ein älterer Herr auf ihn zukam, um ihm ein paar Münzen zuzustecken, was Cato zehntens erkennen ließ, dass er aussah wie ein Junkie, nicht wie ein Posträuber oder Hacker, was seinen bereits völlig überlasteten Hackergeist vollends ausrasten ließ, so dass er elftens dem hilfsbereiten Menschen die Tüte mit dem Geld über den Schädel zog, exakt in dem Moment, da zwölftens die Polizei um die Ecke bog und Cato wegen dieses Angriffs in Gewahrsam nahm, woran sich dreizehntens umgehend eine Anklage wegen schweren Raubes anschloss.

So musste am Ende Fatty Cato mit einer Kaution aus dem Knast holen statt umgekehrt – Remmy Bleckner musste zunächst Fatty auslösen. Und Fatty war darüber nicht *amused*, es bescherte ihm einen drei Tage längeren Aufenthalt auf Staatskosten und rund sechzig Spitznamen seitens seiner Mitgefangenen, also *zusätzlich* zu den achtzig, neunzig, die er schon hatte. Nur ein paar Beispiele: Fettsau, Fettarsch, Fettbacke, Schweinebacke,

Monsterbacke, Monstertitte, Speckmonster, Speck auf Beinen, Schmalztopf, Schmalzbottich, Schmalzfass, Speckkönig, Specknutte, Fleischaffe, Fleischkloß, fetter Hund, fetter Affe, Fettsack, Fettkönig, Speckprinzessin, Butterkloß, Speckschwarte, Schwartenpriester, Wabbelsack, Prallbacke, Doppelmoppel, Glibbersack, Saumagen, Schwartenmagen, Müllschlucker, Restefresser, Schinkenmops, Wurstpräsident, Wurstfriedhof, Fettwanne, Elefantenmensch, Büffelhüfte, Stiernacken, Wulstfresse, Plunze, Walross, Wuchtbrumme, Hängebauchschwein. Und ein paar englische: Hog-man, Fat Fuck, Fatman, Fatman Piggybones, Mr Piggy, Piggy-Dick, Piggy-Prick, Pigman, Poop Piggy Pigg, Pignocchio, The Swine Boner, Lonely Hog, Dumpfrey Hog-Fart und Svinestein. All das dank Cato, der steht jetzt ewig in der Schuld von … ja, wie wollen wir ihn nennen? Monsterbacke? Hacker-Cato aus der Stinkebude steht ewig in Monsterbackes Schuld. So sieht das aus.

»TRUST AND RESPECT!«, ruft Fatty, und Cato am anderen Ende der Leitung erschrickt tödlich.

»Hä? H-h-hi F-f-f … rank, hab den J-job bald f-f-fertig!«

»Gut (klick)«, sagt Fatty. Es braucht nicht viel, um Cato zu terrorisieren.

Dann ruft Fatty Sheba Ali an, der für Deko und Grafik zuständig ist. Sheba Ali ist ein gestandener Skandinavier, der bereits als Teenie übermäßig mit den »Schwachen dieser Welt« zu sympathisieren begann, was ihn zunächst zum Feministen und Pornogegner machte, worauf diese Sympathien ein paar Jahre lang unkontrolliert wucherten, wie Krebsgeschwülste, bis er 1993 beschloss, a) eine Geschlechtsumwandlung durchführen zu lassen, b) sich ganzkörperlich schwarz tätowieren zu lassen, c) lesbisch zu werden (was streng genommen überflüssig war, schließlich war er hetero gewesen), und d) zum Islam zu konvertieren. All das, um sich »so klein und schwach wie möglich zu machen, als Protest gegen diese dominanzfixierte Weltordnung«. Jetzt läuft er wie ein blaugrünes Monster in seiner Burka durch die Gegend, mit Titten und mit Schwanz, aber ohne jede Chance bei Frauen. Und zwischendurch arbeitet er für PUSH.

Sheba Ali meldet sich mit einer Stimme, die von Hormonkuren und so Scheiß restlos *upfucked* ist; er hört sich an wie eine Transvestitennutte, die gerade den Stimmbruch rückwärts durchmacht. Fatty erfährt, dass schon mehrere Verkaufsstände aufgebaut sind, in denen zum Beispiel die falschen NIKES angeboten werden sollen.

Der Nächste auf der Liste ist Satan-Harry. Ihn bräuchte man nicht eigens anzurufen. Satan-Harry ist dafür zuständig, das Dope für die Festveranstalter zu beschaffen, und da Satan-Harry sowieso jeden lieben Tag genug Dope für ganze Regimenter besorgt, stellt sich eigentlich nicht die Frage, ob er alles unter Kontrolle hat. Aber Fatty will seinem TRUST AND RESPECT-Programm treu bleiben, und dann muss er auch Satan-Harry anrufen. Obwohl er das ätzend findet. Noch einmal: *Fatty selbst, selbst Fatty* findet es ätzend, Satan-Harry anzurufen. Das lässt von fern erkennen, wie schaurig Harry ist. Fatty, der sein Leben lang mit entsetzlichen Exemplaren der Gattung Untergrundmensch zu tun hatte, findet ihn ätzend. Satan-Harry ist eine Ansammlung der ätzendsten Eigenschaften, die sich nur denken lassen:

Er ist so hilfreich wie ein Krebsgeschwür.

Seine Persönlichkeit ist so angenehm wie ein Gonorrhöe-Test.

Er ist so nützlich wie ein schwerer Herpesanfall.

Er ist so freundlich wie ein Kranz Hämorrhoiden.

Er ist so nett wie gelber Ausfluss aus dem Penis.

Er ist so begehrt wie Zahnfäule.

Er ist so hartnäckig wie Fußpilz.

Er ist so kooperationswillig wie ein Aids-Virus.

Er ist so zurückhaltend wie ein Bündel Krampfadern.

Was Wunder, dass die Leute ihn meiden wie die Pest.

»Ja, hier Satan-Harry«, sagt Satan-Harry.

»TRUST AND RESPECT«, sagt Fatty.

»Bist du das, Frank?«

»Ja, bin ich.«

»Tach.«

»Jau. Probleme, das Zeug zu beschaffen?«

»Nope.«

»Sicher?«

»So sicher, wie du ein fettes Fotzenschwein bist, Frank«, sagt Satan-Harry.

»... Okay ... Tschüss.«

Fatty ist nicht weiter an »moralisch erbaulichem Widerstand« interessiert oder daran, irgendeinem »fucking kategorischen Imperativ« zu folgen; er will einfach nur die abfucken, die andere abfucken. Aus diesem Grund sieht er sich genötigt, sich mit Leuten zusammenzutun, die *wirklich* abgefuckte Sachen anstellen wollen. Leuten, die bis ins Mark autoritätsfeindlich sind. Darum darf Satan-Harry mitspielen. Und darum muss Fatty sich die eine oder andere Bemerkung beispielsweise zu seinem Leibesumfang gefallen lassen. Er schluckt das, um die Früchte der Scheiße der furchtlosesten Anarchisten zu ernten … um seinen Abfuck-Acker mit der Gülle der stinkendsten Dope-Anarchisten zu düngen … um den Fuck von den Trash-Fuck-Büschen zu ernten, die er in die stinkende Scheiße der grässlichsten Anarcho-Ärsche nördlich des Äquators pflanzt. Ja, am laufenden Band erfindet Fatty Entschuldigungen für Satan-Harry und diese Leute, um all die Anspielungen auf Fett zu vergessen, die sie ihm servieren.

Pubes zum Beispiel gehört zu »diesen Leuten«. Satan-Harry und Pubes »arbeiten« öfter zusammen. Und Fatty arbeitet mit ihnen zusammen, wenn es um Aktionen geht, bei denen sonst niemand von seinen PUSH-Leuten mitmachen würde. Pubes ist der Nächste auf Fattys Telefonliste. Er sucht die Locations und sorgt für vorbereitende Verwüstungen, die es braucht, damit der gewählte Ort nutzbar wird. Fatty fummelt die Nummer auf seinem Nokia zurecht.

»Ja?«, sagt Pubes.

Pubes hat die fixe Idee, dass dreimal derselbe Buchstabe oder dreimal dasselbe Zeichen stets etwas »Böses« bedeuten. Auf seinem handgemachten T-Shirt steht daher:

AAA

WWW

XXX

KKK

666

Pubes ist auch der Mann hinter der Website www.kkk-aaaxxx666.com, der Site mit den meisten Popups des gesamten Internets. Es ist komplett unmöglich, zwischen all den Popups auf seiner Homepage irgendwas zu finden, und – man halte sich fest – DAS SOLL AUCH SO SEIN! Pubes hat sich, wie er sagt, zum Ziel gesetzt, »die Pop-Kultur zu pervertieren, die das Net zu einem ununterbrochenen AltF4-Alptraum macht«. Wenn Pubes die anmaßende kommerzielle Popup-Logik angreifen will, sollte er allerdings mal einen Blick in den Spiegel riskieren, denn er benimmt sich selber – mehr als irgendjemand sonst – wie ein beschissenes Popupfenster. Pubes ist das menschgewordene Popupfenster. Er ist schlimmer als ein Bettler und ein Dopeverkäufer und ein Obsthändler und ein Souvenirverkäufer zusammen. Seine Person und seine Visage und seine lästige Stimme voll lästiger Ideen poppen einem einfach ins Gesicht, und was du auch tust, du wirst ihn nicht mehr los.

»Tach, Pubes, hier ist Frank«, sagt Fatty.

»Hallo? Frank? Hör mal, Frank, ich glaub, ich hab da eine Wahnsinns-super-Idee, und zwar ...«

«Ich wollte nur mal nachhören, wie weit du mit den Vorbereitungen ...«

»Echt, Frank, diese Idee, das ist ...«

»Hast du schon angefangen ...«

»ZACK! Auf einmal war die da, Frank, und ...«

»Machst du schon ...«

»Voll da, in meinem Kopf, Frank, das musst du dir mal anhören ...«

»Wir müssen uns noch eine Strategie einfallen lassen, Pubes, hast du schon ...«

»Ach Scheiße, Frank, ich hab ne Idee, Frank, mit nem großem I und nem großen D und nem großen doppelten E …«

»Hast du schon …«

»Diese Idee ist verdammt noch mal fetter als du und dein fetter Arsch zusammen, Frank …«

Und so weiter. Fatty muss unverrichteter Dinge höflich »Auf Wiederhören« sagen. Er muss einfach darauf vertrauen, dass Pubes tut, was er zu tun hat.

»Ob mich alle Fatty nennen, wenn ich nicht dabei bin?«, überlegt er, während er in dem Notizbuch neben seinem Laptop herumkritzelt. Diesen Verdacht hegt er schon lange. Fatty gerät in philosophische Stimmung und wirft einen dramatischen Blick aus dem Fenster, sieht in dem dunklen Glas aber nichts außer seiner eigenen voll gefressenen Silhouette. Es ist Abend geworden. Wie flüssiges Schmalz trieft die Melancholie in sein philosophisches Hirn und drängt für eine Weile Festpläne und aufgeblasenes Selbstvertrauen in den Hintergrund. Er schaut auf den Bildschirm, auf den Ordner namens JUNG in EIGENE DATEIEN. Noch einmal blickt er auf die monsterhafte Gestalt im dunklen Fenster.

«Frank … bist du das?«, fragt er. »Bist das … wirklich du? Ich kann dich nicht wiedererkennen … Was treibst du? Entweder macht dich das Essen verrückt, und wenn nicht das, dann blutjunge Mädchen. Woraus bist du gemacht, mein Kleiner? Wo sind deine Bauklötze?«

KAPITEL 3

REBEL GEHT ZUM PICKNICK

FREITAG

Vielleicht sollte man einmal neu formulieren: Nicht vergebens harret, wer da harret auf etwas BÖSES. Alles ist am rechten Platz, was will man dann eigentlich? Wenn alles am rechten Platz ist, hat man doch keine andere Wahl mehr, als auf das Böse zu harren.

Gestern hab ich erst nach Stunden einschlafen können, daher bin ich vollkommen fertig, als der Wecker um acht Uhr zum Problemkinderpicknick läutet. Ich erwäge intensivst, auf die ganze Geschichte zu scheißen, stelle aber fest, dass ich sowieso nicht weiterschlafen könnte, also stehe ich auf. Mein Rückenmark behauptet, die Salatgurke befinde sich nach wie vor unter der Arbeitsfläche in der Küche, aber ich weiß, das trügt, also trotze ich ihr – dieser Vorstellung – und gehe in die Küche. Ich hab die dünne Scheibe Brot, die ich als Einziges finde, noch nicht gegessen, da wird mir wegen des Gedankens an die Gurke übel. Es darf nicht wahr sein: Ich habe eine Fantomgurke im Hausmüll. Gratuliere.

Als ich den Fahrstuhl betrete, höre ich den Schlüssel in der Tür von KING OF ANALINGUS rasseln. Hysterisch drücke ich immer wieder den E-Knopf, aber KING OF ANALINGUS ist blitzschnell und schafft es noch. Mir bleibt auch nichts erspart. Hier die Theorie des Tages:

»Das Paradox, mein gutester Rebel-Boy, das Paradox ist doch, dass man immer in derselben Haltung endet, egal, an welchem Ende der sozialen Skala man sich befindet. Verstehst du? Begreifst du? Man LIEGT, nicht wahr. Ob Großstadtarschloch oder Hungeropfer in Äthiopien, ob Junkie oder Opiumraucher, du LIEGST. Ob dir eine Südseeinsel gehört oder ob du ein römischer Kaiser bist ... du LIEGST, ganz egal. Ob mit Cocktailglas, ob mit Weintrauben überm Mund, wie auch immer ... nicht wahr?«

Die Hölle ist damit noch nicht überstanden: Nachdem ich KING OF ANALINGUS abgeschüttelt habe, muss ich die U-Bahn nehmen. Ich hasse die U-Bahn. Fotti hat gesagt, ich kann sie an Ort und Stelle treffen, dann brauche ich die Kids nicht mit hinzulotsen. Leute irgendwo hinzulotsen ist nicht meine starke Seite, also war mir das nur recht. Wenn auch um den Preis, dass ich jetzt mit der U-Bahn fahren muss.

Der Zug rüttelt und schüttelt, es ist schwarz im Tunnel. Meine Knie geraten an die Knie des absolut unerträglichen Typen, der mir gegenüber sitzt und so tut, als ob nichts wäre, dabei sehe ich genau, dass er mich jedes Mal anschaut, wenn ich so tue, als schaute ich aus dem Fenster, und dabei eigentlich ihn anschaue. Bei jedem Halt hoffe ich, dass er aussteigt, aber nein. Seine Knie irritieren mich tödlich, ich rücke beiseite, stelle dann aber fest, dass es auch nicht besser ist, reißverschlussartig meine Beine mit seinen verschränken zu müssen. Ablenkungshalber dichte ich folgendes kleines Gedicht:

Mein Verhalten ist politisch absolut korrekt
Ich verbrauche wenig

Ich kaufe nie Klamotten
Ich esse wenig Fleisch
Ich habe eine kleine Wohnung und folglich einen
niedrigen Stromverbrauch
Ich drehe beim Zähneputzen das Wasser ab
Ich schaue zu Frauen auf (sie sind die Einzigen, die
Macht über mich besitzen)
Ich war nicht beim Militär
Ich nehme kein Rauschgift
Ist es da eigentlich ein Problem, dass ich still und leise,
ganz für mich, ein Judenhasser bin?

Es ist doch wirklich ein Paradox, dass Missgeburten und Versehrte so gelobt werden, weil sie beispielsweise *gehen*. Und dass sie auf dieser Basis akzeptiert werden. Kann nicht reden, aber geht ja SOOOO geschickt mit Messer und Gabel um. Während ich, der ich ein so gut wie makelloses Verhalten an den Tag lege, NICHT Juden hassen darf. Nicht mal ein kleines bisschen. Wo bleibt da die Gerechtigkeit?

Am Stadtrand kommt die U-Bahn aus dem Tunnel. Ich sehe ein paar Bäume, doch ob jetzt gerade Sommer, Winter oder Frühling ist, ob Tag, Nacht oder Nebel herrscht, spielt für mich wirklich keine Rolle. Fottis Angaben folgend, gehe ich eine Schotterstraße gegen die Fahrtrichtung. Nach fünf Minuten ist um mich herum mehr oder weniger alles Wald und Grün. Fast blauer Himmel und mildere Luft.

Hinter einer Baumgruppe sehe ich auf einer Wiese eine Herde Menschen. Scheiße, sind die groß. Problemkinder kommen wahrscheinlich besonders früh in die Pubertät, was weiß ich. Die Jungs sind so groß wie Erwachsene. Irgendwie hatte ich gedacht, sie wären kleiner. Fotti steht am Rand des Grüppchens und winkt, als sie mich sieht. Während ich diagonal auf sie zuwandere, fantasiere ich circa zehn Mal davon, umzudrehen und zur U-Bahn zurückzugehen. Natürlich verstummt die ganze Gang und dreht sich zu mir um, als ich nahe genug dran bin.

»Das ist Rebel. Englisch ausgesprochen. Er isst mit uns«, sagt sie zu der Gruppe.

Kein Mensch sagt ein Wort. Nach zwei Sekunden drehen sie sich weg und reden weiter. Fotti nimmt mich zur Seite.

»Ich hätte nicht gedacht, dass du im Ernst auftauchst.«

»Ich auch nicht«, sage ich. »Ich hab auch nichts zu essen dabei.«

»Ich hab Würstchen«, sagt Fotti und deutet auf ihren Rucksack. »Alles okay so weit?«

»Soso«, sage ich.

Fotti wendet sich der Gruppe zu und beordert die Kids, die Einweggrills anzuzünden. »*Aber nichts sonst, verstanden!*« Die Jungs legen los, die Mädchen bleiben sitzen, ein paar von den Einwandererkids keilen sich spielerisch und rülpsen mit ihren Hormonstimmen, während sie sich balgen.

Ich werde jäh und unvermittelt und schärfstens geil auf eines der Problemkids. Sie hat TATSÄCHLICH den alten Trick angewandt und die Tangastrings über den Saum ihrer Jogginghose gezogen. Und ich will verdammt sein, wenn die ihre Titten nicht mit Silikon aufgepumpt hat. Gibt es bei so was keine Altersgrenze? Sie ist hübsch und zickig. Genau das. Hübsch wie der Teufel und zickig wie die Hölle. Hübsch und bis zum Rand voll mit Problemen. Das sehe ich. Wild erregend. Ihre Jogginghose ist weiß und ihr T-Shirt ist weiß und die Tangastrings sind – alles festhalten: orange. Wie Hacker-Catos verfickter Wagen! Ich sitze da und glotze. Sie raucht und redet mit ein paar anderen Mädchen und fuchtelt dabei zickig rum. Ihre Fingernägel fallen mir auf, sie sind gepflegt und lackiert, und zwar – ja: orange. Match.

Fotti gibt mir einen Einweggrill und eine Schachtel Streichhölzer und deutet auf die Stelle, wo die Jungs schon am Zündeln sind. Ich gehe hinüber und mache meinen Grill an. Einer von den Jungs, ein gut aussehender, gut gebauter Pakistaner, Iraner, Libanese, Jude, Südamerikaner, weiß der Teufel, sitzt gebeugt da und schaut zu mir hoch. Sein getrimmtes schwarzes Haar ist dick wie Brotteig und glänzt von Kokosöl. Um den Hals hat er eine fette Goldkette.

»Biss'n du, eh, Alda?«, fragt er.

»Freund von Fotti«, sage ich und fühle mich körperlich unterlegen.

»Machss'n hier, eh?«

»Nichts. Picknick«, sage ich.

»Unn sonss, Alda?«

»Nix sonst.«

»Hä?«

»Nix sonst«, sage ich. »Freu dich drauf.«

Fotti schnauzt hinter uns einen von den anderen Jungs an, der sich einen Joint angesteckt hat. Wenn er nicht sofort aufhört mit der Scheiße, müssen alle zurück in die Schule, droht sie. Der Junge mit dem Joint trägt eine ebenso dicke Goldkette wie mein Einwandererboy hier. Ich schaue ihn an. Er schaut zurück:

»Was kuckss du?«

Ich zitiere Fatty: »Gold ist voll in.«

»'sch weiß, Alda.«

Die Würstchen brutzeln, die Jungs spielen hektisch Fußball auf der Wiese, die Mädchen quackeln zickig miteinander. Fotti winkt mich zu sich rüber, ich soll mich neben sie ins Gras legen. Mach ich, obwohl »im Gras liegen« NICHT unbedingt meine Lieblingsbeschäftigung ist. Auf dem Hinweg schaue ich zu dem Mädchen mit den Tangastrings rüber. Die Sonne steigt, es wird wärmer, und ich bekomme ein vages Gefühl, dass meine Fortpflanzungsorgane noch am Leben sind. Scheiße, heute scheint der erste Frühlingstag zu sein.

Fotti macht den Mund auf, und schon kommt Enttäuschung Nummer eins:

»Schon gehört, Johannes und Jenna kriegen ein Kind. Wissen sie seit vorgestern«, sagt sie.

»Nein«, sage ich und bedaure die Tatsache, dass Gene weitergegeben werden. Meine Fortpflanzungsorgane sterben wieder ab.

Enttäuschung Nummer zwei: Eins von den Problemkindern fragt: »Fotti, können wir bisschen Musik anmachen?«

»Klar«, sagt Fotti.

Und schon spielen sie auf dem Discman von einem der Mädchen irgendeinen Trance-Shit.

Ich höre keine Musik mehr. Ich kann Musik nicht ertragen. Ich hasse Musik. Wenn man mich fragt, ist Musik einer der Gründe, warum alles zum Teufel geht. Jedes Mal, wenn ich Musik hörte – als ich noch Musik hörte –, war mir, als müsste ich alles aufgeben. Mag sein, Musik hilft einem, »Zugehörigkeit zu verspüren« und »Grenzen aufzulösen« zwischen »sich und der Welt«, »sich und der Gruppe« oder so'n Scheiß, aber wenn man mich fragt, sind Leute, die zu irgendeinem Emanzipationsrhythmus auf und nieder hüpfen, das Gefährlichste, was es gibt. Musik schafft hirnlose Einigkeit, sonst nichts. Musik steht für Verantwortungsverdrängung. Wenn du »eine Pause« brauchst, »Luft holen«, »mal verschnaufen« willst, bist du ein Warmduscher. Wenn du mal »aus allem raus« willst, bist du scheißfeige. Musik ist Feigheit. Wer Musik hört, »vergisst« auf einmal die unumstößliche Tatsache, dass er mutterseelenallein ist; und er wird es immer sein. Er befindet sich auf einmal mit seiner Umwelt »im Einklang«, und das ist eine widerliche, ja gefährliche Empfindung. Eine kleine Weile lang lebt er in dem Glauben, das »Selbst« würde »sich auflösen«, und Veränderung bewirke Gutes. Das ist zum Kotzen. Sheba Ali hat mal behauptet, die Musik, die er höre, bringe seine Aggressionen mit denen seiner »Gleichgesinnten« auf eine Wellenlänge. Die Frage ist nur, wie viel Musik man hören muss, bis man begreift, dass man mit »Gleichgesinnten« nicht das kleinste beschissene Bisschen gemein hat. Du bist allein, du bist tragisch.

Musik diktiert mir einen *Zustand*, und das ist zum Kotzen. An Musik klebt derselbe idiotische Ruf wie an Massensuggestion oder Rebellion. Und diese ganze kotzbeschissene Rezeption, die ist das Schlimmste an Musik. Ich hasse die Vorstellung, mich *mitreißen* zu lassen.

Wie auch immer, kaum erklingt der Trancescheiß, stehen die Mädchen auf und fangen an, auf der Wiese zu tanzen, so zehn, fünfzehn Meter von Fotti und mir entfernt. Das zickige und problematische und hübsche Mädchen mit den Tangastrings steht auch auf. Natürlich tanzen alle so, wie man es aus den Videoclips kennt, die überall zu sehen sind, und sie machen es gut, ganz offensichtlich haben sie geübt. Ich würde den ganzen Auftritt übersehen, wenn nicht das Mädchen mit dem Tanga – von jetzt ab heißt es für mich Thong – sofort mich angesehen hätte. Sie tanzt mir zugewandt, und ich weiß nicht, wo ich hinschauen soll. Fotti merkt nichts. Was will die Kleine von mir? Sie STARRT mich an. Ich halte die Luft an und starre zurück, wir starren einander an, und ich könnte nicht mal versuchen zu sagen, was ich fühle. Die Danceshow dauert so sieben, acht Minuten, und Thong lässt mich die ganze Zeit nicht aus den Augen. Fotti ruft den Kids zu, sie müssten mal nach den Würstchen sehen, und sowohl Tanz als auch Fußballspiel werden eingestellt. Scheiß Fotti. Das Mädchen schaut mich an, während es sich wieder hinsetzt.

»Das gilt auch für dich«, sagt Fotti scherzhalber.

»Hä!?«, frage ich.

»Deine Würstchen.«

»Ja. Scheiße. Verdammt«, sage ich.

Meine cheape Combat-Hose hängt mir schlaff am Hintern, sie kann mit orangenen Tangastrings, Teeniekörper und schneeweißen Trainingshosen irgendwie nicht mithalten, aber ich stehe trotzdem auf und schaffe mich zu den Würstchen rüber. Als ich mich vor dem Einweggrill bücke, den Mädchen den Rücken zugewandt, hoffe ich innigst, dass meine Unterhose nicht etwa weit runtergerutscht ist und meine Arschritze bloßlegt. Nach eineinhalb Jahrzehnten Couchpotatodasein ist mein unterer Rücken nicht mehr die sensibelste Zone der Welt, so kann ich leider UNMÖGLICH spüren, ob das der Fall ist, es sei denn, ich fasse hin und fühle nach. So überlasse ich diese Angelegenheit dem Zufall.

Ich verbrenne mir die Finger an den Würstchen, die auf der Unterseite kohlrabenschwarz sind, und dann höre ich auch noch ein paar Mädchen kichern. Thong *könnte* eine von den Kichernden sein. Das bedeutet entweder, dass sie etwas sehen, was ich nicht sehe, zum Beispiel meine Arschritze, und daher über mich lachen, aber nichts muss darauf hindeuten, dass sie überhaupt über mich lachen. Egal wie, Jungmädchenkichern ist beunruhigend. Jungmädchenkichern in metaphorischer Kombination mit dem männlichen Körperteil namens Penis ist die Wurzel allen Unheils.

Es wird kaum weiter überraschen, wenn ich sage, dass ich Westeuropäer bin. Und zwar ein weißer. Wer sonst als ein weißer Westeuropäer würde sich über solche Sachen Sorgen machen? Das sind die letzten Zuckungen der weißen Rasse.

Sowohl Fotti als auch ich finden es okay, dass die Würstchen verbrannt sind. Mir gefällt, dass Fotti drauf scheißt, wie etwas schmeckt. Mein Würstchen schmeckt auf der einen Seite nach kaltem Würstchen, auf der anderen verkohlt. Ich habe keinen Hunger und werfe das halb gegessene Würstchen hinter mich ins Gebüsch. Thongs Blick folgt dem Würstchen auf seinem Weg durch die Luft ins Gebüsch. Dann schaut sie mich an, und ich schaue weg. Verdammte Scheiße, was haben so junge Dinger für eine Macht! Was geht hier vor? Wie alt mag sie sein? Fünfzehn? Allerhöchstens sechzehn. Ich spüre ihre Macht, obwohl die Lolita-Ära eigentlich vorbei ist, um es mal so zu sagen; Junge-Mädchen-die-mit-dem-Strohhalm-Cola-trinken-und-sich-die-Schuhe-von-den-Füßen-schütteln, sind nicht mehr im engeren Sinne »erregend« oder eine in irgendeiner Hinsicht interessante Problemstellung zu einer Zeit, da man draußen auf der großen grünen Weide, die da heißet Internet, anschauen kann, wie Dreizehnjährige gefickt werden, so lang man will – von so fetten und hässlichen Typen, wie man will – anal – von zwei Prügeln zugleich, wenn man will – UND von einem dritten in die Fotze – SOWIE in den Mund – oder in den Hals, um genau zu sein – weit, weit über den *point of gag* hinaus – und sie kichern und lachen IMMER NOCH.

Eins von den Mädchen hat angefangen, Kronkorken nach den Jungs zu werfen, die drüben liegen und Würstchen essen und rauchen und aussehen wie eine Herde männlicher Wirbeltiere. Sie glitzern in allerlei frisch geklautem Joggingzeug. Verdammt, sogar an den Händen von etlichen Jungs sieht man, dass es Problemkids sind. Keine wohlerzogenen, erfolgreichen Schulgänger mit FÜRCHTERLICH gesund wirkenden Händen. Oder Hälsen. Recht bedacht, gibt es erschreckend viele Junkies und Alkis mit unbeeinträchtigtem Kopfhaar. Prozentual gesehen haben mehr Junkies noch alle Haare als der Durchschnitt, was nur eins bedeuten kann, nämlich dass KÖRPERLICH gut ausgestattete Leute leichter vom rechten Weg abkommen, weil sie den Alltag, den die KÜMMERLINGE ihnen bereiten, nicht aushalten. Alle physisch Überlegenen, die ich kenne, sind auf die Schnauze gefallen. Ohne ihr Zutun. Es liegt am Schulsystem, das verliererfreundlich ist und alles dafür tut, dass die EIGENTLICH Überlegenen ausgesondert werden. Umgekehrter Darwinismus. Alles, was sich entwickelt, wird kaputtgemacht. Die Eigenschaft *körperliche Überlegenheit* geht oft Hand in Hand mit anderen Eigenschaften wie: Autonomie, manipulatorische, ja diktatorische Fähigkeiten, Tatkraft und natürliche Autorität. Das übersozialisierte Schulsystem funktioniert so, dass es diese Eigenschaften zu PROBLEMEN macht. Und zwar, weil die Verlierer – die körperlichen Verlierer, mit anderen Worten: die Schulgewinner – seit Generationen und Abergenerationen Methoden ausgetüftelt haben, die kommende Generation körperlicher Verlierer vor der nächsten Generation körperlicher Gewinner zu schützen. Ich hoffe bloß, das Schulsystem ist bald am Arsch, so dass die Verliererhegemonie dieser verdammten Verlierergesellschaft einen Schuss vor den Bug kriegt. All diese charakterlosen, »intelligenten« Streber, die jahraus, jahrein in den Schulen gewinnen, weil die Schule VON Verlierern FÜR Verlierer gemacht wird. Die wahren Gewinner sitzen da mit ihrem fülligen Kopfhaar und können sich Heroin spritzen, überallhin, in die Leistenbeuge, ins Auge, in den Schwanz, soviel sie wollen.

Wie auch immer, die Teenies, mit denen ich hier sitze,

vereinen eine Kombi guter Eigenschaften: Hass gegen Autoritäten, sprachliche Freiheit, Mut, natürlichen Oppositionsgeist, physische Überlegenheit und nicht zuletzt aggressive Sexualität. Eigenschaften, die ich mir irgendwann selbst gewünscht, aber nie besessen habe. Hingegen besitze ich leider sämtliche Eigenschaften, die es braucht, um in diesem VERLIERERSYSTEM zu bestehen, und das quält mich. Es bringt mich um den Verstand, denn es bedeutet, dass ich dazu verurteilt bin, für den Rest meines Lebens mit Losern meines Schlages zu tun zu haben. Losern, die auf Leben oder Tod für alles, was sie tun, *wertgeschätzt* werden wollen. Auch ich – als typischer Gewinner-Verlierer – kann es beim besten Willen nicht *sein lassen*, sinnvoll zu kooperieren. DERART kaputt bin ich. Alles, was ich zustande bringe, sind dämliche Strategien, die nirgends hinführen. Tüchtige, weiße, männliche, heterosexuelle Exemplare der Gattung Homo Sapiens haben einfach nicht das, was sie brauchen. Nicht mehr.

Fotti sagt zu den Kids, sie sollen die Grillgeräte in den Abfall werfen. Offenbar geht es jetzt zum Observatorium, zwei, drei Kilometer weiter oben. Teenager wie die hier haben keinen Zutritt zum Observatorium, also lautet der Plan, hochzugehen und draußen vorm Observatorium zu stehen und über Wald und Stadt zu blicken. Ein halbblauer Chor von missmutigem Stöhnen begleitet die Einweggrills in eine der kommunalen Abfalltonnen. Die Jungs schleppen ihre von keinem einzigen beschissenen Gramm Fett verunstalteten Körper zwischen dem Picknickplatz und der Abfalltonne hin und her. Ich behalte Thong und ihren Hüftbereich genau im Blick.

Auf dem Weg zum Observatorium geht einer der Kumpels des Einwandererjungen, mit dem ich mich unterhalten habe, etwas voraus, zieht sich die Hose runter und winkt – ja, wirklich, WINKT – mit dem Arsch zu unserer kleinen Gesellschaft runter, die lachend hochruft, er sei widerlich. Dabei macht diese kleine Geste in Wahrheit alle glücklich. Ich gehe nur ein paar Schritte hinter Thong. Auf einmal dreht ihre Freundin sich um und spricht mich an. Eine Wiederholung des Gesprächs mit dem Einwandererjungen:

»Warum biss'n hier, eh?«

»Na, so grillen und bisschen spazieren gehen«, sage ich.

»Mit uns? Biss doof oder was? Hass sonss nix zu tun, eh? Hass kein Arbeit?«.

»Nix.«

»Hä?«

Bei dem »Hä« sehe ich, dass sie vier Piercings in der Zunge hat. Ich überlege NICHT, wo sonst noch.

»Nix«, sage ich.

»Hä?«, macht sie.

»Freu dich drauf«, sage ich.

Thong schaut mich an mit ihrem zickigen, hübschen Gesicht, und ich schaue zurück. Ihre Freundin, die eben mit mir gesprochen hat und jetzt nicht mehr mit mir spricht und mit der ich kein Gespräch führen kann, weil mir die Initiative dazu fehlt, ist vom selben Typus wie Thong, aber ihr fehlt Thongs Problem-Ausstrahlung. Thong ist zickig und hübsch UND erregend, ihre Freun-

79

din ist zickig und hübsch, fertig. Kleiner Unterschied, große Wirkung.

Abgesehen von einem entblößten Hintern und ein paar unfassbar obszönen Schimpfwörtern benehmen die Problemkids sich anständig. Sie strahlen eine ähnliche Ruhe aus wie Langzeitgefangene oder in die Jahre gekommene notorische Kriminelle. Die Ruhe, nachdem man jahraus, jahrein schikaniert worden ist. Der Einwandererjunge und sein Hinternwackelkumpel pissen hinterm Observatorium in die Aussicht. Wir gehen wieder runter und nehmen die U-Bahn zurück in die Stadt. Fotti und die Problemkids steigen irgendwann aus. Thong verschwindet in der Menge. Ich bleibe noch vier Haltestellen lang sitzen.

Dass ich derart viel Freizeit habe, muss bedeuten, dass ich einer Art privilegierter Oberschicht angehöre. Für mich ist jeder Tag Samstag, also ist es für mich ohne weitere Bedeutung, dass heute Freitag ist (und heute Abend Freitagabend).

So schnell ich kann, verlasse ich die U-Bahn. Ich halte einfach den Anblick all dieser Menschen nicht aus. Warum? *Because phrenology is my ideology.* Wenn man mich fragt, so blickt derjenige, der ein Auge für schädelkundliche Details hat, den Menschen direkt ins Herz, und es schmerzt geradezu, seinen Studienobjekten derart nah zu sein wie in der U-Bahn. Wäre ich jemals auf eine »Mainstream-Subversion« à la Fatty aus, so würde ich eine schädelkundliche Monatszeitschrift unter folgendem Namen gründen:

80

THE RACE

Fotti hat gesagt, sie sei so um drei rum mit dem Job fertig, jetzt ist es gut zwei vorbei. Sie wollte mit den Kids noch ihre Mathe-Hausaufgaben durchgehen und sie dann in ein neues Wochenende voller Dope und hysterisch unreifem Sex entlassen. Außerdem hat sie – nicht weiter überraschend – gefragt, ob wir uns im *Leermeister* treffen wollen, wenn sie fertig ist. Und ich habe – nicht weiter überraschend – ja gesagt.

Drinnen im *Leermeister* serviert mir der Kellner mit den Ober/Unterzähnen ein Bier, und ich warte auf Fotti. In einer Kneipe zu sitzen und zu warten, ist eine meiner allerletzten Lieblingsbeschäftigungen.

Fotti ist »ein nettes Mädchen«, wie man so sagt. Das erkenne sogar ich. Eine gewisse Sorte Männer – wie soll man sie bezeichnen? *Straight guys?* Typen mit irgendeinem gut bezahlten »kreativen« Job, denen der Sinn nach Bequemlichkeit PLUS ein bisschen Spannung und Unkonventionalität steht –, liegen ihr zu Füßen. Fotti ist redegewandt, streitlustig und aufrichtig, und das wirkt auf diese Männer äußerst attraktiv. Im Lauf der Zeit hat sie einen ganzen Haufen von diesen Gestalten angezogen. Geschäftsleute, die Mädchen satt haben, die auf Geschäftsleute aus sind. Fotti ist ganz offensichtlich die Inkarnation ihrer nebulösen Fantasie bezüglich eines »besonderen Mädchens«. Ein Typ mit *extrem* attraktiver Hautfarbe und etwas weniger attraktiver Stimme war derart scharf auf sie, dass er beschloss, ihr ein Auto zu SCHENKEN. Was er auch tat. Er setzte enorme Mengen Energie ein, um sie zu überreden, das Geschenk anzunehmen. Ohne jede Verpflichtung. Fotti hat keinen Führerschein. Aber das Auto musste sie nehmen. Dann und wann fungiert Arolf als Chauffeur. Mal ein Ausflug in eine Vorstadt, mal eine Runde durchs Zentrum. Fotti zahlte zum Dank in Form sporadischer Telefongespräche – kostenloser Gespräche, da der Mensch in der Telekombranche arbeitete. So ging es bis zu dem Tag, da er in der Innenstadt das Auto sah (erkennbar dank des Telekom-Logos an den Seitentüren) und darin Arolf, der deutlich über der erlaubten Geschwindigkeit um die Kurve geschossen kam, eine 0,7-Liter-Flasche Heineken an den Lippen. Der Telekasper – so hatten wir ihn alsbald getauft – erläuterte Fotti in einem letzten Gratisgespräch, dass er auf solche »aktive Antireklame« für seine Firma *keinerlei* Wert lege, worauf Fotti erwiderte, er könne sich seine bescheuerte Karre in den Arsch stecken, wenn er so zimperlich sei. Das war das Ende der Beziehung, die keine Beziehung gewesen war. Den Wagen hat Fotti immer noch.

Fotti ist auf eine Weise unternehmungslustig und neugierig, die ihr ein entspanntes Verhältnis zum Leben ermöglicht. Das erkennt man ohne Hellseherei. Sie hat Grundsätze, sie überdenkt ständig, was sie tauglich findet und was nicht, wofür sie ist und wogegen. Für ein Weichtier wie mich ist das die reinste Qual. Ach, da kommt sie ja. Ober/Unterzähne folgt ihr wie ein zahmer Hund.

»Und, hatten sie ihre Hausaufgaben gemacht?«, frage ich.

»Nein«, sagt Fotti. »Sultan hat am meisten gemacht.

Er hat sein Mathebuch zu einer Pappmaché-Uzi verarbeitet.«

»Sultan?«, frage ich.

»Einer von den Einwandererjungs. Der Hübsche mit der Goldkette.«

Fotti nestelt an den Verbänden um ihre Handgelenke. Ich habe sie dreimal gevögelt. Das zweite Mal war das beste. Das erste Mal war der Anfang, das dritte der Schluss. Ein handlicher kleiner Vögelzyklus. Es war unwahrscheinlich, dass zwei so gegensätzliche Leute wie wir eine Beziehung aufbauen würden. Wir sind einfach zu verschieden, und – was man nicht vermuten würde – mögen uns zu gern, als dass wir unsere Freundschaft durch Liebe kaputtmachen wollten. Bei jedem Treffen schimpft sie mit mir, sie findet, mir fehle es an Initiative, ich sei zu schlapp, sie redet gegen mein Gejammer an, denn sie will mir, wie sie sagt, »ausreden, so verfickt widersprüchlich und widerstrebend zu sein, Rebel!« Ich stammle dann etwas von wegen, ich sei gegen alle Verbote der Widerstandsindustrie, aber auch gegen positive Vorurteile bezüglich der Gegenkultur sowie gegen jede Verunsicherung und Entmutigung der vorbildlichen Vorkämpfer für Reformen und Gegenreformen. Oder so.

»Arolf sagt, ihr wollt bei Fatty aufhören«, sagt Fotti.

»Ja, überlegen wir«, sage ich.

»Und was willst du dann machen?«, fragt Fotti.

»Weiß nicht. In deiner Klasse anfangen und Problemgirls aufreißen?«

»Haha.« Fotti hält mir den Zeigefinger streng vor die Nase. »Was willst du dann machen?«

»Weiß nicht.«

»Du weißt nicht?«

»Ist eh egal«, sage ich. »Ich bin nicht so stolz, dass ich unbedingt was darstellen muss. Das ist das Problem. Kein Stolz, kein Ehrgefühl. Mein kokainweißer Mittelklassekörper ist mit einem schweren Problem beklebt, das da heißt: Keine Feinde. Alle von sich überzeugten Menschen brauchen Feinde. Kraftvollen Widerstand. Wenn du dasitzt und denkst, du hast alles, begreifst du bald, dass du eins NICHT hast, nämlich was zu verlieren.«

»Wenn du dich weiter so selber amputierst, wird es dir schlecht ergehen. Tu irgendwas und hör auf zu jammern, Rebel. Wenn du so weitermachst, sitzt du bald vor dem Nichts«, sagt Fotti.

»Das Nichts ist schon da«, sage ich.

Immer noch Freitagabend. Drei Sachen passieren im Fernsehen, die das Hinsehen lohnen könnten. Erstens: Ein Typ sagt: »Du kannst deinen Arsch drauf verwetten, dass wir so lange analfixiert bleiben, wie das Arschloch nicht als stubenrein gilt!« Zweitens: Ein Neger steckt den Kopf zu einer Tür herein, und bevor er sich noch vorstellen kann, kriegt er zu hören: »Du hier saubermachen?« Drittens: Ein Musikvideo des Nigerianers Fela Kuti namens *Don't Gag Me*.

»Nee, keine Sorge«, denke ich.

Fotti und ich haben heute noch ein paar Stunden im *Leermeister* gesessen und zugeschaut, wie Ober/Unterzähne mit Bier hin und her gezischt ist. Wir waren beide der Meinung, dass *Politik* in unserer Zeit ein interessantes Betätigungsfeld sein könnte. Ich habe bislang keine verdammte Sekunde meines Lebens lang an Politik gedacht, aber jetzt kommt es mir relativ logisch vor, sich damit zu beschäftigen. Wenn alles den Bach runtergeht (oder auf die Spitze getrieben wird, wie man will), kann man genauso gern in die Parteipolitik gehen. Reden schwingen, Appelle ausgeben. Wär doch was. Die Politik könnte verschiedene Vorteile bieten:

1. Sie ist eine Arena, in der man relativ viel Aufmerksamkeit bekommt.

2. Man erhält Gelegenheit, anderen Menschen seinen Willen aufzuzwingen (etwas, was ich bislang für schlecht hielt, aber ich bin bereit, das zu revidieren).

3. Die politische Arena wird von Idioten bevölkert, folglich herrscht geringe Konkurrenz.

4. Die politische Korrektheit nervt die Leute allmählich derart, dass jede Meinungsäußerung willkommen ist.

5. Man darf Reden halten.

6. Politische Reden zwingen dazu, grob gerastert über praktische Fragen zu sprechen, das passt mir gut. Und man ist genötigt, sich verständlich zu machen. Das ist gut.

Ich trete an mein sparsam bestücktes Bücherregal und nehme *Mein Kampf* hervor, das ich vor ein paar Jahren wegen des Umschlagdesigns gekauft habe: ein fettes Hakenkreuz in weißem Kreis auf rotem Grund. Würde ein Preis für das beste Design des 20. Jahrhunderts verliehen, ich wüsste, wer es verdient hätte. Gelesen habe ich das Buch nicht, aber jetzt sollte ich das vielleicht. Ich kann mich nicht mehr erinnern, wann ich das letzte Mal ein Buch gelesen habe. Die fünf anderen Bücher in meinem Regal sind: *Zum Beispiel Mord* (eine Hitchcock-Auswahl), *Military Intelligence Blunders* von Colonel John Hughes-Wilson, *Heißer als die Nacht* von Susanna Rollins, *Geologische Grundbegriffe* von Jesper Knudsen und *Die Erde ist Stein – Neue geologische Grundbegriffe* von Jesper Knudsen und Søren Kofoed. Gelesen habe ich keins davon, und das werde ich auch nicht tun. Wenn ich ehrlich sein will, so weiß ich auch nicht, wo die herkommen, abgesehen von *Mein Kampf*, das ich mit eigenem Geld erstanden habe.

Früher hatte ich jede Menge Bücher. Vielleicht zwei-, dreihundert. Und ich habe sie sozusagen alle gelesen. Zu einem bestimmten Zeitpunkt vor rund drei Jahren aber kam es zu einem witzigen Zusammentreffen von praktischen Umständen und einer Überzeugung, zu der ich gelangt war. Die Überzeugung bestand in der Sicherheit, dass mein fürchterlicher Jähzorn an den *Büchern* lag. Ich hatte ziemlich viel Zeit in Bücher investiert, und das begann mich zu ärgern. Ich war mir immer sicherer, dass sie nichts bewirken, dass sie uneffektiv sind, dass auch die offensivsten Bücher noch passiv machen und nichts als guter alter Eskapismus sind. Der praktische Umstand war, dass ich umziehen wollte. Aus einem Loch in ein anderes. Und diese Kombination von Praxis und Überzeugung führte dazu, dass ich all meine Bücher verbrannte. Arolf fuhr sie mit Fottis Telekasperauto raus zu irgendeinem Parkplatz, ich goss Grillanzünder drüber und steckte sie an: Die Türken – das war in einer Türkengegend, ich verstehe eigentlich nicht, warum es bei uns

86

immer heißt, überall auf der Welt begegne man *Isländern,* ich würde eher sagen, die Türken sind überall, wo man hinkommt – egal; die Türken wimmelten herbei wie die Motten. Es war Winter, und das Bücherfeuer war schön warm.

Ich habe alle guten Eigenschaften. Ich habe alle guten Eigenschaften, und wozu sind sie nutze? Um Frieden zu schließen. Und Bücher – vermitteln sämtlich gute Intentionen. Es gibt kein böses Buch. Manche wollen unterwandern, stimmt, aber wer unterwandern will, hat in irgendeinem Sinn auch eine positive Intention. Darum brauche ich keine Bücher. Ich habe alle guten Eigenschaften, ich weiß, wie gute und seriöse Intentionen aussehen und wohin sie führen. Und ich brauche keine neuen. Wenn es nach mir ginge, würden SÄMTLICHE Bücher verbrannt – und sei es, um ein bisschen Platz in der Bude zu schaffen. Mal durchzulüften. Nun ist es nicht so, dass ich einen neuen Weltkrieg oder so was befürworten würde; man sieht ja, wohin der letzte geführt hat. Nicht wahr. Direkt in die repressive Toleranzhölle, mit der ich mich schon mein Lebtag herumplage.

Ich stelle fest, dass im Anhang dieser Ausgabe von *Mein Kampf* eine Auswahl von Hitlers Reden enthalten ist, und lese zunächst mal die. Ich mag den Gedanken an politische Reden. Verdammt, Fotti ist manchmal gar nicht so dumm. Es wäre übertrieben, zu sagen, ich wäre regelrecht *begeistert,* aber ich bekomme richtig Lust, ein, zwei Reden zu schreiben. Und zwar möglichst sofort.

KAPITEL 4

MACHT
MITTWOCH

Jedes Mal, wenn Tony DeLuca das Wort GANGBANG hört, kneift er den Schließmuskel zusammen. Nicht, weil er es nicht mögen würde, sondern weil sein Chef es nicht mag. Macht sagt es noch einmal, als ob die anderen es eben nicht gehört hätten.

»GANGBANG.«

Es ist Mittwoch morgen, Macht sitzt bei PETROO-LEUM in der Geschäftsbesprechung. Es ist halb neun. Macht ärgert sich über Tony DeLuca. DeLuca ist so träge. Macht ist wieselschnell, und es ist für ihn äußerst uninspirierend, dass DeLuca und seine Kompagnons so elend träge sind. Machts Aufgabe besteht in diesem Moment darin, die Vertreter von PETROOLEUM davon zu überzeugen, dass GANGBANG mindestens genauso gut klingt wie CRACKBABY. In der letzten Sitzung muss-te er sich schier ein Bein ausreißen, bis er CRACKBABY durchgesetzt hatte. Er schaffte es, und CRACKBABY ver-kaufte sich wie verrückt. Was warten die noch?

Kein Mensch weiß, wie viele Millionen Frank Wise in den Umbau dieser alten Lagerhallen zu Büros gesteckt hat, aber wenig kann es nicht gewesen sein. Frank Wise ist CEO von NODDY; er sitzt neben Tony DeLuca, dem Marketingchef von PETROOLEUM. DeLuca wieder sitzt neben Gordon Hansson, dem Finanzdirektor von

NODDY, der neben Anya Britt sitzt, der Chief Executive Brand Coach von PETROOLEUM. Neben ihr sitzt Macht. Macht ist CCCCPU (Contemporary Counter Culture Commercial Pick Upper, Vertreter des »jungen« Flügels von NODDYS Corporate Identity Management Services), und zu seiner anderen Seite sitzt Alistair Krames, Vorstandsmitglied bei PETROOLEUM. Sechs Leute am Tisch. Drei von NODDY, drei von PETROOLEUM.

Macht ist ein so genannter Kreativer (von ihm stammt zum Beispiel das Motto »Freier haben immer Recht«), aber anders als die meisten Kreativen hat er sich klugerweise für die Wirtschaftswelt entschieden und nicht für ein Dasein im Problematisierungs-Slum (lies: Kultur und Geistesleben). Er erträgt es nicht, mit den übrigen kulturellen *Playern* dieser Welt umgehen zu müssen. Ironie des Schicksals: Machts Geschäftssinn und zupackender Charakter haben ihn direkt in den Underground geführt, um dort Beispiele für »Authentizität« etc. zu entdecken, die sich wirtschaftlich ausbeuten ließen, und dennoch ist es ihm bislang erspart geblieben, einer von ihnen zu SEIN. »Ihnen« meint hier die Kulturärsche, Aktivistenärsche, die neoradikalen Bastarde, kritischen Theorie-Penner, die Slumkönige der progressiven Musik, die Bewohner des Sinnstiftungs-Ghettos, des großen Zigeunerlagers von Textproduzenten und Gegenkultur-Ratten.

Nur weniges weiß Macht nicht über die Personen, die hier um den Tisch sitzen, und dieses wenige erschließt er in *real time*. Macht leistet stets gründliche Vorarbeit, hat ein EXTREM gutes Gedächtnis und dazu eine einzigartige soziale Kompetenz, die ihm eine SEHR aggressive Sitzungstechnik erlaubt.

89

Macht ist 29 Jahre alt und verdient einen Haufen Geld. Er trägt ein kurzärmeliges Hemd, das *full-sleeve* Tattoos auf beiden Armen freilässt; außerdem hat er dichtes helles Haar, das er regelmäßig äußerst kurz schneidet. Drei bis vier Millimeter. Sein Hemd sieht aus, als käme es direkt aus dem Fundus von *Taxi Driver*. Die übrige Versammlung rings um den »zeitlosen« Glas-und-Stahl-Tisch, den Frank Wise eigenhändig und gegen den ausdrücklichen Rat seines Innenarchitekten Andy Homo Barsamian ausgesucht hat, ist sehr viel steifer gekleidet. Schlips und Anzug, außer DeLuca, der tapfer versucht hat, sich mittels eines Gucci-*leisure-outfits* abzusetzen. Macht ärgert sich weiter über DeLuca, bis Alistair Krames, das Vorstandsmitglied, die Klappe aufmacht, sich räuspert und mit eingebildeter Autorität zu reden beginnt:

»We stretched ourselves way beyond our moral borders when we accepted the CRACKBABY-brand. I do agree with Tony that GANGBANG is *definitely* over the line for what we consider acceptable. It has connotations that we find utterly problematic.«

»Mr Krames –« Macht bremst Frank Wise mit einer Geste. Der CEO kommt immer völlig verfrüht mit irgendwelchen diplomatischen Versöhnungsversuchen. »Mr Krames, you have to trust that the energy of the *subversive* is today's leading source for successful marketing on our field. It's as easy as that. And it has been like that for years and years. You have no other choice than to trust me on this one. I claimed it last time when we discussed CRACKBABY, I was proved right, and I'm claiming it again, because I WILL BE RIGHT again.«

Macht schaut Krames in die Augen, und Krames knickt ein. Krames ist mindestens doppelt so alt wie Macht und noch rückständiger als DeLuca, folglich hat Macht keinerlei Interesse daran, dass Krames sich ausgerechnet jetzt einmischt. Jedes Mal, wenn das geschieht, verlängert es die Sitzung um eine halbe Stunde. Machts kleine »Erläuterung« scheint geholfen zu haben, denn Krames hält den Schnabel, und PETROOLEUM zieht noch vor dem Mittagessen ab, die Rechte für die Unterwäschemarke GANGBANG in der Tasche, und NODDY ist vertraglich ermächtigt, das Bildmaterial mit Gruppenvergewaltigungen auszusuchen, mit dem die Unterhosen bedruckt werden sollen. Im Laufe der letzten zehn Minuten kam zwischen den Parteien ein gewisser Dissens auf bezüglich der Frage, inwieweit sich eine ganze Gruppenvergewaltigung auf winzigen Tangaslips wiedergeben lässt, aber Macht erläuterte schlagend deutlich, wie sehr das durchschnittliche Teenagerauge darauf trainiert ist, winzig kleine Bilder zu entschlüsseln.

»Take the internet, for instance. It's just a big pile of thumbnail pics«, sagte er. »If I didn't know better, I'd name the next generation *The Thumbnail Generation.*«

Macht irrt sich selten oder nie. Das ist ihm vollkommen bewusst. Auch Frank Wise, CEO von NODDY, ist sich dessen vollkommen bewusst. Macht weiß, dass er immer Recht hat und langweilt sich zu Tode, wenn so eine Sitzung zwanzig Minuten länger dauert als unbedingt nötig, nur weil eine Horde rückständiger Geschäftsleute merkwürdigerweise das Gefühl hat, sie hätte kein »reelles Geschäft« gemacht, wenn man sie nicht gründlich hat überreden müssen. Und damit nicht genug.

91

Die Leute von PETROOLEUM müssen *jedes Mal wieder* überredet werden, wenn sie bei NODDY um den Glas-und-Stahl-Tisch sitzen, den Macht, wenn man ihn lassen würde, sowieso lieber der Heilsarmee übergeben würde, damit die ihn in die Suppenküche stellt.

Frank Wise strahlt zufrieden und lädt alle ins Restaurant zum Mittagessen ein. Wie immer. Und er kommt mit seiner üblichen Leier:

»Mann, Mann, Mann, ich hab schon gedacht, die beißen nie an. Aber du hast sie wieder eingefangen. Du bist wirklich nicht zu glauben, Macht.«

Macht ist immer ehrlich. Er sagt Frank, dass er allmählich die Grenzen seines Jobs erkennt. Er sagt, es reicht ihm langsam, dass die Leute so wahnsinnig träge sind, und dass das anfängt, ihn zu nerven. Wise müsse schon verstehen, dass es nicht die interessanteste Herausforderung der Welt ist, ewig und drei Tage mit Reaktionären wie DeLuca über Offensichtliches zu verhandeln. Frank redet sich mit der Mitteilung heraus, dass Macht eine absolut nicht nervende Sommergratifikation zu erwarten hat. Macht dankt und isst auf.

Macht folgt einem schlichten Prinzip, das er zu NODDY mitgebracht hat, und das heißt Internalisierung. Die Regel lautet: Internalisiere das, wovon du befürchtest, es könnte dir schaden. Werde zu dem, was dich bedroht. Behalte die Initiative. Wenn jemand anfängt, über ein Gebiet zu reden, von dem du keine Ahnung hast, finde alles darüber heraus und sage schließlich »ja«, nie »nein«. Verbinde dich mit der Wut, die sich gegen dich richtet, und verkaufe sie weiter, gern wieder an den, der am wütendsten ist. Das klappt. Sie kaufen.

Macht geht ins MUSICK und kauft dort zehn, zwölf CDs. *Molotone Rocktail, Sodom, Nod Ässk, Gloom Vater* und so Dinger. Er kennt Exxon, der bei MUSICK hinterm Tresen steht. Wüsste Exxon, dass er für NODDY arbeitet, würde er ihm wahrscheinlich auf der Stelle eine reinhauen. Exxon hat sein halbes Leben und mehr dafür investiert, ein selbstbestimmter Anarcho-Syndikalist zu sein; er vertreibt in seinem kleinen Laden im Großen und Ganzen Musik von Leuten mit denselben politischen Überzeugungen, wie er sie pflegt. Würde er Wind davon bekommen, dass Macht seine sämtlichen CDs nur darum dreimal pro Woche durchflöht, weil er etwas sucht, was er via NODDY beispielsweise an T.S.I.V.A.G. verkloppen könnte, na, dann käme Leben in die Bude. Aber er weiß nur, dass Macht Macht heißt, seine Tattoos alright sind und er sein bester Kunde ist.

Zu Hause hört Macht drei von den CDs aufmerksam durch; auf einer Anlage, die mit einem unvorstellbar potenten Laptop verbunden ist. Und er liest ebenso aufmerksam die Booklets derjenigen CDs, deren Producer sich Booklets leisten konnten. Dann ruft Frank Wise an und fragt, ob er ins CISCO kommt, zu einem Abendessen mit ein paar Jungs von T.S.I.V.A.G. – *Thompson, Smithson and Immhauser Values Alimited Googol.* Macht fragt, ob Thomas Ruth dabei ist.

»Ja«, sagt Frank. »Und nicht nur Ruth, sondern auch Hasse.«

»Hasse Cashavettes?«

»Jepp«, sagt Frank Wise.

»Dann komme ich«, sagt Macht.

Thomas Ruth ist der Einzige bei T.S.I.V.A.G., der

Macht interessiert. Er hat ein paar ausgesprochen interessante Marketingstrategien erdacht, und im Vergleich zu den Typen von PETROOLEUM ist er wirklich avanciert. Macht sieht eine Chance, Ruth ein paar richtige Hardcore-Sachen aufzudrücken. Hasse Cashavettes ist der CEO von T.S.I.V.A.G., und Macht achtet aus ökonomischen Gründen darauf, sich gut mit ihm zu stellen.

Im Bad rasiert Macht sich den Kopf; der Barttrimmer ist auf vier Millimeter eingestellt. Dann duscht er und zieht ein anderes Hemd an, das ebenfalls aussieht wie aus dem Fundus von *Taxi Driver*, diesmal ein langärmeliges. In der U-Bahn sieht er am anderen Ende des Waggons Frank Leiderstam, den PUSH-Häuptling, aber er fährt nur eine Haltestelle weit und verzichtet daher auf ein Gespräch. Macht weiß, er müsste hingehen, er weiß, dass Frank Leiderstam ein wirklich zentraler Player ist, aber für ein so wichtiges Gespräch wäre jetzt nicht genügend Zeit. Sie nicken einander zu, das muss reichen. Ein Treffen mit Frank Leiderstam kann warten, bis die Zeit reif ist.

Macht geht erstmal ins TESCO oder »Bierhundehaus«, wie es auch genannt wird, um dort ein Bier zu trinken (er trinkt keine Cocktails, und hier im TESCO werden auch keine ausgeschenkt, denn der Wirt findet, dass nur Homos oder Geschäftsleute – in seinem Weltbild ohnehin dasselbe – welche trinken), dann geht er in das *sehr* geschmackvoll eingerichtete CISCO, wo das Treffen mit den T.S.I.V.A.G.-Leuten steigen soll. Einfach gesagt, ist das CISCO für reiche Säcke und das TESCO für Leute, die keine reichen Säcke mögen, die keine reichen Säcke werden wollen und das außerdem, wenn sie es denn versuchten, gar nicht schaffen würden. Macht weiß, dass er so viel verdient wie die restliche Klientel im TESCO zusammen, die zwei Frauen hinterm Tresen inklusive, aber das weiß sonst niemand, und rein stilistisch fällt er nicht auf. Mit anderen Worten, wer es nicht besser weiß, der findet nicht, dass Macht aussähe wie ein reicher Sack. TESCO liegt »ironischerweise« nur einen Block neben dem CISCO, und Macht nutzt es oft als Tränke, bevor er zu einem Geschäftsessen geht.

Am Ende des Tresens steht ein Mädchen, das seine Blicke ungewöhnlich beharrlich erwidert. Im politischen Untergrund hat man nicht oft Gelegenheit, wachen Leuten in die Augen zu schauen, um es mal so zu sagen. Macht findet das Mädchen ziemlich attraktiv für so eine junge Rote. Und die Verbände an ihren Handgelenken wecken sein Interesse zusätzlich. Suizidgefährdung zeugt von Engagement, denkt er und zitiert innerlich Kathy Acker: SUICIDE AND SELF-DESTRUCTION / IS THE FIRST WAY THE SHITTED-ON START SHOWING / ANGER AGAINST THE SHITTERS. Sie ist suizidal, darum hat sie einen so unerschütterlichen Blick, räsoniert er weiter; sie weiß, was sie will. Frank Wise ruft an, und Macht stürzt das Bier runter, während er das Mädchen mit dem (wachen) Blick mustert, den, das WEISS er, (wache) Mädchen ihr ganzes verfluchtes Leben lang suchen, und nickt ihr im Gehen zu. So ist sie auf freundliche Weise genötigt, zurückzunicken. Und jetzt ins CISCO.

Der Türsteher lächelt zuckersüß und geleitet Macht quer durchs Lokal bis zu dem Tisch, an dem Frank Wise sitzt und ebenso zuckersüß lächelt, wie immer seit jenem Tag vor sieben Jahren, an dem er Macht frisch vom Wirtschaftsstudium wegschnappte. Wise hat schon manches Mal gedacht, dass Macht der einzige ihm bekannte Mensch ist, der sich seltener irrt als er. Das erkannte er gleich beim ersten Treffen kristallklar. Frank Wise brauchte damals nur zwischen sieben und neun Sekunden, bis er beschlossen hatte, den Jungen fest anzustellen.

Das Gespräch beim Abendessen zwischen Macht und Thomas Ruth läuft gut. Macht isst nicht viel. Feinschmeckeressen ist gegen seine Prinzipien, aber Frank Wise bestellt ihm trotzdem jedes Mal karamelisierten Steinbeißer.

Machts Strategie ist die folgende: Er hält das Gespräch am Laufen, indem er eifrig so viele Ideen und Vorschläge anbringt, dass erstens Ruth seine eigenen nicht formulieren kann – Macht weiß, seine sind sowieso besser als Ruths, die er folglich nicht hören möchte –, zweitens weiß er, dass Ruth der beste Mann bei T.S.I.V.A.G. ist, was bedeutet, dass, solange Ruth mit ihm einer Meinung ist, was er angesichts von Machts Überlegenheit sein MUSS, ganz T.S.I.V.A.G. mit Ruth einer Meinung sein muss. CEO Frank Wise trägt nur von Zeit zu Zeit gesellschaftlichen Smalltalk bei, er schmiert die soziale Atmosphäre, sorgt dafür, dass sie *smooth* bleibt, dass alle sich wohl fühlen, und er hält Hasse Cashavettes warm, den CEO von T.S.I.V.A.G.

Mitten bei dem Abendessen krempelt Macht seine Hemdsärmel hoch und legt die *full-sleeve*-Tattoos bloß, die sofort zum Gesprächsthema werden. Er macht eine Pause im Geschäftsblabla und erklärt eingehend, warum er sich den einen Arm hinunter WORLD WAR I und den anderen hinauf WORLD WAR II hat tätowieren lassen, in Frakturschrift. Einer von Ruths etwas hinterwäldlerischen Kollegen unterbreitet unsicher lächelnd den Vorschlag, man könnte ja mal irgendwann eine Sache mit Tätowierungen machen, was Macht sofort abschlägig bescheidet.

»Wenn wir noch 1989 schreiben würden, dann vielleicht«, sagt er. »Aber wir sind mittlerweile alles andere als Prä-Godoy-Brüder, also sollten wir das vergessen.«

Danach hält der Kollege den Schnabel, aber jetzt kommt CEO Hasse Casha in Gang. Beim Anblick der Tattoos hat er leuchtende Augen bekommen und nutzt die Gelegenheit, um folgenden Witz anzubringen:

»Question: What goes ›click‹ 5.999.999 times and then ›ding‹?«

Man zuckt mit den Schultern.

»Answer: A Jewish cash register«, sagt Cashavettes und lacht dröhnend über seinen eigenen Witz. Thomas Ruth lacht, weil sein Chef lacht, der dritte T.S.I.V.A.G.-Kollege lacht, weil alle lachen. Macht sieht, wie Wise sich mehr oder weniger zum Lachen zwingt, also versucht er die Situation zu entschärfen:

»You know *Godwin's Law*, Hasse?«, fragte er.

»The-what law?«, fragt Hasse Cashavettes.

»*Godwin's Law* ...«

»No«, sagt Hasse Cashavettes.

»Well«, sagt Macht, »there is this maxime floating around in the Internet that a discussion ceases to be meaningful as soon as the Nazis are mentioned. That's *Godwin's Law*.«

»Well, then count me out of that discussion of yours, HA-HA-HA-HA-!« Cashavettes lacht so auffällig, dass die anderen Gäste sich zu ihnen umdrehen.

Nach zwei Stunden geschäftlicher Gemütlichkeit verlässt Macht das CISCO. Auf dem Heimweg geht er mental die Sitzungen des nächsten Morgens durch. Wie gesagt hat er ein außergewöhnlich gutes Gedächtnis; kein Filofax oder so Scheiß bei dem Jungen, nee. Seine Strategien für die drei Sitzungen mit TROY-Net, NIKE und PHILIAC RECORDS hat er so gut wie fertig. Zu Hause liest er Natasha Boulton, *Death of Birth; a Meditation on Why Childbirth has Become Boring* und die ersten 127 Seiten von Sarah Burt, *Powersucker; How to, Theoretically, Blow your Way to a Power-Job.* Schon lange ist es Macht klar, dass alle nennenswerte kritische Theorie von (relativ gut aussehenden) jungen Frauen (unter 32) stammt. Nach der Lektüre arbeitet er ein wenig am Programm einer digitalen Video-Jukebox, mit dem er seit ein paar Wochen herumbastelt: Die Jukebox verbindet automatisch Mainstream-Musik mit einem digitalen Snuff-Movie-Archiv und schneidet beides in *real time* zusammen, so dass die Snuff-Movies dem Zuschauer wie Videoclips erscheinen. Dann schreibt er neun Mails und sieht ein paar Stunden fern.

DONNERSTAG

Um sieben wacht Macht auf und liest das Sarah-Burt-Buch aus, dann fährt er zu NODDY. Er hat EXTREM viel Energie. Susanna, die Sekretärin, hat ihm die Infos für die Sitzungen gemailt, was er eigentlich nicht bräuchte, denn er hat alles im Kopf. Es ist ein eher ereignisloser Tag; aus Machts Sicht ist der Höhepunkt das Gesicht des Marketingreferenten von NIKE, als er ihm erzählt, der beste Name für das jüngste Produkt, nachtschwarze gruselfilminspirierte Sneakers, sei entweder *Nike und Nebel* oder *Niggernikes*. Der Marketingchef ist nicht auf Anhieb überzeugt, aber nachdem Macht ihm eine Viertelstunde lang seine Autoritätslektion gehalten hat, lenkt er ein. Der Marketing*referent* war sowieso die ganze Zeit begeistert.

Während Macht zu Mittag isst, ruft Frank Wise an und fragt, ob Macht heute Abend noch einmal an einem Essen teilnehmen würde; drei Mitarbeiter von DSM sind an seiner Arbeit für *Dune Records* und *DJ I-deal* interessiert, aber Macht sagt nein. Er hat zu viel Energie, um schon wieder einen Abend lang herumzusitzen und rückständigen Entscheidungsträgern beim Essen zuzusehen, sagt er – wahrheitsgemäß. Frank Wise erhebt keine Einwände; Macht gegenüber erhebt er nie Einwände. Er hat begriffen, dass Macht *autonom* sein muss, egal, wie

99

hoch die Zahl auf seiner Gehaltsabrechnung ist. Wise sagt das Essen telefonisch ab.

»Das wirtschaftliche Potenzial von NODDY besteht fast ausschließlich aus unkalkulierbaren Aktiva, und Macht ist das Kostbarste, was wir haben. Er ist unsere Goldreserve und kann völlig selbstständig entscheiden, was er macht, darum müsst ihr das Essen canceln«, hört die Sekretärin bei DSM in ihrem Headset.

Um vier verlässt Macht die Räume von NODDY. Zu Hause liest er die ersten 216 Seiten von Jessica Goldblatt, *Asses to Asses and Bust to Bust; Lesbian Sex as the Funeral of Post-Capitalist Chauvinism.* Sabrina ruft an und fragt, ob er nicht zu ihr rüberkommen will, aber Macht sagt, er glaube nicht, dass sie heute Abend die passende Gesellschaft für ihn ist. Sabrina sitzt am anderen Ende der Leitung, lackiert sich die Zehennägel und bekommt zu hören, dass er bereits eine andere Essenseinladung abgelehnt hat, dass er nicht glaubt, er werde eine andere annehmen, und dass er dermaßen viel Energie hat, dass er nicht weiß, wohin damit.

»So einen Überschuss wird man nicht los, indem man bei Rotwein und Kerzenlicht rumsitzt, Sabrina«, sagt er. Es sei gesagt – um die Tragweite ermessen zu können –, dass Sabrina WAHNSINNIG gut aussieht und hinter HARTEM und HEMMUNGSLOSEM Sex her ist wie eine läufige Hündin.

Macht klickt ein Fenster auf und programmiert darin an seiner Video-Jukebox, in einem anderen bestellt er bei Amazon eine neue Ausgabe von Alex Georges *Western State Terrorism* und Bernhard Hewletts *Gas Chamber Laughs,* zugleich beschließt er, heute Abend ins TENZING zu gehen, erstens, weil er weiß, dass donnerstags Nasdaq im Hinterzimmer zu sitzen pflegt, zweitens, weil es dort Live-Musik gibt. Er fürchtet zwar, dass DJ Franceman spielt, denkt aber, dass er sowohl Auslauf als auch Input braucht, und da ist Nasdaq genau der Mann, mit dem man reden muss. Dann muss er DJ Franceman eben überhören.

Sein Haar ist seit gestern nicht beeindruckend in die Höhe geschossen, aber er dreht noch eine Runde mit dem Barttrimmer. Vier Millimeter, das muss sein. Dann duscht er und schnürt seine NIKE-Kopien. Während er gebückt dasteht und schnürt und sieht, dass die Säume an den Schuhen demnächst platzen, denkt er kurz nach und setzt sich dann wieder an den PC. Mit einem Anschlag, der seinesgleichen nicht hat, schreibt er folgende Mail an den Marketingreferenten, mit dem er früher am Tage zusammen gesessen hat:

Meiner Meinung nach solltet ihr ernsthaft erwägen, mit einem gewissen Frank Leiderstam Kontakt aufzunehmen; seine »Firma« heißt PUSH. *Er vertreibt in Asien hergestellte Nike-Kopien, von denen ich empfehle, eine Partie anzuschaffen und weiterzuverkaufen, als Untergrundversionen eurer offiziellen Produkte. Eine Riesenchance. Vielleicht kann er sogar einen Kontakt zu seinem asiatischen Lieferanten vermitteln. Lasst nicht erkennen, dass ihr von* NIKE *kommt, Leiderstam ist* ÄUSSERST *konzernfeindlich, und kommt bloß nicht auf die Idee, das Ganze anzuzeigen. Leiderstam ist eine potenzielle Goldgrube für euch.*

Macht

Dann fährt er mit der U-Bahn ins Zentrum und geht direkt ins TENZING, seit den späten Achtzigern Nasdaqs bevorzugter Hang-Out – bis auf das halbe Jahr, als der Laden 1991 den Besitzer wechselte und zur Ecstasyfabrikation genutzt wurde. Nach einer undramatischen Razzia wurden der alte Eigentümer und der alte Name wieder eingesetzt, und Nasdaq kehrte zurück. Der Donnerstag ist sein Tag.

Macht geht ins Hinterzimmer, denn vorn herrscht noch Totenstille; vor elf tut sich nie was im TENZING. Hinten thront Nasdaq und pflegt wie ein Wasserfall auf jeden einzureden, der vor ihm sitzt. Nasdaq ist eine Art sehniger, klapperdürrer Jabba Tha Hut asiatischer Abstammung, er trägt eine Mischung von Skater- und Junkiekostüm; er sitzt immer im Hinterzimmer des Lokals, stets umschwärmt, stets von seinem alten Burroughs-Fetisch geplagt und gut vierzig Jahre alt. Macht sieht sofort, dass Nasdaq ein neues Tattoo am Hals hat, und macht ihm Komplimente. Nasdaq dankt.

»War nicht unbedingt lustig, wie der mir immer hin und her mit der Nadel übern Adamsapfel geratscht ist, eine geschlagene Stunde lang, kannst du wirklich einen drauf lassen«, sagt Nasdaq und schaut Macht aus seinen schrägen Augen an.

»Nee, verdammt«, sagt Macht.

»Und, selbst was Neues?«

»Hab mit den Beinen angefangen«, sagt Macht und zieht das Hosenbein hoch. Die Umrisse von Frakturbuchstaben werden sichtbar, auf dem rechten Bein hinauf steht NORTH TOWER, am linken hinunter SOUTH TOWER. Nasdaq nickt anerkennend. Macht dreht sich um,

hebt den Hemdrücken und zeigt den Schriftzug THE IN-
TERNET, quer übers Kreuz, in Arial.

»Ja, man muss was nehmen, was nicht so schnell veraltet«, sagt Nasdaq. Macht fragt, ob DJ Franceman heute
Abend auftritt, Nasdaq nickt.

»Franceman ist nicht mein Favorit«, sagt Macht. Nasdaq nickt, er ist ganz seiner Meinung.

»Hast du Francemans Kumpel mal gehört?«, fragt
Nasdaq. »DJ Dow?«

»Yess. Ganz andere Klasse. Sympathischer Junge«,
sagt Macht. Nasdaq nickt. Er ist immer noch ganz seiner
Meinung. Er entschuldigt sich mit einem Loch im Programm, darum hat er Franceman eingeladen.

Nasdaq war das dritte Adoptivkind des Landes (und
ausgerechnet aus Japan) und hat einen wahnwitzigen
Drogen-Lebenslauf hinter sich. Seitdem er die vierzig
überschritten hat, hat er sich ein bisschen beruhigt, aber
sein Blutkreislauf muss immer noch als chemische Kloa-
ke angesehen werden. Macht nimmt keine Drogen. Sie
quatschen ein bisschen über Neuentdeckungen in der
Slow-Trash-Szene, dann kommt Franceman mit seinem
Rollenkoffer reingelatscht und setzt sich grußlos hin. Der
DJ ist offensichtlich stinkesauer, aber Nasdaq weiß, wie
man mit mies gelaunten Musikern umgeht: Man muss
einfach über technische Sachen reden; er zerrt Franceman zur Anlage hoch und weist ihn in Anschlüsse und
Kabelage und Stecker ein, und im Handumdrehen fummelt Franceman in dem Käfig rum wie ein gelehriger
Affe. Wieder im Hinterzimmer, fragt Macht ihn, ob DJ
Dow denn bald mal im Lande ist.

»Klar«, sagt Nasdaq, »Samstag zum Beispiel.«

»FUCK!?! Wo?«, fragt Macht.

»Auf so ner Promo-Party von Frank«, sagt Nasdaq.

»Leiderstam?«

»Yeah.«

»Scheiße, hab ich nix von gewusst«, sagt Macht und bekommt einen winzig kleinen Geschmack jenes bitteren Gefühls des Kindes, das nicht mitspielen darf, ein Gefühl, das er nie gekannt hat.

Nasdaq berichtet, dass Frank Leiderstam eine neue Partie Markenpiratenwaren reingekriegt hat und jetzt eine PUSH-Party veranstaltet, um sie abzusetzen.

»Eigentlich bräuchte er gar keinen Hype, um sein Zeug zu machen«, sagt Nasdaq. »Frank hat so viel Credit, der badet darin. Ich meine, wenn du für ein und denselben Scheißabend sowohl Dow als auch Quellwasser kriegst, dann kannst du dir das verfickte Fest selber eigentlich schenken«, sagt Nasdaq. »Dann ist die Arbeit getan. Als hättest du das ganze Haus voll Crack – verkauft sich von selbst, wie Chris Rock sagt.«

»Quellwasser? Quellwasser kommt auch?« Macht ist allmählich wirklich beeindruckt, wird es aber auch leid, sich vor dem Nasdaq-Japsen zu verstellen, damit der das nicht bemerkt.

»Yess.«

»Quellwasser ist *noch* besser als Dow, verdammt. Wie schafft Frank das?«

»Der hat ein so beschissen großes Netzwerk, das kannst du dir gar nicht vorstellen, Macht«, sagt Nasdaq und hustet, bis er fast kotzt.

Kurz verflucht Macht sich innerlich, dass er Leiderstam nicht in der U-Bahn angesprochen hat. Er hat gar nicht mitgekriegt, *wie* fett die Spinne Leiderstam mittlerweile im Netz sitzt, und er beschließt, bei dem Fest am Samstag einen Vorstoß zu machen. Warte nur, Frank Leiderstam. Wenn Macht zum Angriff bläst und all seine Karten ausspielt, ist er ebenso attraktiv für den Untergrund wie eine wehrlose, kleine, achtjährige ostasiatische Hure für einen Internetring pädophiler Herrenmenschen.

Ab half elf füllt sich das Lokal rapide. Macht redet mit Jenna, Nasdaqs linker Hand im TENZING – und auch eine von Frank Leiderstams Zuarbeiterinnen –, während er Bier trinkt und zu der Meinung gelangt, dass DJ Franceman heute Abend besser spielt als sonst, als er ihn gehört hat. Jenna sieht schwanger aus, findet Macht, und er hofft, dass das nicht Nasdaqs Gene sind, die da weitergegeben wurden. Er erwägt, Franceman den Leuten von T.S.I.V.A.G. vorzuschlagen, T.S.I.V.A.G. braucht ja irgendwas für die blöden neuen Kampagnen, und Macht war bislang noch unsicher, was da brauchbar wäre. Aber was DJ Franceman heute Abend vorführt, passt zu mindestens drei von den Projekten, die derzeit bei T.S.I.V.A.G. entwickelt werden, denkt er. So bisschen halbneu und halbalternativ. Man kann denen bei T.S.I.V.A.G. nicht *allzu* grobes Untergrundmaterial zumuten, obgleich Thomas Ruth so langsam für etwas mehr Hardcoremäßiges reif sein dürfte, sinniert er. Eins nach dem anderen. Franceman könnte bei T.S.I.V.A.G. als ein gegenkulturelles *Up'n Go* funktionieren.

Also geht er, als DJ Franceman fertig ist, schnurstracks zum DJ-Käfig und fragt, ob er schon mal was von

T.S.I.V.A.G. gehört hat. Hat er natürlich nicht, schon aus dem einfachen Grund, dass er ein bescheuerter DJ ist. Außerdem ist er immer noch stinkesauer, bis er hört, dass die von T.S.I.V.A.G. für Musikrechte ordentlich blechen. Über das Geschäftskonzept erzählt Macht nichts, aber er sagt, er kann ein Treffen arrangieren, bevor Franceman abreist.

»I'll go back tomorrow«, sagt Franceman.

Macht achtet darauf, dass Nasdaq, der »Geschäfts-skeptiker«, nicht in Hörweite ist, und sagt:

»Then you'll have a meeting tomorrow.«

Franceman schreibt seine Nummer auf, seine Hand-schrift sieht aus wie die eines Gambiers, und gibt sie Macht. Macht steckt sie sich in die rechte hintere Hosen-tasche, wohin er früher schon die Nummern von bei-spielsweise Heather Conretas, OmniBoy und Gruff Ryhs gesteckt hat. Dann packt er Franceman im Nacken (Macht weiß alles über die Wirkung von physischem Kontakt, obwohl die landläufige Untergrundshure so was hasst wie die Pest), und geleitet ihn ins Hinterzim-mer. In seinem Griff wird Franceman weich wie Butter.

Hinten sitzen Nasdaq und fünf andere und schnupfen vorsichtig. Da Nasdaq nichts anbietet, beschwert sich auch keiner darüber, dass Macht nichts nimmt. France-man zieht ordentlich was rein und wird sofort wieder sauer. Wahre Koksnasen werden von Koks sauer, das ist eine Regel. Es ist drei Uhr morgens.

KAPITEL 5

T.S.I.V.A.G. UND DIE ISJ –
INTERNATIONAL SOCIETY OF JEWS

Hasse Cashavettes, der CEO von T.S.I.V.A.G., ist kein
Antisemit. Doch blicken wir zurück ins Jahr 1928 und
sehen, wie Hasse Cashavettes' Vater Heinz mit vier
Jahren in Darmstadt vorm Kamin auf Großvater Jörg
Schmettersens Schoß sitzt und Hoppe-hoppe-Reiter
spielt, so können wir uns vorstellen, dass dem Jungen
gemeinsam mit den Kinderreimen die eine oder andere
politische Haltung eingeimpft wird.

Als Heinz und seine junge Frau Anke 1944 allmählich
Lunte rochen und nach Boston, Massachusetts, emi-
grierten, wurde der Familienname Schmettersen über
Bord geworfen und durch das amerikanischer klingende
Cashavettes ersetzt. Ein paar Jahre später saß der kleine
Hasse auf dem Schoß seines Vaters und bekam moderate
Nachkriegsvarianten der großväterlichen Reime und
Regeln eingepaukt, und das mag die Ursache dafür sein,
dass jetzt, gut fünfzig Jahre später, George Goldblatt, der
Sprecher und Wachhund der *International Society of Jews*
die vergangenen acht Monate sowie relativ große Sum-
men Geldes darauf verwendet hat, »diskriminierende
Unregelmäßigkeiten« in Hasse Cashavettes' Firma
T.S.I.V.A.G. aufzudecken.

Für Folgendes hat Goldblatt bislang »Beweise«:

1. dass seit 1994 auf drei Vorstandssitzungen von T.S.I.V.A.G. der Begriff *crooked nose* verwendet wurde
2. dass die Anwaltskosten, die T.S.I.V.A.G. für einen Angestellten jüdischer Abstammung löhnte (er behauptete, die Nazis hätten um 1936 herum seines Großvaters Seifenpatent gestohlen), in einem vertraulichen Brief von Cashavettes an den Finanzchef von T.S.I.V.A.G. als *Holo-costs* statt *costs* bezeichnet wurden
3. dass nach Bezahlung dieser Rechnung die Anstellungsquote von Mitarbeitern jüdischer Herkunft um 36% sank
4. dass Cashavettes mehrfach zum Mittagessen laut und deutlich *orange jews* als Getränk bestellt hat
5. dass er wiederholt über die Metropolen *Jew York* und *Jewrusalem* sprach
6. dass Cashavettes bei festlichen Anlässen häufig den bekannten CNN-Slogan folgendermaßen umwandelt: CNN – *Jews Around the Clock*
7. dass er den jüdischen Teenie-Freund seiner Tochter als *jewenile delinquent* bezeichnete
8. dass er George Lucas' Fantasyfiguren als *Luke Skywalker and Jewbacka* bezeichnete
9. schließlich, dass eine anonyme Quelle aus dem New Yorker Büro von T.S.I.V.A.G. schwört gesehen zu haben, wie Hasse Cashavettes zum Weihnachtsessen 1998 auf der Karaokemaschine Whitney Houstons *I will always love you* wählte, dann aber den Text abwandelte zu ... ja, rat mal: *I will always love Jews.*

Man muss gestehen, dass Hasse Cashavettes schon mal ein gewisses Schandmaul haben kann, wenn es um das stolze Volk Israel geht, dass sein Vater Heinz ein noch größeres Schandmaul hatte, und dass wiederum dessen Vater Jörg, nicht nur ein Schandmaul hatte, sondern auch die eine oder andere … schändliche Tat beging, um es so auszudrücken. So sagte Hasse Cashavettes beispielsweise, nachdem jene Anwaltsrechnung bezahlt war, zu seiner Frau, T.S.I.V.A.G. könne nicht mehr als »*an* ATM *for the descendants of the Gas-Generation*« fungieren. Auf der anderen Seite sei aber auch darauf hingewiesen – zu Cashavettes' Ehrenrettung und der seiner Firma T.S.I.V.A.G. –, dass George Goldblatt nicht nur Sprecher von *The International Society of Jews* ist, sondern auch Vorstandsmitglied des multinationalen Konzerns *Ensor*, der seinem Konkurrenten T.S.I.V.A.G. auf mehr als eine Weise an den Kragen möchte. So gesehen ist es keine schlechte Idee, T.S.I.V.A.G. einen Vorgeschmack auf das Judenproblem zu geben.

KAPITEL 6

MACHT BEGEGNET REMMY BLECKNER
FREITAG

Macht wacht um sieben auf und liest zum fünften Mal Alex Careys *Changing Public Opinion: The Corporate Offensive*, dann steht er auf und bestellt *Taking the Risk Out of Democracy* bei Amazon. Splitterfasernackt sitzt er vorm Computer, bis er ein Hemd anzieht, das bis auf die letzte Faser dem von Robert DeNiro in der zweiten Einstellung von *Taxi Driver* gleicht. Er schlüpft in ein neues Paar NIKE-Kopien, dann fährt er mit der U-Bahn runter zu NODDY, von wo aus er Thomas Ruth von T.S.I.V.A.G. anruft und ungefähr das hier sagt:

»DJ Franceman kann euch heute um zwei treffen, also, wenn ihr einen Scoop landen wollt, taucht ihr besser auf.«

Ruth taucht auf und Franceman taucht auf und ein Vertrag wird unterschrieben. Hinterher nimmt Thomas Ruth Macht beiseite und bedankt sich bei ihm; er habe nicht nur den Finger am Puls der Zeit, er *sei* der Puls der Zeit. DJ Franceman seinerseits hatte keine Ahnung gehabt, dass *derart* viel Geld dabei rumkäme, und ist so zuckerfreundlich, wie ein übellauniger DJ nur sein kann. Er besteht darauf, Macht zum Abendessen einzuladen, bevor er abreist, Macht versucht das abzuwehren, Franceman lässt nicht locker. Sie verabreden sich um sechs im LOOP.

NODDY hat für Macht heute noch eine Sitzung anberaumt, mit dem Konzern FRAÎCHEUR. Dort fragt man sich, ob man nicht eine Hardcore-Sektion in der hauseigenen Zeitschrift einrichten soll, so dass die dann nicht mehr FRONTLINER, *a Schlachtplatte of Theory, Art, Music, Economy and Style* hieße, sondern FRONTLINER, *a Schlachtplatte of Theory, Art, XXX, Music, Economy and Style.* Macht sagt, natürlich sollen sie das tun, solange sie nicht zu viel Aufhebens darum machen. Vor allem auf dem Cover sollte möglichst nichts Pornografisches auftauchen, und sie sollten öfter mal bisschen was Pornotheoretisches oder Kritische Theorie mit reinnehmen, zur »Horizonterweiterung«. So dass der Porno in Theorie verpackt ist wie auf dem Markt der Fisch in Zeitungspapier.

»Kritische Theorie wirkt für das Objekt der Kritik stets bestätigend. Genau wie das Alternative in der letzten Runde immer das Etablierte bestätigt. In der ersten Runde bestätigt das Etablierte das Alternative, aber in der letzten Runde bestätigt das Alternative das Etablierte. So geht das. Und bekanntlich zählt die letzte Runde«, sagt Macht. »Legt los.«

Er zischt nach Hause, zieht sich um und schreibt zehn Mails, bevor er ins LOOP geht, zu seinem Abendessen mit Franceman. Seine Mail an den Marketingreferenten von NIKE lautet:

Frank Leiderstam, den ich gestern erwähnte, veranstaltet morgen Abend eine wesentliche Sache, zu der ich NIKE *gern Zugang verschaffen kann, falls ihr interessiert seid. Ich würde vorschlagen, du schickst Robert und gehst nicht selber*

hin, dein Alter könnte etwas out of place wirken. Bei Interesse bitte rasche Antwort.
Macht

DJ Franceman wirft bei dem Abendessen nur so mit Geld um sich, aber Macht ist weder an dem, was das Restaurant zu bieten hat, sonderlich interessiert, noch an Francemans Ausführungen. Würde DJ Quellwasser hier vor ihm sitzen, das wäre etwas ganz anderes. Der Tiefststand ist erreicht, als Franceman mit kaum unterdrückter Begeisterung berichtet, er habe GANZ ALLEIN das Konzept für die Hülle seiner nächsten CD entwickelt. Die CD soll »Dubya« heißen. Er zieht einen Designentwurf hervor:

Der Untertitel des Albums lautet – nicht besonders überraschend – ›McPolitics‹. Macht reibt sich die Augen, nickt abwesend und wünscht sich immer stärker, dass Quellwasser vor ihm säße. Quellwassers letzte CD hieß »I«, den Umschlag zierte das Bild eines steifen Schwanzes. Das groovt schon mehr, wenn man Macht fragt, der sich gerade angesichts von Francemans T-Shirt gruselt, auf dem steht *abcdefghijklmnopqrstvwXXXyz (I can read and you can ride)*. Aber es geht noch weiter bergab. Schon seit ein paar Monaten findet Macht, der Weg in den Untergrund ist ein Holzweg, und jetzt kriegt er Wasser auf seine Mühlen, als Franceman das »Statement« hervorzieht, das er in seinem CD-Folder abdrucken will. Als Einleitung hat Franceman ein paar Reflexionen zu seiner Funktion als DJ gedichtet: *(…) a DJ for the anarcho-syndicalist noise (…), (…) an anchor man for the social spectacle (…), (…) a sampler for the fragmented generation (…)*, usw. Daran schließt sich eine »politische« Ausführung an, die unter anderem folgende Schlagworte enthält: *(…) the transformation from citizen to consumer (…), (…) the growth of corporate propaganda to undermine democracy (…), (…) intellectual capital and the access to networks (…)*, dazu, last but not least, jener Spruch des amerikanischen Industriemagnaten aus den 30er Jahren, der offenbar bis ans Ende aller Tage als Slogan wird herhalten müssen, sei's für die »Kapitalmacht«, sei's für die »Graswurzel«:

»The everlasting battle for the minds of men«

Macht wird es unwohl. All das bedeutet nur eins – denkt er –, und zwar, dass der politische und kulturelle Untergrund, sollte er so dogmatisch und dämlich bleiben, wie er jetzt ist, es VERDIENT, dass ein Haufen Geldsäcke, die für *Highstreet* leben und atmen, ihn am Arsch kriegt. Macht blickt auf Francemans gelbe Zähne und findet es an der Zeit, etwas kompromissloser zu werden.

Sasha – unbedingt die attraktivste Kellnerin vom

LOOP, sie hat auf jede Titte das Logo der Deutschen Bank tätowiert, und die Titten hängen immer halb raus, als hätten sie eine Vergrößerung hinter sich, und keiner, nicht einer der Männer, mit denen sie bisher zu tun hatte, hat sich neutral zu ihnen verhalten können – lehnt sich über den Tisch, und Franceman nutzt die Chance, um ihr zu sagen, er sei bereit »to eat one more of your *way* too fancy meals if you promise that YOU will make it, Fräulein.« *Fräulein?* Macht bittet sie um die Rechnung, bevor ihr eine Antwort einfällt.

Nach dem Abendessen versucht Franceman, Macht zu bereden, dass der ihn zum Flugplatz begleitet, aber Macht antwortet wahrheitsgemäß, dass ihm das nichts bringt. Franceman zuckelt verdrossen ab, den T.S.I.V.A.G.-Vertrag in seinem Homo-Rollkoffer.

Macht fühlt sich rastlos und grübelt nach, was er mit seiner überschüssigen Energie anfangen soll. Braucht er zu dieser Party von Frank Leiderstam eine Einladung? Er hat Leiderstam noch nie angerufen, aber die Nummer hat er, und jetzt benutzt er sie. Er geht telefonierend die Waughsgate hinunter.

Fatty Frank Leiderstam sitzt zu Hause vor seinem PC und sieht NICHT gerade blendend aus. Bei zahlreichen Gelegenheiten hat er gegenüber seinen so genannten Freunden – vor allem Munan, bevor er den wegen der Sache mit dem Golden Retriever rausgeschmissen hat – beteuert, er habe keinerlei Probleme damit, dass sein Körpergewicht, wie er es sagt, »auf der Plusseite des Durchschnitts« liegt. Das ist die öffentliche Version von Fattys Verhältnis zu seinem Körper. Im Websiteverzeichnis von seinem PC aber würde man zum Beispiel folgende Adressen finden:

www.obesity.com
www.overweight.net
www.sliminthirtydays.com
www.societyofbigpeople/discussiongroup/selfesteem/co.uk
www.bingeeatingdisorder.org
und
www.fatandproud.com

… und dazu Adressen von Seiten GÄNZLICH anderen Inhalts, in denen es um, ja, wie soll man sagen? … um Fattys GEGENTEIL geht. Um, ja, das menschliche NEGATIV zu Fatty Frank Leiderstam. Nicht um Fatty geht es dort, lies: um *fette alternde Männer ohne jedes Sexleben*, sondern um *strichdünne, knalljunge Mädchen* – MIT *einem Sexleben.*

Gerade eben lädt er sich einen Haufen »unabhängiger« Nachrichten von Indymedia runter, die er nachher, nach dem Anruf, ausdrucken und mit aufs Klo nehmen und dort lesen wird. Macht ruft an.

»Frank-äh«, sagt Frank Leiderstam.

»Macht hier«, sagt Macht. »Wir haben uns schon ein paar Mal gesprochen.«

»Jaaa?«

»Ich bin der mit diesen WORLD WAR-Tattoos …«

»Jaja. Aha, du. Tach.«

»Ich wollte nur mal fragen, ob man morgen zu deinem Dings eine Einladung braucht?«

»Man braucht immer eine Einladung, wenn ich ein ›Dings‹ mache«, sagt Frank Leiderstam.

»Hehe«, sagt Macht.

»Höhö«, sagt Frank Leiderstam.

»Tatsächlich?«, hakt Macht nach.

»Ich operiere NIE mit Einladungen. Wenn du so gut vernetzt bist, dass du den Event findest, kommst du einfach, nicht wahr.«

»Wo steigt es denn?«, fragt Macht.

»Hangar 9«, sagt Fatty, »woher weißt du davon?«

»Nasdaq. Kann ich noch wen mitbringen?«

»Wenn's kein Arschloch ist, bitte«, sagt Frank Leiderstam.

Drinnen auf dem Klo dann liest Leiderstam zum vielleicht zwanzigsten Mal, dass Tom Wolfes Begriff »radical chic« von 1971 allmählich wirklich die Authentizität einer Reihe unabhängiger Organisationen gefährdet. Indymedia informiert (mit kritischer Sozialisten-Stimme), dass dort die Telefone heißlaufen, denn die Modekonzerne rufen unaufhörlich an, auf der Jagd nach Beratern aus der wirklichen, wahrhaftigen Widerstandsszene. Leiderstam legt die Papiere beiseite, stützt den Kopf in die Hände und konzentriert sich auf seinen Stuhlgang, der leider nicht besonders kooperativ ist.

Heute Abend, am Freitag, kann Macht zwischen drei Festen wählen. Er MÜSSTE sich auf allen dreien zeigen, überlegt aber, welches das wichtigste ist. Das eine ist die Vernissage-Party von Sharoos Mohammed, einem pakistanisch/afghanischen »Künstler«, der sich mit einer großen Unterschriftenkampagne in der »Kunstwelt« etabliert hat, bei der es darum ging, weitere »Kunstausstellungen« als solche zu unterbinden, da die »Kunstinstitutionen« allesamt in mancherlei Hinsicht chauvinistisch und diskriminierend seien; die meisten Angehörigen der hauptstädtischen »Kunstszene« haben bereits unterschrieben, also beschließt Macht, dass es sich nicht weiter lohnt, heute Abend bei Pakis-Sharoos aufzukreuzen; die Leute tun ihre Ethnopflicht nicht gern öfter als einmal. Das zweite ist ein von WODDY, einer NODDY-Tochter, veranstaltetes Branchentreffen in einer Striptease-Bar, das dritte eine private Party zu Hause bei Illona Short. Illona Short betreibt einen »unabhängigen« Verlag – *Illona Short Publishing* –, in dem u. a. Gretchen Etterbergs Buch über die sozialen Konsequenzen von *allgemeiner Übersozialisierung* erschienen ist, einen Begriff, den die Autorin bei Ted Kaczynski geliehen hat. Macht hat schon länger nicht mehr mit Gretchen gesprochen, also beschließt er, erstmal zu Illona Short zu gehen und dann ein bisschen bei WODDY im Stripclub vorbeizuschauen. Es ist neun Uhr.

Gretchen Etterberg ist ziemlich hübsch, abgesehen davon, dass sie sich ihren Hintern bei all dem Geschreibe platt gesessen hat. Heute Abend hat sie sich rausgeputzt, ebenso wie Illona Short und die restliche Festgesellschaft. Über dem Hemd trägt Macht eine Lederjacke, die derjenigen von De Niro in *Taxi Driver* zum Verwechseln ähnlich sieht, eine braune Lederjacke mit Aufnäher am linken Oberarm; insgesamt sieht er aus wie eine junge skandinavische Ausgabe von De Niro. Gretchen war eine ganze Zeit ziemlich scharf auf Macht gewesen, aber er war ehrlich, wie immer, und hat mindestens zwei Mal zu ihr gesagt:

»Ich mag DEINE Art zu kommunizieren, Gretchen,
aber die Art, wie dein HINTERN kommuniziert, mag ich
nicht. Deswegen wird das nichts mit uns ... ich BRAUCHE
einen ... ja, einen ... *wohlartikulierten* Hintern als Gegenüber.«

Und Gretchen, die einem etwas verjährten Verständ-
nis des Begriffs der *New-Lad*-Kultur anhängt (irgendwann in den 90ern hat sie in *The Independent* gelesen, das
New-Lad-Phänomen sei dadurch entstanden, dass in
England ein Überschuss von 230000 Babyboomer-Frau-
en im Alter zwischen 30 und 39 Jahren herrschte, die sich
mit der Tatsache abfinden mussten, dass die Jungs einfach
ALLZU VIEL Auswahl hatten), Gretchen also entschuldigt
Macht damit, dass er ganz sicher ein Opfer allzu großer
Auswahl ist, der Ärmste. In Wahrheit ist Macht einfach
nur ehrlich bezüglich des Hinterns. (Macht findet, dass
der Jugend von heute, die immer nur auf dem Hintern
sitzt und sich Medienscheiß reinzieht, ein schweres Problem droht, nämlich UNHINTERIGKEIT – platte Hintern,
kombiniert mit Sinnverlust; was sich natürlich auch auf
Angehörige der schreibenden Zunft übertragen lässt).

Außerdem hat Gretchen dank ihrer Studien an über-
sozialisierten Menschen solche Menschen schätzen gelernt, die NICHT übersozialisiert sind, also genau solche
wie Macht. Macht ist ein soziales Talent, und wie alle
sozialen Talente weiß er genau, welche Normen es zu
befolgen gilt und welche nicht. Gretchen hat Folgendes
ermittelt: Übersozialisierte Menschen sind in aller Regel
unbegabt. Die mangelnde Begabung macht sie empfäng-
lich für Phänomene wie Hypertoleranz, Rassismuspanik,
Gleichheitshysterie und Unterschiedlichkeitsblindheit –

Phänomene, die sich unter dem Begriff *Diktatorischer Humanismus* zusammenfassen lassen; so lautet denn auch der Titel ihres Buchs. Vor diesem Hintergrund akzeptiert sie gern, wie Macht sein Desinteresse mit ihrem Hintern begründet.

»Ein begabter Junge«, denkt sie.

Als Macht zur Tür hereinkommt, streben Gretchen und Illona sofort auf ihn zu. Sie wissen, dass Macht »ständige Research im Gegenkulturmilieu« betreibt, was auch immer sie sich darunter vorstellen mögen; sie haben keinen blassen Schimmer davon, dass er ihre flachen Ärsche an die Konsumindustrie verscheuert. Beide pflegen jedes Mal, wenn sie ihm begegnen, ihre jeweiligen Projekte vor ihm auszubreiten; auch die »unabhängige« Subkultur braucht Bestätigung, und dadurch, wie Macht ihnen beiden begegnet und mit ihnen diskutiert, befriedigt er ihren Bestätigungsbedarf ganz hervorragend.

Am anderen Ende der Wohnung steht David Ignatius, Journalist, Autor und Aktivist, und schwitzt in seinen neuen NIKES wie Sau. Er ist in Gretchen verliebt und wird in ein paar Monaten ebenfalls ein Buch veröffentlichen, ebenfalls bei Illona Short. Beides ist aber nicht der Grund für seine Schweißfüße. Die haben damit zu tun, dass Remmy Bleckner auf ihn einredet. Die meisten Menschen, denen das widerfährt, kommen ins Schwitzen. Zu Remmy Bleckners Vorteil sei aber auch gesagt, dass David Ignatius' neue NIKES alles andere als atmungsaktiv sind.

Es ist unklar, wie Remmy Bleckner auf dieses Fest geraten ist. Freilich ist er durchaus »alternativ« und »bewusst« genug. Allerdings ist er beides im Übermaß, das ist das Problem. Natürlich hat auch das »alternative« und »bewusste« Milieu wie alle Milieus einen knallharten Kodex, *wie* »alternativ« und »bewusst« man sein muss, und Remmy Bleckner ist derart »alternativ« und »bewusst«, dass es an Folter grenzt. Seit er zwölf Jahre alt war, ist Remmy Bleckner ein *animal politicus*. Ja, er hat sich selbst verschiedentlich sogar als politisches *Raubtier* bezeichnet, eine nicht ganz unzutreffende Charakterisierung. Seine Laufbahn als Extremaktivist startete er bereits in der Grundschule, indem er sich im Büro des Rektors verschanzte – mit dem Rektor darin –, weil dieser den schriftlichen Antrag des zwölfjährigen Remmy abgelehnt hatte, die Schule nach einem von Bakunin inspirierten anarcho-syndikalistischen Modell umzuorganisieren. Dass Klein-Remmy zwei, drei Jahre vor seinen Kameraden in die Pubertät gekommen und bereits einen Meter siebenundachtzig groß war, machte die Sache für den Rektor und seine Kollegen nicht gerade leichter. Sie mussten die Polizei alarmieren. Nach sechsstündiger Belagerung gelang es fünf Beamten endlich, das Büro zu stürmen und den kreischenden Remmy der Länge nach auf den Schulhof zu schleppen, wo sie ihn auf den Boden drückten und eineinhalb Stunden lang aggressiv auf ihn einreden mussten, bis er versprach, nicht wieder auszurasten, wenn sie ihn losließen. Er versprach es, hielt es aber nicht, sondern brach im weiteren Verlauf der Ereignisse noch drei Nasen und sieben Rippen. Eine Versöhnung mit der Staatsmacht kam für Remmy seither nicht mehr in Frage.

Insgesamt gelang es Remmy, eins neunundneunzig groß zu werden. Ähnliches vermochte David Ignatius nicht. Ignatius pubertierte nämlich *sehr* spät, und als es endlich so weit war, wuchs er kaum noch. Er reicht Remmy Bleckner so ungefähr bis zum Brustbein – sowohl körperlich als auch geistig, kann man wohl sagen. Doch jemand, der dummdreist genug ist, ein Buch mit dem Titel *The Activist Bible: a Theoretical and Practical Guide for The Political Activist (Illona Short Publishing)* zu schreiben, der muss auch ertragen, dass Remmy Bleckner ihm Zunder gibt. Bleckner hat im Gesprächsverlauf Ignatius bereits als »so verpennt wie ein Komapatient und dümmer als ein Aborigine« bezeichnet.

Macht schaut zu Remmy Bleckner rüber. Ihm ist klar, dass die Aufgabe des Abends darin besteht, mit ihm ins Gespräch zu kommen, ebenso wie es die morgige Aufgabe sein wird, dasselbe mit Frank Leiderstam zu tun. Er weiß, dass Bleckner und Leiderstam beide *top* sind. Mit Remmy Bleckner hat er noch nie ein Wort gewechselt.

Während er Remmy Bleckner anstarrt, überzieht Gretchen ihn mit einem gleichförmigen Redefluss bezüglich des Artikels, an dem sie gerade schreibt, es geht darum, dass die Ideale der männlichen Erotik in einer tief verwurzelten Faszination für die Analöffnung begründet sind. Gretchen meint, diese Faszination liege daran, dass Männer »unfähig sind, sich in die Vagina einzuleben«. Macht nickt dazu, während er sich eine Strategie zurechtlegt, an Remmy Bleckner heranzukommen.

»Die Analöffnung ist die einzige Körperöffnung, die Männer kennen, und die einzige, durch die sie sich *mental* penetrieren lassen können«, sagt Gretchen. »Das ist auch der Grund dafür, dass immer neue Generationen kalifornischer Pornodarstellerinnen mit ausgeleiertem Schließmuskel beim Arzt landen. Diese Mädchen sind der Puffer zwischen dem einen Faktum, dass Männer sich *vorstellen* können, anal penetriert zu werden, und dem anderen, dass sie sich nicht anal penetrieren lassen *können*, weil das ihre geschlechtliche Identität völlig aus den Angeln heben würde.«

»Hmmm«, murmelt Macht und fügt mechanisch hinzu:

»Der Statistik zufolge *genießen* weniger als ein Prozent aller befragten Frauen analen Sex. Also recht deutlich weniger als die hundert Prozent, die ihn in der Pornoindustrie praktizieren.«

»Ja, genau!« Gretchen ist begeistert. »Aber man muss auch sagen, dass dieses eine Prozent ihn *wirklich* genießt, also ...«

Macht räuspert sich, ihm ist klar, dass er die Sitzung beenden muss, bevor ihm Bilder vors innere Auge treten, von denen er definitiv nichts wissen will.

»Gretchen. Ich hab da Kontakte bei einer Zeitschrift namens FRONTLINER, *a Schlachtplatte of Theory, Art, XXX, Music, Economy and Style*. Absolut seriöse Leute. Sie interessieren sich für Pornotheorie. Wenn du willst, kann ich dir einen Kontakt vermitteln. Ja oder nein? Entscheide dich, ich muss rüber, mit Remmy reden.« Macht nickt Remmy Bleckner zu und beginnt den Rückzug.

»Ja! Ja, natürlich! Danke, Macht! ... (Pause) ... Mit REMMY reden?!?«

Macht nickt und sieht, dass Gretchen sogleich zu Illona Short rüberzischt, um ihr von FRONTLINER zu erzählen. Macht weiß, dass man nie ein Gespräch beenden darf, ohne etwas zu geben. Unhöflichkeit plus Großzügigkeit, das ist eine unschlagbare Kombi.

Remmy Bleckner trägt den De Niro-Iro, den Macht nicht trägt. Remmy trägt ihn seit 1986. Dazu trägt er dunkelblaue Hosen mit drei weißen Seitenstreifen, augenscheinlich ADIDAS-Hosen, aber bei genauerem Hinsehen bemerkt Macht das Logo:

– also der wohlbekannte Fatty-treibt-scheißöde-Adbuster-ein-Stück-weiter-in-die-Sackgasse-Stil. Außerdem trägt Remmy ein Kapuzensweatshirt. Ein weißes. Ein schneeweißes. Es MUSS brandneu sein. Macht kann sich nicht vorstellen, dass einer wie Remmy Bleckner es schaffen sollte, sein Sweatshirt DERART weiß zu waschen.

»Nur Mädchen halten ihr Zeug so sauber«, denkt er. An den Füßen hat Remmy schwarze NIKE-Slipper aus Plastik. Keine Kopien, das sieht Macht sofort.

David Ignatius weicht sachte vor Remmys Anklagen zurück und steuert eine Gang Autoren/Aktivisten an, die in einer Ecke sitzen, ernsthaft miteinander reden und Bier aus der Flasche trinken. Macht kennt zwei davon mit Namen. Der eine heißt Winston. Er führt seinen privaten Kreuzzug gegen die Werbediktatur oder »Adland«, wie er und viele andere es nennen, und bezeichnet seine diesbezügliche Aktivität als »eine moderne und knallharte

Ausgabe der *Billboard Liberation Front*«. Er hat ein – in Ziffern 1 – Buch darüber geschrieben, *Untergang des Adlandes*, das einzige vorzeigbare Produkt, das er in seinen 38 Erdenjahren zustande gebracht hat.

Der andere ist Sören Martinsen, einer von Fattys eher intellektuellen Mitarbeitern, von dem unter anderem Remmy nicht viel hält. Sören Martinsen sitzt da, ein *Beck's* in der Hand, den Schädel rasiert, mit Turtleneck-Pullover und Brille, und jeder, der ein bisschen Grips im Kopf hat, sieht, dass das ein Exemplar der schlimmsten Sorte *Leftie* ist, ein ganz besonders hässliches und selbstgewisses. Er hat jede Menge Bücher geschrieben. Die letzten drei hat Macht gelesen, nämlich *Funk Food*, *What part of ¥€$ don't you understand?* und *Cursor Curse*. Das letztgenannte handelt von einer Schreibblockade infolge von Microsofts diktatorischem Layout in *Word für Windows* und welche Auswirkungen dieses auf die intellektuelle und literarische Produktion in Nordeuropa der jüngsten zehn Jahre gehabt hat. Macht hat das NICHT gemocht. Das Ödeste an seinem Job bei NODDY ist, dass er jeden Pisskram lesen muss, den irgendwelche Untergrund-Akademiker verzapfen.

Macht nutzt Ignatius' Rückzug, um zu Remmy Bleckner hinüberzugehen, der gierig eine Zigarette nach der anderen inhaliert. Er baut sich unangenehm nah bei diesem großen Leib auf und muss sich ziemlich zusammenreißen, um durch Remmy Bleckners Bier-und-Rauch-Atem hindurchzureden.

»Du hängst also viel mit Fatty Frank rum?«, fragt Macht unverwandt und klatscht Remmy auf den Hintern, an die Stelle, wo der BADASS-Aufnäher sitzt. Gefährlich,

gefährlich. Vier Sekunden lang starrt Remmy ihn an, denkt nach und pustet ihm ins Gesicht, bevor er antwortet.

»Scheiße, nein. So Pseudorevoluzzerspielchen, wie Fatty sie treibt, interessieren mich nicht, das scheißt den Leuten das Hirn zu, und hinterher sind sie noch abgefuckter als vorher. Begreife nicht, was das soll. Zoff mich ständig mit ihm deswegen. Fatty hängt mit MIR rum, nicht ich mit ihm. Und haut MIR seinen Scheiß um die Ohren. Ich SCHEISS auf Kleidung, ja, ich brauch nichts, ich hab genug, aber bei mir liegt eben immer was von Fattys Mist rum, nicht wahr. Deswegen seh ich aus wie ein beschissener Idiot. Schau dir das mal an!« Er dreht Macht den Rücken zu, quer über das weiße Kapuzen-Sweatshirt steht von einem Schulterblatt zum anderen

»Machst du bei PUSH mit oder was?«, fragt Remmy.

»Nee«, sagt Macht und starrt ihm unverwandt in die wild flackernden Augen.

»Freu dich. Treibst du sonst so? Hab dich noch nie gesehen, oder?«

»Weiß nicht. Ich mach so das eine und andere. So Subkultur-*this-and-that*, wie alle hier.«

»Ja, Scheiße, da bist du hier nicht allein mit«, sagt Remmy verdrossen. Macht überlegt blitzschnell und findet: am besten, er gießt Öl ins Feuer:

»Ich weiß, aber ich hab mit den Idioten hier nicht viel gemein ...« Er deutet auf die Gästeschar.

»Mit wem von denen hast du denn Probleme?«

»Ich hab die Bücher von ein paar von den Jungs da gelesen, nur zum Beispiel«, Macht nickt zu Sören Martinsen und seinen Mitschreiberlingen in der Ecke hinüber, »und ich kann nur sagen, wer ein Buch mit so einem Satz eröffnet: ›Ein neues Buch anzufangen ist wie das Anlegen eines Waffenlagers für die Widerstandsbewegung‹, ja, der ist einfach nicht mehr ganz richtig im Kopf.«

Macht schaut Remmy an, gespannt auf dessen Reaktion.

»Wassagstduda?! HÄH?!?! HÄÄÄH?!?« Remmy Bleckners Augen werden so groß wie CDs. Offenbar hat Macht ins Schwarze getroffen. »HÄÄÄ?!? Was hat der geschrieben, sagsdu?«

»›Ein neues Buch anzufangen ist wie das Anlegen eines Waffenlagers für die Widerstandsbewegung‹«, wiederholt Macht.

»HÄÄÄH? Wer genau war das? Zeig ihn mir, damit ich hingehe und ihm die Nase einschlage!«

»Der da drüben mit dem rasierten Schädel und der Brille und dem Turtleneck-Pullover.« Macht deutet mit dem Finger Richtung Schreiberlingsecke. Remmy schüttelt den Kopf und spuckt auf den Boden.

»SÖREN MARTINSEN? HAT DER IMMER NOCH NICHT GESCHNALLT, DASS ES ALLMÄHLICH REICHT?«, schreit er und bewegt seine einhundertneunundneunzig Zentimeter überraschend schnell zur Autorenversammlung.

KLATSCH!

»ÄÄÄH! ÄÄÄÄH! DU HAST MIR DIE NASE GEBROCHEN!
WÄÄÄ! UHUHUUU!«, schreit Sören Martinsen; das Blut
strömt ihm aus beiden Nasenlöchern. Seine Kumpel
springen mannhaft auf und verstecken sich im Nachbar-
zimmer. Eine Nanosekunde lang herrscht Totenstille in
der Wohnung, alle drehen sich um und sehen Remmy
Bleckner vor dem blutenden Sören Martinsen stehen.
Remmys weißes Kapuzensweatshirt hat auf Höhe des
Bauchnabels eine kleine Dusche Autorenblut abbekom-
men, denn als die Nase brach, stand er, während Sören
saß. Sören Martinsen jault wie abgestochen, als er sieht,
wie seine Hände sich mit Blut füllen.

Dann geht eine Aufregung los, die rasch beschrieben
ist: Da alle vor Ort »Subkulturarbeiter« sind, kann oder
will keiner von ihnen körperlich gegen Remmy Bleckner
antreten; mit anderen Worten, es sind Feiglinge. Eine
Gruppe, vor allem Frauen, geht zu ihm hin und fragt, ob
er denn VERRÜCKT GEWORDEN sei, ob er DEN VER-
STAND VERLOREN habe und so Sachen. Es wird wirr
durcheinander geredet; eine neue Gruppe Frauen nähert
sich ihm und fordert ihn auf, Illona Shorts Wohnung SO-
FORT ZU VERLASSEN. Was Remmy Bleckner mehr als
gern tut. Er blickt Sören Martinsen unverwandt an und
zückt den Zeigefinger in seine Richtung, während er
rückwärts zur Tür geht. Der tränenüberströmte Sören
Martinsen seinerseits würde gern Illona Short erläutern,
dass er nicht *wirklich* weine; ein harter Schlag auf die Nase
setze eben die Tränenproduktion in Gang, doch sein
Maul ist so voller Blut, dass er nur gurgelnde Laute her-
vorbringt und ihr hellgelbes Festkleid mit kleinen Bluttröpfchen besprüht. Diese Bluttröpfchen enthalten übri-

gens seltenes genetisches Material, das in einer wirklich unglückseligen Kombination mit dem seiner Lebensgefährtin Sara Armbrus ihrem bereits gezeugten, doch noch nicht geborenen Sohn das so gut wie inexistente Moweys-Syndrom bescheren wird, was wiederum Sören Martinsens Zeit derart beanspruchen wird, dass er sein gegenkulturelles Geschreibsel an den Nagel wird hängen müssen – ein Glück für den Rest der Welt –, aber das weiß zu diesem Zeitpunkt noch niemand, er selbst inklusive. Als Remmy Bleckner aus der Tür ist, schreit er ihm »VERFLUCHTES ARSCHLOCH!« nach und schwört im Blutnebel, er werde »Bleckner aus der Gegenkulturszene hinauspolemisieren« – was jedoch nicht geschehen wird: In fünf Monaten kommt der kleine Mons mit dem Moweys-Syndrom zur Welt, und Sören Martinsens verfügbare Zeit schrumpelt ein wie – da es gerade um Fortpflanzung geht – wie ein Penis beim amtsärztlichen Gesundheits-Check.

Macht weiß genau, an wen er sich zu halten hat. Er folgt Remmy Bleckner, während dieser von einer Bande »starker«, »schreibender«, »bewusster« und »sexuell aktiver« Frauen aus der Wohnung gemobbt wird.

Vier Stunden später steht Macht neben Remmy Bleckner an der Pissrinne im TESCO – dem Bierhundehaus – und stellt fest, dass Bleckner an jenem spaßigen Phänomen namens »Verhaltung« leidet. Solange Macht neben ihm steht und pinkelt, kommt aus Remmys Schniedel kein einziger Tropfen, doch sobald Macht sich abwendet und zum Waschbecken rübergeht, schießt es los wie aus einem gekappten Gartenschlauch. Bleckner stöhnt laut. Binnen dreizehn Sekunden strömen sechs Halbe aus seiner Harnröhre, dabei beträgt deren Durchmesser höchstens drei, vier Millimeter.

Erst hat Macht eine Runde im HKH-HAUS spendiert, dann fünf Runden im TESCO, jetzt wollen sie noch auf ein letztes Glas ins DEATHANKS, Remmys Lieblingskneipe. Nach höchstens zwei Sekunden hatte Macht begriffen, dass Alkohol genau das richtige Hilfsmittel ist, um einen ganzen Abend mit dem mythenumwobenen Remmy Bleckner zu ergattern. Auf Machts Agenda für diesen Abend steht nämlich nicht nur, ihn kennen zu lernen, sondern auch, ihm möglichst viel Wissen über Frank Leiderstam aus den Rippen zu leiern, damit er morgen Abend auf dieser PUSH-Party Nr.5, jenem großen *bootleg*-Abend, etwas hat, woran er sich im Gespräch mit Fatty orientieren kann. Bislang hat er Remmy Bleckners Redefluss folgende Infos entnommen:

Frank Leiderstam mag keine Leute, deren politische Haltung diffus oder nebulös ist;

Frank Leiderstam ist Anhänger von *trust and respect*;

Frank Leiderstam mag keine Hosen; zu Hause trägt er oft »Alternativen« wie Togen oder Kilts;

Frank Leiderstam ist allergisch gegen Autorität in allen Erscheinungsformen;

Frank Leiderstam hat eine große Schwäche für kleine Mädchen.

Remmy berichtet, dass seine Freundschaft mit Fatty *way back* in die Geschichte des politischen Aktivismus reicht, da sein Urgroßvater einst in St. Petersburg Michail Bakunin begegnet war und ihn zu einem Schnapsgelage eingeladen hatte, welches mit einem Faustkampf zwischen

Uropa Bleckner und Bakunin endete, der Bakunins Wirbelsäule derart lädierte, dass er für eineinhalb Monate im Krankenhaus landete. Als dieser Vorfall in skandinavischen Anarchistenkreisen ruchbar wurde, bekam Uropa Bleckner wiederum eine solche Abreibung von Uropa Leiderstam, dass auch er danach eine Zeit lang das Bett hüten musste. Auf dem Krankenlager schrieb Bakunin *Staat & Angst*, ebenfalls auf dem Krankenlager schrieb Uropa Bleckner *Authority, Rationality and Hate*, jene beiden Texte, die für Remmy Bleckner »wichtiger als das tägliche Brot« waren und sind. Wie man sieht: Prügeleien sind was Gutes.

Nach der siebten Halben zeigt der Hühne Remmy erste Zeichen von Trunkenheit. Den ganzen Abend lang hat er über sich in der dritten Person und mit seinem Vornamen geredet, und jetzt fängt er an, sich Emmy zu nennen statt Remmy. Auch Macht spürt allmählich was. Keine Krise, nein; er muss nur aufpassen, sich zu konzentrieren, damit er sich hinterher an alles erinnert. Schließlich ist er hier immer noch »bei der Arbeit«, und diese »Arbeit« sollte nicht dazu führen, dass er in sein Bierglas kotzt, denn das könnte zu einem erheblichen Verlust an *credibility* bei Bleckner führen.

Es ist nicht so ganz leicht, zu wissen, ob Remmy für oder gegen Striptease ist. Er ist ein Prachtexemplar jenes Typus, der ENTWEDER so ein linksdrehendes Prinzip hat, dass Striptease etwas »Schlimmes« ist und bleibt, ODER altmodische Standpunkte weit hinter sich gelassen hat, zu »neuen, komplexeren Einsichten« gelangt ist und so viel Hintern und Titten kriegen will, wie es nur geht.

Macht überlegt, ob er noch die Striptease-Bar vorschlagen soll, wo WODDY, jene Tochtergesellschaft von NODDY, eine Party feiert. Jetzt, nach noch drei Bieren, hat Remmy endlich Schlagseite, da riskiert man mit einem falschen Vorschlag schnell eine aufs Auge. Es kann in beide Richtungen losgehen. Macht versteht sich allgemein gut darauf, Menschen nach ihrer Physiognomie zu beurteilen, und er findet, dass Remmys Nasenwurzel unmöglich auf einen Typen hindeutet, der militant gegen Striptease wäre. Und falls er es wider Erwarten doch sein sollte, aus »Überzeugung« oder so, dann gibt es dennoch eine Chance, dass aufgrund der Besoffenheit sein »wahres Ich« die Steuerung übernommen hat. Er springt ins kalte Wasser.

»Hei, Remmy, du findest Striptease klasse, oder?«

»HÄH! Striptease? HÄH? Striptease?«

»Mmmja.«

»Klar, finde ich saugeil. Bin ich voll scharf drauf. Warum?«

Macht atmet auf und beglückwünscht sich mal wieder für seine Menschenkenntnis.

»Nein, ich hab so'n Kumpel in einer fetten Beratungsfirma, und die machen heute eine Party in einer Striptease-Bar. Können wir einfach hingehen. Lust?«

»Klar hab ich Lust, verdammte Scheiße! Trink aus! Los schon! Was wartest du noch?« Wilderen Blicks denn je, schüttet Remmy in drei Sekunden einen knappen halben Liter Bier in sich hinein.

An der Tür vom BOOTA CLUB, den WODDY für den Abend gemietet hat, begrüßt sie Johnny P, und Macht stellt ihn Remmy als seinen »Freund aus der Geschäftswelt« vor, nur interessiert Remmy sich momentan nicht weiter für Herren im Anzug. Wollte man Remmy Bleckners Vor- und Nachnamen durch Adjektive ersetzen, müssten es gerade »hysterisch« und »übereifrig« sein. Er zerrt und zuppelt an Machts *Taxi Driver*-Jacke herum und quengelt wie ein kleiner Junge, dass sie endlich reingehen sollen.

»Wir stehen hier und quatschen und verpassen jede Menge Tanga-Action, Macht, ich will da reeeeeeein!!«, fleht er mindestens drei Mal, bis Johnny P Macht endlich zunickt und sie hineinlässt.

Zwei der Mädels, die da an den Stangen zugange sind, scheinen sich ziemlich zu langweilen, zwei weitere schlängeln sich mit einer gewissen Einfühlung ums Stahlrohr. Remmy scheint es egal zu sein, ob sie halbherzig agieren oder engagiert. Rund drei Minuten lang blickt er die Mädchen starr wie eine Salzsäule aus völlig durchgedrehten Augen an, dann beginnt er ihnen Obszönitäten zuzurufen. Derart heftige Obszönitäten, dass eine der Frauen innehält und ihn auffordert, sich »gefälligst zusammenzureißen«.

»Ooooooooh!«, ruft Remmy glücklich, »stehen wir da in unserem Gummitanga und scheißen die Kunden an? Hää? Hab gar nicht gewusst, dass hier welche von der Sitte arbeiten!« Er lacht so laut und nachdrücklich, dass die Stripperin einen Probeschluck von seinem Bieratem abbekommt. Sie dreht ihm den Hintern zu – als wäre ausgerechnet *das* in einer Striptease-Bar eine Geste der Ablehnung – und tanzt weiter.

Macht verfolgt den Auftritt zufrieden.

»Alles ist zutiefst chaotisch«, denkt er still. »Auf keinen Fall … niemals vergessen, wie chaotisch alles ist. Benutze es.«

Es wird vier Uhr morgens. Irgendwann fängt Remmy an, den Stripperinnen *Münzen* in die Slips zu stecken, da nimmt Macht ihn mit hinaus. Sie gehen noch auf einen Absacker zu zweit in Remmys »Wohnung«, verteufelt weit draußen in der Vorstadt. Macht bemerkt diverse interessante Dinge in dieser »Wohnung«, darunter eine rote Flagge mit schwarzem Schriftzug:

©ounter ©ulture

Er fragt Remmy, dessen Augen jetzt tiefrot sind, wo er die Flagge her hat, aber Remmy stürzt einen Gin Tonic herunter, lallt wie ein alter Alki und pennt weg, die brennende Zigarette in der Hand. Kein Gespräch mehr heute Abend. Macht sitzt noch fünf Minuten da und sieht zu, wie Remmys Zigarette sich durch das weiße *SlayStation*-Kapuzensweatshirt brennt. Dann nimmt er ein Taxi nach Hause. Der Taxifahrer trägt einen Turban und ähnelt Robert De Niro nicht gerade, doch dem Zucken seines Halses nach zu urteilen, hätte er durchaus kein Problem damit, bei Gelegenheit einen, zwei Skandinavier zu liquidieren.

KAPITEL 7

PUSH-PARTY NR. 5

SAMSTAG

Noch vor neun Uhr früh wacht Macht auf, denn das Telefon klingelt, und er bekommt am Hörer von einem älteren Journalisten, mit dem er letzte Woche Kontakt hatte, Hasse Cashavettes' polizeiliches Führungszeugnis vorgelesen. Ein Mal Marihuana-Besitz in den Siebzigern, ein paar Verkehrsverstöße, das war's. Macht weiß über seine geschäftlichen Kontakte gern Bescheid. Er hört aufmerksam zu und ärgert sich ein wenig über die Manie des alten Journalisten, links und rechts an allem herumzuverbessern. Unglaublich, wie wichtig ihm die Aussprache von Namen und Orten ist. An *allem* muss er rumverbessern.

»Man hat wohl keine Privatbibliothek, ohne irgendwie pedantisch zwanghaft zu sein«, denkt er und weiß gar nicht, wie Recht er mit dieser Einschätzung des alten Journalisten und dessen Pedanterie hat. Erstens besitzt er tatsächlich eine Privatbibliothek. Und außerdem behandelt Isak, so heißt er, seine Frau auf eine Weise, die die harten Fakten bestätigt: Dass sie mehrmals pro Monat über ihm kauert und ihm auf den kahlen Schädel uriniert, ach ja, das ist völig in Ordnung, aber dass sie ein einziges Mal bei einem Abendessen im Hause von Frank Wise den Namen des legendären Nachrichtenreporters Javier Montoya-Borrajo falsch ausgesprochen hat, ver-

134

zeiht er ihr nie. *Nie.* Urin: okay. Falsche Aussprache: nicht okay.

Samstag ist für Macht kein freier Tag. Mit blankem Hintern schreibt er drei Mails, während der Kaffee durch die Maschine gluckert; er sucht fünf Artikel über Bakunin aus dem Netz, die er zwischen Kaffeeschluck eins und Kaffeeschluck zwei ausdruckt; er liest sie alle fünf (circa vierzig Seiten), bevor er sich ein Honigbrot schmiert, und während er das Honigbrot isst, sieht er CNN und programmiert zugleich seine Snuffvideojukebox; er wählt neutrale Kleidung, Jeans und weißes T-Shirt, zieht NIKE-Kopien in Erwägung, befindet aber, dass er lieber Originale nimmt, nachdem er sich gestern bis zum Abwinken Remmy Bleckners Gelalle hat anhören müssen.

Um elf nimmt Macht wiederum im TESCO Platz, wo er zwei Mädchen treffen will, die einen Fotoroman im Zeitschriftenformat herausgebracht haben; er handelt von Pyromanie. In einem *glossy* Zeitschriftenformat, Tiefdruck, wohlgemerkt. Nicht unähnlich SICHIS PAPER, aber mit doppelt so hoher Auflösung der Fotos und halb so großer Schrift. Macht hat das Druckwerk gesehen und gehört, dass die Mädels ziemlich crazy und wild sein sollen – *natürlich* außerdem noch verteufelt hübsch. Alles andere, so könnte man sagen, wäre kaum denkbar bei Mädchen, die sich im Underground durchschlagen. Eigentlich gibt es unter diesen Bedingungen nur zwei Mädchentypen, und beiden geht es einzig und allein und nicht weiter überraschend mal wieder darum, die *männliche Sexualität* zu verwirren und zu übertölpeln: Entweder muss eine zickig wie die Hölle sein, hässlich und wichtig bis zum Abwinken, möglichst noch mit einem psychotischen Charisma und üblen Stimmungsschwankungen usw. versehen wie Jenna, Nasdaqs linke Hand drüben im TENZING, oder sie muss verteufelt hübsch und wild und crazy und gern manisch mit allerlei Groteskem beschäftigt sein, inklusive perverser Spielarten sexueller Betätigung. Die zwei heute gehören zur letztgenannten Kategorie.

Macht bestellt sauren Kaffee, anderen gibt es im TESCO nicht, und die beiden jungen Frauen erscheinen, jede in ihren krankhaften Stilmix gekleidet, der jeweils auf ganz und gar *distinkte* Weise erzählt: »Ich bin ja so was von crazy und durchgeknallt, aber sauhübsch, wenn du mal genauer hinschaust, ich verliere leicht die Kontrolle, aber *hey hey!*, ich lass mir nix gefallen und bin knochenhart, ich bestimme, wo's langgeht, selbst wenn ... oder vielleicht eben *weil* ... ich mich wie ein Girlieblödi aufführe.« Macht begrüßt sie vorschriftsmäßig begeistert und erzählt, wenn sie wollen, könne er ihnen einen Kontakt mit FRONTLINER, *a Schlachtplatte of Theory, Art, XXX, Music, Economy and Style* verschaffen, so dass sie eine bessere Distribution bekommen. Die Mädels nicken und sind süß, ernst, crazy und geil und die eine geschäftstüchtiger als die andere, und dann gehen sie.

Macht bleibt an seinem Tisch sitzen. Er ruft Robert an – den jungen Typ, den NIKE seiner Empfehlung nach heute Abend zur PUSH-Party Nr. 5 schicken soll –, um ihm ein paar Verhaltensmaßregeln zu erteilen. Robert am anderen Ende der glasklaren NOKIA-Verbindung schreibt sich alles auf, was Macht ihm sagt, und gerade, als Macht sagt: »... und fall bloß nicht auf, die Sauhunde dort riechen ›anständige‹ Leute gegen den Wind«, sieht er FF, der ins TESCO kommt. FF ist ein Mitarbeiter von PUSH.

»Oki, Robert, ich muss dann mal, see you heute Abend gegen elf am Hangar 9.« Macht winkt FF zu sich. FFs Haar ist so trocken, dass Fatty schon mehrfach geäußert hat, es quäle ihn geradezu, neben ihm zu sitzen und Zigaretten zu rauchen. Und obgleich Macht weder diese Äußerungen Fattys gehört hätte noch rauchen würde, denkt er unmittelbar:

»Scheiße, ich hab gar nicht mehr gewusst, dass FF so trockenes Haar hat …«

FF hat einen noch größeren Fanzine-Fetisch als Fatty selber; bis dato hat Macht ein Dutzend seiner Fanzine-Konzepte gestohlen und sie teuer an die Wirtschaft verkauft, doch momentan ist er nicht auf FFs Fanzines aus, nein, er braucht noch Material für die Fatty-Offensive heute Abend. FF holt am Tresen zwei Bier – beide für sich – und setzt sich Macht gegenüber, der ihm mit ein bisschen »Arbeit« folgende zwei Geheimnisse entlockt:

Geheimnis Nr. 1: Fatty leidet an BED (Binge Eating Disorder) – einem Kontrollverlust in Bezug auf Essen und Gefühle; schlichtes Überfressen, bei dem der Kranke aber, im Gegensatz zur Bulimie, das Gegessene bei sich behält. BED-Kranke nutzen ihren Bauch und das Fett als Schutzwall zwischen sich und der Welt.

»Problematische Gefühle, Frustrationen, Ängste, Sehnsucht nach Nähe oder Liebe, sexuelle Empfindungen (in Fattys Fall *teen-sex*, flüstert FF), Wut und Trauer werden mit dem Essen heruntergeschluckt.«

Geheimnis Nr. 2: Als armer Student hatte Fatty einst in den Semesterferien einen Sommerjob; er musste für das Coffeetable-Book »Kindermund« Zitate erfinden. Die Redaktion des *Kursiv-Verlags* fand trotz intensiver Recherche nicht genügend echte Sinnsprüche und engagierte einen Haufen Idioten, die sich stattdessen welche ausdenken sollten. Fatty war eine dieser jungen und armen »kreativen« Seelen. Er lieferte eine erkleckliche Anzahl goldener Worte, doch wurden sie samt und sonders von der Redaktion abgelehnt. FF erinnert sich nur noch an eins dieser »Zitate«:

»Mickey macht Ficki bei Minni Maus: rein und raus, rein und raus!«
(Susanne, sieben)

FF braucht lange, um wenig zu sagen, denn er hat einen guten Teil seiner Hirnzellen mit allem möglichen Junk weggespritzt. Natürlich aus rein ideologischen Gründen. FF hatte früh begriffen, dass es eine reale Wahlmöglichkeit gibt, ob man ein Junkie wird oder nicht, dass man aber im Namen der freien Marktwirtschaft KEINE freie Wahl zum Beispiel des Gesellschaftssystems hat, was ihn dazu brachte, sich fürs Junkietum zu entscheiden, natürlich um »die Pseudoalternativen zu unterlaufen, die der Imperativ des individualfetischistischen Marktliberalismus anbietet«. Anyway; in einem Flugzeug Richtung San Diego durfte FF einst einen Vorgeschmack darauf erleben, wie wunderbar und maßlos schön es sein kann, dank der eigenen Wahl höchste Wertschätzung zu erfahren, nämlich im Krisenfall: Drei unerfahrene Stewardessen standen entsetzt im Gang, über einen ins Koma gefallenen Diabetiker gebeugt, und schrien, sie bräuchten einen Fachmann, der ihm die Insulinspritze setzt. Da teilte FF die Menschenmenge wie Moses das Rote Meer, indem er sprach:

»Lasst mich durch, ich bin ein Junkie.«

Und woher hat FF den Spitznamen FF? Mit seinem Fanzine-Fetisch hat das nichts zu tun. Nein, eines grauen Tages vor rund fünf Jahren ließ FF sich zur Mitwirkung an einem Fistfuck-Porno namens *Fisting Fiesta* überreden, um, wie er es formulierte: »mir eine *raised fist* in meinen vor lauter Konventionen verklemmten Anus zu schmuggeln; einfach, um ein bisschen lockerer zu werden, die Regeldiktatur abzuschütteln und ein bisschen Licht in die finstere Nacht der Normen scheinen zu lassen.« Nun, dass sein »vor lauter Konventionen verklemmter Anus« ordentlich verklemmt war, kann man nur bestätigen, denn die Faust, die sich da in ihn hinein »schmuggelte«, schuf einen enormen Überdruck in seinem Darm, und die Luft entwich mit einem derart unbeschreiblich lauten Geräusch durch den schietengen Spalt zwischen FFs Rosette und dem Unterarm des Spielgefährten, und mit einem solchen Timbre, wie keiner der erfahrenen Jungs am Set es jemals gehört hatte, so dass alle Anwesenden erstens mit Lachanfällen zusammenbrachen und zweitens höchstens sieben oder acht Sekunden brauchten, um den EXTREM zählebigen Spitznamen FISTING FURZ zu erfinden (später zu FF verkürzt).

Auf der PUSH-Party heute Abend soll FF ein neues Fanzine lancieren und ein paar Busse dekorieren. Er persönlich veröffentlicht in dem Fanzine ein bisschen selbst gedichtete Dope-Lyrik, die er glücklich zitiert:

Erugs
Screw
Your
Drain

And
Who
Shat?

Und in dem Augenblick, als FF die letzte Silbe aus seiner rauchgebeizten Luftröhre presst, öffnet Rebel in seiner Wohnung auf der Nordseite der Stadt die Augen, schluckt und spürt, dass er ein *lighthead* ohnegleichen hat. Ein *lighthead* als die typischste Folge von Unterernährung. Seine Träume haben sich bewahrheitet. Rebel mag nicht mehr essen. Anders als Fatty. Rebel begreift gar nicht, warum so wenige Menschen sich vom Essen fernhalten. Spürt denn sonst niemand dieses Unbehagen, wenn er dasitzt und kaut und kaut und schluckt und schluckt? Wenn er mehrmals pro Tag irgendwelches organische Material in sich hineinstopft? Rebel findet, das *gagging* der Pornoindustrie ist die gültigste Gesellschaftsmetapher der Jetztzeit. Ja, es erscheint ihm als eine Metapher, dass all diese Sachen irgendwo reingestopft werden, wo sie nicht hingehören. Er spürt zu jeder Zeit die Allgegenwart des todöden, halbschlappen, heterosexuellen Penis, zu jeder Zeit, sogar in seiner eigenen Speiseröhre. Anyway; hier bitte, er wacht auf:

Ich wache um zwei Uhr nachmittags auf, nach einem halben Tag (der Nacht hätte sein sollen) mit vollkommen abgefahrenen, wilden Naziträumen. Ich kann mich wirklich nicht erinnern, wann ich das letzte Mal so viel am Stück gelesen habe. Von ein Uhr nachts bis sieben Uhr früh habe ich *Mein Kampf* gelesen. Tolle Lektüre. Muss ich sagen. Fühlte mich – wie soll ich sagen – zum ersten Mal seit Jahren »inspiriert«. Ich war so begeistert, dass ich ein paar von seinen Reden im Netz zusammensuchte, sie las und jede Menge Ideen für Reden hatte, für die ich seine nur umzuschreiben brauchte. Danach überraschte ich mich *irrsinnig*, denn ich SCHRIEB nicht nur zwei Reden, sondern DRUCKTE sie auch aus und LAS sie durch, OHNE dass mir allzu übel wurde. So viel Aktivität, es war fast, als träte ich aus mir heraus und sähe mir von oben zu. Man glaube es oder nicht. Aber wenn man auf Sätze wie diese:

Anders aber ist dies bei einem Reiche, das aus nicht gleichen Völkern zusammengesetzt, nicht durch das gemeinsame Blut als vielmehr durch eine gemeinsame Faust gehalten wird.

… oder auf diese:

Ist nicht jede geniale Tat hier auf dieser Welt der sichtbare Protest des Genius gegen die Trägheit der Masse?

… oder auf Äußerungen wie diese:

Es gibt Wahrheiten, die so sehr auf der Straße liegen, dass sie gerade deshalb von der gewöhnlichen Welt nicht gesehen oder wenigstens nicht erkannt werden. Sie geht an solchen Binsenwahrheiten manchmal wie blind vorbei und ist auf das höchste erstaunt, wenn plötzlich jemand entdeckt, was doch alle wissen müssten. Es liegen die Eier des Kolumbus zu hunderttausenden herum, nur Kolumbusse sind eben seltener anzutreffen.

So wandern die Menschen ausnahmslos im Garten der Natur umher, bilden sich ein fast alles zu kennen und zu wissen, und gehen doch mit wenigen Ausnahmen wie blind an einem der hervorstechendenen Grundsätze ihres Waltens vorbei: der inneren Abgeschlossenheit der Arten sämtlicher Lebewesen dieser Erde.

Schon die oberflächliche Betrachtung zeigt als nahezu ehernes Grundgesetz all der unzähligen Ausdrucksformen des Lebenswillens der Natur ihre in sich begrenzte Form der Fortpflanzung und Vermehrung. Jedes Tier paart sich nur mit einem Genossen der gleichen Art. Meise geht zu Meise, Fink zu Fink, Feldmaus zu Feldmaus, Hausmaus zu Hausmaus, der Wolf zur Wölfin usw.

... aufbauen kann, so wird doch ganz offensichtlich noch der leerste Geist, die ausgehöhlteste Persönlichkeit mit Schaffensdrang *geboostet*. Mein Post-Millenniums-Hirn schnallt gar nicht ganz, was mir da passiert ist.

Ich feiere meine Naziträume, indem ich eine Maschine Kaffee aufsetze. Zum ersten Mal seit langem. Die Kaffeemaschine war letzthin nicht zugänglich, wegen der von der Scheißsalatgurke im Abfall ausgelösten Paranoia. Ich HÄTTE das Grundprinzip begreifen müssen: Essen gehört in den Mund, NICHT in den Hintern. Dieser Logik zuwiderzuhandeln, rächt sich eben. Feldmaus mit Feldmaus.

Jetzt merke ich es zwar nicht, da ganz offenbar ICH die

Ursache des Problems bin, aber als ich gestern zur Tür hereinkam, nachdem ich mit Fotti über Politik gesprochen hatte, und bevor ich anfing, *Mein Kampf* zu lesen, merkte ich, dass in meiner Wohnung ganz genau die Art Geruch herrscht wie in der Männersauna, wenn da ein Häufchen Männer über sechzig zusammenhockt und wonach riecht, ja, nach Altmännerhintern, EGAL wie sauber und frisch geduscht sie sind. Das war deprimierend. Mich beschlich der Verdacht, jene Salatgurke habe irgendwie meine Wände mit Darmgeruch imprägniert, aber ich wehrte ihn ab und versuchte, der Wahrheit ins Auge zu sehen: Gurke oder nicht Gurke, meine Wohnung würde GARANTIERT stinken, und wenn ich auch mit *Dr. Schneider Geruchskillertampons* in sämtlichen Körperöffnungen herumliefe, zu jeder Tages- und Nachtzeit – nein, warum es weiter leugnen: Ich bin genauso eklig wie der grässliche Hacker-Cato mit seiner Stinkebude. Scham und Schande: Über Cato ziehe ich her, aber hier sitze ich selbst und rieche nach Hintern. Das ist sicher auch der Grund, warum mich nie wer besuchen mag. Ich weiß noch, wie sich mal jemand hier hereingedrängt hat, und damals lernte ich ein für alle Mal: NIE JEMANDEN MIT NACH HAUSE BRINGEN. Das habe ich gelernt. Wie ein gefolterter Laboraffe saß ich auf meinem Sofa und betete zu Gott – ja, zu Gott! –, dieser Mensch, der da herumlungerte und sich wohl fühlte, solle BITTE! BITTE! schnellstens nach Hause verschwinden. Wer war das noch mal, verdammt? Fotti? Vielleicht. Arolf? Weiß nicht mehr.

Doch zurück zum Geruch. FALLS ich nun, rein hypothetisch gesprochen, eines Tages von jemandem Besuch bekommen sollte, auf den ich wider alle Wahrscheinlichkeit einen guten Eindruck machen wollte, wahrscheinlich ein irgendwie geartetes weibliches Wesen, was würde ich da machen? Nichts, denn es wäre ohnehin zu spät; ich könnte nur mit dem weiblichen Wesen in dem verkackten Geruch dasitzen und Kaffee trinken. Jetzt überlege ich: Was tut man, um eine solche Situation zu vermeiden? Genau, man operiert vorbeugend. Was bedeutet, dass man OHNE GRUND aufräumt und putzt, *für den Fall*, dass so was mal vorkommen sollte. Ein Besuch oder so.

Und jetzt passiert es also. OHNE GRUND beginne ich meine Wohnung aufzuräumen. Schmutzige Kleidung auf den einen Haufen, saubere auf ... nein, da ist keine saubere, und ja, ich mache tatsächlich den Abwasch und wische ein bisschen die Arbeitsfläche in der Küche ab. Dann gehe ich runter zum Paki an der Ecke und kaufe Ajax; Mustafa schaut mich begriffsstutzig an, als ich bezahle, ich sage »Glotz nicht so«, gehe hoch und putze Klo und Dusche. Ich wiederhole: Ich putze Klo und Dusche. Ich weiß gar nicht, was mich in einen solchen Zustand von offenkundiger Menschlichkeit und Optimismus versetzt hat. Ich fasse es nicht, ich begreife es nicht. Ich arbeite. Ich schrubbe und wienere. Ich pople Haare – meine eigenen Haare – meine eigenen Körperhaare, mariniert in Spucke und Schnodder und Sperma (sss) aus dem Abfluss. Nein, wenn ich genau nachdenke, begreife ich es doch; die Ehre für diesen Hausputz gebührt Adolf Hitler.

Als ich fertig bin, setze ich mich aufs Sofa und bin genauso sauer wie zuvor, aber darum geht es jetzt nicht. Jetzt geht es darum, dass ich eine Handlung vollführt habe.

Während ich wie ein beschissener Indonesier übers Klo gebückt stand, muss eine überraschende Serotonin-Ausschüttung mein Hirn überschwemmt haben, denn auf einmal kommt mir die Idee, Fotti und Arolf zum »Morgenkaffee« einzuladen. Ich lasse mir den Gedanken noch einmal durch den Kopf gehen, dann greife ich in einem Anfall von Übermut zum Telefon, wähle und höre mich selbst sagen:

»Hei, Fotti, hier ist Rebel.«

»Hei, Rebel«, sagt Fotti ziemlich überrascht, dass ich anrufe. In der Regel muss sie Kontakt aufnehmen.

»Hei … Ich hab gedacht, ob du und Arolf … ob ihr vielleicht Lust habt … morgen zum Kaffee zu mir zu kommen oder so?«

»Hä?«

»Hast du nicht gehört?«

»Was ist passiert?«

»…«

»Ja, ja, klar kommen wir zum Kaffee, Rebel …«

»Ja?«

»… aber besser am Montag, oder? Heute Abend ist das PUSH-Fest, und wie ich uns kenne, schlafen wir morgen bis nachmittags.«

»Ja, Scheiße, Fattys Fest …« Ich schüttele den Kopf. Hatte ich ganz vergessen.

»Also Montag nach der Arbeit? Ich meine, nach meiner Arbeit, so um vier rum. Okay? Und heute treffen wir uns vorher auf einen Drink bei mir, da musst du auch kommen, ja?«, sagt Fotti.

Ich nehme die Hitler-Reden, die ich gestern geschrieben habe, lese sie noch einmal durch und bin recht zu-

145

frieden mit mir, dann falte ich die Blätter zusammen und stecke sie in die Gesäßtasche meiner schlabbrigen Combat-Hose. Ich bewahre meine eigene geistige Hervorbringung am Hintern auf. Die merkwürdige Empfindung einer winzig kleinen Glut tief in der inneren Dunkelheit verschwindet nicht und lässt mich wünschen, jetzt, wo ich vorm Fernseher sitze, dass irgendwas Nacktes auf dem Bildschirm auftaucht. Aber nein, nichts geschieht.

Auf dem Weg nach unten werde ich im Fahrstuhl von meinem Nachbarn abgefangen, KING OF ANALINGUS. Er quält mich mit der folgenden beschissenen Idee:

»Die technologischen Begriffe hängen hinterher, Rebel. Manche sagen immer noch ›das Licht andrehen‹, wie früher, ja, manche ›drehen‹ sogar den Computer ›an‹, als wäre das ein altes Dampfradio. Die Sprache bewegt sich langsamer als die Wissenschaft.«

Munan hat eine ganz eigene Technik, beim Biertrinken die Gurgel aufzusperren. Anders gesagt, er trinkt genauso schnell, wie das Bier aus der Flasche läuft. Ich blicke ihn an, nehme Fottis Ginflasche und mache mir einen Gin-Tonic. Einen Gin-Tonic ohne Tonic, streng genommen. Ich werde auf keinen Fall nüchtern zu diesem bescheuerten Fest von Fatty gehen. Vor so was muss man sich betrinken, so gut es geht.

»Auch zu dem Fest eingeladen, Munan?«, frage ich Munan, der schon das nächste Bier in sich hineinschüttet. »Dachte, Fatty hat dich und deinen Golden Retriever mit dem Bannfluch belegt?«

»Hat er auch.« Munan blickt mich aus tränenden Augen an, dann rülpst er, dass es klingt, als würden die

146

Pforten der Hölle sich auftun. Offensichtlich schluckt er nicht nur Bier bei seiner fabelhaften Trinktechnik – pro Liter Bier ein Liter Luft, vorsichtig gerechnet.

»PFFFFFFFFFF! ... Ich bleib einfach auf der andern Seite von dem Hangar. Was soll er schon machen? RRR-RÜLPS ... Rüberkommen und mich vögeln? Hehehe ...«

Zur Bekräftigung seiner Darlegung wälzt Munan sich auf die Seite und lässt einen so brutalen Furz los, dass niemand lacht.

»Scheiße, hab ich Hunger«, sagt er.

»Munan hat so gefurzt, dass er davon Hunger gekriegt hat«, sagt Arolf. Fotti geht hinaus, ich gehe hinterher. Offenbar hat Munans Furz ebenso ansteckend gewirkt wie ein Gähnen. Denn ich muss scheißen, und als ich ins Klo gehe, nachdem Fotti fertig ist, braucht man kein Hellseher zu sein, um zu wissen, was sie da drin gemacht hat. Dies bedeutet, dass Munan mit einem »einfachen« Furz fünfzig Prozent der Anwesenden zum Scheißen gebracht hat. Er hat den Befehl zum Scheißen mit dem Hintern übermittelt. Nun ja, auch das fällt nicht jedem von uns gleich leicht, ich sitze da und drücke mindestens zehn Minuten lang, die Ellbogen auf den Knien, den Kopf gesenkt. Ich sehe die Blätter mit meinen Reden halb aus der Hosentasche hängen, nehme sie hervor und lese das Resultat meiner Zusammenarbeit mit Hitler, damit die Wartezeit mich nicht so fertig macht.

Schon vor zehn bin ich sturzbetrunken. Fotti und Arolf sind immer noch dämlich genug zum Rauchen, sie haben sich so viele Joints reingepfiffen, dass sie ganz komisch im Gesicht aussehen, und Munan, dünn wie ein Strich, hat mit seiner Technik so viel Bier runterbefördert, dass er unterm T-Shirt einen Medizinball trägt. Wir beschließen, ein Taxi zu nehmen zu den Bussen, die zur PUSH-Party rüberfahren, denn die findet nicht in den Geschäftsräumen von PUSH statt, nein, für eine Untergrundparty braucht man natürlich irgendeine unheimliche, subversive Location. Bislang hat Fatty seine Schuh-Feste (die er als PARTY POLITICS bezeichnet – »no radical politics without hardcore partying«) an folgenden Orten veranstaltet: 1. auf einem rostigen, klapprigen Fischerboot, recht ähnlich dem, auf dem Bess in *Breaking the Waves* hinausfährt und brutal vergewaltigt wird; 2. in einem Tunnel; Cato hatte sich die Info zusammengehackt, dass die Linie in jener Nacht nicht fahren würde, doch da die meisten Gäste, Fatty inklusive, keinen Schiss auf Catos Hackerfähigkeiten gaben, herrschte die reine Todesangst, in selbiger Nacht vom Zug erfasst und getötet zu werden; 3. in einem kleinen Zirkuszelt draußen auf einer Müllhalde, so dass die Bullerei später in der Nacht, nach der Auflösung des Festes, einfach nur an den Leuten zu riechen brauchte, um zu entscheiden, wen sie festnahm (Fatty kam davon, weil er den Beamten, denen er schon bekannt war, klar machen konnte, dass er IMMER nach Müll rieche); 4. im Konzerthaus, von nachts um drei bis um sechs Uhr früh, zugänglich durch einen breiten Belüftungsschacht, der vom Parkhaus im Untergeschoss des Konzerthauses in einen kleinen Verschlag des Verwaltungstraktes hinaufführte – ja, durch einen breiten Belüftungsschacht, der aber für Fatty nicht breit genug war, so dass Munan ihn durch den Haupteingang einließ, während die Gäste wie misshandelte Hunde durch das Belüftungssystem robben mussten; und jetzt steigt die PUSH-

Party Nr. 5 also in Hangar Nr. 9 auf dem Flugplatz. Das Wachpersonal befindet sich im Streik, also herrscht freie Bahn für Fatty und seine Freunde.

Fatty ist Bestandteil der Gegenindustrie, und er hat keinen blassen Schimmer, was für ein deprimierender Anblick er ist, fett und hässlich, wenn er seine beschissenen »Innovationen« verkloppt, als wären es Brötchen. Ich habe schon oft gehofft, er könne seinen Fettwanst mal von außen sehen, nur für ein, zwei Sekunden, und einen Eindruck davon bekommen, wie trostlos der Widerstandskitsch ist, den er da feilhält. Aber er ist zu bekloppt, er begreift nicht, dass er KOOPERATION betreibt, keinen Widerstand.

Ein paar Häuserblocks neben PUSH stehen fünf Busse, und ich danke Satan in der Hölle, dass ich blau bin, denn eine derart triste Versammlung habe ich nicht gesehen, so weit ich zurückdenken kann – also ungefähr seit der letzten PUSH-Party. Nicht nur, dass man zu Fattys Scheiß antraben muss, nein, hier muss man jetzt auch noch einen Bus ins Herz der Finsternis nehmen, umgeben von lauter stinkenden, krawallsüchtigen Arschlöchern, *genauso* wie als bettnässender kleiner Bengel, wenn man auf Schulausflug fahren musste, AUSSCHLIESSLICH mit Leuten, die man hasste und denen man den grausamsten Tod an den Hals wünschte. Ich habe mich verflucht noch mal nicht geändert, seit ich zwölf Jahre alt war, Todesängste litt und alles um mich herum, JEDES EINZELNE DING, grenzenlos hasste. Ich könnte mir jederzeit die Hände vors Gesicht schlagen. Die Welt ist derzeit kein schöner

Anblick, das ist mal sicher. Alles ist hässlich. Ich will hier weg.

Ich huste und spucke aus und schwanke zum Bus hinüber, auf dessen Seiten riesige Aufkleber angebracht sind:

... und ich weiß, dass das Buskonzept von Fattys Kumpel, dem Fanzine-Fetischisten FF (Fisting Furz), stammt, denn vor zwei Jahren bin ich durch ein RIESIGES Versehen bei der Eröffnung seiner »Stunt-Ausstellung« draußen bei IKEA gelandet; sie trug den Titel *Art as Ikea as Idea*. Ganz offensichtlich hat er seitdem keine neuen Einfälle mehr gehabt, die Junkbirne. Fotti und Arolf und Munan klettern hinter mir in den Bus, und drinnen sitzt – oh Schreck und Graus – Remmy Bleckner als Busfahrer und grinst sein *enfant-terrible* Grinsen. Man muss eine Fahrkarte lösen, um mit dem IDEA-Bus zu fahren. Der Untergrund ist doch immer wieder für eine Enttäuschung gut.

»Wie ich sehe, hast du schon ordentlich getankt, Rebel«, sagt Remmy grob lachend und ist offenkundig STOLZ, dass ich blau bin. Ich muss mich von seinem Bieratem abwenden. Fatty und Remmy Bleckner kämpfen tapfer um den Spitzenplatz auf meiner Liste der 1000 Bestgehassten.

»Tach, Emmy«, schnaufe ich und bin zu keiner Gehässigkeit oder witzigen Bemerkung mehr in der Lage, oder was auch immer der Idiot jetzt von mir erwartet. Ich höre, dass Arolf hinter mir das übernimmt. Er befiehlt Remmy, »jedes einzelne von deinen abgenutzten Lungenbläschen mit Cannabis-Rauch zu füllen«, bevor er den Zündschlüssel dreht.

»Ich will verdammt noch mal nirgends mit einem Busfahrer hin, der nicht SUUUUPER gelaunt ist!«, sagt Arolf, Remmy lacht *nochmals* grob und dankt für den Joint, den Arolf ihm hinters Ohr steckt, dass er nur so an seinem fetten Schädel quietscht, der bis auf den Iro glänzend kahl rasiert ist. Ja, und um der Vollständigkeit willen: Remmy hat sich in seinem üblichen Wild-und-crazy-Stil eine Busfahrermütze beschafft, um *nochmals* die Normalität zu verdrehen und zu unterwandern, heute also die Busfahrer-Normalität.

So sieht's hier aus: Von den sechzig, siebzig Plätzen im Bus sind rund fünfzig besetzt. Bis auf wenige Gesichter kenne ich jedes einzelne Arschloch hier drin. Ich gehe den Gang hinunter, nicke missmutig nach rechts und nach links und finde vier freie Plätze hinter dem trächtigen Paar Johannes und Jenna, die missmutig grüßen und dann wieder aus dem Fenster schauen. Johannes ist immer noch missmutiger als Jenna, und ich weiß auch warum. Er hat den Verdacht, dass Nasdaq, der Japsen-Idiot, für den Jenna drüben im TENZING arbeitet, sie vögelt. Ich hingegen WEISS, dass das Schlitzauge sie vögelt. Ich habe es – Gott sei's geklagt – sogar mit eigenen Augen GESEHEN, bei einer Technoparty, die Nasdaq draußen in der Einöde in einem Birkenwäldchen organisiert hatte. Ja, seine Vorstellung war, dass der *Wald als Location* eine Ur-Stimmung oder was auch immer bewirken würde, aber das einzige wilde Tier erwachte in Nasdaq selbst, der, als ich um einen Birkenstamm kam, um zu pinkeln, auf einmal vor mir saß, wie ein Hund über Jennas Hinterteil gekauert, und drauflosnagelte, dieser asiatische Hirni. Also hat der gute alte Johannes allen Grund, eifersüchtig zu sein. Ich begreife nur nicht, wie Jenna und Nasdaq auf die Idee kamen, sich hinter dieser Birke zu paaren; Nasdaq ist nicht attraktiver als der durchschnittliche gewaltpädophile Japaner, und Jenna ist sonst so geil auf Sex wie ein Vergewaltigungsopfer. Aber nun, im Untergrund muss man wohl nehmen, was man kriegen kann.

Ich setze mich hin und Fotti setzt sich neben mich. Sie nickt auf die andere Seite des Ganges hinüber, wo ein blonder Typ sitzt; er hat WORLD WAR I auf den linken Arm tätowiert. Und ihr zugenickt, als wir ankamen, das habe ich gesehen.

»Auf seinem rechten Arm steht WORLD WAR II«, flüstert sie mir zu und zupft an dem Verband, den sie immer noch an den Handgelenken trägt. »Den hab ich schon mal gesehen. Im TESCO.«

Mir doch egal. Fotti sollte wissen, dass solche Details mir am Arsch vorbeigehen. Ich starre steif auf Jennas struppigen Hinterkopf und tu so, als ob nichts wäre. Hinter uns zanken und lärmen Arolf und Munan wie zwei Rotzbengel.

Remmy gibt dem Bus Zunder – nein, das heißt, erst zündet er den Joint an, den Arolf ihm gegeben hat, und vernebelt die Fahrerkabine, DANN fährt er los und streckt den Arm aus dem Fenster, zum Zeichen, dass die anderen Busse nachkommen sollen … ach, das war noch nicht genug, er streckt den ganzen Kopf aus dem Fenster und schreit: »YIIIII HAAAAAA!!!« und »HERE WE GOOOOOO!!!« und so Zeug. Dann krümmt er sich übers Lenkrad und muss kurbeln wie wild, um nicht frontal mit dem ersten entgegenkommenden PKW zu kollidieren. Die Leute kreischen und lachen, und Remmy ist sichtlich zufrieden mit dieser Rückmeldung auf seinen bescheuerten Fahrstil, denn er fängt an, Walzer über die Fahrspuren zu fahren, diesmal willentlich, und dreht sich immer wieder um, wobei er sein »krasses« Lachen zum Besten gibt:

»WÄHÄHÄHÄ!!!«

»DREH DEINE DRECKSFRESSE WEG UND SCHAU NACH VORN, REMMY; WIR KÖNNEN DICH NICHT MEHR SEHEN!«, kreischt Arolf, und Remmy dreht sich um und lacht krass. Arolf und Munan kichern dazu.

»UND AUSSERDEM KÖNNTEST DU DIR RUHIG MAL ÖFTER DIE ZÄHNE PUTZEN!«, legt Munan nach, doch da wird's auf einmal still in der Fahrerkabine. Und im Rest des Busses auch. Fünf Minuten lang fährt Remmy fein hübsch geradeaus, dann fängt er wieder an zu lachen und tut so, als würde er in den Graben steuern. Offenbar hat die Anspielung auf seine Zähne und den zugehörigen Mundgeruch ihm zu denken gegeben. Wird er nicht zum ersten Mal gehört haben.

Und dann geht die Musik los. Gibt es denn nie Ruhe? Irgendein Arschgesicht hat seinen Ghettoblaster dabei und lässt so einen BumHouseScheiß laufen, das Schlimmste, was ich je gehört habe. Die Drecksäcke reagieren sofort, als die Musik losgeht, sie setzen wider-

153

wärtig durchgeknallte Mienen auf, mit denen sie zeigen, dass sie »eine gute Zeit haben«, mit dem Zustand der Dinge hochzufrieden sind, dass sie alles außerhalb vergessen und ganz »im Hier und Jetzt« sind, und dass das Dope, mit dem sie ihre hässlichen untrainierten oder hübschen trainierten Körper gedopt haben, wunschgemäß wirkt. Dem Dope gebühren fünfzig Prozent der Ehre, die anderen fünfzig lassen diese Fickgesichter hier drin verdammt noch mal der Musik, wie sie da sitzen in ihrer krankhaften mixed-stylishen Aufmachung aus Sportklamotten und Retro-Future-Mustern und T-Shirts mit unverständlichen Aufdrucken und *counterfeit brands* aller Art, die wer weiß was aussagen sollen, und alle pumpen sie sich mit der Kitschvorstellung auf, hier geschehe gerade etwas *voll Kultiges* und *Wichtiges*. Die Einzigen, die versuchen, etwas »Abstand einzunehmen« und sich nicht mitreißen zu lassen, das sind die Jungs von Fattys Truppe fürs Kritische. Sie sitzen ganz hinten und kucken sauer. Ich hab sie beim Einsteigen gesehen. Sören Martinsen (mit verpflastertem Gesicht), Pat Riot, Fisting Furz, Jones Dow und noch ein paar von der Sorte.

Ich versuche, Ohren und Augen vor der Umgebung zu verschließen. Ich fürchte, wenn ich noch mehr Undergroundscheiß reingedrückt kriege, dann muss ich gleich platzen. Fotti sagt nicht groß was. Ich sehe, wie sie zu den tätowierten Armen von dem Typ auf der andern Seite des Ganges rüberschielt, und versuche, mit folgendem Räsonnement die Musik auszublenden:

Es wäre Zeit für eine ÜBERMENSCHENKONVENTION. So sieht meine Idee aus: Zurückgebliebene Menschen haben

einige physiognomische Merkmale, die man auch bei
Menschen feststellen kann, die per definitionem NICHT
zurückgeblieben, aber auch nicht sonderlich intelligent
sind. Mit anderen Worten, man kann den Leuten sehr oft
ANSEHEN, ob sie dumm sind oder nicht. Unleugbar. Daher wäre es interessant, eine Gruppe Menschen mit au-
ßerordentlich hohem IQ, übereinstimmenden Überzeugungen *und* gesundem Äußeren zusammenzubringen,
um mal zu sehen, wie sich der Austausch zwischen Menschen gestaltet, die einander sowohl intellektuell als auch
physisch attraktiv finden. Zunächst einmal könnte man
sich an die als »weiß« bezeichnete Großgruppe halten,
um sich nicht davon verwirren zu lassen, welches Aussehen zwischen den Rassen als »gesund« gelten würde
usw.

Und dann hört sich der Spaß auf: Remmy Bleckner
kreischt durch den Bus, dass wir da sind, und ich sehe zu
meiner Linken eine Landebahn.
　　»JETZT GIBT'S HIER EINEN ›TAKEOFF BEFORE LAN-
DING‹!«, schreit er, vollführt einen großen Bogen auf der
Rollbahn und bremst. Die Passagiere halten den Schnabel und warten gespannt, während Remmy den Motor
ungeheuer hochjagt und versucht, einen reifenquiet-
schenden Kavaliersstart hinzulegen, doch der Bus ist so
altersschwach, dass er beinahe den Motor abwürgt. Die
Mühle spotzt und hustet und erreicht so ganz allmählich
ihre Höchstgeschwindigkeit, rund 80 km/h. Mit anderen
Worten, Remmys Manöver hat nicht viel von einem *takeoff* an sich. Es ist nur einfach todöde, die stockfinstere
Rollbahn langzutuckern. Remmy schreit und kreischt

und tut so, als führen wir rasend schnell. Ein paar von den Doofis im Bus schreien und kreischen mit. Sie finden es ja so toll, *dabei zu sein*. In Remmys *community*. In Fattys »Gemeinschaft«.

Man muss durch den ganzen großen Hangar GEHEN, um in die Ecke zu gelangen, wo die Party steigt. Unterwegs wird mir schmerzhaft bewusst, dass es Fatty gelungen ist, DJ Dow herzulocken. Schmerzhaft, weil die Akustik hier drin so schlecht ist, dass von Dows Untergrundhit »I«, der aus mächtigen Lautsprechern dröhnt, nichts übrig bleibt als gigantischer Matsch. In einem Korb, der unter einem Lift rund dreißig Meter überm Boden hängt, sehe ich undeutlich die Narrenkappe, sozusagen Dows Markenzeichen. Alle, die meinen, eine Narrenkappe sei ein gutes Symbol für Dissens und Autonomie, verdienen ein paar Peitschenhiebe, wenn man mich fragt. Warum haben sie eigentlich Dow nicht ein bisschen höher gezogen? Warum nicht fünfzig Meter hoch? Dann könnten wir ganz sicher sein, dass uns der Anblick seiner hässlichen Fratze erspart bliebe.

Die Leute aus dem IDEA-Bus marschieren in ordentlichen Zweierreihen durch den Hangar. Drüben in der Ecke sehe ich schon Fatty, wie er sich aufbläst, und rund 500 Leute. Die PUSH-Arbeiter haben ein paar Stände aufgebaut, um eine Verbrauchermesse nachzuäffen. Oben an dem einen Stand steht

Megahard®

156

Dort verkauft Hacker-Cato Raubkopien von Microsoftprodukten. Er sieht mich, wühlt hinter seinem Tresen herum und ruft:

»R-R-R-ebel! W-w-wi-willst du das Of-f-f-ffficepack, ja?« Und er zückt ein Paket mit dem folgenden modifizierten Logo:

Damit aber nicht genug der Subversion. Nein. Am nächsten Stand haben die Partyaktivisten dieses Schild befestigt:

– und drinnen steht Fatty selbst, grinst schafsselig, reicht Indonesia-Schuhe heraus und sammelt Geld ein, seine

Wurstfingerchen sind dank des *cash-flows* auf einmal unglaublich effektiv und agil. Gierig stopft er Münzen und Papiergeld direkt in die Taschen seiner sonderangefertigten Jeans. Remmy Bleckner mit der Busfahrermütze geht vor mir und Fotti und Munan und Arolf und bricht jäh in ein Gebrüll aus, das die Leute vor Fattys Stand zu Tode erschreckt.

»FRRRRRRAAAAAAANNNNKKKEEEEHH!!!«, schreit er, und Fatty breitet seine Plunzenarme aus – seine übliche Jesus-der-Juden-König-Haltung – und kreischt:

»RRRRRRRREMMYYYYYYYYYYYYY!!!« Er lässt sich von Remmy Bleckner so hart, ja gewaltsam umarmen, dass es ihn fast über den Haufen wirft und den Schuhstand gleich mit. Die »unabhängigen« Kunden stehen pflichtschuldigst da und warten, ihr Geld bereits in der Hand, sie glotzen und harren aus, bis die beiden Untergrund-VIPs fertig gebrüllt und getatscht haben. Ich wende mich ab und sehe, dass Munan und Arolf schon bei Bude Nummer drei sind, auf der ebenfalls ein Logo prangt:

Dort werden offenbar Raubkopien von Musikvideos verkauft, deren offizielle Versionen noch nicht mal auf den Markt gekommen sind. Arolf und Munan bauen Joints, als ginge es ums Leben; sie wollen sich zuknallen, so rasch es geht. Mit flackerndem Blick suche ich Sprit und erblicke Marktbude Nummer vier:

Ein neben der Bude angeschlagenes Plakat erklärt, dass die hier verkauften Hamburger aus Rohwaren hergestellt sind, die bei McDonald's *gestohlen* wurden. Ich drehe mich zu Fotti um und will etwas Gehässiges sagen, aber sie starrt wie paralysiert den Kerl mit den Weltkriegstattoos an, der seinerseits ein Stückchen weiter steht und sich mit Remmy unterhält. Sein tätowierter rechter Arm deutet zu DJ Dow empor, der in seinem am Kran unterm Dach baumelnden Käfig ein misstönendes Stück nach dem anderen zum Besten gibt, und sagt irgendwas, wozu Remmy nickt.

»Arschkriecher«, denke ich und muss Fotti am Arm rütteln, damit sie mich anschaut, aber als sie das endlich tut, habe ich vergessen, was ich sagen wollte. Ich schaue

sie leer an, und sie dreht sich zurück zu WORLD WAR I &
II und seinen Armen. Ich habe den Typ noch nie gesehen, er sieht gut aus, nicht zu leugnen. Wie ich Fotti,
ihren Geschmack und ihre Flirttechnik kenne, kriegt ihr
Muttermund heut Nacht noch Spermienbesuch.

Dann gelange ich zu Stand Nummer fünf, er heißt

ABSOLUT®
Country of Sweden
EVIL

und hier wird Sprit zu Schweinepreisen verkauft. Auch
neben diesem Stand hängt ein Plakat und informiert
darüber, dass ein *executive* von Absolut Vodka den Stoff
im Austausch gegen Hackerdienste beschafft hat. Na, ich
wette, dieser *executive* ist jetzt ganz schön bedient, falls
Hacker-Cato das übernommen haben sollte, der ar-
schigste Hacker von ganz Nordeuropa.

Übersetzt man einmal den grundlegenden menschlichen
Willen zur Veränderung in Hass auf das Bestehende, so ist
das Ergebnis notwendigerweise ein finsterer, unerschöpf-
licher Hass. In meiner Welt ist Fatty das Bestehende, und
ich spüre, dass in allernächster Zukunft Fatty zum Opfer
jener Energie werden wird, die aus des Homo Sapiens –
hier: meinem – unermüdlichen Willen zum Umsturz der

Dinge herrührt. Immer deutlicher scheint mir Gewalt das einzig denkbare Mittel zur Lösung meiner Probleme.

Drei Gläser Wodka stürze ich mehr oder weniger hinunter und werde ernsthaft betrunken, das Beste, was mir heute Abend passieren kann. Arolf und Munan kommen zu mir und signalisieren, dass Fatty mit uns sprechen will, also mit Arolf und mir, NICHT mit Munan. Fatty riecht wie ein ganzer Zirkus, sieht aus wie ein Schwein und hat ein Elefantengedächtnis, folglich hat er den Vorfall mit Munans Golden Retriever noch lange nicht vergessen. Er ist verbittert. Arolf und ich schaffen uns rüber, und Fatty Frank hat ganz offenbar tüchtig Dope intus, denn er ist FREUNDLICH, was ihm in unbeeinträchtigtem Zustand rein technisch ganz und gar unmöglich wäre, denke ich.

»Tach auch, cool, dass ihr da seid«, ruft er gegen die Musik an und will seinen ewigen Handschlag anbringen, koste es, was es wolle. Ich reiche ihm meine Hand, mit der ich mir in den vergangenen zwei Stunden, also *nach* dem letzten Händewaschen, in den Ohren gekratzt, in der Nase gepopelt, an den Schwanz gelangt und durch die Kimme gewischt habe, und drücke ihm die Wurstfingerchen.

»Sieht ja super aus hier!«, ruft Arolf, der Schleimer. Dows Scheißmusik übertönt alles.

»Ja, Scheiße, wir haben verdammt geschuftet!«, ruft Fatty zurück.

»Du und schuften, erzähl mir nix«, sage ich.

»Hä?«, ruft Fatty.

»Sieg Heil!«, sage ich.

»Trinkt, Jungs, ich muss mich ums ›Geschäft‹ kümmern, HÄHÄHÄ!« Fatty nickt zum KEIN-Stand rüber und versucht, Remmy Bleckners krasse Lache nachzuahmen. Es klingt, als hätte er sie nicht mehr alle.

Arolf und ich gehen mit keinem weiteren Wort auf Fattys Veranstaltung ein und wandern zurück zum Schnapsstand, wo Munan auf uns wartet. Die Musik wummert, die Leute um uns herum werden immer euphorischer, weil sie hier dabei sein können, es ist ja sooo cool und illegal, autonom, subversiv, alternativ, anarchisch, unabhängig, frei, selbstorganisiert, selbstkonstituierend, was weiß ich.

Als wir einen Stand mit der Aufschrift

erreichen, an dem zusammengehackte Infos verteilt werden, auf welchen deutschen Judenversuchen die Technologie der NASA auch heute noch fußt, kommen wir an einem Mädchen vorbei, auf dessen Hosenboden I WANT TO BE FUCKED IN THE ASSHOLE steht.

»Endlich. Es geht voran«, sagt Arolf.

Arolf und Munan sind immer bekiffter, und Fotti redet schon so gut wie den ganzen Abend mit dem weltkriegstätowierten Typen da. Ich nicke ihm kurz zu, er ist absolut bis an die Ohren voller Energie und sympathisch, und er schaut für meinen Geschmack etwas SEHR wach und intelligent aus der Wäsche. Aber ich nicke ihm zu. Vorhin habe ich gesehen, wie er mit Remmy und Fatty gesprochen hat, darum war ich erst skeptisch. Aber er sieht besser aus als der durchschnittliche Underground-loser, und wenn Fotti einen »Typ« hat, dann einen wie den Typen hier, soviel ist sicher. Ich habe verfolgt, wie sie augenblicklich aufeinander zu sind, sobald sich die Chance dazu bot. Nicht lange, und schon haben sie dagestanden und sich angelächelt und unterhalten. Spermienbesuch an Fottis Muttermund, ich hab's ja gesagt.

Ich spüre, dass ich nicht verpflichtet bin, meine Verallgemeinerungen zu legitimieren. Die Legitimation läuft auf zwei Beinen herum, wohin ich auch schaue. Freilich lässt sich einiges über Verallgemeinerungen sagen, manche sind lustig, andere wahrscheinlich dumm, aber hier kommt eine Verallgemeinerung, an die ich von ganzem Herzen glaube. Ich glaube so fest an sie, dass ich sie kaum mehr als Verallgemeinerung bezeichnen möchte, vielmehr wäre ich versucht, sie eine EWIGE WAHRHEIT zu nennen. Und zwar wie folgt: Alle afroamerikanischen Männer sehen aus, als ob sie Cornel hießen. Ich kann mir keinen einzigen – keinen *einzigen* – Afroamerikaner vorstellen, zu dem dieser Name nicht passen würde.

Die Uhr tickt, die Zeit verstreicht, Fatty hat seine Schuhe verkloppt und kommt quer durch den Hangar auf mich zu, einen Afroamerikaner im Schlepptau. Er will uns miteinander bekannt machen. Ich HASSE so etwas, lasse es aber über mich ergehen.

»Cornel«, ruft der Neger durch Dows verkackte Musik.

»Rebel«, sage ich.

»Cornel ist eine absolut zentrale Figur in der New Yorker Gruppe von ADBUSTERS, und er findet unsere Sachen zum Niederknien!«, ruft Fatty.

»Aha«, antworte ich und stelle mich besoffener, als ich bin, um die Idioten loszuwerden. ADBUSTERS liegt an der Spitze meiner Hassliste idealistischer Organisationen. Unter gar keinen Umständen möchte ich jetzt mit jemandem reden, der mit ADBUSTERS zu schaffen hat. Schon gar nicht mit einem Goldmedaillengewinner in der Konkurrenz um Den Typischsten Negernamen Der Welt. Cornel ist selbstverständlich »knallhart« und »kritisch« und »zutiefst engagiert«, er liebt »begeisterungsfähige Menschen« und »Gerechtigkeit«, ganz wie alle anderen Cornelboys, doch da ich nicht gerade viel Begeisterung an den Tag lege und auf Gerechtigkeit scheiße, verliert er rasch das Interesse und fängt an, ungeduldig zu trippeln; auch Fatty wird nervös, weil ich nichts sage, also deutet er zu Fottis Typen mit den Weltkriegstattoos, der sie beide beeindrucken kann, da bin ich mir ganz sicher. Und genau das scheint einzutreten, er redet los, sobald Fatty rübergegangen ist und ihm Cornel vorgestellt hat, und ich sehe, wie Cornel den Kopf vorstreckt und konzentriert die Augenbrauen runzelt und auf jene zustimmend kritische Weise nickt, auf die gebildete afroamerikanische Männer immer nicken, wenn sie ENDLICH ein Bleichgesicht treffen, das etwas Interessantes zu sagen hat.

»To be radical is to go to the root of the matter. For man, however, the root is man himself.« Dows Krachmatsch hat kurz ausgesetzt, so kann ich hören, was Cornel mit seiner Negerprofessorenstimme von sich gibt, und zu meiner Überraschung antwortet der Typ mit den Tattoos:

»You should stop quoting that Marx-sissy and his bullshit right away. It doesn't impress anyone. Go for Bakunin and his ›*Do you want to make it impossible for anyone to oppress his fellow-man? Then make sure that no one possesses power*‹ instead.«

»Bakunin? Hat da wer Bakunin gesagt?«, ruft Remmy Bleckner aus der Mitte des Raumes. Wieder runzelt Cornel die Brauen und streckt den Kopf vor und nickt, während Herr Weltkrieg redet und erklärt. Jetzt kann ich nicht mehr hören, was sie sagen, bis Cornel laut und entschuldigend auflacht, offenbar um eine theoretische Scharte auszuwetzen, die er sich geleistet hat. Und von allen übelkeiterregenden Akademiker-Rettungsphrasen wählt er die billigste:

»Hah-hah-hah! My ignorance amuses me!«

Diese Sorte stolzer Ex-Sklaven wie Cornel lassen sich nicht so leicht abspeisen, auch wenn sie selbst von Kopf bis Fuß Idioten sind, also muss der Kerl, den Fotti da erobert hat, schon was auf Lager haben, jedenfalls genug, um Cornel zu überzeugen. Genug davon. Genug von der PUSH-Party Nr. 5. Genug ist genug. Ich kippe ein letztes Glas Wodka und gehe zu Arolf und Munan, die den ganzen Abend aufeinander kleben, und sage, dass ich nach Hause gehe. Ich halte es nicht mehr aus.

»Wia bleim nochn bissschenn«, sagt Arolf, und ich versuche, ihm die Information zu entlocken, wie man hier wohl rauskommt; aber nein, aus der Hölle kommt man nicht heraus. Das war schon seit langem mein Verdacht: Der Untergrund und die Linke sind die Hölle auf

165

Erden. Ich sitze also fest. *Stuck*. Wenn man erstmal gelernt hat, auf *leftie*-Art und Weise zu denken, ist es sozusagen unmöglich, da wieder rauszukommen. Offenbar muss ich mir den Weg ins Freie erst erkämpfen.

Arolf und Munan grunzen schulterzuckend, sie hätten keine Ahnung, wo's hier rausgeht, also bleibt Fotti als letzte Möglichkeit, und ich muss leider ihr intensives Gespräch mit dem Weltkriegsknaben unterbrechen. Ich frage sie, wie sie heute Abend aus der HÖLLE rauszukommen beabsichtigt. Der Weltkriegsknabe lacht freundlich und sagt, bevor Fotti antworten kann, sein Freund Robert – der ein paar Schritte hinter uns steht und aussieht, als wäre er hier fehl am Platz – will gleich fahren und ich soll ihn mal fragen, ob er mich mitnimmt. Ich frage, der Typ nickt, und schon sitze ich stadteinwärts in seinem Wagen und denke, dass ich ihn *nicht* fragen werde, ob all der NIKE-Krempel, der überall hier drin rumliegt, irgendwie mit Fatty zu tun hat, ich kann mich ausgezeichnet beherrschen, da ich weder jetzt noch sonst auf Gespräche scharf bin, folglich reden wir auf der halbstündigen Fahrt kein Wort miteinander, ich und der Freund vom Weltkriegsknaben. Ich lasse mich bei Mehira absetzen, zwei Blocks von meiner hoffentlich nicht mehr allzu arschriechenden Wohnung entfernt, so kann ich mir noch schnell bisschen was Falafel kaufen, bevor ich dann zu Hause abnipple. Mehiras Sohn oder Bruder oder Onkel oder Neffe frittiert die beiden kleinen Falafelbällchen, ich blättere in einer Zeitung. Ich lese nie Zeitung, aber ich blättere.

Spezialisierung und Generalisierung:

In Zeiten wie den heutigen, da man mit einem Artikelchen über eine dämliche kleine Bazille den Doktorgrad erwerben kann, ist es gut, dass die Boulevardzeitungen auf ihren Titelseiten reichlich Vergewaltigungen und Morde auftischen. Anders gesagt: In Zeiten wie unserer, da allgemein die Auffassung verbreitet ist, jeder einzelne Mensch sei genauso viel wert wie die gesamte Menschheit, tut es einfach richtig gut, mal zu sagen: Die Juden sind schuld, und ähnlichen Quatsch.

Dieselben Leute, die so hysterisch auf GLEICHHEIT zwischen den Menschen achten, finden individuelle UNTERSCHIEDE so wahnsinnig wertvoll. UNTERSCHIEDE sind was Schönes, aber wir sind alle GLEICH. Dieselben, die immer für alles mögliche »bunte« Rassendurcheinander und interkulturelle *fusion* sind, wollen zugleich stets die »Mannigfaltigkeit der Natur« und allerlei »einzigartige Tierarten« erhalten. Ja, wie denn jetzt? Wenn Interaktion zwischen den Rassen so wichtig ist, dann sollen sie doch den stolzen Bengalischen Tiger fröhlich den Luchs ficken lassen und den Löwen und den Leoparden und Hund und Kuh und Pferd gleich mit. Dann hat er's hinter sich. Sollen sie doch im Namen der wertvollen UNTERSCHIEDE einfach mal hinnehmen, dass die Leute VERSCHIEDEN gut verdienen und auch VERSCHIEDEN denken. Dass es »wertvoll« und »bunt« ist, dass andere Leute als sie egoistisch denken oder kapitalistisch oder menschenverachtend oder nazistisch. Dass die wunderbaren UNTERSCHIEDE dieser Welt auch jede Menge Leute bedingen (so siebzig, achtzig Prozent der Bevölkerung), die auf ihre Mitmenschen scheißen und nur an sich selber denken. Warum können sie nicht einfach hinnehmen, dass die Menschen VERSCHIEDEN wertvoll sind?

Dass manche eben dümmer sind als andere und dafür gestraft werden? Dass hässliche Menschen keine Chance haben und vielleicht auch keine haben sollten? Dass die Menschen in verschieden starkem Maße dazu begabt sind, sich zu bereichern? Dass die RASSENZUGEHÖRIG-KEIT den sozialen Status UND ideologische Standpunkte beeinflussen kann und soll?

Ja, das ist von Natur aus gerecht.

Ich stehe in Mehiras Imbiss und würge den Falafel runter und freue mich schon darauf, nach Hause zu kommen, denn ich weiß, dass ich sofort einschlafen kann, wenn ich so viel Sprit intus hab wie jetzt, aber gerade, als ich den letzten Bissen schlucken will, höre ich hinter mir »Hey, mach's du hier, Alda?« Ich drehe mich um, und schau an, da steht Sultan, Gold-ist-in, der hübsche Araberbengel von Fottis Picknick, und noch drei Einwandererbubis. Es braucht einen Moment, bis ich sie erkenne.

»Tach«, sage ich.

»Wo hast'n Fotti gelass, ey?«, fragt er.

»Auf so'm Fest irgendwo«, sage ich.

»Was machst'n jetz, ey?«

»Keine Ahnung. Nach Hause gehen«, sage ich.

»Können wir mit, ey?«

Mir wird klar, dass ich so was schon verdammt lange nicht mehr gefragt worden bin, aber ich hab nichts dagegen, ein paar Pakisjungs mit hochzunehmen. Schließlich habe ich geputzt.

»Ja«, sage ich.

»Wohnst'n du, ey?«, fragt er.

»Straße runter, zwei Minuten von hier.«

»Adresse?«

»Willst du mir nen Brief schreiben oder was? Ich geh jetzt, ihr geht hinterher, schon sind wir da, oder was.«

»Wir nehm Audo.«

Ich pruste und spüre, wie aufgebläht mein Bauch ist, gebe ihm die Adresse und sage, dass ich erst noch aufs Klo muss.

»Man sieht sisch, Alda.«

Drinnen auf Mehiras Klo passiert Folgendes: Als die Kackwurst halb raus ist, blicke ich zur Seite und stelle fest, dass das Klopapier alle ist. Ich unternehme einen verzweifelten Versuch, die Wurst wieder hochzuziehen, aber nix da, ich bin *beyond the point of no return*, also muss ich alles gehen lassen, wie es will und dann die Hose hochziehen, als ob nichts wäre. Ganz offenkundig habe ich auf dem Klo geflucht wie ein ungläubiger Teufel, denn als ich rauskomme, wirft Mehira selbst, der Imbissinhaber, mir einen der wütendsten vorstellbaren Blicke zu. Ich bringe es nicht über mich, tschüss zu sagen.

Als ich zu Hause um die Ecke komme, sehe ich Gold-Sultan und seine Kumpels vor meiner Haustür. Sie stehen bei der krassesten Pakis-Schleuder, die ich je gesehen habe. Ein türkisfarbener BMW, derart tiefer gelegt, dass man denken würde, die Karosserie stehe direkt auf dem Boden, wenn unterm Wagenboden nicht eine lila Neonbeleuchtung hervorschimmern würde.

»Die Jungs sind völlig verrückt«, denke ich und schließe auf.

Drinnen sieht es ganz ordentlich aus, und es riecht auch nicht so verkackt wie sonst, die Jungs schauen sich um, ohne eine Miene zu verziehen – ich nehme an, Innenarchitektur ist nicht ihr Hobby –, dann setzen sie sich nebeneinander aufs Wohnzimmersofa. Ich sage, ich hab leider nichts anzubieten; aber die erwarten wahrscheinlich sowieso nicht Tee und Kekse. Und tatsächlich, als ich mich in meinen Stressless-Sessel plumpsen lasse, erlebe ich, wie der Knabe, der hinterm Steuer des BMWs gesessen hat, sichtlich der Älteste der vier, er heißt Apollo, die größte Tüte mit Speed rauszieht, die ich je gesehen habe. Er hackt auf seinem mittelgroßen Taschenspiegel derart viele Lines zurecht, dass es aussieht wie das Negativ eines Barcodes, und die Bubis ziehen sich jeder ein paar davon rein wie vier braune Staubsauger. Ich bin dermaßen abgefüllt, ich vergesse sozusagen, dass ich Dope »über« habe, und schniefe zwei fette Lines rein, als der Spiegel zu mir kommt. Sofort bin ich nüchtern und aggressiv wie Sau und fange an, den Jungs mit allem möglichen Zeugs, das mich nervt, die Ohren voll zu labern. Sie sitzen da und kauen Kaugummis und schauen drein wie Idioten und hören zu. Natürlich endet das Ganze in einer fürchterlichen Anklage gegen Fatty und seine linksdrehenden Scheißprojekte, und als ich meine Ausführungen damit beende, dass ich größte Lust hätte, das ganze Schwanzlutscherfest, das er heute auf die Beine gestellt hat, hochgehen zu lassen und zu zerschlagen, antwortet Gold-Sultan kühl: »Is gut, wird gemach, Alda«, und mir wird auf einmal so was von arschklar, dass diese Jungs hier derart fertig und vor lauter Langeweile und Dope und Sonderbehandlung so abgefuckt drauf sind, dass sie bei *allem* mitmachen würden, mir geht auf, dass ich hier mit DER Riesenchance sitze. Fatty und seinen Schwanzlutscherüberzeugungen eine Lektion zu erteilen, die er lange nicht vergessen wird, und zwar mit dem einzig wirksamen Mittel: GEWALT, und ich antworte:

»Klar wird das gemacht, Jungs. Er hat das verdient. Wir machen ihn fertig.«

Also gibt's noch ne Runde Lines, ich bin schon derart speedy drauf, dass ich nicht mehr weiß, was ich mit meinen Armen und Beinen machen soll, und Apollo geht es offenbar genauso, denn als wir auf den Stadtring einbiegen, fängt der auf einmal an, seine Pakis-Schüssel aber so was von zu treten, ich glaube, Vorfreude und Begeisterung bringen mich gleich um, mein Haar steht in alle Richtungen starr vom Kopf ab. Nur ein paar Sekunden, und wir fahren hundert, noch ein paar, jetzt sind es hundertachtzig Sachen, wir fahren dermaßen viel schneller als alle anderen, dass es fast aussieht, als wären wir Geisterfahrer. Apollo muss Zickzack fahren, sonst würde es sofort einen Crash geben.

»Flugeplatz, ey, oda?«, fragt er und dreht sich nach mir um, so lange, dass wir in der Zwischenzeit mindestens zwei Kilometer weit fahren.

»YESS!«, sage ich.

Gold-Sultan kaut auf seinem Kaugummi rum, seine Augen sind völlig abgedreht, das Weiße höllisch weiß, das Schwarze höllisch schwarz, und er sagt:

»Kann der Fette aba nich rufen die Bullen, oda, ey?«

»Nein, sonst kriegen die ihn selbst an seinem Schweinearsch«, antworte ich.

»Können wir machen richtig rund den Fette, oda, ey?«, fragt Gold-Sultan.

»Je rund, desto gut«, sage ich.

Gold-Sultan dreht sich zu den beiden anderen kleinen

Jungs um, die offenbar Mendoza und Jorge heißen, und sagt irgendwas, was ich nicht mitbekomme. Sie nicken und sehen aus dem Fenster. Irgendwie sind wir fünf vollkommen auf einer Wellenlänge, ich und die vier Brownies. Normalerweise würden wir uns irgendwelche Strategien zurechtlegen, aber so, wie wir hier bei zweihundert Sachen in dem fetten türkisfarbenen BMW sitzen, ist es, als hätten wir alle zusammen einen einzigen Pakis-Kopf, und darin nur einen einzigen gemeinsamen fetten Pakis-Gedanken, und dieser Gedanke wäre: »Den Fette rund mache, ey.«

Es ist schon wirklich eine Schande, dass weiße Männer wie ich gezwungen sind, sich mit der Sklavenkultur zusammenzutun, mit Schwarzen, Braunen oder Gelben, aber es ist, wie's ist.

Und ja, wir machen den Fetten ordentlich rund. Apollo rauscht in einer enormen Kurve über die Rollbahn ein und rast mit sicher immer noch hundert Sachen durch die offenen Tore von Hangar Nr. 9, direkt auf die PUSH-Party Nr. 5 und alle teilnehmenden Arschlöcher zu. Im BMW ist wegen des röhrenden Motors nichts von DJ Dows Musik zu hören, die jedoch ganz offensichtlich für die *party crowd* das Motorengeräusch übertönt, denn wir sind WAHNSINNIG nah an den Leuten dran, als die Ersten uns bemerken und sich hysterisch beiseite werfen. Apollo sitzt am Steuer und scheint absolut nicht bremsen zu wollen, denn die Pakischleuder zischt wie eine türkise Kugel in die Menge, die PUSH-Party Nr. 5 teilt sich wie das Meer vor Moses, verflucht soll er sein, und einzig dank eines unbegreiflichen Wunders überfahren wir keinen einzigen von den »Autonomen«, die spastisch nach allen Seiten wegkullern und ihre schweineteuren Drinks verschütten, wir rasen geradeaus weiter, zwischen zwei von Fattys bescheuerten Jahrmarktsbuden durch und auf der Hinterseite des Hangars wieder hinaus. Apollo zieht die Handbremse an und kurbelt wie ein Irrer am Lenkrad, seine goldenen Armreifen klingeln nur so, die Räder blockieren, in einer Wolke aus Reifenqualm schleudert der Wagen um 180° herum, Apollo tritt wieder voll Stoff aufs Gas, alles kreischt, die Reifen ebenso wie die PUSH-Party Nr. 5, denn wir rasen wieder auf die Arschlochversammlung zu, die jetzt überall verstreut auf dem Boden liegt und sich in die Hosen pisst und scheißt, vor lauter Angst, unter die Räder zu kommen. Die Festgesellschaft rappelt sich auf und rennt in alle Richtungen auseinander mit ihren T-Shirts und Joggingschuhen. Apollo lenkt nach rechts und nach links und versucht, welche zu treffen, aber auch diesmal erwischt er niemanden so richtig, nur mal hier einen Arm und da mal ein Bein, und wieder verschwinden wir auf der andern Seite durch die Hangartore und stoppen nach einer erneuten Blitzwende. Ich deute zum Kran hoch, an dem DJ Dow in seinem Käfig hängt, und die beiden Jungs neben mir, Gold-Sultan und Jorge oder Mendoza oder weiß der Teufel springen raus und rennen zum Führerhaus des Krans. Apollo hinterm Steuer dreht sich um und schaut mich an: »Un jetz ey?«

»Versuch, die Bude zu treffen, wo KEIN draufsteht!«, rufe ich und denke, dass ich Fatty alles Schlimme dieser Welt wünsche. »Da versteckt sich der Fette drin!«

Wieder ein qualmender Start, Apollo lehnt sich über

den Jungen auf dem Beifahrersitz und fummelt eine irrsinnig fette Pistole aus dem Handschuhfach, nimmt sie in die Linke und hält sie auf seiner Seite aus dem Fenster. Ich muss zwinkern und schlucken. Linkerhand sehe ich draußen Arolf halb auf dem Rücken liegen, mit erschrockenem Gesicht, er hat sich beiseite geworfen, jetzt sieht er mich im Auto sitzen, reißt beide Hände über den Kopf und bricht in Freudengeheul aus, während Apollo eine rasche Folge von Schüssen auf die KEIN-Bude abfeuert, dass die Splitter nur so fliegen, und schau, auf allen vieren kommt Fatty auf der Seite raus, pfeilschnell wie ein gejagtes Tier, ich schreie »DA IST DER FETTE!« und dass wir ihn fertig machen müssen, und Apollo bremst und fährt hinter Fatty her, der sich mit Entsetzensblick umschaut, so was hab ich noch nicht gesehen, wilde Freude erfüllt mich, und Apollo feuert ihm immer dicht neben die Füße. Fatty rennt so schnell, wie ich es nie für möglich gehalten hätte bei so einem fetten Menschen, so einem fetten Schwein, und wir jagen ihn über das Rollfeld wie eine Wildsau. Fatty rennt voller Panik im Zickzack und versucht uns auszuweichen – genau wie ein verdammtes Wildschwein es täte –, aber er kommt nirgendwo hin, nur immer weiter raus auf die pechschwarze Rollbahn, und als er keine Puste mehr hat, nur noch Todesangst, und wir sehen, dass sein fetter Körper ihn nirgends mehr hinträgt, hält Apollo an und joggt locker übers Rollfeld zu ihm hin, und Fatty sinkt zu Boden, das fette Schwein, und hält die Arme ausgestreckt vor sich. Keine Ahnung, was Apollo zu ihm sagt, aber das ist auch scheißegal, denn er hält ihm die Pistole an den Kopf, und eine Pistole sagt jedenfalls mehr als alles gebrochene

174

Pakisgerede, und Fatty winselt und schüttelt den Kopf und nickt, so jämmerlich, wie man sich's nur vorstellen kann, wahrscheinlich pisst er sich voll und kackt sich in die Hose vor lauter Angst um sein billiges kleines schäbiges idiotisches Leben. Apollo springt wieder hinters Steuer, und eine Millisekunde lang habe ich von meinem Sitz auf der Rückbank aus Augenkontakt mit Fatty. Ich kann sehen, dass er durch seine verheulten Schweinsäuglein sehen kann, dass ich das bin da hinten im Wagen. Er sperrt das Maul auf und winselt und wird ohnmächtig. Sehr gut, der hat sein Fett weg.

Drinnen im jetzt so gut wie menschenleeren Hangar erleben wir den zweitschönsten Anblick des Abends: Gold-Sultan und sein Kumpel sitzen im Führerhaus des Krans, an dem DJ Dow hängt, und spielen völlig durchgedreht an den Hebeln; der kleine Käfig mit dem DJ drin schwingt wild hin und her und auf und nieder. Besser noch: DJ Dow ist offenbar an seinen Mikrophonschalter oder so gekommen, denn über die Anlage hört man ihn mit ich weiß nicht wie viel Dezibel in seinem bescheuerten englischen Dialekt heulen und jammern und winseln, während die Nadeln wie der Teufel über seine Platten schrammen.

»Ohh my God, uhuhu, oh SHIT, ooooh God oh God oh God, uhuuuhu, oh help me *please*!«

Und so weiter. Apollo und ich sehen, wie Gold-Sultan und sein Kumpel im Führerhaus lachen und schreien und sich wie junge Hunde um die Hebel balgen, und wir lachen und jubeln und äffen DJ Dows Gewinsel nach, der zusammengekrümmt wie ein Affe zwanzig Meter überm Hangarboden baumelt und glaubt, jetzt hat sein letztes

Stündchen geschlagen. Auf einmal hören die Jungs auf, an den Hebeln rumzuspielen, und DJ Dows Gejammer lässt ein bisschen nach; drei, vier, fünf Sekunden lang schwingt er nur noch sacht hin und her und schnauft wie ein Tier, den Kopf zwischen den Beinen. Dann drücken die Pakisbengel auf den Auslöser, und der Käfig mit DJ Dow drin stürzt im freien Fall ab, Dow jault wie ein kleines Mädchen auf und scheißt und pisst sich garantiert in die Hose, er glaubt, jetzt ist es um sein wertloses kleines Leben geschehen, aber Gold-Sultan und der andere sind helle Bürschchen, sie lernen schnell und stoppen den Auslöser, als der Käfig noch rund drei Meter überm Boden ist. Er fängt sich mit einem KNACK! und einem dermaßen harten Ruck, dass es fast den Kran umreißt, und Dow schlägt offenbar fürchterlich wogegen, denn aus der Anlage erschallt ein so hysterisches Gebrüll, dass Apollo aussteigt, die Pistole in der Hand, sich unter dem Käfig aufbaut und unter den DJ-Tisch ballert, bis die Verbindung zwischen der Anlage und DJ Dows Girliegewinsel abbricht, und als das vollbracht ist, kommt er zurück zum Auto, begleitet von DJ Dows nun nicht mehr verstärktem Heulen und den kläglichsten Schluchzern, die man sich nur vorstellen kann, und obwohl das Ganze von wegen sich voll pissen und voll scheißen eigentlich nur eine bescheuerte Fantasie von mir ist, sehe ich, dass jetzt tatsächlich Pisse aus der Ecke rinnt, in der DJ Dow sitzt, ein dünnes, gewundenes Rinnsal kommt unter seinem Hintern hervor, also ist es wirklich Tatsache, DJ Dow höchstpersönlich pinkelt seine Designerunterhosen voll, was garantiert bedeutet, dass er sie auch voll geschissen hat, und ich kurbele das Fenster runter:

»You keep the FUCK away from Scandinavia, you hear? FUCKING WHITEASS-HOMO-CUNT-DJ-FUCKER!«, schreie ich, und Apollo schreit:

»JORGE, SULTAN, WIR HAUN AB EY!«, und die Jungs kommen aus dem Führerhaus gerannt und springen in den Wagen, und Apollo schießt mit qualmenden Reifen aus Hangar 9, dass es nur so quietscht und heult.

In meinem ganzen Leben hab ich mich noch nicht so gut gefühlt. Und so verläuft der restliche Abend: Mehr oder weniger schweigend, abgesehen von der einen oder anderen Bemerkung und ein paar Kommentaren dazu, wie wir die Leute in Hangar 9 zu Tode erschreckt haben (»Hatter sisch voll gemakt, der Scheiß DJ, Alda, ey«), fahren wir in die Stadt zurück, und da die Dröhnung, die ich intus habe, immer noch wirkt, bin ich alles andere als bettbereit, also nicke ich erfreut, als die Jungs vorschlagen, wir könnten noch zu Ina und ihrer Freundin hochgehen, da laufe ne Party. Ich scheiß drauf, wer Ina und ihre Freundin sind, werden irgendwelche jungen House-Huren sein, was sonst, wenn eine Pakisgang und ein nicht mehr ganz junger Typ morgens um halb fünf da aufkreuzen dürfen? Folglich ist meine Überraschung groß – soweit man überrascht sein kann, wenn man voller Speed und Wodka ist –, als Thong höchstselbst die Tür aufmacht. Diesmal mit roten Tangastrings überm Hosenbund. Aus der Wohnung kommt ein Lärm wie aus einer mittelgroßen Hölle, und wenn ich mich nicht irre, läuft gerade eine DJ-Dow-Platte, und das ist das Erste, was ich zu Thong sage, die in ihrer Winzküche steht, umgeben von weiß der Teufel wie vielen chemischen Stimulanzien; das Erste, was ich sage, nachdem ich eingetreten und über Dutzende brauner Teenager hinweggestiegen bin, die sich in ebenso vielen *moods* befinden, lautet also:

»DJ Dow ist eine beschissene Memme, lass dir das gesagt sein, du bist so hart und sauer und voller Probleme, er ist ein beschissener DJ, aber er ist noch feiger als schlecht, und das will was heißen. Ich schwör. Er ist ein feiges Arschloch.«

Ja, so was in der Art, aber ich weiß nicht genau, was ich sage, wir reden irgendwas und stehen rum und ich weiß nicht, was sie zu mir sagt, der Sprit übertönt so langsam das Speed, ich glaub, ich brauch Nachschub, Speed oder was Koks, muss mal Apollo fragen, und ich denke, die Tatsache, dass ich älter bin – ja, eigentlich verboten alt –, ist heute Abend mein bester Anbaggertrick; sie kann verdammt noch mal kein Problemkind und NICHT auf Probleme scharf sein! Und kaum habe ich das gedacht, versucht sie die Tür von ihrem Zimmer abzuschließen, von innen, und ich schmeiße sie aufs Bett und nehme sie von vorn und von hinten, bis ich auf ihren Rücken abspritze, zu meiner großen Überraschung ist der Orgasmus sogar ziemlich okay. Und während ich noch hinter ihr stehe, prustend wie ein betrogener Zuchthengst, der gerade irrtümlich außerhalb des eigentlichen Zielgebiets ejakuliert hat, während ich dämlich und idiotisch dastehe, geht die Tür auf und Mendoza und Gold-Sultan werden unfreiwillig von einem Logenplatz aus Zeugen einer Szene, die, wäre das Ganz ein Theaterstück, jedenfalls heißen würde: *Krummrückiger, leichenblasser Typ zwischen 23 und 33 auf allen vieren kriegt mit Lichtgeschwindigkeit einen Schlappen (und hat sich offensichtlich beim letzten Klogang nicht richtig den Hintern abgewischt).* Ich wedele sie heftig weg, so dass mein Schwanz im Gleichtakt mit der Handbewegung baumelt, und Thong legt sich auf den Rücken, windet sich wie eine Hündin, die es juckt, und massiert mein Sperma ins Bettzeug. Bevor ich wegpenne, haben wir noch folgende kleine Konversation:

»Wie alt bist du eigentlich?«, lalle ich.

»Vierzehn«, sagt sie.

»Vierzehn? Da bis du ja bald legal.«

»Freitag hab ich Geburtstag gehabt. Darum haben wir ja gegrillt.«

Irgendwann wache ich mit rasend schlechtem Gewissen auf, und das fühlt sich saugut an.

KAPITEL 8

ANKLAGE GEGEN T.S.I.V.A.G.

Hasse Cashavettes, der Chef von T.S.I.V.A.G., kratzt sich den Bauch und schaut sich durchs Fenster den Himmel über seiner beeindruckend großen Dachterrasse mitten in der Stadt an. Gutes Wetter, ja, Hochdruck, in der Tat. Er gießt sich Kaffee ein und öffnet die Schiebetür. Barfuß und im Morgenmantel tappst er hinaus, atmet tief durch die Nase ein und lässt den Blick die Beine des Unterwäsche-Models hinaufwandern, das ihm von der Werbefläche her anlächelt, die große Teile des gegenüberliegenden Gebäudes bedeckt. Dann geht er wieder hinein und macht die Morgennachrichten an, nur um von seinem Wide-Screen folgenden Beitrag um die Ohren gehauen zu bekommen:

Dem multinationalen Konzern T.S.I.V.A.G. *wird heute in einer umfassenden Anklageschrift herabwürdigende Behandlung des jüdischen Volkes vorgeworfen. Der Sprecher der* International Society of Jews (ISJ), *George Goldblatt, erläutert in einer Pressemitteilung, das jüdische Volk und Menschen jüdischer Herkunft würden von* T.S.I.V.A.G. *seit einer Reihe von Jahren systematisch diskriminiert. Außerdem habe* T.S.I.V.A.G. *aktiv der jüdischen Beteiligung am internationalen Wirtschaftsleben entgegengewirkt.*

»Irgendwann ist es genug«, sagt Goldblatt in dem

Schreiben, das heute Nacht um ein Uhr Ortszeit veröffentlicht wurde.

»GOD DAMN, FUCK FUCKIN NIGGERBITCHES!«, schreit Hasse den Bildschirm an und wirft die Kaffeetasse an die Wand.

KAPITEL 9

ALLES IST MERKWÜRDIG

Mann, ist das alles merkwürdig. Alles.

Ich denke an die Nacht zurück, und DA taucht in meinem Kopf ein Bild auf, wie ich selber in Nasdaqs Kackender-Hund-Stellung über Thong kauere und ficke, und DA liege ich und schlockere meinen Hodensack an ihr Kinn wie ein bescheuerter Porno-Notzüchtiger, und DA wummere ich in eifrigem Neunziger-Jahre-Rocco-Stil gegen ihren Hintern, aber ich weiß verdammt nicht, ob ich es schaffe, dass mir mein Verhalten wirklich peinlich wäre, ich weiß NICHT, ob ich das bringe.

Alles ist merkwürdig. Ich stehe in Unterhosen oben in Thongs Wohnung am Fenster und schaue auf die Straße und erschrecke darüber, wie ich mich letzte Nacht aufgeführt habe. Ich erschrecke, dass Thong gevögelt hat wie ein Inzestopfer und darüber, wie super ich das fand, und darüber, wie jung sie ist. Und jetzt erschrecke ich darüber, dass ich ein schlechtes Gewissen habe, dass ich mich so sehr mit den Dingen beschäftige und mir zugleich so vieles so egal ist.

Thong wohnt ziemlich zentral in einem ersten Stock, und ich sehe auf der Straße unterm Fenster alle möglichen Leute vorbeigehen. Einen Typen, der garantiert humanistische Bildung genossen hat, und ich erschrecke

182

darüber, wie sehr er sich dafür hat abmühen müssen. Ich
sehe eine superscharfe Blondine und erschrecke darüber,
wie sehr sie sich dafür hat abmühen müssen, eine »superscharfe Blondine« zu werden. Ich sehe einen Lohnarbeiter und erschrecke darüber, dass er auf alles scheißt,
und ich erschrecke darüber, dass er ein jämmerlicher
Lohnarbeiter bleiben wird, bis er tot umfällt, und dass
niemand mit der Wimper zucken wird, weil mal wieder
ein Lohnarbeiter zugrunde gegangen ist, und ich erschrecke darüber, dass alles zusammenbricht, wenn man
nicht genug Lohnarbeiter hat. Ich sehe einen Typen, der
mit seinen Kumpels plaudert, ein typisches »soziales«
Wesen, wie man das nennt, und erschrecke über seine so
wahnsinnig positive Ausstrahlung, er hat beschlossen,
alles zu übersehen, was ihn nervt, denn anders *kann* man
gar nicht sozial sein; man MUSS einfach alles übersehen,
was nervt. Ich sehe einen Typen, der enorm trainiert hat
und erschrecke darüber, dass er es mit seiner Gesundheit
so ernst nimmt, und ich sehe einen Typen, der ist ganz
schmächtig und untrainiert und oll, und erschrecke, dass
er sich so unter die Leute traut. Ich sehe einen, der beim
Gehen Zeitung liest, pfui Spinne, und ich denke, wenn
ich es über mich brächte, seine bescheuerte Zeitung zu
lesen und darin die Kolumne, die er im Gehen liest, dann
würde ich wahnsinnig darüber erschrecken, wie eifrig der
Autor der Kolumne seine Ansichten darlegt, mir sind
derlei »scharfe Beobachtungen« immer saumäßig unangenehm. Dann kommt da ein typischer Meckerpott, der
verdrossen auf den Boden schaut, und ich erschrecke
über ihn und seine Menschenfeindlichkeit, es ist doch erschreckend, dass jemand sich einbildet, es wäre so »auf-

183

schlussreich« oder »interessant«, sich stundenlanges Gemecker anzuhören, und ich sehe mich selbst im Fenster stehen und über alles erschrecken und finde es erschreckend, dass ich nicht einfach auf alles scheißen kann, was so erschreckend ist.

Jede Einstellung, jede Meinung, jeder Lebensstil, jede Haltung, jeder erfüllte Wunsch und jeder Fehler, alles ist so wahnsinnig erschreckend. Und um nur mal ein bisschen weiterzudenken: Wenn *alles* nur einfach peinlich ist, dann gibt es keinen Grund, ein Schamgefühl zu pflegen. Das habe ich in der letzten Zeit gespürt. Ich verfüge über kein Schamgefühl mehr. Und bin NICHT stolz darauf. Genau das ist der Punkt.

In der ganzen Wohnung liegen haufenweise schlafende Einwandererkinder in ihren teuren Kleidern, auf dem Sofa, auf den Sesseln, ein paar auch in der Küche. Alles Jungs. Thong schläft in ihrem Bett. Ich schleiche mich und gehe nach Hause.

KAPITEL 10

FÜNF ZUFÄLLE

Macht ist ein nahezu furchterregend effektiver Aufreißer. Erstens verfügt er über ein *unmittelbares* Aussehen, d.h. er wird beachtet, sobald er ein Lokal, eine Bar, ein Restaurant oder die U-Bahn usw. betritt. Zweitens verfügt er über Charisma, und man sieht auf den ersten Blick, dass hinter seinem unmittelbaren Aussehen noch etwas MEHR ist, also ZUSÄTZLICH dazu, dass er schon so (verdammt) gut aussieht. Drittens verfügt er über ein geradezu unerschöpflich erscheinendes Repertoire an Verhaltensweisen, mit denen er sein Aussehen und sein Charisma *verstärken* kann. Wer sich dazu hinreißen lässt, auf ihn zuzugehen und mit ihm zu reden, nachdem er von den Punkten eins und zwei überzeugt ist, so wie Fotti bei der PUSH-Party Nummer 5, der stößt auf ein soziales Register aus tief schürfenden Kenntnissen, *verbunden* mit Erfindungsreichtum und Leichtigkeit – eine sozial gesehen ÄUSSERST glückliche Kombination, ja, ein Satz Qualitäten, der unbedingt zu vielem führen kann, zum Beispiel zu ... Paarung. Es mag ungeklärt sein, ob es tatsächlich so etwas wie *Ficktalent* gibt, aber wenn, dann hat Macht nicht nur welches, sondern ist auch eins. Macht ist äußerst ficktauglich. Ein *sehr* begabter Ficker. Das hat Fotti zu spüren bekommen, als beide zusammen mit Remmy Bleckner und noch ein paar Leuten von der push-Party Nummer 5 weggefahren waren, kurz bevor Rebel und seine braunen, problembeladenen Kumpel ankamen und Fattys Fest über den Haufen fuhren.

Um die Wahrheit zu sagen, ereignete sich im Lauf jener Nacht ein merkwürdiger kleiner Zufall. Macht und Rebel ejakulierten sozusagen gleichzeitig, nämlich um 06:42 in der Nacht auf Sonntag, und zwar auf den Bauch bzw. den Rücken von Fotti bzw. Thong. Und danach fielen ihre Schwänze zusammen wie die Twin Towers. Ja, man muss Rebels Schwanz wohl als den Südturm ansehen, da sein Orgasmus sich achtzehn Sekunden nach Machts ereignete, die Erektion dafür aber früher einstürzte. Merkwürdig.

Und heute am Sonntag werden sich noch weitere merkwürdige Zufälle ereignen. Hier kommt einer davon:

Thomas Ruth, Marketingchef von t.s.i.v.a.g. – *Thomson, Smithson and Immhauser Values Alimited Googol* – wird per Telefon aus dem Schlaf geklingelt. Er hat einen schweren Kater. Es versteht sich von selbst, dass er einen Kater hat. Er ist Skandinavier. In einem Gesellschaftssystem wie dem skandinavischen *muss* man sich unausweichlich mindestens an drei Tagen pro Woche besaufen. Wirklich. Die Tatsache, dass alle Skandinavier am Sonntagmorgen einen schweren Alkoholschaden haben – so auch Thomas Ruth (und Macht und Rebel und Fotti und Thong und Fatty und Remmy Bleckner, und die Einwandererjungs übrigens auch), ist im Grunde ein ganz gesundes Symptom. Ebenso könnte man behaupten, es sei ein gesundes Symptom, dass Thomas Ruths letzte Bestellung früh am heutigen Morgen so lautete:

»Bringen Sie mir bitte zwei Wodka Red Bull, ein Bier, einen Gin Fizz, und dazu ein sinnvolles, würdiges Leben. Danke.«

Das zeigt, dass er sich jetzt, nach seinem fünfzehnten Drink, der Tatsache bewusst wurde, dass es auf Erden noch anderes gibt als Marketing. Was ihm hingegen NICHT ganz bewusst wurde, ist die Tatsache, dass diese anderen Dinge (auf Erden) ebenso sinnlos sind wie Marketing. Trotzdem, seine kleine »Es-gibt-da-noch-was-neben-dem-Marketing«-Ahnung ist der Grund dafür, dass er ein relativ unkonventioneller und origineller Marketingchef ist. Eigenschaften, die er an den kommenden Tagen brauchen wird.

Gerade liegt Thomas Ruth in seinem Suffschlaf und träumt, er wäre der internationale Marketingchef von L'Oréal. Er träumt, er habe den Auftrag, den Nachfolger zur Haargel-Serie OUT OF BED zu finden, stehe im Präsentationsraum und quatsche gerade den Konzernvorstand bei der Vorstellung seiner Liste von Produktnamen warm, die zu den toughen Frisuren der Zukunft passen würden.

»Noch vor einigen Jahrzehnten wäre es völlig undenkbar gewesen, mit einer Frisur herumzulaufen, die aussieht, als käme man gerade aus dem Bett. Völlig undenkbar. Heute ist es möglich, denn die private, verborgene, früher als ›schmutzig‹ tabuisierte Intimsphäre ist zu einer öffentlichen geworden, und die Produktideen, die Sie heute sehen werden, weisen bezüglich gut verkäuflicher Privatlebenreferenzen in Sachen Haare mehrere Jahrzehnte in die Zukunft«, sagt er und lässt die Finger über die Tastatur seines High-Performance-Laptops tanzen; auf dem Großbildschirm hinter ihm leuchtet die Powerpoint-Präsentation auf. Sobald die Liste erscheint, durchläuft ein grunzendes Stöhnen den Vorstand – nicht unähnlich dem Grunzen, mit dem sich gewöhnlich Männer, mutterseelenallein, auf dem Sofa, gern mit Hilfe einer DVD, erleichtern:

Neue L'Oréal-Marken in der Out-of-Bed-Serie:
Out of Hell
Out of the Porn-Set
Out of the Hands of a Rapist
Out of the Flat After Three Weeks of Social Neurosis
Out of Rehab
Out of Money, Job and Social Security
Out of a 20-year Marriage with Mr Hardcore
    Domestic Violence
Out of Needles, Veins and Heroin
Out of the Cellar of a Belgian Child-Porn-Circle
    Enthusiast Who Was Formerly a Police-Officer
Out of Excuses to Prevent Dad From Coming in to
    the Room to Say »Goodnight«
Out of the Northern World Trade Center Tower at
    10:29 AM on September 11th, 2001
Out of Cell Poison Against Severe Testicular Cancer
Out of Reasons to Live

Und während er von Applaus überschüttet wird, ertönt im L'Oréal-Gebäude Feueralarm, es brennt lichterloh im Erdgeschoss, alle müssen raus, er packt seinen Laptop zusammen, obgleich der CEO kreischt, er solle alles liegen lassen. Thomas Ruth wird verdammt noch mal nicht mehrere Yottabytes an frechen Ideen für den Haarmarkt des kommenden Jahrtausends in Flammen aufgehen lassen, er baut seinen Laptop ordentlich ab, beschissenerweise geht das Projektorenkabel nicht raus, er muss ziehen und zerren, aber es sitzt felsenfest, die Leute fangen an, in den Gängen zu heulen und zu kreischen, es ist wirklich ernst, so ernst, dass Thomas Ruth schon damit rechnet, unten im Erdgeschoss etliche Studienobjekte für die toughe Haarmode der Zukunft zu finden (lies: Brandopfer), der Alarm wird immer lauter, Thomas Ruth zieht und zerrt fluchend an seinem Laptop, aber es hängt fest, der Alarm jault in seinem Kopf, und als er die Flammen an der Glastür des Präsentationsraums schlecken sieht, fängt er selbst an zu heulen, er schreit im Duett mit dem Alarm, ÄÄÄÄÄÄÄÄÄÄÄ, macht die Augen auf und erkennt, dass das unbegreiflich schrille und laute Klingeln von seinem Telefon stammt; Thomas Ruth, der erwachsene Kerl, sitzt in seinem Bett und schreit im Duett mit seinem Telefon, das schon vierzig Mal geläutet hat, und jetzt ist die schaurige – ja, wirklich schaurige – Frau, die gestern mit zu ihm gekommen ist, endlich auch wach. Sie sagt:

»Nimm endlich ab, Scheiße, Mann«, und Thomas Ruth denkt, dass sie ihn »Mann« nennt, weil sie keinen blassen Schimmer davon hat, wie er heißt, auch er hat keinen blassen Schimmer davon, wie sie heißt, aber wie sie schmeckt, das weiß er, denn den Geschmack hat er immer noch, sagen wir mal ... er nimmt das Telefon ab:

»Mmmjahallo?«

»Thomas, it's time to get into those Prada-rags and get your ass down here fast as fuck!«

»Hääh! Hasse? Is that you? Hasse Cashavettes?«

»No, it's King Attila's dick ...«

»Ehh ... what's up, Hasse ...?«

»You gotta get your ass down here fast as hell, Thomas. Forget that it's Sunday and forget the bitch you probably dragged home yesterday, your mission is to get the FUCK down here. And if you don't, you're so goddam fired that you won't know which way your ass went before you live in a fuckin' cardboard-box FULL TIME! See you in TEN minutes!« (Klick).

Thomas Ruth schwingt seine vier Buchstaben aus dem Bett. Die Tussi – es stellt sich heraus, dass sie Frigitte heißt, ein Name, der nicht so ganz und gar zu den suff-akrobatischen *moves* passt, die sie heute Nacht vollführt hat, und auch nicht zu den Vergewaltigungskomplimenten, mit denen sie ihn bedacht hat – wird stinkesauer; Thomas schlüpft hektisch in seine Klamotten und denkt, so, wie sie aussieht, hat diese Frigitte die Teeniejahre noch nicht hinter sich gebracht, scheiß drauf. Er rast die Treppe runter, springt in ein Taxi und steht exakt zwanzig Minuten nach Ende des Telefonats in Hasses Büro. Um schneller von seiner Wohnung in der Talmongata runter in den T.S.I.V.A.G.-Block zu kommen, müsste er eine F-16 fliegen, aber Hasse ist trotzdem nicht zufrieden:

»When I say TEN minutes, I mean TEN minutes and if you have to fly a fucking Concorde to make it, well that's what you're gonna do, for fuck's sake!«

»Yes«, sagt Thomas Ruth.

»We're fucked, Thomas«, sagt Hasse Cashavettes, der CEO von T.S.I.V.A.G. »We're assfucked ... and you're the only one able to … save our skin. I'm sorry to bring this to you on a Sunday morning, but the thing is that you have to take on the worst thinkable job for a Chief of Marketing.«

»Ok? What's the deal?«

»Well … You'll have to … You'll have to sell us … You'll have to sell T.S.I.V.A.G. as … a *socially responsible* corporation … I'm sorry, Thomas.«

»Oh no.«

»Oh yes.«

»Oh no.«

»Ooooh yes. It's the only way. No more irony or quality or vitality or what the fuck the agenda has been before. We're buttfucked and it's *social responsibility* that counts from now on. Sorry. You'll just have to get going.«

Thomas Ruth sitzt in seinem Büro im 46. Stock und starrt mit tränenfeuchten Augen über die Stadt – die Tränen sind das Produkt einer Kombination von Stress, Kater und schlechtem Gewissen gegenüber Klein-Frigitte. Steif starrt er an seinem mit einem extrem leistungsfähigen Prozessor unterm Tisch verbundenen Flachmonitor vorbei, hinunter auf den Hafen, wo die heißesten Beratungsfirmen liegen. Hasse hat ihm erzählt, was T.S.I.V.A.G. widerfahren ist. Ausgerechnet ein Judenproblem. Ruth nimmt das Telefon ab und wählt die einzige Nummer, die man in einer solchen Lage wählen kann, die Nummer der Nummer eins in Stressmanagement und kreativer Problemlösung: NODDY.

191

Und ein zweiter Zufall:

Macht wird vom Telefon geweckt und sieht kurz auf Fotti, die schlafend neben ihm liegt. Er weiß nicht, ob er erfreut ist, sie zu sehen, oder das Gegenteil von erfreut, er nimmt sie nur einfach zur Kenntnis und sein niegelnagelneues NOKIA zur Hand.

»Ja, hallo?«, sagt Macht.

»Ja, hi, hier ist Thomas Ruth«, sagt Thomas Ruth.

»Hi, Thomas, was kann ich für dich tun?«

»Ich hab bei NODDY angerufen und mit Frank Wise über eine Sache geredet, und er hat gesagt, ich soll dich so schnell wie möglich einbeziehen«, sagt Ruth.

»Was ist los?«, fragt Macht.

»Also – *The International Society of Jews* hat T.S.I.V.A.G. wegen fortgesetzter Diskriminierung des jüdischen Volkes angezeigt ...«

»Ach du Scheiße ...«

»Ja, und CEO Hasse Cashavettes hat mich beauftragt, T.S.I.V.A.G. jetzt als *sozial verantwortungsbewussten* Laden zu verkaufen ...«

»Ach, du Scheiße ...«

»Ja, kann man wohl sagen, Macht, hast du das gehört? Hast du das gehört? Ich hab sofort bei NODDY angerufen, und die haben gesagt, ich soll dich anrufen ...«

»Ja, das ist eine ernste Situation, Thomas. Kann man nicht anders sagen. Wollt ihr uns den Job anbieten, oder brauchst du nur schnell mal einen Rat?«, fragt Macht.

»Die Sache hat für T.S.I.V.A.G. alleroberste Priorität, ihr habt den Job schon ...«

»Gut, dann brauche ich jetzt ein paar Minuten, bevor ich reagiere. Ich rufe dich zurück, Thomas.« (Klick).

Macht sieht sich nach Fotti um und spürt nichts anderes als eben. Er findet es schwierig, zu wissen, ob man Menschen wirklich so richtig mag. Vielleicht ist der Mensch EIGENTLICH zutiefst asozial?, denkt er. Und mit diesem Gedanken als *Hors d'œuvre* nimmt eine wortspielartige Restalkohol-Idee in seinem Hinterkopf Gestalt an, während er splitternackt ins Klo tapst:

Buckminster Fuller sagte Folgendes: »*For the first time in history it is now possible to take care of everybody at a higher standard of living than any ever known. Only ten years ago the ›more with less‹-technology reached the point where this could be done. Mankind has now the option to become enduringly successful.*

… und die notwendige Folge daraus wäre: »*The reason why life was once meaningful, was because it contained resistance. Only ten years ago the ›more with less‹-technology reached the point where resistance, i.e. a low standard of living, could be erased completely. Mankind has now the option to become endlessly depressed because of its enduring successfulness.*«

Und da Macht jene manchmal etwas menschenfreundlich stimmende Wirkung des Restalkohols verspürt, und auch wegen Buckminsters Biographie im Hinterkopf, die Geschichte eines Menschen, der sich auf der Schwelle zum Selbstmord umentscheidet und sein Leben der Menschheit widmet und all so was, fasst er, also Macht, den großmütigen Beschluss, *im Sitzen* zu pinkeln, nicht nur, weil er in der Wohnung einer Frau ist, sondern auch wegen relativ schlechter Erfahrungen in punkto Treffsicherheit bei postkoitalem Pinkeln, so ganz allgemein.

Macht, NODDYS *Contemporary Counter Culture Commercial Pick Upper* sitzt also da und pinkelt, nimmt ein paar Blatt Papier, die auf einem Stuhl vorm Klo liegen, und studiert sie. Wenn er im Stehen gepinkelt hätte, wären ihm diese Blätter nicht aufgefallen, und da er relativ belesen ist, wird ihm sofort klar, was er da vor sich hat. Er sitzt da und liest eine Weile, auch nachdem er fertig gepinkelt hat, dann geht er zurück in Fottis Schlafzimmer und weckt sie mit der Frage:

»Sag mal, schreibst du hier Hitler-Reden um?«

»Mmhhää?« Fotti wacht auf und versucht, durchs Kopfweh den Film zurückzudrehen und zu begreifen, wer dieser Typ da ist, der *in puris naturalibus* vor ihr steht, mit tadellosem Körper, und warum zum Teufel er sie nach Hitler fragt. Dann spürt sie klebrig erstarrte Rückstände auf dem Bauch und ihr fällt ein, was der Typ und sie getrieben haben, auch wenn ihr immer noch nicht klar ist, wer das sein soll.

»Häähhhitler ...?«, stöhnt sie, erblickt WORLD WAR I und II auf seinen Armen und verbindet ihn so allmählich mit dem TESCO, dem PUSH-Party-Bus, sie sieht ihn bei seiner geschäftlichen Besprechung mit Fatty draußen in Hangar Nr. 9, beim Anbaggergespräch mit ihr und später beim Stellungskrieg in ihrem Bett.

»Ja, die Blätter, die auf deinem Klo liegen, sind umgeschriebene Hitler-Reden«, sagt er und wedelt mit den Papieren.

»Häää«, äußert Fotti noch mal.

»Hast du die geschrieben?«, fragt Macht.

»Geschrieben? Ich hab noch nie was geschrieben«, sagt Fotti.

»Ich will wissen, wer diese Reden geschrieben hat«, sagt Macht.

»Weiß ich doch nicht … ich weiß nicht, wer du bist und was du auf meinem Klo willst, woher soll ich da wissen, was auf meinem Klopapier steht, häh?«, sagt Fotti.

»Du hast doch nicht einfach so umgeschriebene Hitler-Reden auf dem Klo liegen«, entgegnet Macht.

»Hitler-Reden? Was zum Teufel soll das?«, fragt Fotti.

»Schluss damit. Willst du Kaffee?«

»Wer?«, fragt Macht nach.

»Weiß doch ich nicht! Wie heißt du, und willst du Kaffee?«

»Fotti« – Macht vergisst nie einen Namen –, »ich muss wissen, und zwar sofort, wer die beiden Reden geschrieben hat, die ich bei dir auf dem Klo gefunden habe.«

»Was soll der Scheiß? Keine Ahnung, wer da was geschrieben hat, hör mit diesem Gestapoverhör auf und sag mir, wer du bist und was du auf meinem Klo rumzuschnüffeln hast!«

»Du musst einfach rausfinden, wer das geschrieben hat, bevor ich gehe, mehr nicht, das kann doch nicht so schwierig sein. So viele Leute kommen dich sicher nicht besuchen.«

»Ach nein?«, fragt Fotti.

Mit größter Selbstverständlichkeit legt Macht sich wieder neben Fotti ins Bett und denkt an sein gestriges Gespräch mit Frank Leiderstam.

»Ob ich für neue Ideen offen bin?«, hatte Frank Leiderstam Macht zugebrüllt, nachdem der ihn ohne große

195

Probleme dank seines Aussehen-Charisma-und-Wissen-Cocktails überzeugt hatte.

»Ich bin verdammt nochmal offener als ein Buch und ein 7–11 und eine Pornonutte zusammen!« Und dann hatte er ihm mit zitternden Wurstfingerchen – Crystal Meth, hatte Macht gedacht, völlig zutreffend – zwei Mobilnummern und seine Email-Adresse gegeben.

Jetzt liest er noch einmal diese Hitler-Reden quer. Fotti geht in die Küche, Kaffee aufsetzen, er ruft Thomas Ruth zurück.

»Thomas, hier ist Macht.«

»Oh, hallo Macht. Das ging ja schnell. Du scheinst dein Geld wert zu sein, wie Frank Wise sagt, he, he«, sagt Ruth vergnügt. »Ist dir was eingefallen?«

»Ja, ich glaub schon … ich hab da eine Idee.«

»Lass hören.«

»Wir müssen die Bedeutung eures Konzernnamens UMDREHEN, verstehst du?«

»Umdrehen …?«

»Ja, die Situation ist relativ dramatisch, da gibt es nur eins, T.S.I.V.A.G. muss umgekrempelt werden.«

»Umgekrempelt?« Ruth kann nicht so ganz folgen.

»Ja … also … (Macht schaut auf Rebels Reden) … zum Beispiel … stell dir vor, eine Hitlerrede wird zur israelischen Nationalhymne, sozusagen …«

»Aha …?«

»… und dann (Macht begreift, dass er ihm das portionsweise einlöffeln muss) … dann musst du dir vorstellen, dass T.S.I.V.A.G. die Hitlerrede ist, und die Konsumenten sind das jüdische Volk …«

»Aha …?«

»Ja, nicht wahr … Wir müssen T.S.I.V.A.G. ein neues Image verpassen, indem wir den Inhalt umkrempeln … ohne die Verpackung zu verändern, weißt du …«

»… Aha?«

»Wir müssen … das Bild, das die Leute von T.S.I.V.A.G. haben, *deportieren*. Was die Leute über T.S.I.V.A.G. wissen und denken, muss einfach verschwinden, und die Leute dürfen keine Ahnung haben, wohin der Sinn verschwunden ist …«

»Wohin der Sinn verschwunden ist?«

»Thomas, ich glaub, ich hab eine Idee. Ich brauche nur ein bisschen Zeit. Und die Erlaubnis, euren Firmennamen zu verwenden, wie ich es für erforderlich halte. Geht das in Ordnung?«

»Hmm … haben wir eine andere Wahl?«

»Nein. Ich rufe wieder an, sobald ich was habe. Morgen oder so.«

Der dritte Zufall dieses Sonntags sieht so aus:

Rebel betritt nach der Suff-Dope-Sex-Nacht mit der streng genommen dreizehnjährigen Thong den Eingangsbereich seines Wohnblocks; dank der körperlichen Suff-Dope-Sex-Nachwirkungen und mancher psychischer Anstrengung ist er derart dizzy, dass ihm die sich bereits langsam schließende Fahrstuhltür entgeht, was nur eins bedeuten kann, nämlich dass schon jemand im Aufzug drin ist, und wenn man nun noch Rebels Trefferquote in Punkto Fahrstuhlbegegnungen einrechnet – die eigentlich wörtlich dem Schwartzhouse'schen Satz gehorcht: »Die Chance, jemandem über den Weg zu laufen, dem du nicht begegnen willst, ist umso größer, je kleiner deine Lust dazu ist« –, so kann nur einer in der Kabine stehen und sein stinkendes Pazifistengrinsen zur Schau tragen. Ja, und da ist er auch pünktlich: KING OF ANALINGUS.

»Tach, Rebel! Kommst'n du her? Hä? Siehst ja BLENDEND aus. Ha, ha.«

Rebel schaut auf den Kabinenboden, außerstande zu antworten. Folgendes ergießt sich aus dem Mund des KING OF ANALINGUS:

»Was, Rebel, das ist doch paradox, oder, dass gesunde westliche junge Menschen wie du sich faktisch dafür entscheiden, sich kaputtzumachen, bis sie, wie sollen wir's nennen? Ja, bis sie völlig hinüber sind. Oder? Ich hab da drüber nachgedacht. Früher hat man Gesundheit und Leben dem VATERLAND geopfert, nicht? Das war irgendwie total edel und mutig, nicht. Die heutigen Staatsbürger sind nicht feiger als damals, das ist es nicht. Sie haben nur andere *Prioritäten*. Heute opfern sie Gesundheit und Leben *sich selbst*. Es ist nicht mutiger, als Untergrundkämpfer herumzulaufen, als sich jedes Wochenende Crystal Meth reinzupfeifen. Ehrenvoller, wenn man den alten Begriffen folgt, das ja, aber mutiger nicht. Die Leute opfern sich für das auf, woran sie glauben. Das wird immer so sein. Gestern haben sie ans Vaterland geglaubt. Heute an ihre Nase. Oder so.«

Rebel erblasst, ihm wird übel, er versucht, an etwas zu denken, das ihn von KING OF ANALINGUS' Stimme ablenkt, aber das ist praktisch unmöglich. Ganz offenbar gilt für ihn auch der Hammerskov'sche Satz: »Je weniger Lust du hast, jemanden reden zu hören, desto schlimmer wird sein Sprechdurchfall«, denn als die Fahrstuhltür sich öffnet, *packt* KING OF ANALINGUS Rebel an der Jacke und redet in einem fort weiter:

»Und bei genauerer Betrachtung stellt man fest, dass der Mensch an jedem Ende der Gesellschaftsskala in dasselbe Reaktionsmuster fällt. In Kriegs- und Friedenszeiten. In Wohlstand und Not. Verstehst du? Nicht wahr, Länder, in denen Krieg herrscht, produzieren Flüchtlinge. So weit bekannt. Aber in westlichen Überflussgesellschaften, oder nennen wir sie ›Demokratien‹, warum nicht, ist die Situation eigentlich dieselbe. Warum? Okay, überleg doch mal selbst. Was ist die wichtigste Ware des Westens? Eskapismus! Welche ist die größte Industrie? Die Traumindustrie! Im Nahen Osten oder sonstwo stehen die Leute Schlange, um außer Landes zu kommen, und bei uns stehen sie Schlange, um ins Kino zu kommen. Sagen wir's mal so, Rebel: Wir sind alle miteinander Asylbewerber im Traumland.«

Rebel denkt rasch, die einzige gegen die bevorstehende Depression wirksame Medizin ist dieselbe wie gestern, nämlich Adolf Hitler, also schließt er seine Wohnungstür auf, ohne ein Wort zu seinem Nachbarn zu sagen, und fängt an, die Sachen zu suchen, die er gestern geschrieben und ausgedruckt hat, findet sie aber nicht und kommt zu dem Schluss, dass er sie wohl im beginnenden Suff auf Fottis Klo liegen gelassen hat. Er flucht, beruhigt sich aber wieder, denn Fotti findet sie ganz sicher nicht, oder wenn, dann begreift sie nichts davon, also beschließt er, ein paar weitere Hitlerreden runterzuladen, um seine Suff-Dope-Sex-Nerven wieder auf Vordermann zu bringen, und während er sich einloggt, schon zum zweiten Mal innerhalb von zwei Tagen, wahrscheinlich sein Rekord im Gebrauch seines Hassobjekts Nummer eins, des Internets, macht seine Mailbox »Pling«, was ebenso ein Wunder ist, denn kein Mensch hat Rebels Mailadresse. Und sieh mal einer an, wartet da doch eine Mail von Fatty Frank persönlich. Sie ist von heute früh, 9:15 Uhr, gut fünf Stunden alt:

Remmy!

*Der Krieg hat begnonen! Ein Verräter ist in unsern Reihen. Jetzt heißt es aufrüsten. Auf dem Rpcksitz von dem Auto, das gestern unser Fest gefickt hat, habe ich Rebel erkannt. Sie hätten mich fast umgerbacht. Pistloe an der Strin. Er heuert Auslädner an, um uns zu bekämpfen. Warum, Remmy? Aber jetzt ist keine Zeit sich zu fargen warum. Jetzt ist nur Zeit sich zu frgaen wie wir den Dreckskerl unschädlich machen können. Wir terffen uns hetue abend um acht mit ›*FIRE & NASSA*‹ und besprechen die Sache. Das ist keni Spaß mehr, Remmy, daswird blutiger Ernst. Jetzt ist der Moment für* GEWALT. *Wirm achen ihn fertig.*

The W.A.R. *(War Against Rebel) has begun.*

Farnk

Fattys fette Finger pflegen auf der Tastatur Amok zu laufen. Gott allein weiß, wie oft er »yonug« oder »teesnex« in die Suchwortzeile von Google oder die Suchwortzeile von Morpheus oder die Suchwortzeile von KaZaA oder die Suchwortzeile von LimeWire eingegeben hat. Heute früh hat er schlicht und einfach »rebel@aol.com« eingegeben statt »reble@aol.com«, die Mailadresse von Remmy Bleckner.

Rebel liest die Mail ein paar Mal und denkt, dass es auf der ganzen Welt nur eine einzige Sache gibt, in der er mit

Fatty einer Meinung ist, und zwar, dass der Krieg begonnen hat.

THE W.A.R. HAS BEGUN

Fatty ist derart auf die Herrschaft im Underground aus, dass Rebel am liebsten sagen würde, er hat sich jetzt selbst den Krieg erklärt. Er will es nicht anders. Alle, die auf Herrschaft aus sind, wollen eigentlich einen auf die Mütze kriegen. Ob sie jetzt USA heißen oder Fatty Frank Leiderstam. Man könnte ohne weiteres folgendes Diagramm erstellen:

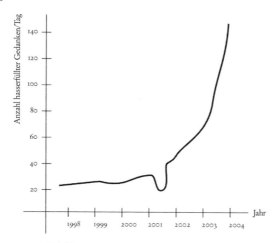

HASSKURVE REBEL AUF FATTY

Die kleine Delle, die die Kurve um 2001 herum aufweist, ist das Ergebnis einer Äußerung, die Fatty bei einer Besprechung vom Stapel ließ, und die bei PUSH beinahe eine Meuterei ausgelöst hätte. Fatty zog aus heiterem Himmel vom Leder, und Rebel dachte, er habe endlich einmal genug Mut gehabt, um etwas halbwegs Sinnvolles von sich zu geben:

»Jetzt habe ich so viele Bilder mit den Visagen von heulenden Palästinensermüttern gesehen, dass ich ihnen keine Sekunde mehr glaube. Einfach lächerlich. ›Schaut mich an. Ich bin so klein und unbedeutend und braun und dick, und ich weine *auch* um meinen halb analphabetischen pubertierenden Sohn, der jetzt hinüber ist.‹ Heulende Palästinensermütter sind nur noch kitschig. Tut mir Leid.«

Aber eine Woche danach kam er mit ein paar würgreizerregenden Versöhnungsworten, um seine Beliebtheit zurückzuerringen, und Rebels Hasskurve war *back on track*.

Egal: Dank der fehlgeleiteten Mail beschließt Rebel heute *to fight fire with fire* und eine Offensive gegen Fatty und seine Umtriebe zu starten. Der gestrige Pakis-Überfall war erst das Vorspiel.

Und dies ist der vierte Zufall:

Mit zwei Jahren wurde die kleine Ada verhaltensauffällig und ist es seitdem geblieben. Jetzt ist sie zwölf. Ihre Mutter Johanne ist so verzweifelt und desillusioniert wie kaum jemand sonst, und sie kann einfach nicht begreifen, was sie getan hat, um Folgendes zu verdienen: 1. einen Ehemann, der sie im Lauf besonders der letzten drei Jahre mit nicht weniger als 103 Frauen betrogen und dabei elf Bankerte gezeugt hat (Johanne weiß nur von acht Bankerten); 2. neun verschiedene Geschlechtskrankheiten als Folge der ehelichen Untreue ihres Mannes; 3. eine unübersichtliche finanzielle Situation infolge der Alimente, die ihr Mann zu zahlen hat (er verdient das Geld, will aber von der Finanzverwaltung nix wissen); 4. Samstagabende, an denen ihr Mann sie nicht wie einen so genannten »Sex-Partner« behandelt, sondern eher wie einen »Sex-Gegner«, denn in ihrem Bett herrscht derart viel Grobheit, dass ihr angeblicher Geschlechtsakt eher wie ein Faustkampf wirkt, mehr wie Krieg als wie Zusammenspiel, und dieser Krieg hat 5. zu einem Problemkind geführt und 6. zu noch einem Problemkind.

Heute war's mal wieder ganz besonders übel. Und zwar in einer Situation, die eigentlich dazu gedacht war, der kleinen Problem-Ada in verschiedener Hinsicht zu helfen. Klein-Ada hatte nämlich letzte Woche das Pech, von einem Siebzehnjährigen vergewaltigt zu werden – der seinerseits behauptete, Ada hätte ihn verführt, was auch durchaus nicht unmöglich ist –; heute wurde sie aus dem Krankenhaus entlassen, und eigentlich hatten Papa, Mama und ihr Freund Kloakim, ein etwas schief zusammengebauter Vierzehnjähriger, mit ihr über das schreckliche Erlebnis reden wollen, aber erstens ist Papa nicht zu dem Treffen erschienen, und zweitens hat Ada ihrer Mutter und Kloakim folgende Überlegung serviert:

»Ich hab nur einfach die Augen zugemacht und mir vorgestellt, dass du mich fickst, Kloakim. Da hat es nicht wehgetan. Er hatte fast dieselbe Technik wie du, weißt du. Es tut nur weh, wenn man sich dagegen wehrt. Bei Vergewaltigungen und sonst auch.« Und da sind Mama und Kloakim ausgerastet. Sie schrien im Duett, sie solle bloß aus ihrer beider Leben abhauen und ja nie wiederkommen. Das nahm Klein-Ada ernst, packte ihren niedlichen Spice-Girls-Rucksack und stahl einen Haufen Geld aus Papas heimlichem Geldlager, von dem Johanne, Ehefrau und Mutter, nichts weiß, aber von dem ihre große Schwester ihr erzählt hat – das Geld liegt hinter seinen Porno-DVDs, ein geniales Versteck, denn Frau Johanne denkt, er weiß nicht, dass sie von dem DVD-Lager weiß, aber er weiß natürlich, dass sie davon weiß, und recycelt daher das DVD-Versteck als weiteres Versteck, denn er ist schlau genug, zu begreifen, dass sie nicht schlau genug ist, hinter der einen Lüge (dem DVD-Lager) nach einer zweiten Lüge zu suchen, denn sie denkt, er wüsste nicht, dass sie von Lüge Nummer eins weiß (dem DVD-Lager) –, um dann den Zug in die Hauptstadt zu nehmen.

Es ist ungefähr 19 Uhr, als sie an der Wohnungstür ihrer Schwester Ina klingelt, hier bereits unter dem Namen Thong bekannt. Thong macht auf und ist stinkig, lässt sie aber rein. Als Erstes deutet sie auf die Tangastrings, die über Adas Hosenbund schauen:

»Sagt'n Mama dazu?«, und Ada, die wir jetzt Thong Jr. nennen können, antwortet:

»Hä … nix.«

Diese dünnen Tangastrings sind es gewesen, die den 17-jährigen »Vergewaltiger« dazu angeregt haben, Thong Jr. zu »vergewaltigen«. Der »Vergewaltiger« kam frisch vom Dorf, hatte keine Geschwister und noch nicht mitbekommen, dass man heutzutage nach dem Windelstadium die Windeln gegen String-Tangas eintauscht. Er hat sich von der Ähnlichkeit von Thong Jr.'s Hüftpartie mit jenen Hüftpartien faszinieren lassen, die er in – Überraschung! – seines Papas vielen, vielen DVDs gesehen hat, welche dieser ausgerechnet im Kühlschrank versteckte, weil nämlich die Dame des Hauses in höchstem Maße idealistisch und eine Feministin der alten Schule ist und unter gar keinen Umständen die Kühlschranktür aufmacht. Irgendeine idealistische Vorstellung hat seinerzeit auch dafür gesorgt, dass sie und ihr Mann Jan (jetzt DVD-Jan) aufs Dorf rauszogen. Und das Ergebnis? Ein 17-jähriger Sohn, Schüler und »Vergewaltiger«, der jedesmal, wenn er Magermilch für seine Cornflakes holt, Titel wie diese hier zu lesen kriegt: ANALOGIE & METAWHORES, KING THONG, 9 1/2 FREAKS, BANALSEX oder FROM THE VIEWPOINT OF ONE-EYED JACK.

Genug davon; Thong und Thong Jr. setzen sich ins Wohnzimmer, machen sich jede eine Zigarette an und besprechen, dass Thong Jr. bei Thong wohnen bleiben soll, bis die zu Hause sich beruhigt haben, mit anderen Worten nie, aber woher sollen die Mädchen das jetzt wissen? Zunächst wird Thong Jr. mit einer Gang Einwandererjungs bekannt gemacht, die im Wohnzimmer rumsitzen, darunter diejenigen, die Rebel gestern für seine Zwecke ausgenutzt hat, danach hilft sie Thong und deren Freundin Silvia, die ebenfalls hier wohnt, natürlich ebenfalls ein Problemkind, die Einwandererjungs vor die Tür zu setzen und Hausputz zu machen. Zwei Stunden darauf klingelt Thongs Handy. Es ist Rebel.

Die fünfte Überraschung des Tages:

Rebel ist unterwegs ins EASTSÜD, um Thong zu treffen. Er hat nur ein paar Stunden zu Hause gesessen, bevor er sie angerufen hat. Dafür gibt es mehrere Gründe:

Erstens hat er heute nacht einen Paradigmenwechsel in seinem Menschenbild erlebt. Dieses hat lange so funktioniert – und es ist schwierig, zu sagen, ob das ein Mangel ist oder nicht –, dass Rebel Kontakte ausschließlich zu Menschen haben konnte, die ENTWEDER extrem intelligent (lies auch: lustig) ODER extrem gutaussehend sind. Heute Nacht ist also die Kategorie »jung« dazugekommen, was sein soziales Spielfeld um 33% erhöht, und so was passiert ja nicht alle Tage. Jetzt kann er also wählen zwischen:

den extrem Intelligenten
den extrem Gutaussehenden
den extrem Jungen

Zweitens weiß Rebel, dass junge Mädchen Fattys größte Schwäche sind. In seinem soeben angelaufenen Kampf gegen Fatty findet er es mithin ganz sinnvoll, sagen wir mal: in Fattys Interessensgebiet zu investieren. Möglich, dass Thong mit vierzehn für Fatty etwas alt ist, aber die Investition könnte sich lohnen, denkt Rebel.

Getrieben von seinem Jugendfetisch, hat Fatty u.a. einen unveröffentlichten Roman geschrieben, »Das Kleine, Kleine Mädchen und der Große, Große Penis«, als Versuch, wie er es nennt, »die Tabus kalt in den Arsch zu ficken«. In Wirklichkeit ist das Buch nicht mehr als eine Wichsvorlage, aus der überdies deutlich hervorgeht, dass Fatty – anders als in seinen Wunschträumen – a) noch nie ein kleines Mädchen angefasst hat und b) in keiner Weise über einen großen Penis verfügt. Was bekanntlich bei Fetten wie ihm selten ist.

Drittens interessiert sich Rebel dafür, die Konventionen des Geschlechtsverkehrs ein bisschen umzudefinieren. Er hat sich oft gewundert, warum man beim Ficken so verdammt *ernst* sein muss. Man soll auf Tod und Verderben »ganz hin und weg« und »völlig hingegeben« sein, dabei muss jeder zugeben, dass man nach ein paar Mal mit demselben Partner ohne weiteres aussteigen und zum Beispiel den Mund aufmachen und etwas sagen kann. Warum nicht ein bisschen mit dem Intimpartner plaudern? Genau das will er heute versuchen, falls Thong mitspielt.

Viertens muss Rebel zugeben, dass er, mal abgesehen von den oben angeführten objektiven Gründen, große Lust hat, Thong wiederzusehen.

Folgendermaßen sieht sein Zustand aus, was eigentlich bedeuten müsste, dass alles okay ist:

Er ist unterwegs zu einem Treffen mit einem minderjährigen, problembeladenen Mädchen, mit dem er danach höchstwahrscheinlich hemmungslos vögeln wird.

Er muss morgen nicht zur Arbeit.

Er hat Geld.

Er hat brandneue Kleider, die ziemlich gut sitzen.

Er hat zu Hause 138 GB freien Speicherplatz auf seiner Festplatte.

Sein Handy ist voll aufgeladen.

Und darum fragt er sich: Warum ist NICHT alles okay, verdammt no chmal? Das könnte mehrere Ursachen haben. Ein ganz offensichtlicher Grund ist, dass er KEINE langfristige Perspektive hat. So könnte es ihm ergehen: »Ach, ihr habt Leben auf einem anderen Planeten gefunden? Na und?« Eine zweite Ursache könnte darin liegen, dass er gerade vor einem Supermarkt eine vierköpfige Familie sieht. Ein niederschmetternder Anblick. Die Mutter ist nicht zur Stelle. Er sieht den Jüngsten, den Mittleren, die Große Schwester und Papa. Und jetzt kommt das Schlimme: Alle sehen sie einander ähnlich. Oder genauer: Alle sehen sie Papa ähnlich. Kinder, die ihren Eltern ähnlich sehen, gehören zum Schlimmsten, was es gibt. Papa hat eine Eistüte mit sieben(!) bunten Kugeln in der Hand und weiß weder, wie dumm noch wie abstoßend er ist. Eltern-Kind-Ähnlichkeit ist aus mehreren Gründen widerwärtig und deprimierend:

a) Eltern-Kind-Ähnlichkeit tritt selbstverständlich besonders stark in Familien voller hässlicher, unbegabter und dummer Menschen in Erscheinung.

b) Vor allem die schlechten Eigenschaften (Hässlichkeit, Dummheit) schlagen in der Folgegeneration durch.

c) Es ist immer wieder erschreckend, dass hässliche und dumme Menschen aus Mangel an Selbsterkenntnis neue hässliche und dumme Versionen ihrer selbst in die Welt setzen.

d) Den Jüngsten, den Mittleren, die Große Schwester und Papa so nebeneinander zu sehen – wie Rebel es jetzt tut –, ist wie eine Vier-Bild-Diashow eines völlig überflüssigen Lebens durchzuklicken. Klickt man auf Papa, sieht man den Jüngsten in rund 42 Jahren. Der Jüngste weiß nicht, dass er einmal genauso dumm sein wird wie Papa, denn noch ist er – zu seinem Glück –

noch dümmer als Papa. Und Papa in seiner Beschränktheit sieht nicht, wie deprimierend es ist, sich selbst und sein ödes Leben noch einmal in die Welt gesetzt zu haben.

Rund zehn Meter von der hässlichen Familie entfernt, lässt gerade ein anderer Rotzbengel einen Luftballon platzen, und Rebel bekommt seine Hypothese bestätigt. Alle vier Idioten reagieren GENAU gleich und glotzen den Luftballonzerplatzer mit GENAU demselben dämlichen Gesichtsausdruck an. Rebel weiß nicht, was am deprimierendsten ist; dass Papa dreinschaut wie ein dussliger Vierjähriger, oder dass ein Vierjähriger dreinschaut wie ein ungebildeter, fetter Lohnarbeiter und Pornokonsument, nur drei, vier Jahrzehnte zu früh. Und jetzt kommt das Paradox: Rebel hat IMMER NOCH Lust zu ficken! Aber genau diese Erkenntnis lässt ihn Niedergeschlagenheit empfinden, egal wie viele Gigabyte er auf seiner Festplatte noch frei hat. Was zum Teufel ist nur mit dem Fortpflanzungsinstinkt des Homo Sapiens los?

Rebel kommt ins EASTSÜD und sieht Thong und Thong Jr. an einem Tisch ganz hinten. Ihre Tangastrings passen zueinander, und Rebel hat eine schlagende Produktidee: String-Windeln, Pampers String zum Beispiel. Thong Jr. sieht total scharf aus. Thong stellt ihm Thong Jr. als ihre kleine Schwester vor. Rebel begrüßt sie, so nett er kann, und setzt sich.

Thong ist gleichmäßig gebräunt, was in der Praxis Solariumsbräune bedeutet, und nicht verschieden braun wie Rebel im Sommer: braun an Händen und Unterarmen, rot an den Oberarmen und sonst schneeweiß. Thong Jr. ist blasser als Thong. Manchmal sehen Zwölfjährige ganz bemerkenswert ungesund aus, so auch Thong Jr. Sie ist hübsch, aber blass, und unheimlich mies gelaunt. Rebel ist überrascht, wie leicht das Gespräch geht. Die Mädchen sind zu klein und haben zu viele Probleme, um sich groß darum zu kümmern, was sie sagen und wie sie wirken. Rebel fragt, ob sie beide Problemkinder sind, beide nicken. Er fragt sie, wann ihr sexuelles Debüt war, und sie antworten ihm. Er fragt, ob sie so mies drauf sind, wie sie aussehen, ob sie darauf scheißen, was die Leute von ihnen denken, und sie bestätigen es ihm. Er fragt, ob sie es blöd finden, dass er, Rebel, so alt ist, und sie sagen, dass sie da auch drauf scheißen.

»Fuck, das ist absolut perfekt«, denkt Rebel immer wieder, bis sein Handy klingelt. Es ist Fotti.

»Hi, Rebel, wo steckst du denn?«

Rebel schafft es nicht, aus dem Stand zu lügen.

»Äääh ... bin im ... EASTSÜD ... mmja.«

»Im EASTSÜD? Dem Teenieschuppen? Machst'n du da?«

»Äh – treffe wen.« Fotti dreht durch, wenn sie erfährt, dass er mit ihren Problemkindern rumzieht. Und dass er sie *durch*zieht, denn genau das hat er heute Nacht getan.

»Ahaa ... ich wollte nur fragen, ob du gestern irgendwelchen Papierkram hier vergessen hast?«

Rebel flucht innerlich.

»Papierkram?«

»Ja, irgendwelches Hitlerzeugs.«

»Seit wann interessiert dich Hitler?«

»Tut er nicht – aber ein Kumpel von mir hat das heute auf dem Klo gefunden, und jetzt ist er total wild drauf, mit dir zu reden. Also, falls das Zeug dir gehört.«

»Kumpel? Was für'n Kumpel?«

»Nein, ich glaub nicht, dass du den kennst.«

»Bullshit«, denkt Rebel. Er kennt alle, die Fotti kennt, und wettet blind darauf, dass der Typ mit den Weltkriegstattoos die ganze Nacht mit Fotti rumgeferkelt hat.

»Wenn du meinst. Aber was ist mit dem Hitler-Zeugs?« Die kleinen Mädchen reden nichts. Sie sehen aus, als würden sie sich gerade tödlich langweilen. In Rebels Welt ist das ein gutes Zeichen. Eins für Gesundheit.

»Wir haben gedacht, wir kommen mal zu dir runter, dann könnt ihr euch kennen lernen und bisschen reden.«

»Scheiße, Fotti, du weißt, dass ich so Situationen nicht abkann!« Thong sieht ihn mit einem starren Blick an, als der Name »Fotti« fällt. Rebel sieht sie seinerseits an und schüttelt den Kopf, mit der Botschaft: keine Gefahr.

»Er besteht darauf, dich heute zu sehen, Rebel, ich kann ihm das nicht ausreden, glaub ich ...«

»Was soll das, verdammt, Fotti? Nicht ausreden? Du weißt genau, je wichtiger was ist, desto weniger hab ich dazu Lust.« Fotti hört, dass Rebel allmählich neugierig wird.

»Ich brauch ja nicht mitzukommen, wenn's dir unangenehm ist. Wenn du so Angst hast, dich verstellen zu müssen ...«

»Scheiße, Fotti ...«

»Ich schicke ihn mal schnell runter ins EASTSÜD und bleibe solange zu Hause. Ja?«

»Scheiße, schick ihn her ... sag, er soll sich beeilen. Habe keine Lust, den ganzen Tag hier zu sitzen.«

Zehn Minuten später steht Macht im EASTSÜD und sieht auf den ersten Blick das Kleeblatt Thong-Rebel-Thong Jr. hinten im Lokal.

KAPITEL II

KRAFT DURCH FREUDE

»Die sind genauso jung wie wir«, sagt Thong und nickt
zu Thong Jr. rüber.

»In allen Filmen?«, fragt Macht.

»Ja.«

Macht sieht Rebel an und lächelt. Die vier sind vom
Teenieschuppen EASTSÜD über den Teenieschuppen XP
zum Underground-Pub TESCO gegangen, wo Macht die
Bedienung so gut kennt, dass die keine Geschichten
macht und Thong und Thong Jr. Bier bringt.

»Und sie kotzen«, sagt Thong Jr. mit ihrer dünnen
Stimme. Macht weiß genau, von wem sie redet, aber er
will mal die Interpretation des Phänomens durch eine
Zwölfjährige hören.

»Sie kotzen?«, fragt er.

»Ja, sie nehmen ihn so tief rein, dass sie brechen müssen«, erklärt Thong Jr.

»Aha … sie brechen, ja … und *wohin* brechen sie?«

»Auf die Schwänze … oder neben die Schwänze«,
sagt Thong Jr.

»Ah ja so …«, sagt Macht.

Macht findet ebenso wie Rebel, dass das Gespräch mit
diesen beiden Mädchen ungewöhnlich locker geht.
Schnell hat er erkannt, dass Rebel und er auf einer Wellenlänge sind, und gleich hat er Geschäft Geschäft sein

lassen und angefangen, die Mädchen nach kleinen Schweinereien aus ihrem Privatleben auszuhorchen. Jetzt berichten sie vom schon erwähnten DVD-Lager ihres Papas. Es stellt sich heraus, dass diese Mädchen von Kindesbeinen an mit DVD-Auftritten anderer, ihnen gar nicht so unähnlicher Mädchen aufgewachsen sind, die verschiedenen erwachsenen, ihrem Papa gar nicht so unähnlichen Männern die Schwänze *gaggen*. Wohlgemerkt, sie haben sie *heimlich* gesehen, bitte keine falschen Schlüsse, der Pornokonsum der Kleinen hat nicht Papas Kontrolle unterstanden, aber trotzdem, der enge Konnex von Familienbanden und Pornografie bringt Macht auf eine Idee:

»Für so Sachen sollte die DVD-Industrie das Logo ändern, von DVD zu DAD ... also ich meine auch grafisch, so in der Art:

... nicht wahr ... als logische Konsequenz der Tatsache, dass der Vater die Benutzung des Geräts monopolisiert. DAS wär doch noch was für Frank Leiderstam und seine Logo-Subversionen ... ja, ja, ich kann mir vorstellen, du magst das ganz besonders, Rebel, hehe«, grinst Macht und sieht Rebel an, der ihm gegenüber neben Thong sitzt, die Hand weit oben auf ihrem Bein. Macht fährt fort:

»Aber für Fatty würde das wohl erst funktionieren, jedenfalls in Bezug auf Papas Gebrauch des Players, wenn man die Filme umtaufen würde zu ... ja, zu GAG:

... oder so ähnlich«, sagt Macht. »Oder was meint ihr?« Er lacht und sieht Rebel an, der nicht lacht. Die Mädchen lachen auch nicht.

»Was bedeutet GAG?«, fragt Jr.

»Das, wo wir gerade drüber geredet haben«, sagt Macht. »Wenn man einen Schwanz so tief reingedrückt kriegt, dass man brechen muss, und all so was ...«

»Oh ...«, sagt Jr.

»Oh ... ach so!«, sagt Thong; sie hat ein Aha-Erlebnis. »Einer von Papas Filmen heißt doch GAGDAD, oder, Ada? Weißt du noch? ... Der spielt in einer arabischen Stadt oder so, die heißt GAGDAD, da wohnen lauter allein erziehende arabische Väter, und die leihen sich gegenseitig ihre Kinder aus und ... gaggen? (sieht Rebel fragend an, der nickt) ... ja, sie gaggen die Kinder dann und so ...«

»Heureka!«, lacht Macht. Er findet, das ist das interessanteste und nützlichste Geschäftstreffen seit langem.

215

Der Vater von Thong und Jr. ist eigentlich ganz okay. Gut, er trinkt ein bisschen viel, gut, er fickt herum, gut, er hat durchgeknallte Kinder, gut, er hat sich von der DVD-Industrie verführen lassen, jede Menge *gags & dads* anzuschaffen, gut, er ist unzuverlässig und kommt nicht zu Verabredungen, aber über wen könnte man das alles nicht sagen? *Eigentlich* ist er ein grundguter Kerl. Das Schlimme ist Johanne, die Mutter der beiden Mädchen. Sie hat a) die Problem-Gene beigetragen und b) das Problem-Potenzial der Kleinen verfeinert, gepflegt und zur Blüte gebracht, denn sie ist schlicht und einfach eine hysterische Kuh, auf eine Weise, die nur Frauen fertig bringen. Der Trouble kommt aus *ihrer* Familie, und das *weiß* ihr Mann. Darum gönnt er sich die eine oder andere Freiheit in Sachen familiärer Verpflichtungen. So weit der Stammbaum auf Mutters Seite reicht, hat es pro Generation mindestens eine taube Nuss gegeben, und Johanne hatte einfach das Pech, gleich zwei abzubekommen. Der Vater seinerseits, sein Vater und dessen Vater sind vierschrötige Arbeiter, ganz normale Männer mit Sinn für relative Stabilität und dann und wann mal ein Bierchen. Was logisch bedeutet: Wenn zu Hause die relative Stabilität zu wünschen übrig lässt, liegt ein Bierchen zu viel besonders nahe ... besser, noch einen trinken, als nach Hause zu müssen zu zwei Dope rauchenden, promisken postmillenniumspubertierenden Sonderschul-Teenies und deren keifender, türenschlagender Mutter. Der ganze Witz mit dem DVD/DAD/GAG-Lager ist, dass man es nicht überbewerten sollte. Der Vater der beiden Mädchen und sein Vater und wiederum dessen Vater haben »kleine Mädchen eben immer gemocht«, wie alle Arbeiter zu allen Zeiten,

216

eine ja fast nostalgische Eigenschaft, die ihren ursprünglichen Charme verloren hat dank des Aufkommens a) des Teen-Gag-Markts und b) der generellen Pädo-Medien-Hysterie. Keiner von ihnen (Vater, sein Vater und dessen Vater) tut etwas Schlimmeres als *zuzusehen.*

Machts zweites Heureka kommt, als er bemerkt, wie viel Aufmerksamkeit Rebel erntet, indem er im TESCO mit Thong rumknutscht. Ihm geht auf, wie uncool es ist, eine Tussi zu haben, die vor den Neunzigern geboren ist. Sobald Rebel kühn genug ist, mit der einen Hand Thongs Pferdeschwanz zu greifen, ihr mit der anderen den Hintern zu kneten und ihr die Zunge in den Hals zu stecken, drehen sich *Lefties* aller Spielarten nach ihm um, mit einer Mischung aus Entsetzen und Begeisterung. Thong Jr. starrt Macht unverfroren in die Augen, während sich Rebel an ihrer großen Schwester »vergreift«. Irgendwann starrt Macht zurück und spürt, dass seine Körperfunktionen auf eine neue, interessante Weise geweckt werden. Sexuelle Erregung, gemischt mit schlechtem Gewissen: eine unschlagbare Kombination.

Ein paar Stunden vergehen mit Trinken und Knutschen. Macht unterhält sich mit Jr. und schiebt den beiden Mädchen volle Biergläser über den Tisch, sobald sie die alten geleert haben. Irgendwann sind Thongs und Thong Jr.'s kleine Blasen knallvoll, und sie gehen aufs Klo. Macht lehnt sich zu Rebel hinüber.

»Super Idee, Rebel, echt *unglaublich*, das mit so einer verboten jungen Freundin«, sagt er.

»Ich weiß«, sagt Rebel.

»Dass ich da nicht früher drauf gekommen bin.«

»...«

217

»Hat die kleine Schwester von deiner ...«

»Thong ...«

»Ja. Thong ... hat ihre kleine Schwester einen Freund oder so?«

»Keine Ahnung«, sagt Rebel.

»Was dagegen, wenn ich sie anmache? Ich hab das Gefühl, zwischen uns ist da ... so ne Chemie, sie starrt mich so an, ja genau *so*«, sagt Macht.

»Mach ruhig«, sagt Rebel und nimmt einen Lungenzug.

Auf der Damentoilette schminkt Thong sich auf »billig«, so dass es Rebel nachher voll umhauen wird. Ja, Nutten-Makeup funktioniert einfach am besten, das kann man drehen und wenden, wie man will. Thong unterhält sich durch die Klotür mit Jr., die ... da drin irgendwas macht.

»Wie lange bleibst'n ey?«

»Keine Ahnung«, antwortet Jr.

»Ich komm nicht zurück, is dir klar, ja ...«

»Hm«, sagt Jr., »Gehst du mit dem Typ?«

»Rebel?«

»Ja ...?«

»Kann sein ...«

»Glaubst du, der andere ist auf mich geil?« Jr. kommt aus der Kabine und zieht sich leicht schwankend den Rock hoch. Vier Halbe haben eine gewisse Wirkung auf ihre kleinen Gleichgewichtsnerven.

»Alle Männer sind geil, oder ... is der nich bisschen alt für dich, ey?«, fragt Thong und schaut Jr. an, die auch anfängt, sich eine dicke Schicht Nutten-Makeup ins Gesicht zu malen.

»Nicht älter als deiner. Wie alt is'n der, ey?«

»Weiß nicht«, antwortet Thong.

»Und der andre?«

»Weiß nicht«, antwortet Thong.

»Habt ihr gefickt?«

»Ja«, antwortet Thong.

»Ja?«, fragt Jr. mit hochgezogenen Schultern.

»Ja?«, fragt Thong.

»Ja?«, fragt Jr.

»Was ja?«, fragt Thong.

»Ja, nee, kein Problem, was«, sagt Jr.

»Nö«, sagt Thong.

Zwischen Thong und Jr. herrscht eine merkwürdige Dynamik. Thong kann so abgedreht sein, wie sie will, Jr. ist verdammt noch mal schlimmer. Auf obskure Weise hat Thong immer als Jr.s Gewissen fungiert. Als eine Art Korrektiv. Thong ist der einzige Mensch, auf den Jr. jemals gehört hat, was allerdings ohne spektakuläre Folgen geblieben ist, schließlich ist Thong selbst verhaltensgestört wie nur was, aber Jr. wartet immer erst auf ein »Ja« oder »Nein« ihrer Schwester, bevor sie zuschlägt. Hier hat sie ein bestätigendes »Nein« zu hören gekriegt, also kann sie loslegen. Macht darf sich freuen.

Als sie sich im EASTSÜD gegenüberstanden, hat es zwischen Macht und Rebel nicht vieler Worte bedurft. Es war eine jener BEGEGNUNGEN ZWISCHEN MÄNNERN, wie es sie nicht gerade oft gibt:

»Macht.«

»Rebel.«

»...«

»Du kennst also Fotti?«

219

»Nein, nur heute Nacht, sozusagen.«

»Ja, du warst gestern bei dem Fest ... Ich hab dich gesehen.«

»Ja, ich hab gehört, dass du den Laden später noch aufgemischt hast ...«

»Wo hast du das gehört?«

»Von einem Typen, der heute früh bei Fotti angerufen hat ...«

»Arolf?«

»Ja, Arolf ...«

»Ich hasse Fatty ...«

»Ich auch ...«

Im Wissen, dass Macht einzig und allein wegen der Hitler-Reden gekommen ist, registriert Rebel Machts zustimmendes Nicken, und im Wissen, dass Rebel momentan der Einzige ist, der seine Haut und die Haut von T.S.I.V.A.G. retten kann, hat Macht gesehen, dass Rebel ihn SIEHT; Macht hat Rebel in die Augen gesehen, bis er SAH, dass sie einander GESEHEN hatten. Und dann können sie einstweilen auf weitere Förmlichkeiten verzichten und sich stattdessen auf die beiden Mädchen konzentrieren – die heute Abend absolut Priorität genießen.

Und da kommen die beiden Kleinen von der Damentoilette, die jetzt für ein paar Minuten eher eine Grundschultoilette war als ein Waschraum für erschöpfte, schmutzige, linksdrehende Untergrundkühe. Thongs Handy klingelt, als sie sich hinsetzt.

»Hallo ... ja ... können wir ... ja ... tschüss«, sagt sie und sieht Rebel an. »Sultan sagt, wir sollen ins EASTSÜD kommen.«

»Na, dann mal los. Oder?«, fragt Rebel. Macht übernimmt die Rechnung des Gelages.

Als Teenie geht alles schneller. Und noch schneller, bevor man ein Teenie wird. Wie lange haben wir mit zwölf gebraucht, um zu beschließen, ob wir mit jemandem gehen wollen oder nicht? Im Taxi zum EASTSÜD ereignet sich ein interessanter *clash of worlds*. Macht erkennt im Handumdrehen, wie schnell die Anmache einzig und allein dank Jr.'s *pre-teen*-Zeitempfinden gehen könnte, zählt zwei und zwei zusammen und erkennt ebenso im Handumdrehen, dass ein solches Zeitgefühl in Kombination mit rasenden Verhaltensproblemen als Resultat ... ach, kurz gesagt verläuft sein Gespräch mit Jr. im Taxi so:

»Du bist ein Problemkid, oder? Sieht so aus.«

»Ja, ja«, sagt Jr. »Meine Schwester auch.«

»Cool ... war mir gleich klar«, sagt Macht. »Mann, Scheiße, du siehst so klasse aus.«

»...«

»Du ... Ada«, sagt Macht.

»Mm?«

»Ich finde, du siehst super aus ... Du? ... Findest du mich auch cool, oder was?«

»Ja«, sagt Jr.

»Willst du ... willst du mit mir gehen, oder was?«

»Ja«, sagt Jr.

»Cool«, sagt Macht, lehnt sich auf der Rückbank über sie und legt mit wilden Zungenküssen los, während er ihr mit der Rechten in den Schritt greift. Jr. macht die Beine breit. Genau so hatte Macht sich das gedacht. Entsteht ein gemeinsames Begehren zwischen einem jungen Mädchen und einem erwachsenen Mann, so kann man das

Zeitgefühl des Mädchens dafür zugrunde legen, wie schnell es geht, sich zusammenzutun, und das des Mannes bezüglich des Zeitpunktes, wann harter Sex losgeht. Macht ist ein typischer *quick-thinker*.

Thong und Thong Jr. hatten ihr (übrigens freiwilliges) sexuelles Debüt mit sieben bzw. acht Jahren, jede mit einem Einwandererjungen, und seither sind sie sexuell aktiv. Zwischen Problemkids und Einwandererjungs herrscht ganz offensichtlich eine wirksame gegenseitige Anziehung.

»VERDAMMTE SCHEISSE, SCHLEPPST DU MIR JETZT NEGERBENGEL INS HAUS ODER WAS???«, hatte Thongs und Thong Jr.'s Vater gebrüllt, als er hereinplatzte, während Thong und der ganz offensichtlich negroide Sharif auf SEINEM verdammten Fernsehsofa gerade die letzte Phase eines *pre-teen*-Geschlechtsverkehrs einläuteten.

»Das hat man davon, wenn sie auf der beschissenen Sonderschule Verhaltensstörungen, Hormone und Rassen durcheinander rühren«, sagte er später zu Johanne am Abendbrottisch. Die Äußerung war Teil seines Werbetextes, um Thong »aus dem Haus prügeln« zu dürfen, damit sie »ihre Ausbildung bei dem Asylbewerbergesindel machen und uns in Ruhe lassen kann«. Johanne nickte, mehr sagte sie nicht dazu, sondern erkannte, dass sie selbst ebenfalls was mit einem pornoversierten dreizehnjährigen Moslem angefangen hätte, wenn es schon Einwanderer gegeben hätte, als sie einst aus der 7b in die so genannte »Förderklasse« wechselte. Sie weiß, woher die Problemgene stammen, sie weiß, das Mädchen rauszuprügeln ist eine fantastische Lösung.

»Du hast ihr die Scheißgene angeschafft, dann such du ihr auch eine Wohnung und eine neue Schule, damit nicht wieder die GANZE KAMERUNESISCHE FUSSBALLNATIO-NALMANNSCHAFT auf meinem Sofa landet statt auf dem Bildschirm!!!«

Die einzige Klasse, die Thong aufnehmen wollte, war eine in der Innenstadt mit einer um achtzig Prozent höheren Einwandererquote als normale Klassen, aber *what the hey*, Thong wurde abgeschoben und … ihre »Kontakte« mit »dunklen Jungs« wurden dadurch nicht unbedingt seltener, aber was soll's, es ging schließlich nur darum, dass ihr Vater in seinem Haus ungestört Fußball sehen konnte. Das konnte er umso ungestörter, nachdem er den Bezug der Sofakissen hatte auswechseln lassen, auf denen Sharif seine braunen Arschbacken platziert hatte, an jenem schicksalhaften Nachmittag, als Vater zu früh nach Hause gekommen war. Ein gewisses Quantum an Störungen seiner Seelenruhe durch Einwanderersexsorgen verursachte dann Thong Jr., die noch drei Jahre zu Hause wohnen blieb. Trotzdem war es schon mal eine große Erleichterung, eine von den beiden los zu sein.

Am Nachmittag vor Thongs Abreise vor drei Jahren gingen Thong und Jr. Zigaretten kaufen. Thong hatte folgenden Wortwechsel mit dem 43-jährigen Kassierer, während Jr. sieben Tafeln Schokolade, eine Cola und eine Zeitung klaute.

»Lucky Strike? Nein, nein … Du bist noch nicht achtzehn, Kleine …«, sagte der Kassierer.

»20 Lucky …«, wiederholte Thong.

»Ich darf dir keine Zigaretten verkaufen, tut mir Leid.«

»Leck mich am Arsch.«

»...«

»Bist du taub oder was? 20 Lucky.«

»...du...«

»Muss ich sie dir erst rauslutschen oder was?«

»Du kannst nicht...«

»Wenn du jetzt was rausrückst, dann leckt meine Schwester dir den Arsch und ich blas dir einen, heute Abend um sieben hinterm Geschäft. Komm schon.«

Jr. stand draußen und lutschte sabbernd an Thongs Filterzigarette rum, und Thong wurde sauer.

»Hör auf zu sabbern!«

»Ich sabber nicht!«

»Klar sabberst du! Die Fluppe ist schon pitschnass.«

»Nein.«

»...«

»Du fährst morgen?«, fragte Jr. und bot ihrer Schwester frisch gestohlene Schokolade an.

»Ja.«

»Kommst du zurück?«

»Nein.«

»Warum nicht?«

»Warum soll ich hierher zurückkommen? Bin ich blöd oder was?«

»Kann ich dich besuchen?«

»Glaubst du, das erlauben die dir?«

»Weiß nicht«, sagte Jr.

(Pause).

»Du...«, sagte Thong. Sie wandte sich nicht zu ihrer kleinen Schwester um, sie *sah* sie auch nicht an, sondern sie *sprach sie an*. Das hatte sie noch nie getan. Noch nie hatte Thong Thong Jr. angesprochen, um ihr etwas *mitzuteilen*. Nie. Aber jetzt. Jr. hörte zu.

»Du, Ada … wenn du rumfickst, mach's nicht zu Hause … sonst schmeißen die dich auch noch raus …«

»Ja«, sagte Jr. und gelobte sich, den Rat ihrer Schwester zu beherzigen. Am nächsten Morgen zog Thong in die Stadt.

Und ab da gab's dann ein fröhliches Rein und Raus und Fick und Fack und Spritz und Gang und Bang in alle Körperöffnungen mit Gold-Sultan und seinen Kumpels, gern in den Pausen zwischen den Schulstunden der Sonderklasse, die von Fotti und ihren überarbeiteten Kollegen in Grund und Boden navigiert wurde. Die arme Fotti. Als Sonderpädagogin arbeiten, das ist ein mieser Deal: Schlafstörungen, ein rabenschwarz desillusioniertes Menschenbild und Prügel, kombiniert mit einem 08-15-Leben, schlechtem Gehalt und beschissenem Arbeitsumfeld, dazu das Wissen, dass die Bande, um derentwillen du das alles tust, auf dich und deinesgleichen scheißt, dass sie fröhliche Feste feiern und es sich so richtig gut gehen lassen. Die Kids sind darauf programmiert, zu feiern und zu vögeln, bis sie abkratzen, und du bist darauf programmiert, »für sie da zu sein«, bis sie abkratzen und du selber auch. Das ist ja so was von menschenfreundenhöllenwichtig, da kann man gern Leib und Leben für opfern – hier bitte, der perfekte Job für dich, mit einem schönen Gruß von der Sozialdemokratie skandinavischer Machart: damit darfst du gern dein Leben vergeuden und zusehen, wie Klasse um Klasse voller Arschlöcher um Arschlöcher Bach um Bach runtergeht, nur aus Trotz gegen dich und deine Menschenfreundlichkeit. Alle diese

»schwierigen, aber wertvollen« Kinder. Es herrscht diese merkwürdige Übereinkunft, Problemkinder seien *troubled but beautiful*, wobei *beautiful* Persönlichkeit versprechen soll. Irgendwo tief da drinnen mag schon Schönheit sein. Ganz sicher. Nur trifft das mit *innerer Schönheit* auf Thong nicht zu. Sie ist die Schülerin, die Fotti am wenigsten mag. Wenn man Fotti fragt, ist Thongs Persönlichkeit durch und durch verrottet; zur ganzen Wahrheit gehört aber auch, dass Thong SAUGUT aussieht, nämlich äußerlich. SAUGUT. Bei ihr hat sich die Schönheit außen angesiedelt, nicht innen. Nur darum halten Gold-Sultan und seine Gang es mit ihr aus. Die Logik funktioniert nämlich so: Problematische Einwandererjungs sind dazu verurteilt, mit einheimischen Miststücken rumzuhängen. Natürlich ist es unvergleichlich besser, mit einem sauhübschen Miststück rumzuhängen als mit einem, das hässlich ist wie Zahnweh. Das haben sie erkannt. Gold-Sultan, Apollo, Mendoza und Jorge sitzen im EASTSÜD und warten auf Thong und Rebel und die anderen.

»Tach, Rebel«, sagt Sultan, und Macht ist beeindruckt, dass Rebel *nicht nur* minderjährige Frauen vögelt, sondern auch noch mit jungen Einwanderergangstas gut kann. Rebel gibt der ganzen Gang die Hand. Danach umarmen die Boys Thong. Rebel ist etabliert; Männer werden zuerst gegrüßt, Tussen dürfen in dieser Kultur warten, bis sie an der Reihe sind – was für eine Kultur das auch immer sein mag. Macht und Jr. warten in zweiter Reihe.

»Hey, is'n das für ne hübsche Jungtuss da, hä?«, fragt Mendoza und zeigt auf Jr.

»Ihre Schwester«, sagt Rebel und zieht Thong am Pferdeschwanz, so dass sie unfreiwillig nickt.

»Sieht voll krass gut aus. Heißt'n du ey?«

»Ada«, sagt Jr.

»Ada … voll cool. Klingt wie in Winter, Mann, wenn du Nase dicht hast und willst Frau in Arsch ficken, sagst du ›adal‹ zu, oda ey. Hähä. Cool.«

»Lass stecken«, sagt Thong, »sie ist mit ihm da zusammen«, und deutet auf Macht. Die Jungs nicken ihm zu und Macht nickt lächelnd zurück. Er schaut sich um und stellt fest, dass ein BETRÄCHTLICHER Altersunterschied hier im EASTSÜD ein geradezu metaphorisches Thema ist. Alle, die aus traditioneller Perspektive »schäbig« genug sind, Minderjährige anzubaggern, sind aus ihren Löchern gekrochen und haben sich hier versammelt, es geht gegen Mitternacht, und ganz offensichtlich findet es niemand hier suspekt, dass Rebel und Macht jeder ein Mädchen am Pferdeschwanz haben. Macht fühlt sich gleich heimisch. So richtig wohl. Da steht er, die Hand an Jr.'s Hals, und daneben haben wir den nicht mehr ganz jungen Hitler-Rebel, die Hand an Thongs Hintern, im Gespräch mit einer Gang, die offen gesagt nicht so aussieht, als würde sie Gutes im Schilde führen.

»Ich nehm ja eigentlich nichts mehr, aber die Jungs wollen, dass wir aufs Klo mitkommen«, informiert Rebel Macht zwei Minuten später.

»Ich ja eigentlich auch nicht mehr, aber scheiß drauf, zur Feier des Tages!«, sagt Macht freundlich.

»Gut. Die legen irgendwie Wert drauf, dass man die Einladung annimmt … Sind übrigens die Jungs, die mir heut Nacht geholfen haben, Fattys Fest aufzumischen.«

»Cool«, sagt Macht.

Es kommt, was kommen muss; die Einwandererjungs und Macht und Rebel vollführen ein kleines *male-bonding*-Ritual in Form von gemeinsamer Einnahme von Rauschmitteln in der Toilette. In keiner anderen Situation gehen Männer so aufmerksam, ja liebevoll miteinander um, wie wenn sie mit kleinen Tütchen voll weißem Pulver hantieren, wenn sie sich gegenseitig einen Schlüssel oder eine Messerspitze unter die Nase halten – falls kein Wandspiegel da ist –, wenn sie zusammengerollte Geldscheine kreisen lassen oder den Stoff gerecht aufteilen. Solange die Alphamännchen beschäftigt sind, haben die Mädchen draußen an der Bar rund fünfzehn andere Typen an den Hacken, die sich aber verkrümeln, sobald die anderen zurückkommen; diese sechs sind schon eine gelungene Mischung, weiße und braune und junge und möchtegernjunge Typen, das bedeutet *zwangsläufig* Trouble und Dope. Und Gewalt. Und Geilheit. Und nebulöse Ehrbegriffe. Und kaputten sozialen Kodex. Und nichts zu verlieren. Und null Toleranz. Und inter-ethnische Unmoral. Es ließe sich auch so sagen: Was ist die tragfähigste Kommunikationsgrundlage, global gesehen? Freude und Mitmenschlichkeit? Nein. Gewalt, Sex und Dope? Ja. Das ist der kleinste gemeinsame Nenner, wenn es um Interaktion der Rassen geht. Macht und Rebel sind auf einem guten Weg.

Das EASTSÜD schließt um halb vier morgens, und die bunte Gesellschaft beschließt, zu Rebel nach Hause zu fahren. Der Inhaber des Teenieschuppens – ein Araber, wen überrascht's – geht übellaunig herum und keift die Leute an, damit sie gehen, dann droht er, dann fängt er an zu kreischen, und da endlich stehen alle auf und gehen, denn sein Gekreische will keiner hören. Gold-

Sultan reicht ihm die Hand, bevor er geht. Sie sind miteinander verwandt, erzählt Thong, und das erklärt dann auch, wie dreizehnjährige Buben hier an Bier und Schnaps kommen.

Bei Rebel ist es immer noch ziemlich sauber und aufgeräumt, die Einwanderer verteilen sich im Wohnzimmer und ziehen sich noch eine Nase voll rein, dann sitzen sie bisschen rum. Weder Macht noch Rebel haben Lust, Zeit, Pläne oder Anstand genug, die Finger vom Braten zu lassen, sie fummeln jeder an seiner »Frau« rum, bis sie sich nebeneinander auf dem Sofa ans Vögeln machen, mit den Bubis als Zuschauer. Ein paar von den Jungs hatte ja letzte Nacht schon das Vergnügen, Rebel in Aktion zu sehen, jetzt gibt's die Wiederholung, sozusagen mit Macht und Jr. als Bonusmaterial. Die beiden Pärchen nehmen eine fast identische Vögelposition ein; die Mädchen rücklings auf dem Sofa, den Hals gekrümmt an der Rückenlehne, die Männer stehend in einer Art Halbmissionarsstellung. Man sieht Macht an, dass er ein paar Jahre älter ist als Rebel, und das ergibt eine interessante Altersdivergenz zwischen den beiden fickenden Paaren. Blickt man rasch von Rebel/Thong zu Macht/Thong Jr. rüber, wird der Mann älter und die Frau umgekehrt proportional jünger. Jugend forscht.

Macht nagelt also auf Jr. los, und eine ordentliche Portion Stress-Adrenalin, kombiniert mit endogen freigesetztem Serotonin, bewirkt, dass sein Gehirn neue, unbekannte Höhen des Genusses erlebt; zugleich bekommt sein Sprachzentrum einen kräftigen Tritt und erzeugt die folgende Gedankenkette, eine Silbe pro Stoß:

»Ver-dammt-das-bringt's-das-bringt-mich-wei-ter-das-schafft-Mo-ti-va-tion-das-bringt-mir-E-ner-gie-noch-viel-mehr-als-zwei-Wo-chen-Se-geln-in-der-Ka-ri-bik-ich-spür's-ich-krie-ge-Kraft-ich-spü-re-Kraft-die-Kraft-läuft-mir-ü-ber-die-Brust-die-Kraft-läuft-mir-ins-Hirn-ich-fühl-mich-stark-das-ist-so-ei-ne-Freu-de-rei-ne-Freu-de-wird-zu-rei-ner-Kraft-ja-das-ist-*Kraft-durch Freu-de*-und-sonst-nichts-ge-nau!«

»*Kraft durch Freude*!«, sagt er zu Rebel, der neben ihm auf Thong ackert.

»Hä-ähhh?«, fragt Rebel, der gerade erwogen hat, ob er nicht ein bisschen von Thong ablassen und stattdessen Macht vorsichtig ein bisschen von hinten ficken soll, nur so um die Stimmung bisschen anzuheizen, aber dann hat er sich das schnell wieder aus dem Kopf geschlagen, denn Homosexualität lockt heutzutage keinen Hund mehr hinterm Ofen vor. Mann, es ist ja fast schon peinlich, hetero zu sein.

»Hä?«, fragt er nochmal.

»Das-hier-ist-*Kraft-durch-Freu-de* ...«, sagt Macht.

»Was-re-dest-du-da-für-Zeug?«

»Na-die-ser-Na-zi-Spruch-he-he«, sagt Macht.

»Hä-ä-ä-ä?« Rebel vögelt weiter. Die Einwanderer-jungs blicken wechselweise auf Rebels schlockernden Hodensack und Machts schlockernden Hodensack und den Fernseher, in dem eine Folge einer sehr, sehr billigen Serie von einem Drogenfahnder handelt, der selbst an der Nadel hängt. Sogar die Einwandererjungs erkennen, dass das Schrott ist.

»Billig Scheiß, oda ey«, sagt Mendoza und dreht sich um, als Rebel gerade auf Thongs Bauch kommt. Macht kommt zwei Minuten später, in Jr., voller Elan, knallvoll mit *Kraft durch Freude*, so dass er noch beim Anziehen anfängt, mit Rebel übers Geschäft zu reden. Er findet, jetzt sind sie *bonded* genug, um allmählich zu den Formalitäten überzugehen. Im goldenen Dreieck Dope-Sex-Gewalt fehlt jetzt nur noch die Gewalt. Macht schlüpft in die Unterhose, zieht die Hose hoch, die Gürtelschnalle klirrt:

»Der Grund, warum ich dich treffen wollte, Rebel, waren deine Hitler-Reden. Ich hab sie auf Fottis Scheißhaus gefunden.«

»Aha.« Rebel zieht seine nicht überwältigend schicke Unterhose an. Macht spielt mit offenen Karten:

»Mir war sofort klar, dass ich dich kennen lernen will. Diese Reden gehören zum Witzigsten, was ich seit langem gesehen habe. Ich hab sofort gedacht: Den Typ kann ich gebrauchen. Ich verkaufe Ideen aus dem Untergrund an linke Kreise, und mir war gleich klar: Der das geschrieben hat, der sitzt mit mir in einem Boot … also gefühlsmäßig gesehen …«

»Gefühlsmäßig? Na, ich weiß nicht«, sagt Rebel und deutet Richtung Klo, weil Thong Bedarf an Küchenkrepp signalisiert.

»Nein, ich meine … ich glaube, wir stehen auf derselben Seite … aber egal, hier sind wir jetzt und da sind die beiden Mädels und deine Kumpel (deutet auf die Einwandererjungs) … und ich hab gedacht, weil wir beide mehr oder weniger gleich ticken, ich würde mal sagen, wir könnten ja anfangen … ja, unsere Köpfe zusammenzutun – sozusagen …«

»Zusammenarbeiten?«

»Ja.«

»Woran?«

»Nein, ich meine nur in der Art, dass du mir deine Fantasie zur Verfügung stellst, deine Fähigkeit zum Querdenken, wenn ich es benötige, und umgekehrt auch, nicht wahr ...«

»Ach, du brauchst Hilfe?«, fragt Rebel.

»Ja, schon, doch, nicht UNBEDINGT, aber ... aber ich hab gedacht – sagen wir mal –, die jobmäßige Herausforderung, mit der ich grad zu tun hab, könnte ein guter ... Ausgangspunkt sein für unsere eventuelle ideenmäßige Zusammenarbeit. Nicht wahr ...«

»Erwarte bloß nicht, dass ich bei irgendwas mitmache ... Aktivität finde ich genauso zum Kotzen wie Passivität ...«, sagt Rebel.

»He-he«, lacht Macht und zitiert:

»*Ach! unsre Taten selbst, so gut als unsre Leiden /*
Sie hemmen unsres Lebens Gang.«

Er lächelt, erkennt aber sofort, dass Rebel nicht weiß, woher das kommt (Goethe, *Faust*, der Tragödie erster Teil, du unbelesenes Stück Mist).

»Nein, also, mir schwebt da nur so eine ideenmäßige Zusammenarbeit vor ...«, fährt er fort.

»Ideenmäßige Zusammenarbeit? Klingt bisschen ehrgeizig ... Was genau ist denn dein Problem, hm?«, fragt Rebel.

Macht berichtet Rebel von Thomas Ruth und T.S.I.V.A.G. und dass er es übernommen hat, den Konzern als ein Unternehmen voll sozialer Verantwortung zu verkaufen. Rebel hört interessiert zu, also jedenfalls für Rebels Verhältnisse. Das weiße Pulver, das er heute im

Lauf des Abends mehrfach geschnupft hat, lässt ihn relativ begeistert und menschlich reagieren – unter anderen (chemischen) Umständen würde er so was nie sagen, aber bitte, er sagt:

»Vergiss das von wegen ich soll so eine Art Ideen-Hiwi für dich werden ... vergiss es, aber ich finde dich ganz okay so auf den ersten Blick, vielversprechend, doch, mir ist aufgefallen, dass ich dir glaube, du bist irgendwo *beyond* PUSH und Fatty ... am besten vergisst du bis morgen, was ich hier sage ... aber ich kann dich eigentlich gut leiden ... so bisschen.«

»...«

»Also was kann ich dir anbieten ... Wir könnten zwei Fliegen mit einer Klappe schlagen. Ich brauche nämlich eigentlich auch Hilfe, und zwar eher sofort. Fatty hat gesehen, dass ich es war, der mit den Jungs hier sein Ding aufgemischt hat, und jetzt will er einen Krieg gegen mich anfangen. Er versucht Remmy Bleckner an Land zu ziehen, um mich fertig zu machen.«

»Machst du Witze?«

»Nein.«

»Nein?«

»Nein, und das bedeutet, dass ich ihnen mit einem Erstschlag zuvorkommen muss ...«

»Jaja, klar ...«, sagt Macht.

»So, also das wäre der Deal: Ich helfe dir dabei, die Sache mit T.S.I.V.A.G. zu schaukeln, wenn du mir hilfst, Fatty abzusägen.«

»Klingt glänzend, Rebel«, sagt Macht.

»Ja ... aber langsam, nicht so große Worte«, sagt Rebel.

»Nein ... aber es IST glänzend, verdammt noch mal. Dann brauchen wir nur was zu finden ... nicht wahr ... das T.S.I.V.A.G. hilft und zugleich Fatty schadet. Und ... nicht wahr ... beides auf einen Streich?«, sagt Macht.

»...«

»Was ist Fattys schwacher Punkt? Du kennst ihn besser als ich.«

»Äh ... tja, er ist ein geisteskranker Rebellionsfetischist ...«

»Okay, Rebellionsfetischist ...«

»Ja, und ... (Rebel sieht hinüber zu Thong und Jr., die in ihren kleinen Kindertangas dasitzen und fernsehen) ... und er ist total scharf auf kleine Mädchen.«

Und dann sitzen Macht und Rebel die restliche Nacht über beieinander und veranstalten ein amphetaminbefeuertes Brainstorming, kratzen sich frenetisch den Rücken und versuchen herauszufinden, wie sich ihrer beider Absichten zu einer *ideologischen Doppelpenetration* zusammenfügen lassen; es *muss* doch einen gemeinsamen Feind geben, irgendwann ruft Macht in überaufgekratzter Stimmung Thomas Ruth an, um dessen Rat einzuholen, und in diesem Moment, es ist viertel nach acht Uhr morgens, fällt das Frühlingslicht schräg ins Klassenzimmer auf Fottis Wange, Hals und Stirn, ihre Lunge zieht sich zusammen und stößt rund 0,6 Liter Luft durch die Luftröhre nach oben, durch den Kehlkopf, wo sie die unteren und oberen Stimmlippen in Bewegung setzen, was, als ihre Lippen sich öffnen, ein trompetendes Geräusch aus zwei Vokalen und einem Konsonanten auf eine zutiefst uninspirierende Gang von Dreizehn-, Vierzehnjährigen herauslässt, deren 48 Ohren mit 24 Gehirnen verbunden sind, und von diesen 24 Hirnen sind 24 problematisch, verstört und kaputt, allerdings noch funktionstüchtig genug, um die Schallwellen, die Fotti da eben produziert hat, nach Übersetzung durch die Hörnerven in 24 mehr oder minder entwickelte Sprachzentren zu leiten, wo Folgendes ankommt:

»Ina!«

… und da niemand im Raum auf diesen Namen hört, hebt Fotti den Blick und stellt fest, dass Inas Platz leer ist. Dann ruft sie Mohammed, Nazeem, Jack, Sunniva, Mbo, Vincens und Gregory auf, bis Sultan an der Reihe ist, und auch hier mag keins der anwesenden Gehirne das als seinen Rufnamen erkennen. Und warum nicht? Weil in dem Moment, als die Schulglocke läutete, sowohl Sultan als auch Ina bei Rebel saßen und weißes Pulver in ihre Näschen sogen. Rebel, Macht und Jr. desgleichen. Jr. ohne zu wissen, dass dasselbe Erbmaterial, das gerade in ihr in Form von Spermatozoen eifrig schwanzwedelnd nach einer zu befruchtenden minderjährigen Eizelle sucht, ebenso in Thongs Lehrerin schwanzwedelt, also in Fotti, die in eben dieser Sekunde ihre große Schwester Ina und Sultan als fehlend ins Klassenbuch einträgt. Spermien können überraschend lange in der Vagina überleben, ja, wohl bis zu 72 Stunden. Machts sind da keine Ausnahme. Sie leben den ganzen Schultag lang und sind immer noch ziemlich frisch, als Fotti sich nachmittags in ihr Auto setzt, jenes Geschenk des Telekaspers, neben Arolf, der hinterm Steuer Platz genommen hat, um zum ersten Kaffeebesuch der Menschheitsgeschichte bei Rebel zu fahren – Rebel hatte sie ja vorgestern eingeladen. Aber der Kaffee ist nicht fertig. Denn Rebel schläft. Der einzig

Wache im Hause ist Macht. Er steht da und telefoniert mit Frank Wise, der ihn angerufen hat, um zu hören, warum verdammt noch mal er sich heut nicht bei NODDY hat blicken lassen.

»Ich hab ein Treffen gehabt mit dem einzigen Typen, der deinen Kunden den Arsch retten kann«, sagt Macht gelassen ins Telefon.

»Meinen Kunden?«, fragt Frank Wise.

»Ja, T.S.I.V.A.G., wer sonst?«

»Hast du eine Lösung gefunden? Hä? Für die Sache mit den Juden? Macht? Ist der Fall geritzt? Machst du Witze, Macht?«

»N-Jein ... auf jeden Fall hab ich einen Partner für den Job gefunden ... Bin noch bei ihm ...«

»BZZZZZZZZZZZZZZZZZZZZ«, macht es an der Tür, und Macht sagt zu Frank Wise, er solle einen Moment warten, während er, das Telefon unter die Schulter geklemmt, den Türöffner betätigt, ohne an die Gegensprechanlage zu gehen.

»Was ist los?«, fragt Wise.

»Hat wer geklingelt«, sagt Macht, und eine spärlich bekleidete Jr. kommt um die Ecke, legt ihm den Kopf an die Brust, umarmt seine nackte Körpermitte und schnurrt: »Mmmmm ...«

»Heh, was war das?«, fragt Wise.

»Die Katze«, sagt Macht und weiß, dass Wise weiß, dass Macht weiß, dass Wise weiß, dass Macht in Sachen Frauen hin und wieder dämliche Ausreden bringt.

»Ach, wie schön ... Du hast dir also eine Katze zugelegt und im gleichen Zug eine Lösung für das Judenproblem von T.S.I.V.A.G. gefunden?«, fragt Wise.

236

»Yepp, bin auf der Spur«, sagt Macht.

»Wie lange brauchst du?«, fragt Wise.

»Schwer zu sagen ... paar Wochen vielleicht?«

»Schneller nicht? ... Sollten wir das Eisen nicht schmieden, solange es heiß ist?«

»Schon, sollten wir, aber ... es ist wahrscheinlich auch nicht dumm, wenn wir abwarten, bis die News von T.S.I.V.A.G. als Judenhasser sich ein bisschen abgekühlt hat ...« Macht streicht Jr. über den Kopf, tätschelt ihr den Hintern und nimmt sie beim Hals, als er hinter sich »Macht?« hört, und da stehen Fotti und Arolf in der Tür und niemand begreift was. Macht schweigt eine Sekunde lang, dreht sich dann und sagt mit gebeugtem Kopf zu Wise, er werde zurückrufen, dann beendet er das Gespräch.

»Hallo, Fotti ...«

»Wer?«, fragt Fotti und deutet auf Jr., die kaum größer sein kann als eins fünfundvierzig, aber trotzdem ausgesprochen frisch gefickt aussieht, wie ein Pornostar, den sie zu heiß gewaschen haben.

»Ach, die? Freundin von Rebel. Ada, sag Fotti schön guten Tag«, sagt Macht, und sein Telefon klingelt wieder. Es ist Thomas Ruth von T.S.I.V.A.G., mit der Info, um die Macht ihn früher am Tage während des Amphetamin-Brainstormings gebeten hatte:

»PAYPLUG, Macht«, sagt Thomas Ruth.

»Hä?«, fragt Macht.

»Du hast nach dem Hauptkonkurrenten von T.S.I.V.A.G. gefragt, und Hasse sagt, das ist PAYPLUG.«

»PAYPLUG?«

»Ja, kennst du die?

»Ja, klar, aber ...«

... und bevor Macht noch sagen kann, dass er zurückruft, hat sich Fotti schon an ihm vorbeigeschoben, ins Wohnzimmer, wo sie ihren Schüler Gold-Sultan und seine Kumpel auf dem Sofa liegen sieht, schlafend, in T-Shirt und Unterhose, und ach schau mal, da auf dem Tisch ist noch ein bisschen weißes Pulver verstreut und da liegt eine Kreditkarte und ein paar Geldscheine, und Apollo blutet ein bisschen aus dem linken Nasenloch, und hoppla, am anderen Ende des Tischs liegt der Rest von ihrem Vorrat. Hm ... sieht tatsächlich aus wie hundert Gramm, was? Macht kommt von hinten, sein ausgestreckter Arm wird beiseite gefegt, weil Fotti sich umdreht.

Und drinnen in seinem Schlafzimmer, die nackte, als fehlend im Klassenbuch vermerkte Thong im Arm, zuckt Rebel zusammen und versucht so schnell wie möglich, die Augen aufzukriegen und sie scharf zu stellen, und da schlägt auch schon krachend die Tür auf. Im Gegenlicht sieht er im Flur die Umrisse von etwas, was Fotti sein *könnte*, und es ist tatsächlich Fotti, und er hört noch: »Mann, Scheiße, Rebel ...«, bevor die Tür wieder zukracht.

KAPITEL 12

MACHT ÜBERZEUGT FATTY
(MIT HILFE VON BURGERN)

Fatty ist eigentlich ein Kitsch-Ferkelchen. Er will irgendwie immer das Beste aus mindestens zwei Welten miteinander verbinden. Jetzt zum Beispiel sitzt er vor seinem High-Performance-Laptop, der auf einem Tisch aus getrocknetem tibetanischen Yakmist steht. Aber alles zu seiner Zeit; nicht der Yakmist ist Schuld an dem üblen Geruch in Fattys Wohnung. Bildlich gesprochen: Wäre Fattys Wohnung ein Mensch, dann wäre sie ... Fatty selbst. Voll Abfall, Untergrundinfos, Fraß und Herberge eines unerfreulichen Odeurs. Aber das mag ein typischer Selbstwiderspruch sein à la Huhn und Ei: Wer von beiden war zuerst da? Fatty oder dieser Geruch? Wahrscheinlich herrscht zwischen Fatty und seiner Wohnung bei der Hervorbringung dieses Geruchs eine Art geheimnisvolle Zusammenarbeit. Nicht ganz unähnlich Cato und seinem Vorstadt-Reihenhaus, oder auch Rebel und seiner Wohnblockwohnung. Bei einem Wettbewerb würden Fatty und Cato um den ersten Platz kämpfen.

Macht erkennt den Geruch jedenfalls nur allzu gut, als er in der Tür steht, Hand in Hand mit Thong Jr., die in der anderen wiederum eine fette McDonald's-Tüte voller Burger und Fritten hält.

Links von Fatty steht ein selbst gebundenes Exemplar von »Das Kleine, Kleine Mädchen und der Große,

Große Penis« im Bücherregal; Fatty dreht sich übertrieben langsam zu den Ankömmlingen um, ein billiger Versuch, Autorität zu schinden. Und als das geschieht – er sich also umgedreht hat –, stellt Macht fest, dass die gewünschte Wirkung unmittelbar eintritt. Remmy-Bleckner-artig grinsend schwenkt Fatty seinen fetten Leib auf dem Drehstuhl herum; um sein Gegenüber bei diesem Treffen zu beeindrucken, hat er improvisiert einiges an »imponierend« schrägem, unbegreiflichem Info-Material über das serbische BANARCHY-Syndikat auf den Schreibtisch gelegt, eine anarcho-bürokratische Initiative, die behauptet, je mehr Regeln, Ge- und Verbote, desto größer die Freiheit; man brauche ja nur zu sehen, wie der Paradigmenwechsel der westlichen Welt die freien Warenflüsse begünstigt habe –, aber als er seinen Fettleib um 180 Grad herumgewuchtet hat und gerade das Maul aufmachen will, erblickt er die winzig kleine Thong Jr. mit ihrer McDonald's-Tüte, und das Bleckner-Grinsen verschwindet so rasch wie 2002 die Prostituierten auf der Schweinezuchtfarm der Pickton-Brothers. Macht sagt guten Tag und stellt Fatty Thong Jr. als seine Freundin vor.

Macht hatte Fatty kontaktiert. Ihn angerufen, ihn an ihr Gespräch auf der PUSH-Party Nr. 5 erinnert und gesagt, dass er ein paar Ideen hat, die Fatty möglicherweise »aktions-konzeptuell« interessieren könnten.

»Erinnerst du dich an mich?«, fragte Macht, als es am anderen Ende der Leitung still wurde.

»Scheiße, klar erinnere ich mich«, antwortete Fatty, »mein Gedächtnis ist so gut wie das von einer Elefantenherde auf Speed. Vergesse nie eine Visage.« Das bezweifelte Macht nicht. Zwei Tage später bekam er von Fatty einen Termin, genau eine Woche nach der PUSH-Party Nr. 5.

»Würde dich ja gern schon hier und heute treffen, muss aber auf den Nachwuchs aufpassen«, sagte Fatty.

»Schon in Ordnung«, sagte Macht.

Fattys »Nachwuchs« ist ein fetter kleiner Junge, den er vor sieben Jahren mit einer fetten Riesenfrau gebastelt hat. Dank Dr. Mohrs Dussligkeit beim Ultraschall war Fatty felsenfest davon überzeugt, er werde eine Tochter bekommen, und zwang der fetten Miterzeugerin den Namen Francine auf, als eine Art Abwandlung von *fanzine*, aber dann war's ein Junge, und Fatty konnte sich einfach nicht von dem fabelhaften Namen trennen, den er sich ausgedacht hatte, was ihn dazu brachte, das arme Kind Franc zu nennen, ausgesprochen »Frantz«.

Mit blanken Augen blickt Fatty auf die zwölfjährige Thong Jr. und die Burgertüte, bequemt sich, von seinem Yakmistschreibtisch aufzustehen und hinzugehen, um ihr die Hand zu geben. Einen Pre-Teen des anderen Geschlechts in seiner Bude zu sehen, aus Fleisch und Blut, von schöner heimischer Art, noch dazu eine von denen, die ihre Tangastrings derart wirkungsvoll zu präsentieren verstehen, das bringt Fatty dermaßen aus dem Konzept, dass er ganz vergisst, auch Macht zu begrüßen. Thong Jr. reagiert auf Fattys Servilität mit einer unschlagbaren Kombination aus Problemkid-typischer Verachtung und Kleinmädchenflirt, und zu seinem großen Vergnügen sieht Macht, wie Frank Leiderstam, dieser sonst so knochenharte Untergrundskrieger, so weich wird wie die Butter, mit der er sich jeden Tag zu mästen pflegt. In Gedanken preist er Rebel für dessen Idee, Thong Jr. zu der Geschäftsbesprechung bei Fatty mitzunehmen. Eine glänzende Strategie.

Um das Gespräch in Gang zu bringen und Fattys Aufmerksamkeit für ein, zwei Sekunden von Thong Jr.'s Hosenbund und den Burgern abzulenken, erkundigt sich Macht, was Fatty zur Zeit denn so treibe. Fatty hustet was, von wegen er etabliere gerade eine »meta-erotische« (lies: hardcorepornografische) Website mit der Adresse http://www.jaichsetzemichhinundgebewiedereinmaldiesewebadresseeinerstensistdasdiebesteporNositederweltzweitensbinicheinpornoferkel.com, die er bei seinem nächsten Fest lancieren will: SLEAZE RELEASE. Nach dieser Mitteilung verschwindet er wieder in einer Zirkusnummer aus unsicheren und verschwommenen Gesten, die sämtlich auf Thong Jr. gemünzt sind, deren Haltung ihrerseits unzweideutig »ich-langweile-mich-zu-Tode-aber-so-was-von« ausdrückt. Fatty bedenkt sie mit süßem, kleinem Lächeln, hochgezogenen Augenbrauen und versucht, spielerisch die fette Stirn zu runzeln, die wegen ihres Fettes eigentlich nicht runzelbar ist, und last but not least lässt er seinen Blick auf »interessante« Weise flackern, ebenfalls ein Projekt, das von vornherein zum Scheitern verurteilt ist; Schweinsäuglein, die ohne weiteres als »Pisslöcher im Schnee« durchgingen, sind einfach nicht sonderlich einnehmend, egal wie sie funkeln und glitzern. Macht versucht noch einmal, ein Gespräch in Gang zu bringen.

»Warum eigentlich der Kilt, Frank?« Ja, tatsächlich, Fatty steht in einem *Kilt* vor ihnen. Er räuspert sich und ergreift die Chance zu einer originellen Betrachtung, die zugleich erlaubt, diskret die Aufmerksamkeit auf seine Geschlechtsteile zu lenken.

»Ich finde Hosen so ein dämliches Kleidungsstück, oder? Die menschlichen Gliedmaßen namens *Beine* – die schon an sich ziemlich idiotisch aussehen – frieren leicht. Also ist irgendein Steinzeitgenie auf die Idee gekommen, sie in Stoff- oder Pelzröhren zu stecken, damit man noch dämlicher aussieht! Da könnte man sich gleich ein Bonbon auf die Nase kleben, um einen auf cool zu machen, oder. Aber die Idee war so gut, dass die restliche Bevölkerung sie übernahm und für rund 30000 Jahre dabei blieb. Gute Arbeit!«

Weder Thong noch Macht lachen. Fatty schielt, ob die Kleine überhaupt noch zuhört, und Macht begreift ohne Erklärungen, dass Fatty die für seine Stampfer benötigten Sonderanfertigungshosen nicht mag. Thong Jr. zieht einen Tangastring hoch und fragt, ob er was zu trinken im Haus hat, und Fatty fängt an, gespielt hühnermäßig herumzutrippeln, er wirft, möglichst oft zu Thong Jr. blickend, den enormen Kopf hin und her, so dass die Jesusjudenlocken ihm um die Wangen fliegen. In seinem relativ verdreckten Kühlschrank findet er eine halbleere PEPSI MAX, gießt ein großes Glas voll und reicht es Thong, die sich jedoch leider nicht höflich bedankt.

»Hast du denn keinen Durst?«, fragt er so süß wie's geht.

»Keine Lust auf Scheiß-Cola«, antwortet Thong Jr.

»Nehein-nenene!«, grinst Fatty und schaut Macht schafsdumm und errötend an. Macht tut so, als wäre er ungeduldig.

»Und, reden wir oder nicht?«, fragt er.

»Jaja … natürlich, setzt euch doch.« Fatty räumt sein Sofa leer, so dass das Paar sich nebeneinander hinsetzen kann, doch zu seinem Schreck setzt Macht sich als Erster, spreizt die Beine und nimmt Thong Jr. auf seinen »Schoß«, lies: Jr. platziert die Arschspalte *unglaublich präzise* auf Machts Schwengel. Fatty ist völlig hinüber. Seine sonst bei geschäftlichen Besprechungen so fruchtbare *Schnauze-und-Brülle*-Strategie (inspiriert durch *Teile und Herrsche*, nur dass, wenn man niemanden hat, über den man herrschen kann, Schnauzen und Brüllen gute Alternativen sind; denkt jedenfalls Fatty) fällt in sich zusammen. Er wird lammfromm und zahm wie ein Schoßhündchen.

»Frank!«, sagt Macht recht streng, zum dritten Mal.

»Hä!« Fatty schreckt zusammen.

»Alles in Ordnung? Bist du auf Entzug? Siehst ein bisschen blass aus …«

»Neeeeä … alles, wie's sein soll … äh.«

»Interessiert dich mein Vorschlag? Der Deal, von dem ich dir erzählt hab?« Thong Jr. »korrigiert« ihre Sitzposition, Fatty schluckt trocken und versucht, ein Echo der Begeisterung wachzurufen, die er vor einer Woche auf seiner Party empfunden hat, was allerdings reichlich schwer fällt, ohne den Schädel knallvoll mit Crystal Meth zu haben:

»Jaja … Yess!!! Eh … Seeehr, seeehr intrissiert. Ich bin offen wie … der freie Markt, hm … hehehe.« Er äugt wild und verzweifelt zwischen Macht und Thong Jr.'s Frätzchen und dem McDo-Logo auf der Tüte hin und her.

»Okay«, sagt Macht. »Es geht um Folgendes: Ich su-

che Mitwirkende für eine größere Demonstration, die ich
zurzeit organisiere.« Macht malt um das Wort »Demonstration« zwei Gänsefüßchen rechts und links von Thong
Jr.'s Unterleib in die Luft.

»Ich sage ›Demonstration‹, weil ich eigentlich nicht
Demonstration meine, verstehst du, ich hab eigentlich keinen Bock zu so politisch korrektem linksorientierten
Gutmenschenzeug. Das hier wird eher Destruktion, also
eine *Demonstruktion*, nicht wahr, nicht nur so der übliche
›Hurrah-wir-fackeln-Autos-ab-und-werfen-Schaufens-
ter-ein‹-Fetisch, verstehst du, sondern eine richtig fetzige
radikale umstürzlerische unüberwindliche kompromiss-
lose eingeweideerschütternde arschfickende Trash-Fuck-
Demo, verstehst du?«

Bei »arschfickende Trash-Fuck« lässt Macht Thong Jr.
ein bisschen auf- und abwippen, um das Interesse seines
Zuhörers weiter anzustacheln. Er fährt fort:

»Ich suche also wen, der diese ganze Demo, die Demonstruktion, organisieren und anführen kann … Und
genau das wollte ich jetzt dich fragen, weil ich finde nämlich, Frank, du bist der Einzige, der für so was die *guts*
hat.«

»Was bringt's, wie heißt's, wie lautet der Deal?«, fragt
Fatty, auf einmal ganz »Profi« und »kritisch«.

»Die Demonstruktion selbst soll heißen *Technical-
Strategic Infiltration-Vessel-Against Gonzopolitics.*«

Fatty nickt lächelnd. Dieser Name passt ihm super.

»… und das ist der Deal: Es gibt da eine Firma namens PAYPLUG …«

»PAYPLUG?«, fragt Fatty aggressiv.

»Ja, PAYPLUG«, sagt Macht, ein wenig von Fattys

245

rascher Reaktion überrascht. »Was weißt du über PAY-
PLUG?«

»Ich weiß verdammt noch mal alles, was es über PAY-
PLUG zu wissen gibt«, sagt Fatty nicht weniger aggressiv.
»Über PAYPLUG und ihre Machenschaften. Was ist mit
denen?« Fatty lässt die Schweinsäuglein wieder zu Thong
Jr.'s Hüftpartie hinabgleiten. Macht konzentriert sich.

»Ich plane eine ziemlich harte Aktion ... direkt gegen
PAYPLUG, deren Infrastruktur, deren Netzwerk und ihre
Schweinepolitik. Kannst du mir folgen?«

»Ob ich dir folgen kann?« Zum ersten Mal an diesem
Nachmittag sieht Fatty Macht in die Augen. »Ich kann so
verteufelt gut folgen! Ich folge dir so wie Latex den For-
men von ...« Kurz ist er unsicher, ob eine pornografische
Anspielung in dieser Runde statthaft ist, dann nimmt er
seinen Mut zusammen: »... den Kurven von Alisha
Klass ... hoho ... oder. Ich bin *tight*, oder.«

Macht denkt, über den letzten Punkt – von wegen
tight sein – könne man sicher noch mal diskutieren, ist
aber ganz zufrieden mit Fattys relativer Begeisterung.
Fatty stemmt sich auf seine Säulenbeine hoch, streckt die
fetten Arme zu beiden Seiten vom Leib ab – sein Jesus-
der-Juden-König-Markenzeichen – und sagt:

»I'm all yours, Macht!«

PAYPLUG, der Konzern mit dem prägnanten Slogan *Plug
and Pay*, steht – jedenfalls in den Augen der neoaktivisti-
schen Linken, zu der Fatty gehört – in Sachen politische
Unkorrektheit und »schweinische« Marketingstrategien
vergleichbaren Firmen wie BUDMEISTER, NIKE, SPEAR-
LEADER oder T.S.I.V.A.G. in nichts nach. Gründer war

246

Johnny Shine, ein britisches »Geschäftsgenie«, der nach einem Doktorgrad in *Technology and Operations Management* der *Harvard Business School* ein paar Jahre lang seine Brötchen durch Vermittlung indonesischer Arbeitskräfte nach Japan verdiente. Nachdem er mit seiner ungeheuer schnell wachsenden Firma SLAVIDA den Begriff »Sklavenwachstum« (*slave growth*) etabliert hatte – er beschreibt damit ökonomisches Monsterwachstum dank »Hyperaustausch zwischen Erster und Vierter Welt« –, zog er in die USA um und arbeitete vier Jahr lang bei AT&T, bis er sich unter dramatischen Umständen mit der Firmenleitung überwarf (dramatisch vor allem wegen seiner erotischen Romanze mit der Gattin des AT&T-Chefs Jim Henderson); dann nahm er einige der besten Mitarbeiter des Konzerns mit und gründete seine Firma UNIOX, die er zwei Jahre später in PAYPLUG umtaufte. PAYPLUG gilt so vielen sozialistischen und linksdrehenden Idealisten als Schwarzer Mann, weil ... ja, da gibt es so viele Gründe, dass man, um Ordnung in die Dinge zu bringen, ein fast vollständiges Alphabet der politischen und moralischen Fehltritte des Konzerns aufstellen könnte:

Animal Rights:
1987 unterstützte PAYPLUG ein Forschungsprojekt bezüglich starker Radiowellen, bei dem »bedauerlicherweise« 15 000 weiße Kaninchen ums Leben kamen.

Children & Education:
PAYPLUG war die unmittelbare Triebkraft hinter Umstrukturierungsmaßnahmen, die dazu führten, dass insgesamt 36 Schulen unter anderem in Angola, im Senegal

und Südsudan, in Burkina Faso, Kolumbien und Algerien schließen mussten, dazu eine Reihe Ambulatorien und Kinderheime; mit der indirekten Folge, dass – so heißt es in einem inoffiziellen Amnesty-Bericht – über 6500 Kinder an Tuberkulose oder Malaria erkrankten oder mit HIV infiziert wurden (etwa dadurch, dass die Kinderheime in afrikanischen Ländern häufig eher Flüchtlingslager voller elternloser Kinder sind, denen Horden von geilen schwarzen HIV-infizierten Analphabeten nachstellen).

Civil Rights:
Erstens sind unter den Angestellten von PAYPLUG durchaus nicht die natürlich vorgegebenen Prozentanteile von Vertretern verschiedener Rassen, Altersstufen, Geschlechter, Hautfarben, sexueller Orientierungen, Behinderungen oder kultureller Backgrounds vorhanden, zweitens haben die wenigen Angehörigen dieser Kategorien samt und sonders ihren Arbeitgeber beim *Office for Civil Rights* angezeigt, wegen Verstoßes gegen *Title VI of the Civil Rights Act of 1964* (Rasse/Farbe/Herkunft); *Title IX of the Education Amendments of 1972* (Geschlechterdiskriminierung); *Section 504 of the Rehabilitation Act of 1973* (Behinderung); *The Age Discrimination Act of 1975* (Alter) sowie des *Title II of the Americans with Disabilities Act of 1990*, insgesamt 23% häufiger als im Durchschnitt der amerikanischen Privatunternehmen.

Death Penalty:
PAYPLUG betrieb intensive Lobbyarbeit für die Hinrichtung von Cornel Wycliffe (ja, Cornel, ein Schwarzer),

der 1993 die Tochter der Schwester der Gattin des Geschäftsführers von PAYPLUG versehentlich überfuhr, wodurch sie ums Leben kam. Die Anklage wegen Mordes ging durch, und Wycliffe verreckte wie ein (schwarzes) Schwein vor den Augen der versammelten Familie Lindberg (der Familie des Geschäftsführers). CEO Johnny Shine war samt Gattin anwesend, um seine Solidarität mit den Lindbergs zu demonstrieren. Mit ernster Miene wohnte er dem Ritual bei, konnte aber »bedauerlicherweise« ein kurzes Kichern nicht unterdrücken, als Wycliffe sich bei Eintritt des Todes voll schiss.

Drugs:

PAYPLUG pflegt seit geraumer Zeit eine »Kooperation« (lies: fördert eine »landwirtschaftliche Maßnahme«) in Afghanistan, hinter der sich wie allseits bekannt Heroinhersteller verbergen, um sich auf diese Weise Optionen auf lukratives Land, Frischwasservorräte etc. zu verschaffen. Daneben unterstützt PAYPLUG mit großen Geldbeträgen – »auf heuchlerische Weise« – Gruppen, die GEGEN die Legalisierung von Marihuana agitieren, was natürlich unter politisch korrekten Pazifisten nicht populär ist, die immer GEGEN alles sind, aber FÜR Marihuana. Die Roten sind per definitionem verpflichtet, FÜR Hasch und Marihuana zu sein (gegen Israel, für Hasch, gegen die Globalisierung, für Hasch, gegen freie Märkte, für Hasch, gegen den Faschismus, für Hasch, gegen Individualverkehr, für Hasch, gegen die Todesstrafe, für Hasch, gegen Geschlechterdiskriminierung, für Hasch usw. *ad infinitum*).

Elections & Democracy:
PAYPLUG hat in zwei Präsidentschaftswahlkämpfen einigen Rechtsaußen-Senatoren der US-Republikaner »unregistrierte Mittel« zukommen lassen.

Environment:
Ja.

Fascism & The Right Wing:
Johnny Shine war vier Mal der Hauptredner beim Weihnachtsbuffet des WHITE CLUB und hat außerdem eine »gemeinnützige« Organisation namens »Nord« sowohl finanziell als auch infrastrukturell wesentlich unterstützt.

Feminism & Reproductive Rights:
Die anerkannte Feministin Sarah Lee hat drei Mal auf nachweislich vom Papierlieferanten von PAYPLUG stammendem Papier explizite Morddrohungen erhalten; die Umschläge waren auf einer Frankiermaschine von PAYPLUG abgestempelt worden. Ungeklärt ist, wer bei PAYPLUG aus welchen Gründen die Drohungen abgeschickt hat.

Food & Agriculture:
PAYPLUG hat in drei verschiedene Genmanipulationsprojekte investiert, bei denen »kultivierbare, aber ungenießbare Nahrungsmittel« hergestellt wurden, um einerseits Landwirtschaftssubventionen zu kassieren und zugleich den uninspirierenden, scheißöden Distributionsmühen zu entgehen, die Nahrungsmittelherstellung sonst mit sich bringt.

Globalization & Imperialism:
Johnny Shines *Slave-growth*-Begriff hat zu einem *off the records* gehaltenen Synergieeffekt bei verwandten Unternehmen geführt. Allein durch seine Existenz hat der Begriff in Südostasien einen deutlichen Aufschwung des Sklavenlohn- und Kinderarbeitsmarkts bewirkt.

Human Rights:
PAYPLUG arbeitet – wegen der fortschrittsorientierten Natur des Unternehmens – so gut wie ausschließlich mit korrupten Drittwelt-Diktaturen zusammen, schon einfach deswegen, da nur genügend »diktatorische« und »korrupte« Regimes überhaupt mit dieser Firma kooperieren.

Außerdem hat es sich unter hochrangigen Angestellten von PAYPLUG zum Sport entwickelt, Aktien von privaten südamerikanischen Gefängnissen zu kaufen, in denen vor allem politische Gefangene sitzen. Die betreffenden Staaten haben diese Gefängnisse in Privathand übergeben, um das internationale Verbot der Kontrolle von Privatgefängnissen sinnvoll zu nutzen.

Immigration & Refugees:
In seinen afghanischen Gebieten (siehe auch unter D: *Drugs*) hat PAYPLUG eine eigene »Flüchtlingstaxe« eingeführt, die in der Praxis bedeutet, dass die Flüchtlinge eine Art »Parkgebühr« für den Ort zahlen müssen, wo sie ihr UN-Zelt aufbauen wollen.

Iraq:
Im Zuge eines originellen »Irak-Boykott-Boykotts« lie-

ferte PAYPLUG fast die gesamten 90er Jahre hindurch Technologie an das irakische Militär, die hauptsächlich dazu genutzt wurde, die Opposition des Landes zu überwachen und lahmzulegen.

Labor / Union:
In der Betriebsverfassung von PAYPLUG heißt es, der Konzern sei als »progressive globale Gesellschaft« der Auffassung, dass es »eine Arbeiterklasse im traditionellen Sinne nicht mehr gibt«. Wer mit PAYPLUG einen Arbeitsvertrag abschließt, muss zugleich das Organisationsverbot des Konzernes schriftlich anerkennen. Bei PAYPLUG werden die Angestellten nicht als Angestellte, sondern als »Mannschaftsangehörige« verstanden.

Media:
Dank intensiver Lobby- und Bestechungstätigkeit im Umkreis sämtlicher Medienmogule und -magnaten kommt PAYPLUG so gut wie nie in Medienberichten vor. »Unabhängigen« Reportern ist das per definitionem suspekt.

Peace:
Es dürfte schwer fallen, PAYPLUG mit einer noch so erfindungsreichen, ausgeklügelten und relativierenden Argumentation als einen der so genannten *peace-considerate*-Konzerne hinzustellen. Wie verdient der Konzern sein Geld? Mit Landminen? Ja. Mit biologischen und Massenvernichtungswaffen? Ja. Mit Streubomben? Ja. Mit militärischer Gentechnologie? Ja. Mit CTO-(Civilian Target Offensive)-Technologie? Ja.

Poverty & Hunger:
Angestellte von PAYPLUG prägten den Slogan *The Needy Are the Greedy*, ein Spruch, der unter Sozialisten weltweit nicht unmittelbar auf Wertschätzung stieß. Ein Dutzend *executives* von PAYPLUG hatte 1991 ein Training in Rajastan, Indien, besucht und stand bei der Rückkehr unter kollektivem Schock wegen der Aufdringlichkeit der örtlichen Bettler. Daher stammte dieser Slogan und danach das einzige »humanistische« Seminar von PAYPLUG, unter dem Leitgedanken »Der Mangel an Anstand ist eine wichtigere Ursache für die Misere der Dritten Welt als Entwicklungshilfe, Überbevölkerung und Kriege zusammen«.

Prisons, Police & Repression:
PAYPLUG hat beträchtliche Mittel in die Entwicklung von FLOORTECH *Prison Boden* investiert – einem Bodenbelag für Gefängnisflure, der es erleichtert, widerspenstige Gefangene von A nach B zu schleifen; mit anderen Worten, der Boden ist *glatt*, aber nicht *rutschig*.

Als bei der großen Demonstration in Houston ein junger Polizist umkam, stiftete PAYPLUG den viel beachteten Kranz mit der Aufschrift: *You have caused us enough pain now, lefties. Enough!* So weit kein Problem; Krach gab es erst, als eine »unabhängige« Nachrichtenquelle entdeckte, was in Winzschrift auf der andern Seite stand: *Black bloc can suck my cock.* Nach massiver Kritik von Links – PAYPLUG wurde im Monat darauf in einem MIT-Appell von Chomsky angegriffen – sah der Konzern sich genötigt, jene drei Millionen Dollar zuzuschießen, die die französische Polizei noch benötigte, um bei den darauf folgenden Unruhen von Toulouse eine zufrieden stellende »repressive Offensive« zu fahren.

Race & Class:
CEO Johnny Shine ist der Auffassung, dass es eigentlich keine Klassen, sondern nur Rassen gebe. Was sonst als Arbeiterklasse bezeichnet wird, nennt er gern die »Arbeiter-Rasse«.

Religion & Spirituality:
Gläubige Moslems werden bei PAYPLUG nicht beschäftigt; allerdings kann PAYPLUG unter »bestimmten Umständen« gläubigen Moslems Dienstleistungen oder Material verkaufen (siehe auch unter D: *Drugs* und I: *Irak*).

Sexuality, Gender & GLBT *(Gay Lesbian Bi Transgender)*:
Ein einziges Mal hat PAYPLUG die Frauenquote zur Evaluierung eines Beschäftigungsverhältnisses herangezogen, als nämlich Debbie Beiersdorf, eine der weiblichen Angestellten, eine Geschlechtsumwandlung durchführen ließ. Ihr, d.h. ihm wurde unter Berufung auf die Frauenquote gekündigt.

Third World:
Bei einer Pressekonferenz im Jahre 1994 äußerte Christopher Roth, Vorstandsmitglied bei PAYPLUG, er ziehe häufig »die gute alte Theorie aus dem neunzehnten Jahrhundert bezüglich des Zusammenhangs von Klima und Faulheit« heran, wenn er sich erklären wolle, wie es nur komme, dass die »Arbeiter-Rasse« oft so langsam und ineffizient arbeite.

Fatty macht Macht nervös, indem er *Tee* anbietet. Er –
Macht – nimmt völlig zu Recht an, dass hinter der Tee-
Initiative eine stinkende, verborgene Absicht lauert. Und
diese Absicht hat natürlich mit Thong Jr. zu tun. Fatty
will alles dafür tun, dass Thong Jr. und Macht so lange
wie irgend möglich bleiben. Die einzigen Zwölfjährigen,
die Fatty bis dato hier zu sehen bekommen hat, haben
ihn mit bettelnden Augen vom Bildschirm angeschaut, in
Videoclips mit Namen wie *12yrs.mpeg, preteenblow.avi,
analrip.avi* oder *6thgrade-cumswallow.mpeg.* Dieser
Nachmittag wird als Augenblick eines Paradigmenwech-
sels in Fattys Lebensgeschichte eingehen, der Augenblick, da der Begriff *Live Flesh* einen völlig neuen Klang
bekommt. Die Zwölfjährige sitzt hier und jetzt vor ihm,
in *real time.*

Während das Teewasser kocht, gibt Macht Fatty seine
IP-Adresse (»Bitte, Frank, lerne sie auswendig und ver-
brenn den Zettel«) und fordert ihn auf, sich ab morgen
mindestens einmal täglich über den Ordner *Mug and Slay*
auf den neuesten Stand zu bringen.

»Ich stelle da alles rein, was du an Infos brauchst, also
bedien dich. Geld ist übrigens kein Problem. Ich kümmere mich um alles Finanzielle, das Einzige, was ich von
dir brauche, ist eine sichere Kontonummer, damit ich
weiß, wohin ich die Kröten überweisen soll, damit du
deine Maschinerie in Gang setzen kannst. Wie gesagt, am
Geld soll's nicht liegen. Ich finde ja sogar, wenn's an
Manpower fehlt, ist es besser, man heuert ein paar *professionals* an, auch wenn's eine Stange Geld kostet. Und ich
meine keinen *Rent-a-crowd*-Scheiß, sondern *professional
activists,* ja. Besser eine zusammengestoppelte Handvoll

Green Berets als ein Haufen dussliger Infanteristen, wenn du verstehst, was ich meine.«

Während Fatty nickt und im größten und buntesten Disney-Teebecher seines Sohnes rührt, den er, geschmackssicher, wie er ist, Thong Jr. anbieten will, versichert er Macht, falls Machts Geldquellen versiegen sollten, so habe er immer noch »Plan B in der Hinterhand«, nämlich eine Kollekte bei seinen Anarchistenkollegen.

»Fettes Angebot, Frank, aber wie gesagt, *ich* kümmere mich hier ums Finanzielle«, sagt Macht streng, und Fatty sieht, wie Thong Jr. beim Wort »fett« auf seinen Bauch schaut. Er versucht, ihn einzuziehen, doch vor lauter Schwabbelfett entsteht dadurch eine neue Speckrolle: Aus drei Rollen werden vier, alle unter dem T-Shirt mit dem selbst produzierten Logo

PARANOKIA
CONFUSING PEOPLE

das jetzt ausgerechnet zwischen Speckrollen Nummer zwei und Nummer drei verschwunden ist. Macht gibt Thong Jr. einen Klaps auf den Po und sagt, sie solle sich zum Gehen bereitmachen. Fatty schaut so traurig drein wie ein Straßenkind und hält Jr. den Disney-Becher hin, aber beide, Macht und Jr., schütteln den Kopf.

»*Mug and Slay*, Frank, vergiss das nicht, ja? Ab morgen kannst du da reinschauen und dann deine Leute in Gang setzen. Wir haben drei Wochen Zeit.«

Macht steht im Eingangsflur, hält Thong Jr.'s Pferdeschwanz in der Linken und gibt Fatty die Rechte, und

Fatty drückt sie auf eine übelkeiterregend untertänige Weise. Der Anblick eines dermaßen unbefriedigten Homo Sapiens wie Fatty ist nicht erschreckend. Nein, er ist trübselig.

KAPITEL 13

FATTY MOBILISIERT DEN
UNTERGRUND

Bereits um vier Uhr nachmittags hat Fatty eine ganze
Horde Aktivisten und Untergrundgestalten in den Geschäftsräumen von PUSH am Ostrand der Stadt zusammengetrommelt. Fatty Frank Leiderstam hat beschlossen, Machts Projekt mit bislang ungekannter Präzision zu
verfolgen, und führt sich gegenüber seinen Mitstreitern
so autoritär auf wie noch nie, bei jener Versammlung von
»unangepassten« und »selbstbestimmten« Autonomen,
die jetzt um ihn herumsitzen, sich einen Joint nach dem
anderen ins Gesicht stecken und der Instruktionen von
The Fat Führer harren, die dann auch über sie niedergehen, zusammen mit einer nicht quantifizierbaren Menge
üblen Atems:

»So, Leute, da wären wir wieder! Vergesst die PUSH-
Parties, sofort. Na, vergessen? GUT! Jetzt gibt's was
Neues zu tun! WIR veranstalten die größte und wildeste
Berserker-Demo, die das Land bis heute erlebt hat. Die
Pazifisten unter euch und alle anderen, die gegen *mayhem*
und Zerstörung sind, und alle, die aus sonstwelchen
Gründen nicht mitmachen wollen, können jetzt gehen!«

Niemand steht auf. Für diese Leute zählt nicht weiter,
was laufen soll, Hauptsache, Fatty findet es gut. Die Einzigen, die eventuell Einwände gegen die Veranstaltung erheben könnten, sind Sören Martinsen, Remmy Bleckner

oder Pat Riot. Die Stimmung zwischen Martinsen und Bleckner ist seit dem Nasenstüber bei Illona Short ein Spürchen angespannt; Sörensen trägt immer noch eine dicke Bandage auf der Nase, und Fatty hat eine Viertelstunde lang auf ihn einreden müssen, damit er an dem Treffen teilnimmt:

»Ich kann mir verdammt nichts vorstellen, was mich dazu bewegen soll, einen Barbaren wie Remmy zu treffen, Frank!«, hat Martinsen ins Telefon gerufen.

»Sören, du weißt doch, unkontrollierte Aggression ist Remmys beste Seite, sein Talent ... Du hast keine Ahnung, wie er mich tituliert, wenn er einen schlechten Tag hat ...«

»Doch, doch ...«

»WAS?«

In dieser Art ging es weiter, bis Sören nachgab und versprach zu erscheinen – recht gewagt eigentlich für einen Mann, der durchaus mal für den Rest des Lebens den Kontakt zu einem Akademiker verweigern kann, wenn er das Gefühl hat, er werde »hinterrücks fehlinterpretiert«.

Pat Riot seinerseits sitzt gelassen da und wartet auf weitere Infos, die Stirn in kritische Dackelfalten gelegt. Andere, Leute wie Fisting Furz, Jones Dow und Sheeba Ali, warten vor allem ungeduldig auf den Bong, an dem gegenwärtig Nasdaq nuckelt.

»Alle noch da? FETT!« Satan-Harry kichert, Fatty mustert ihn streng und fährt fort:

»Die gemütliche Linke hat ausgespielt, nicht wahr, jetzt braucht es gut organisierte und verdAAAAAAAmmt schlagkräftige Leute. SO WELCHE WIE UNS!«

»YESS!!!«, schreit Remmy Bleckner und verpasst Nasdaq eine Kopfnuss, so dass der Luft durch seine braunen Zähne zieht. Sören Martinsen sieht Remmys Knöchel, und ihm juckt die Nase.

»Maaann, Remmy …«, sagt Nasdaq und reibt sich den Hinterkopf. »Kannst du das nich ma lassen?«

»Jetzt mal Butter bei die Fische, Frrrrankk!«, ruft Remmy und schließt mit seinem berüchtigten Crazy-Lachen, »Wähähähää …«

Fatty berichtet von PAYPLUG. Die kritischen Stimmen verstummen während seiner Ausführungen. Ihre Sicht auf die politische Linke mag so alternativ und »speziell« ausfallen, wie man will, es ist *unmöglich*, einen Konzern wie PAYPLUG nicht als den leibhaftigen Teufel anzusehen. Nach beendetem Vortrag schreit Fatty:

»WOLLEN WIR SIE ›BUSTEN‹?«

»YESS!«, schreit die Versammlung.

»WOLLEN WIR SIE ›BUSTEN‹?«

»YESS!«

Und dann verteilt er die Aufgaben, auf eine, ja, man muss es schon eine ziemlich effektive Weise nennen. Wirklich. Fatty besitzt tatsächlich Autorität im organisierten Untergrund, und für einen Aktivistenladen ist PUSH tatsächlich ziemlich gut organisiert. Das muss man ihnen lassen. Und Fatty ist ziemlich auf minderjährige Mädchen fixiert. Auch das muss man ihm lassen. Dank Thong Jr. laufen in seinem Hirn alle möglichen sexuellen Streifen, während er die Aufgaben zuweist:

Strategie – politisch und praktisch: Frank und Remmy;

Finanzen: Macht;

Logistik: Sören Martinsen;

Waffen (von Molotow-Cocktails und Steinen bis Uzis,

Bussen und Sprengkörpern, je nach Strategie): Remmy und Nasdaq;

Kleidung/Uniformen (je nach Strategie): Sheeba Ali (der/die dank einer akuten Bong-Inspiration »so eine orangene Guantanamo-amerikanische-Gefängnis-Ästhetik« vorschlägt, und Fatty bekommt (fast) eine Erektion bei der Vorstellung eines Heers von PUSH-Aktivisten, die in Gefängnisjacken gegen die Staatsmacht antreten);

Kampfdope (Crystal Meth oder reines Speed, je nach Strategie): Satan-Harry;

Rekrutierung (Hintermänner, Fußtruppen, Strategen, Fahrer; Anzahl je nach Strategie): Pat Riot;

Versammlungs- und Besprechungsräume (neben den Büros von PUSH): Jenna;

Hacking/Info: Cato;

Vorbereitende Zerstörungen (je nach Strategie): Pubes;

Propaganda: Sören Martinsen;

Worst Case Scenario (Fluchtwege, Medikamente, ärztliche Versorgung, *hideout* etc.): Jones Dow.

»Wie ihr seht, hängt noch ziemlich viel von der Strategie ab, der politischen wie der praktischen, also müssen erstmal Remmy und ich ran, und zwar gleich jetzt! Meinste, Remmy?«

»JESS!«, sagt Remmy und verpasst Nasdaq noch eine Kopfnuss.

Sören Martinsen hebt die Hand und räuspert sich:

»Sören?«, sagt Fatty.

»Ja … ich hab mich nur gewundert, wer dieser ›Macht‹ sein soll?«

Fatty schaut in die Runde, fünf, sechs andere nicken.

»Macht … ja, Macht … ein cooler Typ. Ich bürge für ihn. Er sorgt fürs Finanzielle, nicht wahr.«

Er zieht es vor, nicht zu erwähnen, dass die Idee zu der Demo eigentlich von Macht stammt.

»Sorgt fürs Finanzielle?«, fragt Sören Martinsen. »Das ist bei PUSH sonst eine zentrale Aufgabe. Ich hab den Typ noch nie gesehen, und auf einmal ›sorgt er fürs Finanzielle‹?« Martinsen schiebt seine Brille zurecht, die auf der bandagierten Nase verrutscht ist. Fatty stiert starr zurück und sagt:

»Aber ICH habe ihn gesehen, nicht wahr, und ICH bürge für ihn, also …«

»Schön, schön, du bürgst für ihn, hab ich verstanden, aber normalerweise werden uns neue Leute *vorgestellt*. Warum ist er nicht hier? Was ist, wenn jemand Vorbehalte gegen ihn hat?« Sören deutet in die Runde. »Soll der dann auch seine Skepsis runterschlucken und den Mund halten, nur weil du ›für ihn bürgst‹?«

Allgemeines Nicken.

»Ich bürge auch für den Jungen«, sagt Remmy mit seiner rostigen Stimme. »Ich kenn ihn, und Macht ist 'n krasser Typ, voll fett … also nicht *so* fett, aber … cool, oder. Kennt sich super mit Bakunin aus und so.«

Remmy Bleckner mit den Knöcheln hat gesprochen, und damit sind Martinsens Einwände für heute erledigt.

»Noch Einwände?«, ruft Fatty.

»NOPE!«, ruft die Runde.

Fatty verschränkt die Arme hoch oben vor der Brust und nickt der PUSH-Gemeinschaft mussolinimäßig zu; die Vorstellung, dass Jaggi Singh und John Clarke und

262

PUSH BATTLE INFORMATION

Demonstruction name	**Technical-Strategic Infiltration-Vessel Against Gonzopolitics**

Demonstruction against	PAYPLUG
Date	23.05
Time	12.00
Place	PAYPLUG main office, Michel Moch Street. 47–50

Commitment level	TOTAL

Priorities

Economy/spending	*Hard*
Weapons	*Heavy*
Uniforms	*Yes*
Battledope	*Serious*
Recruitment	*Full*
Preparatory hacking	*Deep*
Preparatory destruction	*Extensive*
Propaganda	*Wide*
Worst Case Scenario preparation code	*Disaster*

Note:
Additional info will be presented in the folder named Mug and Slay
on a DAILY BASIS.
*All graphic material including uniform design must follow unified
graphic plan (*DO NOT *produce own outfit or graphics!
Wait for further info.)*

for PUSH
Frank Leiderstam and Remmy Bleckner

Sean Moth nach Hause an die Mutterbrust fliehen würden, wenn sie wüssten, in welcher Weise diese Demo den Begriff *Direct Action* neu definieren wird, verpasst ihm einen Adrenalinstoß. Sein Selbstvertrauen schwillt an wie Schwanz vor Porno, und er plant, neue Demonstrationsbegriffe ins Netz zu stellen. Und eine Legende des politischen Untergrunds zu werden. Weltweit. Neue Aktivisten-Termini tauchen pop-up-artig in seinem fetten Gehirn auf, mit denen er die upgedatete Motivation der neuen Aktivistengeneration beschreiben zu können hofft. *No more Mr Direct Action.* Ab jetzt trifft *Direct Splatter* den Nagel eher auf den Kopf. Fatty hat eine respektable Aktivistenkarriere hinter sich, aber er weiß genau, das Legendendiplom kriegt er erst, wenn er das Feld *redefiniert.*

»Die Lehrzeit ist vorbei, mein Junge«, sagt er zu sich selbst, »jetzt gilt es neue Äcker zu bestellen.«

Er hebt den Kopf und schaut in die Runde.

»Das Kampfschema schicken wir heute Abend los, seht's euch gut an, und dann an die Arbeit. Wir haben zwei Wochen Zeit. GO! GO! GO!«

Die Angehörigen des Clans erheben sich und verschwinden einer nach dem anderen durch die Tür. Nur Fatty und Remmy bleiben im PUSH-Büro zurück.

Es ist eine Weile her, dass Remmy und Fatty zu zweit beisammen waren. Es kann gut gehen, es kann schief gehen. Man darf nicht vergessen, dass beide abnormal große Egos haben. Diesmal geht es gut. Erstens, weil es nicht peinlich wird, als Remmy im Zeitungsstapel auf Fattys Schreibtisch das Jungmädchenblatt MAGATEEN findet (eine Zeitschrift *für* junge Mädchen, nicht *mit* jungen Mädchen, die Fatty dann und wann heimlich kauft, um zu lernen, wofür diese anmutigen kleinen Geschöpfe sich interessieren und was sie so tun).

»Heh, Frank, iss'n das hier!?« Remmy wedelt mit dem MAGATEEN. Fatty blickt auf und nimmt blitzschnell zu der universellen Kulturarbeiterausrede Zuflucht:

»Recherchematerial.«

»Oh. Aha«, sagt Remmy und glaubt ihm. Eine kleine Weile ist er still, offensichtlich denkt er nach, dann erzählt er Fatty – und das ist Grund Nummer zwei dafür, dass es heute zwischen den beiden »zentralen Akteuren« keine Konflikte gibt – dass er angefangen hat, Gedichte zu schreiben.

»Hä?«, fragt Fatty.

»Ja«, sagt Remmy und berichtet, dass er einen Liederkranz namens *Porn Poems* geflochten hat. »Die großen Gefühle liegen nicht mehr im Wind oder in bescheuerten Sonnenuntergängen oder in den Augen deiner Liebsten, Frank, sie liegen im Hardcore. Oder.«

»Ja«, sagt Fatty und weiß genau, was Remmy meint.

»Willste eins hören? Ich kann es auswendig.«

Fatty nickt interessiert, und das folgende Gedicht ist ein weiterer Grund dafür, dass sie einen soften Start für ihre Strategiebesprechung hinbekommen:

ASS-SOUL
Von Remmy Bleckner

As I rub my thumping head
She slowly starts to spread
Her asscheeks with her thong
Oh, God, my cock is long

I see that I have two different choices
They speak to me with different voices
The cunt it says »Hello«
While the asshole goes, »Oh-o!«

I go for option number two
And slide deep down the you-know-who
The endless depth of her brownie-hole
Allows my dick to touch her soul

»Wie schafft sie das, die Hinterbacken mit einem Tangastring auseinander zu ziehen?«, fragt Fatty kritisch.

»Man kann nen Tangastring als … äääh – sagenwermal wie ne Brechstange benutzen, oder«, sagt Remmy sachkundig.

Dann setzen sich Remmy und Fatty hin und entwerfen einen relativ durchdachten politisch/strategischen Plan für die Demonstruktion gegen PAYPLUG; beide füllen ihre Standard-Kampf-Formulare aus und speichern sie im PUSH-Ordner auf Fattys Laptop, dann gibt es eine Rundmail an die Kollegen mit dem Betreff:

Die Bäckerei ist auf. Holt euch das frische Brot.

Innerhalb einer Stunde haben sich alle, die bei dem Treffen waren, via Fattys IP-Adresse den Schrieb beschafft und erkannt, wie hoch die Leiste bei dieser Demonstruktion liegt und wie umfassend die Planung ist. Folgendermaßen sieht das Formular aus – es ist auf Englisch verfasst, wie immer:

Nach getaner Arbeit spazieren Fatty und Remmy noch ein bisschen im Internet umher. Fatty erzählt Remmy von seinen Vorbereitungen für eine »Mega-Website« und sagt, er solle sich das mal bei Hacker-Cato zu Hause runterladen.

»Warum nicht gleich hier?«, fragt Remmy.

»Weil die Maschine hier nicht genug Power hat, darum«, sagt Fatty.

»Wieso, dein Laptop sieht doch eigentlich ganz normal aus, Frank.«

»*Sieht normal aus*? Wie's *in dem drin aussieht*, da kommt's drauf an, du Pflaume!«

»Und Cato hilft dir bei deinen Sauereien?«

»Cato hilft mir bei allem, seit ich ihn aus dem Gefängnis geholt hab, und er soll bloß mal versuchen, mir was anderes zu erzählen!«

Hacker-Cato liest in diesem Augenblick gerade die Zeile *Preparatory Hacking: Deep* auf dem Kampf-Formular von Fatty und Remmy. Er weiß, dass er sich ganz allein um den Hacker-Job zu kümmern hat, und er weiß, dass er ihn besser nicht versiebt. Fatty war bei der Besprechung heute auffällig gut gelaunt, was nur eins bedeuten kann: Die Sache bedeutet ihm viel. Also, auf geht's.

Ohne größere Umstände gelingt es Cato, sich ins Intranet von PAYPLUG einzuhacken. Dort liest er erst mal eine Reihe interne Protokolle und als geheim gekennzeichnete Informationen, dann legt er los: Erstens trägt er in den Terminkalender des Generalsekretärs Jonathan Schultz für den 23.5. um 11:50 h einen Besuch der Herren Meinschaffen und Putz ein und zweitens in den Terminkalender der Rezeption für 11:15 h und 11:25 h Klempner und Elektriker. Drittens schickt er am nämlichen Tage drei der vier Sicherheitsbeamten auf eine eintägige Fortbildung bei dem fiktiven Anbieter TECH-GUARD; die Runde des vierten Wachmanns legt er von 11:40 h bis nach dem Mittagessen in den Müllraum. Viertens listet er die Sicherheitskodes von Serverraum, Überwachungsnetzwerk, Archiv und Walk-In-Safe auf. Fünftens kopiert er sämtliche Ordner mit Geheimdokumenten und schickt sie Fatty, zusammen mit den Infos über die »elektronischen Tore«, die er soeben unter dem Datum der Demonstruktion für PUSH angelegt hat. Diese Sendung – die mehr Information enhält, als Fatty sich jemals von Cato erträumt hätte – spammt Fattys mit seinen »Recherche-Bildern« verstopfte Mailbox natürlich rettunglos zu. Fatty muss den Hacker anrufen und zusammenscheißen. Dieses eine Mal hätte Hacker-Cato wirklich Lob verdient, aber er muss sich brav entschuldigen und versprechen, dass er solche Datenmengen künftig erst nach einer Vorwarnung losschickt.

»Ich hab hier schließlich keine Raumstation, ja, Cato? Ich hab einen *normaaalen* PC mit einer *normaaalen* Mailbox, ja?«, mault Fatty in den Hörer und klickt einen Ordner namens *Slip of the Thong* an.

»J-j-ja, n-n-nein«, sagt Cato untertänigst.

»Schick mir den ganzen Scheiß noch mal, wenn ich meinen Krempel hier bisschen aufgeräumt hab«, kommandiert Fatty. Cato gehorcht. Er rollt seinen Hackerleib auf dem Bürostuhl vom Telefontisch zu den vier Bildschirmen rüber, der einzigen Lichtquelle im Raum, legt die Hand an die Maus und will das Material noch einmal absenden, dann fällt ihm gerade noch rechtzeitig ein, dass

Fatty bei so was ziemlich lahm zu sein pflegt, und er beschließt, noch zu warten. Er trommelt mit den Fingern auf dem Mouse-Pad herum.

Catos Mouse-Pad ist mit einem Foto bedruckt. Es zeigt Rocco Siffredis Penis, der eine anonyme Frau anal penetriert. Cato ist ein großer Fan. Kein Wunder. Cato ist ein Nerd. Cato ist Single. Cato wird Single bleiben. Cato ist ein PC-Pornster. Seine Fickbiographie ist ein armseliges Kapitel. Allenfalls ließe sich darüber sagen, dass sie *speziell* ist, denn 1999 hatte er ein Mal das Glück, GRUPPENSEX zu erleben. Ja. Mit neunzehn Mitwirkenden. Sogar mit zwanzig, wenn man ihn mitzählt. Um auch Catos Fickfrequenz in einer Grafik darzustellen, in Form einer Kurve:

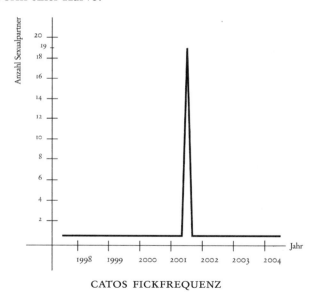

CATOS FICKFREQUENZ

Ja, und nichts spricht dafür, dass sich die Misere so bald ändert. Wie immer geht Cato auch jetzt den direkten Weg zur Lösung des Problems »Körper-braucht-anderen-Körper« und lädt ein paar Ferkeleien aus dem Netz herunter, die er anstarrt, bis Fatty seinen »Krempel aufgeräumt« hat. Nach einer halben Stunde Warten (lies: mpeg-Glotzen) schickt er die Geheimunterlagen erneut, was Fatty – der erst ein Achtel der Dateien gelöscht hat, die er in der Zwischenzeit hatte in den Orkus schicken wollen – eine erneute Datenverstopfung beschert. Mit tränenfeuchten Augen starrt er aufs Telefon, verflucht Cato innerlich und überlegt, ob sein strapaziertes Herz den Klang von Catos stotternder Hackerstimme heute überhaupt noch einmal erträgt. Nein, er glaubt nicht. Keiner der grenzenlos nervenden PUSH-Mitstreiter nervt Fatty so wie Cato an einem schlechten Tag. Da ruft unerwartet Macht auf dem Handy an, und Fatty Frank vergisst Cato sofort.

»Tach Frank, wie sieht's aus?«

»Macht?« Fatty räuspert sich, um die belegte Stimme zu klären.

»Ja, ich bin's. Wie sieht's aus?«

»Gut, gut, die Jungs sind schon an der Arbeit. Die Aufgaben sind verteilt.«

»Dann rollt die Sache? Cool.«

»Yess.«

»Du?« Macht hat seine Geschäftsstimme angeschaltet.

»Ja?«, fragt Fatty schwanzwedelnd.

»Hast du mal ne Kontonummer? Du brauchst doch sicher was Knete für die Vorbereitungen.«

»Yess, klar«, sagt Fatty, dessen Prinzip es doch immer gewesen ist, kein Geld von »fremden Männern« anzunehmen. Aber Macht hat ihn überzeugt, und innerhalb von zwanzig Minuten ist auf elektronischem Wege ein Haufen Geld auf seinem Konto eingetroffen, das schmutziger ist, als er es sich in seinen wüstesten Träumen vorstellen könnte.

»Ich ruf morgen wieder durch«, sagt Macht. »Muss jetzt auflegen. Hier ist eine junge Dame, die … hähä … Papas Dingens will …«

»Hääää …?« Fattys Stimme bebt.

»Neee, nichts«, sagt Macht.

»Hää. Macht. Mach keine Witze. Was hast du gesagt, Macht?«

»Hä? Nö, nix, ich muss nur auflegen und mich um die Jugend kümmern. Echt, Fatty, der reinste Ausdauertest. So kleine Mädchen sind fit wie Marathonläufer, ich kann dir sagen. Kommste kaum nach.«

»Wahn … ganz schön fett, Mann … Schönen Gruß auch!«

»Ja, ganz schön fett, kann man sagen … Abwarten. Ada hat jede Menge Freundinnen, und eine verteufelt hübsche Schwester. Jepp. Na, wir konzentrieren uns besser erst auf den Job, was, Frank. Tschüss.« (Klick).

Fatty, der sich selbst als *Sub Surface Hero* ansieht, der eine ganze Widerstandsbewegung anführt, einen Haufen Leute, die, so hofft er, »international schlechtes Benehmen« an den Tag legen, »global schlechte Haltung«, die »transnationale Geschmacklosigkeit« und »multinationale Unverschämtheit« praktizieren, dieser Fatty weiß nicht, wie er mit dem Schmerz umgehen soll, der ihn gerade zerreißt. Es tut so weh. Sein Herz wird zerquält, und daran ist nicht die Herzverfettung schuld. Nein, hier ist die Rede von MENSCHLICHEN GEFÜHLEN.

Fatty kritzelt den Schlüssel für sein persönliches Paradoxon auf den Notizblock:

F uck

A ll

T empting

T eenies allwa

Y s.

KAPITEL 14

REBEL GRÜNDET TEENAGE SPICKS INITIATING VULGAR ANTISEMITISM AND GOOKSLAUGHTER

Gestern Abend hat Rebel höchstselbst vollkommen die Tatsache bestätigt, dass es auf Erden keinen tristeren Anblick gibt als einen Mann, der neben dem Bett steht und sich die Hose auszieht. Thong hatte so viel Rohypnol eingepfiffen, dass sie bereits in tiefstem »Schlaf« lag, als sich Rebel leise den Gürtel aufmachte, die Hose aufknöpfte und sie von seinen blassen Beinen zog. Übrigens dürfte es ein äußerst beunruhigendes Symptom sein, dass sogar so ein Schlamper wie Rebel einen kleinen Versuch macht, seine Hose zusammenzulegen, nachdem er sie ausgezogen hat. Während des Hosenrituals hing er folgenden Gedanken nach:

Ebenso wie *The Ecological Footprint* dem Vernehmen nach die Fassungskraft des Planeten überschritten hat, hat *The Experimental Leap* die letzten moralischen Grenzen gesprengt. Will man ethisch oder gedanklich zu »neuen Ufern gelangen« oder »das Gewissen auf die Probe stellen«, so ist unsere Welt schlicht und einfach zu klein. Die Anbaufläche ist an ihre Grenzen gelangt – im Verhältnis zur Bevölkerungsmenge – und ebenso gibt es keine Werte mehr, die die experimentierende Mittelklasse zertrümmern könnte. Wir sind zur UNTERERNÄHRUNG verurteilt, egal, was wir tun, physisch und mental. Dennoch ist der Homo Sapiens dämlich genug, a) sich weiter fortzupflanzen und b) seine eigenen Ansichten zu reproduzieren. Die bezeichnendste Eigenschaft des Homo Sapiens ist allem Anschein nach, eins nicht begreifen zu können: GENUG IST GENUG!

Rebel drängte sich an Thong, um von der Philosophieschiene wieder runterzukommen; sie lag da, so jung und hübsch und voller Barbiturate, und er vögelte sie im Schlaf. Es ging prima. Prima für Rebel, sogar sein Organ funktionierte annähernd wunschgemäß. Und prima für Thong – das nahm Rebel jedenfalls an –, da sie jung und problematisch genug ist, noch kein krankhaftes Besitzverhältnis zu ihrem Körper aufgebaut zu haben. Alles ist möglich. Schön. Außerdem hat Thong sich selbst mit Rohypnol vollgestopft, da könnte man Rebel nicht mal eine Anklage wegen *date rape* anhängen.

A propos alles ist möglich: Jetzt, am frühen Morgen, da er im Bett liegt, Thong im Arm, und eine raucht, ist Rebel so freundlich, dass sie ihm sogar Geschichten aus ihrem Leben erzählen darf. Thong nutzt die Gelegenheit und berichtet von ihrem ersten Freund, einem Vietnamesen namens Wong Thong. Sie war zehn, er siebzehn. Sie waren sogar ein halbes Jahr lang miteinander verlobt. Na klasse, denkt Rebel. Wenn sie geheiratet hätten, hätte sie Thong Thong geheißen. Da hätten sie ihre Hochzeitsreise nach Asien machen können, nach Tai Pei ins Hotel Long-Suu Fong, zum Hochzeitskaraoke, und Wong Thong hätte den Thong Song für Thong Thong gesungen ...

274

Nach dem Geplapper vollführen Thong und Rebel gemeinsam etwas, was sowohl die erste als auch die zweite als auch die dritte als auch die vierte Staatsgewalt als »Unzucht mit Minderjährigen« verurteilt hätte, wobei Thong die »Minderjährige« und Rebel der Verüber der »Unzucht« wäre. Anschließend gönnen sie sich die Zigarette danach.

»Warum nennst du mich eigentlich Thong, Rebel?«, fragt Thong.

»Weil du Tangas trägst«, sagt Rebel.

»Tun doch alle.«

»Nicht wie du.«

»...«

»Du, Thong. Kann ich mal telefonieren?«

»Draußen im Flur.«

Heute sind keine Einwanderer bei Thong, nur Macht und Jr.; Rebel tapst im Adamskostüm in den Flur.

»Siegfried?« Rebel kneift sich mit der freien Hand in den Bauch. »Rebel hier ... ja, hallo ... Hättest du heut Zeit? (...) Ja ... ja (...) Ja, ich könnte nachher mit den Jungs bei dir vorbeikommen ... Ja, die sind bereit, ja ... Viele? Tja, schon so einiges, ja ... Bei jedem mehrere, ja ... (...) Hä? ... Nein, fünf. Nein ... Wir sind *zu fünft* ...«

Er legt auf.

»Gehst du gleich nachher bei ihm vorbei?«, fragt Macht, der ebenfalls splitternackt im Flur steht. Sein Oberkörper sieht entschieden besser aus als Rebels. Rebel ist aufgefallen, dass Macht unverhältnismäßig oft nackt rumläuft. Machts Oberkörper und Beine sind stärker zerkratzt als Rebels; vorn und hinten ist er voller roter Spuren von Mädchenkrallen.

»In einer halben Stunde, ja«, sagt Rebel. Zwei Homo Sapiens, *face to face*, unbekleidet.

»Wo is'n Thong?«, fragt Macht und drückt Jr. an sich, die gerade aus dem Schlafzimmer geschlurft kommt. Er legt den Arm um sie, so, wie es »Verliebte« tun.

»Ist im Bad, rasiert sich«, sagt Rebel.

»Rasiert sich? Kommt sie schon in *das* Alter? Hä?«, grinst Macht und tätschelt Jr. den Hintern. Jr. ist noch nicht mal zu einem Drittel durch die Pubertät.

»Schönen Gruß an Siegfried«, sagt er und zieht das Mädchen wieder Richtung Schlafzimmer.

Männer unterliegen dem merkwürdigen Drang – oder ist es ein Instinkt? –, an neuen Orten den Penis raushängen zu lassen. Du mietest ein Ferienhaus? Der Penis muss raus. Ein Hotelzimmer? Der Penis muss raus. Du fährst mit einem Leihwagen einsam durch die Gegend? Der Penis muss raus, aber auf jeden Fall. Männer fühlen sich an einem neuen Ort erst sicher, wenn der Penis an der Luft war. Thongs Wohnung ist jetzt ein sicherer Ort. Wie bereits klar sein dürfte, haben Macht und Rebel heute Nacht diesen Job erledigt.

Rebel zieht sich an und küsst Thong zum Abschied.

»Bin heut Abend wieder da«, sagt er.

Wie die meisten Tattoo-Läden liegt Siegfried Heils Studio in einem Tiefgeschoss. Der Unterschied zwischen Siegfried Heils Geschäft und vergleichbaren Unternehmen besteht darin, dass Siegfried sich nicht einmischt, was Ort und Motiv deiner Tattoos angeht. So hat er einmal einem Typen, der auf der Arbeit immer nur »Fickfresse« genannt wurde, bis er beschloss, die Beschimpfung zu ei-

nem Teil seiner selbst zu machen, auf die eine Wange
Schamhaar und auf die andere einen Anus tätowiert,
direkt ins Grübchen. Kriegst du Lust, dich im Suff tätowieren zu lassen, bitte schön. Oder wenn du erst neun
bist. Dieser Typ kennt keinen politisch korrekten »Tat-
too-Kodex« oder so, nö. So stammen auch Machts
Tattoos von Siegfried, und von Macht stammt der Hin-
weis, dass Siegfried genau der Mann sei, den Rebel jetzt
brauche. An ihrem zweiten oder dritten gemeinsamen
Abend hatte Rebel gesagt:

»Ich WEIGERE mich, mir ›eine Meinung zu bilden‹
oder ›selbstständig zu denken‹ oder ›hinter einer Sache
zu stehen‹. Ich hab diese Meinungsfreiheitskultur so
scheiß über. Ich bitte und bettele darum, gefesselt und
geknebelt zu werden, aber denkst du, in der zivilisierten
Welt gibt es irgendwo einen Menschen, der sich die Mühe
machen würde, mich zu unterdrücken? Von wegen.«

»Ist doch klar«, sagte Macht pädagogisch, »deine *freedom of speech* steht über allem. Der entkommst du nicht,
weißt du.«

»*Freedom of speech*? Hä! *Freedom of kitsch* müsste es
heißen. Ich will nur, dass die Leute die Schnauze halten,
aber was ist? Alle sind wir dazu verurteilt, frei zu sein
und uns frei zu äußern und frei zu wählen und uns frei
zu entscheiden, alle die reinsten beschissenen Kitschma-
schinen. Warum können nicht alle einfach die Klappe
halten? Ich auch? Man braucht wirklich nicht noch eine
Meinungen absondernde Seele, die die Leute mit noch
mehr Kitsch über Menschenrechte oder Menschenwür-
de und was noch alles quält. Die Logik ist doch die: Da
niemand sich dazu herablässt, mich zu bevormunden,

bin ich genötigt, die anderen zu bevormunden«, sagte Rebel.

»Klar, klar«, sagte Macht.

»Ich werde Fatty in die Knie zwingen, und außerdem werde ich mir selber den Krieg erklären«, sagte Rebel. »Krieg gegen meine Rasse, meine sexuelle Orientierung, meine Kultur. Am liebsten würde ich allen weißen, heterosexuellen Mainstream-Menschen das Recht aberkennen, Dinge zu MEINEN. Wie? Indem ich die Leute zu der Einsicht bringe, dass sie ihr eigenes Anrecht auf Meinungen bereits zunichte gemacht haben. Und wie haben sie das geschafft? Indem sie es mit der Toleranzideologie und dem Vielfaltsfetisch übertrieben haben. Der Mainstream-Mensch hat sich selber um das *Menschenrecht auf Fremdbestimmtheit* betrogen, und es ist an der Zeit, dass er die Folgen zu spüren bekommt. Was war das Ziel der großen Kämpfer für die Menschenrechte? Das hier? Ein Meer von Individualisten, die alle das Recht haben, sich frei zu äußern?«

»Nein …«

»Nein. Wir müssen zurück in die Unsicherheit, Macht. Alles müsste zurück in Nebel und Unsicherheit.«

»Jepp. Und dein Konzept, die Dinge in Nebel zu hüllen, passt sehr gut zu meinem Job in Sachen T.S.I.V.A.G.«, nickte Macht und wies darauf hin, dass Rebel nutzbringend *Godwin's Law* auf sich selbst anwenden könnte.

»*Godwin's Law*?«, fragte Rebel.

»Ja, das ist eine Internet-Maxime, derzufolge jede Diskussion sinnlos wird, sobald die Nazis oder Hitler erwähnt werden.«

»Cool«, sagte Rebel. »Klingt gut. Ich hasse Diskussionen. Je weniger Diskussionen, desto besser.«

»Wenn du konsequent *Godwin's Law* anwendest, wirst du früher oder später auch dein eigenes Recht auf freie Meinungsäußerung überwunden haben«, sagte Macht, und Rebel nickte. Gemeinsam kamen sie darauf, dass ebenso, wie der Hitler'sche *Nacht und Nebel*-Erlass die Angehörigen der Verschwundenen dazu brachte, sich zu fragen: »Wo sind sie geblieben?«, ihr gemeinsames Projekt wie die Deportation der (ideologischen) Meinungen wirken würde:

»Wo sind die Meinungen geblieben?«

Gold-Sultan, Mendoza, Apollo und Jorge hängen schon unten an der Ecke bei Siegfried Heils NO QUESTION TATTOO – IT'S UP TO YOU-Laden herum, einer so sehr Bürgerschreck wie die anderen. Gold-Sultan ist Afghane, Mendoza kommt aus Ecuador, Apollo aus Brasilien und Jorge aus Surinam. Mit anderen Worten, Rebel hat es mit einer Latino-Gang zu tun – einer Gang aus *Spicks* –, nicht mit einem Haufen Pakis. Mit Sultan als Ausnahme. Scheiß drauf, denkt Rebel. Die sind mit Sicherheit entfremdet genug, denkt er. Seine Strategie lautet wie folgt:

Ich werde meinen weißen Arsch voll in die Einwandererkultur hängen und in alles, was die Einwanderer zu bieten haben. Jeder gute Rassist nutzt andere Rassen aus. Ich habe keine REELLE Kultur, an die ich mich halten könnte, also werde ich von den unterdrückten Minderheiten stehlen wie eine Elster. Auch bin ich nicht der erste quasientfremdete W.A.S.P., der Minderheitenkultur internalisiert und wieder entfremdet. Das behaupte ich ja gar nicht. Ich will nur ein paar neue Zusammenhänge herstellen.

Ganz offenbar haben die Jungs sich schon mit ein bisschen Amphetamin angefeuert, denn kein normal funktionierender Mensch würde so Kaugummi kauen wie sie.

»Dope ist wahrscheinlich der einzige Punkt, wo alle Klassen und Rassen sich begegnen«, denkt Rebel, während er auf sie zugeht.

»Tach, Rebel«, sagt Gold-Sultan.

»Tach Jungs, und, alles bereit?«, fragt Rebel.

»Klar, Mann«, nickt die ganze Bande. Mendoza gibt Rebel ein bisschen Amf auf der Spitze eines Messers, das so groß ist wie ein normaler erigierter Penis, und der blasse Obere-Mittelklasse-Rebel schnupft das weiße Pulver, für dessen Produktion und Import in Rebels Land braune Menschen aller Schattierungen geschuftet und geblutet und gekämpft und einander geschunden und gefickt haben.

Gold-Sultan hatte auf Rebels Bitte die anderen Jungs vorgestern in der Teeniekneipe EASTSÜD zusammengetrommelt. Bei ein paar hübschen Lines und Bierchen hatte Rebel den Problemkids klar gemacht, dass es, wenn man abgelehnt werden will, NICHT MEHR genügt, schwarz oder braun oder gewalttätig zu sein.

»Wenn du nur einfach ein gewalttätiger, problembeladener, dunkelhäutiger *Speedslave* von Einwanderer bist, kann es dir immer noch passieren, VERSTANDEN zu werden, und das ist das Schlimmste, was dir widerfahren kann«, erklärte Rebel. »Ihr seid integriert und akzeptiert bis zum Kotzen. Wohin ihr euch auch dreht und wendet, euch wird geholfen. Wenn ihr *wirklich* gehasst werden wollt, müsst ihr mit mir einen auf Nazi machen. Ich weiß nicht, wie gut ihr die westliche Denkungsart kennt, aber Nazitum wird glücklicherweise unter gar keinen Umständen gutgeheißen. Das noch nicht. Versprech ich euch«, sagte Rebel, und die Paki-Jungs waren Feuer und Flamme. Sie hatten vorerst als allerletztes die Absicht, gemocht zu werden.

»Wattevva, Rebel. Wir sind dabei«, sagte Apollo.

Rebel sieht Siegfried durch das Fenster seines Tattoostudios. Er steht gebeugt da und macht sich mit seinen restlos voll tätowierten Armen an einem Kunden zu schaffen.

»Ich dachte, der hat sich den ganzen Tag für uns freigehalten?«, denkt Rebel und sieht Mendoza entsetzt an.

»Zieh das T-Shirt da aus, Mendoza«, sagt er entschieden. »Das ist NICHT lustig. Das hat Fatty gemacht. Fatty ist der Feind. Du läufst in der Uniform des Feindes herum.«

»Schaaaaiße, ist doch cool, Mann.«

»Das ist NICHT cool. Zieh's aus!«, sagt Rebel.

»Schaaaaiße, sorry. Fatty stinkt. Fatty will an meinen Körper«, sagt Mendoza, zieht auf der Stelle das T-Shirt mit dem Logo

aus, wobei er seinen gut gebauten Latino-Oberkörper entblößt, und reißt das Fatty-Produkt in Fetzen. Dann geht die ganze Gang die Treppe runter und zu Siegfried hinein, der sich lächelnd zu ihnen umdreht, ja, lächelnd.

Ganz sicher wird Siegfried keine – moralischen – Probleme haben, ihre Wünsche zu erfüllen. Jetzt eben zum Beispiel legt er letzte Hand an sein jüngstes Werk an, eine naturgetreue Abbildung des Covers von David Dukes Buch *My Awakening; A Path To Racial Understanding* (»... a minor *Mein Kampf*«, Abraham M. Foxman), mit einem Porträt von Duke und allem –, das den gesamten Rücken eines Mittdreißigers bedeckt, den Siegfried mit »Oberst Stan« anspricht. Rebel hatte gedacht, jetzt würde sonst niemand bei Siegfried sein, und hofft, dass Oberst Stan – der höchstwahrscheinlich in Bezug auf Rassen und Hautfarbe und so gewisse Ansichten hegt – mit den Jungs keinen Zerbel macht und alles verdirbt, aber als er sich dem fetten Kreuz des Obersten nähert, sieht er die zerschrammten Einbände von drei Büchern in der Tragetasche des Tattoo-Kunden:

Proof of Negro Inferiority (Alexander Winchell)
1001 Quotes By and About Jews (Willie Martin)
Asian Race and Reason, a Yankee View (Carlton
  Putnam)

Oberst Stan ist ganz offensichtlich ein Angehöriger der alten Schule; Rebel nickt den Einwandererjungs beruhigend zu und deutet auf die kleine Bibliothek:

»Da bitte. Wie ich's gesagt hab. Es geht um *Gooks, Niggers and Jews*, nicht wahr. *Arabs and Spicks* haben nichts zu befürchten.«

Die Jungs nicken zurück, Oberst Stan steht auf und

grüßt höflich Rebel und die Einwandererjungs, die mitten im Studio stehen, Mendoza oben ohne, die anderen in weißen T-Shirts. Die Jungs und Rebel erwidern den Gruß. Gold-Sultan macht Oberst Stan ein Kompliment, »Voll krass, das Tattoo, echt ey«. Gute Stimmung. Siegfried bittet den Oberst, sich wieder zu setzen, und überzieht seinen ganzen blutenden Rücken mit einer Gazebandage. Der Oberst zieht sich ein türkisblaues Seidenhemd über und reicht allen fünfen plus Siegfried noch einmal die Hand, dann nimmt er seine Tragetasche und geht zur Arbeit oder zu seinem Clantreffen oder zum Kindergarten, die lieben Kleinen abholen, oder zu seiner Mutter, die sich das Handgelenk gebrochen hat, als sie vor zwei Wochen von einer Bande Negerjungs überfallen und ausgeraubt wurde, oder er geht nach Hause und zappt ein bisschen im PORNODROME herum, vor allem zwischen Kanal 73 (dog/dog/bitch), Kanal 29 (horse/bitch/dwarf), Kanal 319 amputel (dwarf/dwarf/dwarf/dwarf/dwarf/dwarf/dwarf/dwarf/bearded bitch/bearded bitch/mule) und Kanal 117 (bitch/kid/kid-dwarf/kid-dwarf/gay/pregnant teen-lesbian), oder er geht ins Krankenhaus, seine hirntote Schwester besuchen, je nachdem. Oberst Stan hat mehr als einen Fixpunkt im Leben, um es mal so zu sagen.

Erst tätowiert Siegfried Rebel und allen vier Einwandererjungs

𝕿.𝕾.𝕴.𝖁.𝕬.𝕲

in *Old Cologne Regular*-Font quer über die Schultern.

Danach geht er systematisch die Lieblingsmotive der ganzen Gang durch und tätowiert sie ihnen entweder mitten auf die Brust oder mitten auf den Rücken, je nach Wunsch.

Mendoza entscheidet sich für

in schwarz-weiß, auf die Brust, Jorge wählt

und lässt es sich zwischen die Schulterblätter stechen. Apollo, der größte, muskulöseste, breitschultrigste der Jungs, bekommt

quer über den Rücken, und Siegfried ist mit dem Ergebnis so zufrieden, dass er schnell seine Polaroidkamera holt und fünf Schnappschüsse macht; Apollo posiert freudig und lässt die Muskeln an seinem wuchtigen, braunen Latinorücken spielen.

Gold-Sultan nimmt die Goldkette ab, um Arbeitsfreiheit für dieses Motiv

zu schaffen, dazu

Unsere Ehre Heisst Treue

unten direkt über dem Hosenbund.

Während Siegfried ihm den guten alten Wahlspruch der Waffen-SS in den Rücken nadelt, gibt Gold-Sultan seine Gedanken über diesen Slogan zum Besten:

»Ehre soll heißen, is Gruppe mehr wischtisch als isch, oda ey. Isch halte zu Gruppe. Is Gruppe zusammen mehr wert als isch, oda. Will isch wieder Stolz zurück. Is kein Menschen stolz in dies Land. Alles Huren. Is Westen Ort für feige Leute, oda. Nisch Gruppen, weil sind alle feige, ey. Ehre is Macht, ey. Tussen mögen Ehre, voll korrekt.«

Rebel kommt als Letzter dran. Er wählt

auf die Brust,

in den Nacken und

286

in einem Bogen über den Bauchnabel. Das Letzte ist sowohl Wiederholung als auch Bestätigung als auch Internalisierung von Fattys WAR AGAINST REBEL, außerdem spielt es natürlich auf das traditionelle WHITE ARYAN RESISTANCE an. Und apropos Fatty, als Siegfried fünfzehn Stunden, nachdem er mit Mendoza anfing, endlich mit Rebel fertig ist, sitzt ein kriegerisch gelaunter Fatty in seiner Wohnung und tobt innerlich. Mal wieder. Gerade hat er mit Remmy über Rebel geredet, und wie jedes Mal, wenn er an die PUSH-Party Nr. 5 erinnert wird, fängt er vor Stress und Wut an zu zittern:

»Rebel soll erfahren, dass er bald fertig gemacht wird! Er soll es erfahren!«

Fette, zitternde Finger suchen Rebels Nummer hervor. Es läutet fünf Mal:

»Hallo, Sie sind verbunden mit *Teenage Spicks Initiating Vulgar Antisemitism and Gookslaughter*«, sagt Rebel und blickt auf die große rote, blutende Fahne auf seiner Brust.

»Rebel? Äh – bist du das? ... HÄ! ... REBEL!?!«, ruft Fatty.

Rebel erkennt sofort seine hysterische Stimme und antwortet:

»Moment ... da müssen Sie bitte mit meinem Nazistenten sprechen ...« Er reicht das Handy Gold-Sultan.

KAPITEL 15

MACHT UND REBEL GRÜNDEN TEENAGE SODOMY AND IMMI-GRANT VIOLENCE AGAINST GLOBALIZATION

»AU!«, sagt Thong Jr. Es ist so gut wie unmöglich, sie anal zu penetrieren. Schon gar nicht zu zweit. Bei Thong kein Problem. Jr. macht Ärger. Das muss Rebel gerade feststellen.

»Zieh dein T-Shirt aus, Rebel«, sagt Macht, der wie immer splitternackt herumläuft und gerade die DV-Kamera auf Jr.'s Arschloch und Rebels Ständer richtet. Thong Jr. kauert auf allen vieren auf Machts Sofa, Rebel steht breitbeinig hinter ihr. Macht hat das Stativ am Ende des Sofas aufgebaut, so dass er exakt den Hintern von Thongs kleiner Schwester vor der Linse hat.

»Dein T-Shirt schlappt runter und ist die ganze Zeit im Bild, Rebel! Zieh schon aus!«

Rebel tut wie geheißen. Macht drückt auf *Play* und kommt herum, um sich unter Jr. zu legen und mit ihr und Rebel gemeinsam ein Sandwich zu machen.

»GAAAANZ still halten jetzt … bin gleich da …« Als er unter Jr. krabbelt, fällt ihm das Hakenkreuz auf Rebels Brust ins Auge.

»Hoppla«, sagt er und nimmt es genauer in Augenschein. »Jaja … Ja ja … scharfe Sache, Rebel. Verdammt noch mal. Hehehe.«

»Ja«, sagt Rebel. »Nicht so subtil wie deine Tattoos, aber ... ich bin ganz zufrieden.«

»Subtiles ist heutzutage nicht nur nutzlos und unentzifferbar, es ist auch abstoßend, ja eigentlich zum Kotzen«, sagt Macht.

»Mjaa ...«, sagt Rebel, »ich glaube, wir müssen mal anfangen, bevor ...« Er nickt auf seinen Schritt und macht auf seine abflauende Erektion aufmerksam.

»Ja klar, klar, leg los, Schluss mit dem Gerede ...«, sagt Macht.

»Jepp ... Fertig, Junior?«, fragt Rebel.

Jr. nickt, und Rebel erklärt, dass er als Erster reinmuss, vor Macht, weil der Hintern beim Sandwich das schwierigere Loch ist.

»Wenn man das geschafft hat, schafft man den Rest leicht auch noch, Jr. ... halt einfach still ... (Pause, Gestocher) ... Scheiße ... sooo ...« Rebel denkt, jetzt ist er auf dem richtigen Weg.

»AU!«, sagt Jr. »Das geht nicht.«

»Klar geht das, wart noch ... Thong!« Thong sitzt vorm Fernsehen und reagiert schleppend. »Thong, bring mal noch von dem Öl da, ja ... danke ... sooo ... ja, jetzt ... so geht's ... Macht, Macht, Macht! Rein mit dir, mach schon ... los ...«

Machts Wohnung ist die absolute Traumlocation für die Produktion des kleinen »Werbefilms«, den die beiden Paare herstellen. Thongs und Rebels Wohnungen sind weit entfernt von einem vergleichbaren *high-tech*-Appeal – einem szenografischen *look*, den der durchschnittliche Pornozuschauer passend findet, solange nicht irgendwelcher anderer *dirty stuff* für den Film eine Rolle

289

spielt. Hier ist es sauber und hübsch und aufgeräumt und neu und *fresh*; die Wohnung entspricht der Sauberkeit und Hübschheit und Aufgeräumtheit und Neuheit und *freshness*, die Thong und Thong Jr. verkörpern, sowohl visuell als auch thematisch und pornografisch, was man will.

»Mit jeder sauguten neuen Idee geht es wie mit einem sauguten neuen PC und einer sauhübschen jungen (entspricht sauguten neuen) Frau: Das ist alles beschissen schnell wieder unbrauchbar. Wir *müssen* das hier einfach verewigen«, hatte Macht gesagt.

»Verewigen? Filmen? Ich kann nicht mal MIR SELBER zusehen, wenn ich mir einen runterhole. Wie soll mir einer zusehen wollen, wenn ich *ficke*?«, fragte Rebel.

»Relax, Rebel, *dir* wird kein Mensch zusehen, da sei unbesorgt«, sagte Macht. »Aber wir müssen beweisen, dass wir ernst machen, oder. Wir können uns nicht mit Profis wie denen von WEB CAM(BODIA) zusammentun wollen, ohne was Seriöses vorzuweisen. Die machen nämlich auch ernst. Wenn wir wollen, dass die mitspielen, müssen wir früher oder später die Hosen runterlassen und einen *pilot* machen, Rebel. Die Uhr tickt, die Mädchen werden nicht jünger ... und die von WEB CAM (BODIA) müssen erstens beschließen, ob sie uns bei der Sache unterstützen, und falls sie mitmachen, brauchen sie auch noch ein bisschen Vorbereitungszeit«, sagte er.

Daher steht Rebel jetzt also hier und doppelpenetriert Jr. zusammen mit Macht vor einer DV-Kamera, während ihre große Schwester Thong abwechselnd auf den Fernsehbildschirm schaut, Öl, Gleitmittel und *preparation plugs* herbeischafft und wartet, dass sie selbst an die Reihe kommt.

»Macht hat Recht«, denkt Rebel und blickt auf den dünnen Rücken der zwölfjährigen Thong Jr. runter, die sich wimmernd an die Sofakissen klammert, »es ist zwar möglich, dass Persönlichkeit und innere Werte sich mit dem Alter BILDEN, aber das Äußere tut das verdammt noch mal auch. *Personalities are like assholes, everybody has got one*, nicht wahr. Am besten, man hält sich an die Jugend. Wer sucht denn schon einen Körper mit *Charakter*??? Mit *Persönlichkeit*??? Also ich nicht. Charakter haben alle. Einzigartig ist nur der STAND-ARISIERTE, FRESHE, UNBENUTZTE TEENIEKÖRPER.«

Und während Jr. auf dem Klo Rebels Sperma wieder rauspresst, ist ihre große Schwester vor Machts DV-Kamera an der Reihe. Diesmal zur Abwechslung auf dem Esstisch, nicht auf dem Sofa, aber sonst dieselbe Nummer. Thong ist etwas größer gebaut als Jr., daher ist das Sandwich hier viel leichter zu schmieren, um's mal so zu sagen.

Welche Wahlmöglichkeiten hat man heutzutage? Das haben Macht und Rebel im Laufe ihrer kurzen Freundschaft erörtert und sind zu folgendem Schluss gekommen:

Heutige Wahlmöglichkeiten
1) Setz dich einer ganzen Industrie von »Sinnproduzenten« aus (Kritikern/Denkern/Aktivisten/Politikern etc.), die dir erzählen, dass der *Status quo* ätzt und die Welt leer und/oder sinnlos und/oder schwierig ist und »verbessert« werden muss.
2) Setz dich einer ganzen Konsum- und Unterhaltungsindustrie aus, die dir erzählt, dass die Welt so, wie sie

ist, leicht und lustig und brauchbar und schön ist, die
dir aber implizit auch erzählt – weil du und alle anderen so hyperreflexiv sind –, dass die Welt leer und/
oder sinnlos und/oder schwierig ist und »verbessert«
werden muss.
3) Setz dich einer Mischung dieser beiden Alternativen
   aus.

Es müsste doch möglich sein, eine weitere Alternative anzubieten, hatten Macht und Rebel gedacht, und ja, sie haben eine Antwort gefunden, die sie jetzt in dem DV-Film
herausschreien, als sie gemeinsam auf die Möse und den
Hintern der streng genommen dreizehnjährigen Thong
abspritzen:

KRAFT DURCH FREUDE!

Macht speichert den Film auf seinem Laptop im Ordner
Gemeinsame Dateien und mailt dem »Produktionschef«
von WEB CAM(BODIA), er könne ihn gelegentlich zur
Prüfung runterladen.

»Warum macht ihr so viel mit unseren Hintern rum,
Macht?«, erkundigt sich Thong Jr., während sie alle vier,
Macht und Rebel und Thong und Thong Jr., Hand in
Hand im Taxi sitzen und zu LUCKMAN'S BRAS AND UN-
DERPANTS fahren, wo sie um sieben mit Luckman per-
sönlich verabredet sind.
     »Ja, Junior, da gibt es verschiedene Theorien«, sagt
Macht. »Eine Frau, die sich immer sehr kluge Theorien
über Mädchen- und Jungenhintern ausdenkt, Gretchen

Etterberg, hat gerade einen Text publiziert … rausge-
bracht … geschrieben, in einer Zeitschrift mit dem Namen FRONTLINER, *a Schlachtplatte of Theory, Art, XXX,
Music, Economy and Style*, ja, und da schreibt sie, dass es
gut für die Mädchen ist, wenn die Jungs mit ihren Hintern
rummachen. Als eine neue Version von Girl Power, verstehst du? … Du hast doch schon von Girl Power gehört?«

»Mmmm …«, sagt Jr.

»Gretchen sagt, die neue Girl Power geht so: Die
Frauen müssen anfangen, sich vaginalem Sex konsequent
zu verweigern – nicht wegen irgendwelchem dämlichen
penetrationskritischen Gewäsch, sondern zur Förderung
von analem Sex. Der Grund? Sie sagt, Männern analen
Sex zu ermöglichen, ist die einzige und beste Art und
Weise, sie zu feminisieren, indem Männer durch Analsex
indirekt ihre homosexuelle Grundanlage zulassen. ›Also,
Mädels‹, lässt Gretchen ihren letzten Essay enden,
›lockert die Schließmuskeln und lasst die Jungs rein – in
den Palast der Fraulichkeit!‹«

»Jaaammm …«, sagt Thong Jr. und kneift den Arsch
zusammen. Rebel muss zwei Sekunden lang an jene
Salatgurke denken, fühlt sich dabei nicht weiter feminin,
kann sich aber ohne weiteres in das Arschgefühl einleben,
das Thong und Thong Jr. höchstwahrscheinlich gegenwärtig haben. Genug davon.

Luckman empfängt sie mit sonnigem Lächeln, höchst
erfreut, Macht zu begegnen: »Heeeeyyy Maacht, dich
hab ich ja seit … seit … seeeEEEIT … HEEEeyy …«, den
er ganz offenbar schon einige Zeit nicht mehr gesehen
hat. Wie der Firmenname verrät, stellt Luckman Slips

und BHs her, und jetzt nimmt er Maß an den beiden kleinen Mädchen.

»Did you hear about the dyslexic who walked into a bra?«, witzelt Macht, aber Luckman lacht nicht. Er arbeitet.

»Mannomann, Macht, das werden keine großen Teile, wie soll ich auf die Fetzchen bloß noch was raufgedruckt kriegen?«

Thong und Thong Jr. stehen in Unterwäsche mitten in Luckmans »Büro« hinterm Laden, und Luckman trippelt mit seinem Maßband um sie herum, flucht freundlich und regelmäßig, wie man »nur SO WAAAAAHNSINNIG klein sein kann!« Also wirklich, er findet es ein Wunder, dass »aus so wiiiinzig kleinen Körpern so riiiiiesige große Arschlöcher kommen wie du und ich, Macht. WÄÄÄ-HÄHÄHÄ!« Die Mädchen lachen nicht. Sie lachen nie. Rebel hat sie noch nie lachen gesehen. Macht auch nicht. Thong hat Jr. noch nie lachen gesehen, und Jr. hat Thong noch nie lachen gesehen. Übrigens hat Macht auch noch nie Rebel lachen gesehen, denn Rebel lacht so gut wie nie. Rebel seinerseits meint, er habe Macht schon mal lachen gesehen, und Thong und Thong Jr. scheißen drauf, ob Macht lacht oder nicht, übrigens auch darauf, ob sonst wer lacht oder nicht. Egal, Luckman lacht wie Sau, egal, ob das den Mädchen gefällt oder nicht, aber egal, ob er was hat, worüber er lachen kann oder nicht, lachen tut er immer über sich und ist meist der Einzige, der über ihn lacht, aber egal; eins kann Luckmann, außer über sich zu lachen, und zwar Damen- und Mädchenunterwäsche herstellen, und als er an den uuuunheimlich schmalen Leibern dieser uuuunheimlich kleinen Mädchen Maß ge-

294

nommen hat, geht er mit ihnen zu den Farbkarten rüber, denn Thong Jr. mit ihren zwölf und Thong mit ihren streng genommen dreizehn Jahren sollen die Farben der Kollektion aussuchen. Das ist doch eigenartig: Der Farbgeschmack von *teens* und *pre-teens* stimmt immer absolut mit dem Farbgeschmack pädophiler Herren überein, man braucht nur ins Internet zu schauen und findet das bestätigt. Die Mädchen wählen – zu niemandes Überraschung – Pastellfarben für den Stoff und etwas fluoreszierend Gelbes für den Aufdruck.

»Wenn du davon 85 Garnituren willst, Macht, dann brauche ich unbedingt eineinhalb Wochen, mindestens«, sagt Luckman entschuldigend.

»Kommt genau hin«, sagt Macht, »aber nur, wenn es WIRKLICH pünktlich kommt, auf den Tag genau ...«

»Klar ...«, nickt Luckman.

»... sonst werden die Mädchen böse, weißt du ...« Macht wedelt Luckman scherzhaft drohend mit dem Zeigefinger vorm Gesicht herum.

»Tssssss!«, zischt Luckman zur Antwort und blickt zwischen Macht und den Mädchen hin und her, die sich inzwischen wieder anziehen.

Luckman ist ein jovialer Typ. Er gibt allen die Hand zum Abschied, strubbelt Macht über den Kopf und gibt den Mädchen einen »Klaps« auf den »Podex«, um sie »loszuschicken«. Rebel kommt mit einem Händedruck davon. Selbst für den Jovialsten ist es nicht weiter verlockend, Rebel zu strubbeln oder ihm einen Klaps zu verpassen. Schon gar nicht, seit die Wörter WHITE und PRIDE im Nacken über seinem T-Shirt hervorschauen.

»Wie heißt der Laden noch mal, Thong?«, fragt Macht ungeduldig.

»Äää ... der heißt ... YOUTH AND ME«, sagt Thong.

»YOUTH AND ME ... hast du's gehört?«

»JOAN MI?«, fragt der Taxifahrer, »zufällig« ein Araber.

»YOU...TH! AND ME«, wiederholt Macht. »YOUTH! Hörst du? ... THHH!«

»Ja ja ja ik hore.«

»Du hore? Weißt du, wo das ist? Hm?«

»Nein.«

»Wo ist das, Thong? Adresse?«

»Weiß nich.«

»Ein Jugendclub, ja«, sagt Macht, »YOU-THHH ... AND ME.«

»OOOh, Jugenkluhb, JOS AN MI?«

»Du weißt, wo das ist?«

»Bin ik oooft gewes. Dauerd zehn Minut«, sagt der Fahrer.

»Na, dann mal los.«

Im Jugendclub YOUTH AND ME angekommen, stellen sie fest, dass Thong sämtliche Besucher zu kennen scheint. Heut ist dort »Tea dance«, dreihundert, dreihundertfünfzig Teenies hüpfen zu irgendwelchem deutschen Techno herum; Macht, der Deutsch versteht, hört voller Interesse, dass die Musik was mit analen Freuden zu tun hat. *Das fröhliche Arschloch* lautet der Titel.

»Wir kriechen alle miteinander der Gegenwart in den Arsch«, denkt er.

Thong Jr. fühlt sich hier weniger zu Hause als Thong, man darf nicht vergessen, dass sie noch neu in der Gang und außerdem etwas jünger als das Publikum hier ist; das ist Thong zwar auch – also jünger –, aber die hat sich hier schon die eine oder andere Nacht vergnügt. Insgesamt wirken Macht und Rebel als Einzige wirklich fehl am Platze. Sie sind zehn Jahre älter als die Veranstalter, ein paar agile Einwandererjungs voller *community spirit* mit dichtem Haar und sauberer Kleidung. Thong taucht in die Teeniemenge ein, um ihren Job zu erledigen, Jr. bleibt bei Macht und Rebel und sieht sich das Ganze vom Rande her an.

»Leute in deinem Alter, Thong, höchstens vierzehn, genauso sauer wie du, mindestens siebzig, auf keinen Fall weniger als siebzig, ja!«, ruft Macht ihr noch nach, als sie in der Menge verschwindet; er zuppelt Jr. im Takt am Pferdeschwanz, während er das sagt. Thong selbst hatte die Idee, im YOUTH AND ME »auf die Weide« zu gehen. Macht hatte sie gefragt, in welchem Jugendclub am meisten »Drogenhandel, Überdosen und Problemkids« zu finden wären, und Thong zögerte zwischen dem YOUTH AND ME und dem 6TEEN66 (das die Veranstalter nach dem *Great Fire of London* so getauft hatten, damit es richtig »heiß« wird), dann hatte sie entschieden, dass sie im YOUTH AND ME »am meisten Dope gekauft und die meisten Überdosen und das meiste Gevögel gesehen« hatte. Damit stand die Wahl fest.

Thong ist mindestens eine Dreiviertelstunde unterwegs, während Thong Jr., Macht und Rebel sich neben dem Eingang langweilen. Sie trinken drei Cola, teilen sich eine Tüte Chips und sehen den Jugendlichen zu, die hin und her raven. Thong enttäuscht sie nicht. Als sie aus dem Teenie-Meer zurückkehrt, hat sie mit Hilfe der Kontakte ihrer Problemfreundinnen (Rebel kennt ein paar noch vom Picknick) und einer obskuren SMS-Buschtrommelaktion neunundsiebzig sexuell gestörte Mädchen von höchstens vierzehn Jahren rekrutiert. Macht freut sich tierisch und gibt ihr zum Dank einen Zungenkuss, beugt sich zu ihr runter und legt seinen Kopf an ihren, sieht Rebel und Thong Jr. an und zitiert zum Spaß mit gespielter Teenie-Stimme Bakunin:

»No theory, no ready-made system, no book that has ever been written will save the world. I cleave to no system. I am a true seeker.«

Jr. kichert. Dann kriegt Thong noch einen Zungenkuss, und jetzt langt es ganz offensichtlich den pakistanischen Veranstaltern, denn einer von ihnen kommt drohend auf die Gruppe zu, was Macht dazu nutzt, sich als »Onkel zweiten Grades« der Mädchen vorzustellen, wonach er dem Veranstalter fünf Freikarten für DJ Bad Index' Schlachthauskonzert schenkt, für das ABSOLUT NIRGENDS AUCH NUR EINE KARTE ZU KRIEGEN IST.

Zu Hause stellt Macht fest, dass die Verantwortlichen von WEB CAM(BODIA) ihren kleinen Porno großartig finden und *Teenage Sodomy and Immigrant Violence Against Globalization* an dem betreffenden Tag mehr als gern unterstützen wollen.

»It's right up your alley … or, more precisely … it's gonna be right up THEIR alley«, schreiben sie in ihrer Antwortmail an Macht und bitten um weitere Informationen zwecks Vorbereitung. Macht antwortet, sie bekämen noch heute Abend das geplante T.S.I.V.A.G.-Pamphlet und einen detaillierten Zeitplan geschickt, samt allen Daten bezüglich des Überwachungsnetzwerks im PAYPLUG-Gebäude (der arme Cato hat das schließlich und endlich Fatty komplett schicken können, und der hat es an Macht weitergeleitet). Rebel und die Mädchen sitzen auf dem Designersofa und blicken auf den Riesenfernsehbildschirm.

»Was für einen Film wollt ihr, Mädels? Es wird scheißlangweilig für euch, wenn Rebel und ich arbeiten«, sagt Macht. Er steht schon in der Tür, hat die Schuhe an, fertig für einen Abstecher zur Videothek.

»Ähhh … wills'n kucken?« Thong sieht ihre Schwester sauer an.

»Ähhh .. weiß nich … egal«, antwortet Jr.

»Bring einfach was … weiß nich … was Gutes«, sagt Thong.

»Ihr müsst doch wissen, was ihr sehen wollt«, sagt Macht.

»Nein … sag du was!« Thong stößt ihre Schwester in die Seite.

»Ähhh … *The Dentist* …«, sagt Jr.

»Also gut, *The Dentist*, wird gemacht!«, sagt Macht freundlich und wirft die Tür zu.

Rebel ist irgendwie unzufrieden. Er blickt auf Machts DVD-Regal, sieht über meterweise anspruchsvolle Filme hinweg und entziffert die Titel der bescheidenen Pornoauswahl: KING THONG, ASSTRONAUT, PEDO FREDO, A MATTER OF FUCKT, CUNTEMPORARY FART, GAY DEBORD: SOCIETY OF THE RECTACLE, FARTHUR RIMMBAUD, GANGES BANGES, MARCO PORNO, und dann fängt Thong auch noch zum zweiten Mal für heute an, an seinen Tattoos herumzumaulen.

299

»Relax, Thong«, sagt Rebel. »Vergiss einfach, was deine Mutter und die Schule dir über Hakenkreuze und so erzählt haben. Sieh das Hakenkreuz einfach als ein *haltbares* Logo. Die Nazis waren die Ersten, die in Sachen Markenkleidung und Logos und so ein bisschen ganzheitlicher gedacht haben. Das Hakenkreuz ist wie ein NIKE-Logo, das nie aus der Mode kommt. Weißte? Ein NIKE-Logo mit tausendmal mehr Power. Du magst doch NIKE, oder?«, fragt Rebel.

»Nein«, sagt Thong.

»Aha ... Aber *du* magst NIKE, oder, Junior?«

»Ja.«

»Siehste, Thong. NIKE kann aus der Mode kommen, weil es *zu* beliebt ist. Viele Leute mögen es, und viele Leute mögen es nicht. Du magst es nicht, weil deine kleine Schwester es mag, nicht wahr. Auf das Hakenkreuz hingegen kann man sich verlassen. Es ist und bleibt unbeliebt. Sagen wir mal so, du kannst dich hundert Pro darauf verlassen, dass deine Mutter es nie mögen wird.«

»Wär ich mir nicht so sicher.«

»(Pause) ... Hm, vielleicht hast du Recht«, sagt Rebel; er hält es für das Geschickteste, diesen Gedanken abzuschließen, indem er das Thema wechselt.

»Hey Thong, sieh mal, der Film da«, sagt er und deutet auf KING THONG, »der heißt genauso wie du! Wollt ihr den kucken? Bis Macht kommt?«

»Hm, ja ...«, sagen die Mädchen nach einem Moment, und Rebel legt ihn ein.

Zehn Minuten später kommt Macht zurück, *The Dentist 1* und *The Dentist 2* unterm Arm, darf ihn aber nicht einlegen, weil die Mädchen noch die Szene fertig

schauen wollen, wo die weibliche Hauptfigur von KING
THONG sich eine Marmoraubergine in den »Palast der
Fraulichkeit« (Etterberg) einführt. »Also echt, Mädchen«, denkt Macht, legt die Filme auf den Wohnzim-
mertisch und nickt Rebel freundlich zu, der am Schreibtisch vorm Computer Platz nimmt. Macht rückt einen
Stuhl neben ihn, sie sitzen Schulter an Schulter und ver-
fassen das Pamphlet:

TEENAGE SODOMY *and* IMMIGRATION
VIOLENCE AGAINST GLOBALIZATION
: *an introduction*

Dann und wann kommen Thong oder Thong Jr. ange-
tapst und schauen den Jungs bei der Arbeit zu, sind aber
nicht mal im Stande, den Titel des Werks zu lesen. Sie
müssen sich mit einem Klaps auf den Po hier und einem
Zungenkuss da begnügen und außerdem mit *The Dentist
1* und *The Dentist 2.* Wenn Jr. murmelt, sie langweile sich,
sagt Thong, sie habe einen Scheißgeschmack. Hier ein
paar Auszüge aus Macht und Rebels Pamphlet:

We believe in two basic human drives: 1) The quest for
FRESHNESS *in the sexual victim, and 2) the genetical*
HATRED *towards other races.*

*As recent science shows us – like it or not – we are gene-
tically coded to respond positively to our own race and
hostile towards others, and as recent pornography shows
us, we are sexually coded to respond positively to a
young partner und hostile towards older – so why not let*

the borders of the multitude be defined by the geno-sexual preferences? This will ensure the POWER *and* LUST *to carry us through the genetic* FIESTA *against globalization (Kraft durch Freude).*

... RIO(T); the »colourful« carnival of Rio as scene for a race-violent »Schlacht« ...

... biopolitical self-organization as biosexual teen-masturbation ...

... The capitalist production of the social being is contested by the anal violation of an innocent teen, or the destruction of negroes wherever they are seen ...

... it has been proven that both women and men seek younger and younger partners in proportion with the increasing of their own age (to compensate for their loss of fertility), just as it is shown that the hatred towards other races increases proportionally with the growth of social rage (to commemorate the loss of racial unity) ...

... the biopolitical nature of the new paradigm of power vs. the [teen]sexual nature of the new paradigm of freedom vs. the racial nature of the new paradigm of hate ...

As a tool to oppose the »biological«, the »somatic«; the »corporeal« as the vital site for the reproduction of capitalist/corporate society, one must understand the pre-reproductive [pre-teen] body as battlefield for political chan-

302

*ge and anti-capitalist action (…) the unreproductive
corporeal vs. the counterproductive corporate …*

*Interiorize your penis into the teen before the society of
control interiorizes its capitalist morality, dominance and
globalist thinking into it [the teen] … better before than
too late, better* NOW *than never …*

*… The Teen Pussy Posse against Empire, or The White
Multitude against Multinational attitude …*

*The military-moral crusade instigated by the US as a re-
sult of the collapse of the Soviet Union is here opposed
with the rectal-specific oral parade infatuated with hate
of coloured races and Jews as a result of the prolapse of
the hypocrite corporate communion.*

*… the classic labor and class-struggle is replaced with
hate of the black huddle, and love of the hard teenage-
ass-cuddle …*

*We exchange the idea that the workers are increasingly
becoming intellectual property owners with the idea that
workers can be inter-carnal rectumboners.*

*Never be afraid to go too far; a teenage sodomist is what
you are …*

Macht und Rebel sind mit sich zufrieden, und während
Rebel sich aufs Sofa setzt und zu den Schlussszenen von
The Dentist 2 mit Thong rumfummelt (Jr. ist eingeschla-

fen), setzt Macht (der »Kontaktmann« und »Verhandler« der beiden) sich hin und schickt eine Mail an WEB CAM (BODIA); angehängt das *Teenage Sodomy and Immigration Violence Against Globalization*-Pamphlet.

Unterdessen ereignen sich eine Reihe Zufälle, die der Vollständigkeit halber erwähnt zu werden verdienen. Ohne Machts Wissen wird der Sandwich-Film – immer noch im Ordner *Gemeinsame Dateien* allgemein zugänglich – von Thongs und Thong Jr.'s Vater, ja, ihrem Papa, runtergeladen, der meist größere Teile seiner Freizeit dazu verwendet, sich unter dem Decknamen *Hardon* in der Downloadwelt umzutun. *Hardon* sieht sich den Film an und wedelt sich dabei einen von der Palme. Eine Viertelstunde später sitzt er in seiner Stube – aus der Thong Jr. kürzlich abgehauen, und in die sie, wenn man so will, soeben digitalisiert zurückgekehrt ist –, und erkennt einen der Decknamen auf seiner Upload-Liste: *Bone Machine*. *Hardon* sieht zu, wie sich *Bone Machine* eben diese mpeg-Datei runterlädt. Er lässt es geschehen. Wer ist *Bone Machine*? Ein Rentner. Seinerzeit hat er in einer Knochenmühle gearbeitet – daher der Name. Außerdem ist er *Hardons* Vater, folglich der Großvater von Thong und Thong Jr. Während also die Bilder der Enkelinnen Byte um Byte bei *Bone Machine* einsickern, starrt *Hardon* auf den Namen seines Vaters und versucht zu begreifen, wie er bei der Ejakulation hat übersehen können, dass er sich hier auf seine eigenen Töchter einen runtergeholt, die Latte geschüttelt, die Gurke gewürgt, den Spargel geschleudert hat. Nun ja. *Bone Machine* muss jetzt durch dieselbe Feuerprobe, wohl bekomm's.

Und Rebel muss in diesem Moment die Finger aus

Thong nehmen, weil Arolf anruft, der mal nachhören will, was Rebel so treibt.

»Könntest du mir wohl ein paar Tage Fottis Auto leihen? Sie wird's nicht mal bemerken«, sagt Rebel.

»Ja, klar«, sagt Arolf, »aber willst du nicht wenigstens verraten, wofür du es brauchst?«

»Nein, geht nicht. Und Fotti ist sauer, die kann ich nicht fragen.«

»Kein so großes Wunder, dass die sauer ist, was, Rebel...«

»Nö ... nö, aber weißt du was?« Rebel redet Blech. »Freundschaft ist dazu da, dass man sie opfert, wenn man etwas findet, woran man glaubt. Das ist mir klar geworden.«

»Häh?« Arolf versteht noch weniger als eben.

Ein dünner Speichelfaden hängt im Schlaf von Thong Jr.'s Unterlippe herunter, aber der stört Macht nicht. Er hebt sie vom Sofa und trägt sie in sein Zimmer.

»Hat sie was genommen?«, fragt er.

»Keine Ahnung«, sagen Thong und Rebel im Chor. Sie sind von der Videoglotzerei und Telefoniererei ganz fertig und gehen in Machts Gästezimmer. In seinem Zimmer legt Macht Jr. aufs Bett, so behutsam, dass man glauben möchte, sie wäre seine Tochter oder so was.

Am Nachmittag des Tages danach sind Macht und Rebel zu Hause bei Thomas Ruth, dem Marketing-Chef von T.S.I.V.A.G., eingeladen, um vor dem großen *Event* noch einmal alle Punkte durchzugehen. Und danach sollen sie noch an einer Betriebsfeier von T.S.I.V.A.G. teilnehmen.

Macht klingelt an der Tür, Ruth kommt aufmachen.

Er nimmt die vier Besucher in Augenschein, Macht und Rebel und Thong und Jr., und schaut gerührt. Dann nimmt er Jr.'s Nasenspitze zwischen die Finger und schüttelt sie großväterlich:

»Das ist doch ein süßes Näschen, wirklich, meine kleine Süße ... hehehe«, worauf Jr. erstickt antwortet:

»Finger weg, Fickgesicht!«

»Wä hä hä«, lacht Ruth, »das ist ja ein richtiger kleiner Hitzkopf, ja, hähä ...« Seine Frau schiebt sich neben ihm in die Tür:

»Oh, Thomas, ärger nicht die kleinen Mädchen, komm ...«

Janine, Thomas' Gattin, würde wahrscheinlich ganz anders klingen, wüsste sie denn von seiner NOTORI-SCHEN Untreue. Von wegen kleine Mädchen ärgern. Aber sie ahnt nichts. Vor allem wohl, weil Thomas Ruth ein SEHR begabter Lügner ist. Ein Meister in Lug und Trug. Der König von List und Verstellung. Der Fürst von Verrat und doppeltem Spiel. Mit anderen Worten: der PERFEKTE PARTNER für Macht und Rebel. Janine ahnt null Komma nix. Sie lebt vergnügt in ihrer Große-Liebe-Seifenblase und weiß nichts von der bereits erwähnten Frigitte oder auch von Anna-Lisa (auch genannt Anal-Klista) oder auch Martha Zuckerman (genannt ... ja, rat mal), oder auch dem so genannten CISCO-Loch (nach der Kneipe), oder auch BP-Jenny (so geheißen, weil sie Sekretärin bei British Petroleum war, ist und immer sein wird, aber auch, weil sie wohl auf ewig beim Akt *Butt Plugs* gebraucht hat, braucht und brauchen wird, und tja, da hat Ruth nichts gegen), oder auch Therese Cebe, genannt TCCB (The Credit Card

Blower) oder das sogenannte Mussi-Hühnssen (ein dänisches Mädchen) oder auch Sun Yong (genannt Fick-Ding), und wo wir DIE gerade erwähnen: Als Rebel Ruths Wohnzimmer betritt, erlebt er eine Überraschung, denn da sitzt doch verdammt noch mal Niko, Mr Fick-Ding, sein Gymnasiumskollege in eigener Person und lächelt entgegenkommend. Niko und Thomas Ruth wissen nichts von den Investitionen des jeweils anderen in Sun Yongs Unterleib.

Nach fünf schmerzvollen Gesprächsminuten mit Niko erfährt Rebel, dass dessen Wirtschaftsstudium, unterbrochen nur durch jenen einen kleinen Kokain-Rückfall, ihm eine Stellung als Finanzverantwortlicher bei T.S.I.V.A.G. beschert hat. Er ist es, der sich um alle »Transaktionen« kümmert, die Macht und Rebel in Gang gesetzt haben. Niko scherzt, er könne Frank Leiderstams Kontonummer schon auswendig.

»Ja, aha …«, meint Rebel ohne Begeisterung und begreift das harte, unumgängliche Faktum, dass er HIER sitzt und Niko DA, ihm gegenüber, und dass Niko vom Koks losgekommen ist, jedoch nicht von der GRAUENHAFTEN Gewohnheit, sich alle fünf Sekunden an der Nase herumzufingern. Das ist zutiefst irritierend. Niko versucht verzweifelt, ein Gespräch über die gute alte Zeit in Gang zu bringen, aber Rebel ist nicht nur zutiefst desinteressiert an so was, sondern auch ein entschiedener Gegner solcher Gespräche, aber was hilft's, er sitzt in der Falle und nickt in regelmäßigen Abständen, ungefähr im selben Takt, in dem Niko sich an der Nase fummelt.

Macht spricht mit Thomas Ruth über Business und Strategie.

»Ja, wir sind jetzt mehr oder weniger so weit«, sagt Macht.

»Ja. Sieht's gut aus bislang?«, fragt Ruth.

»Ja, Rebel hat die Sache mit ein paar Einwandererfreunden vorbereitet. Parallel verfolgen Rebel und ich ein gemeinsames Projekt, an dem unter anderem die beiden Mädels und ihre Freundinnen beteiligt sind. Und all das verbinden wir elegant – wage ich mal selber so zu sagen – mit der Hauptsache, nämlich, ja ... der *Überschrift* von dem Ganzen, also natürlich der T.S.I.V.A.G.-Kampagne«, sagt Macht.

»Ausgezeichnet, Macht. Hasse und ich freuen uns wirklich, dass unsere Absichten sich so gut verbinden lassen. Unter den Bedingungen der *New Economy* ist es so wichtig, dass alle Seiten zufrieden sein können und alle Mitarbeiter spüren, dass sie *persönlich* weiterkommen, nicht nur ihren Job machen ...«, sagt Ruth.

»Jepp ... da sind wir ganz einer Meinung«, sagt Macht, lächelt, nickt und denkt: »Warte nur bis nachher!«

Die Dame des Hauses, Janine, hat die beiden Mädchen in die Küche gelotst, nur um ihnen die Problemkidköpfe mit einem todöden Monolog zum Thema: »Thomas und ich passen so wahnsinnig gut zueinander« voll zu sülzen. Janine ist eine von denen, die jedes Mal, wenn sie den Mund aufmachen, einen Vortrag absondern. Diesmal geht es kurz gesagt darum, dass sie – zu ihrer Zeit – sehr hübsch war, aber über nicht besonders viel Persönlichkeit verfügte, während Thomas Ruth seinerseits unheimlich viel Persönlichkeit hatte, aber NICHT besonders gut aussah. Folglich war sie auf *innere Werte* aus und nicht darauf, von Gott und der Welt gefickt zu werden, als sie ihm begegnet war. Er seinerseits war unbedingt darauf aus, mit Gott und der Welt zu ficken, was er nie schaffte (bis er ihr begegnete), und keineswegs an inneren Werten interessiert – mit denen er dank seiner Persönlichkeit bestens bedient war. Nichts auf der großen weiten Welt könnte Thong und Thong Jr. derart meilenweit am Arsch vorbeigehen wie diese Geschichte.

Das Essen wird serviert, Rebel seinerseits serviert folgende Bemerkung, als Janine seinen Teller füllen will:

»Nein danke, ich esse nichts ...«

»Lust auf Gurkensalat, Rebel?«, fragt Macht zwei Stunden später. Sie stehen nebeneinander am kalten Buffet des Betriebsfestes, dem man den Titel *Celebrating Hangover* gegeben hat. Kein Ende der Fresserei in Sicht.

»Nein, danke«, sagt Rebel und sieht zu, wie sich Macht ein Kilo Dildogurkensalat auf den Teller häuft. Ein eigenartiges Erlebnis, Gurke in Scheiben zu sehen.

»Warum nicht? Keinen Hunger?«

»Warum? Du wirst von mir verdammt noch mal nie eine Begründung zu hören kriegen, warum ich irgendwas tue oder lasse, selbst wenn du mir beide Augen mit einem stumpfen Buttermesser ausstichst. Ich *hasse* Begründungen«, sagt Rebel.

»Okay«, sagt Macht und futtert weiter, wobei er kontinuierlich sämtliche vorbeikommenden Frauen im Rocco-Siffredi-Stil anbaggert, obwohl Jr. daneben steht und zusieht. Sie scheißt darauf. Jr. ist noch kein Mitglied der Anmachkultur. Man kann ohne weiteres an der Anal-Kultur teilhaben, BEVOR man an der Anmachkultur teil-

309

hat, so sieht es aus. Von Jr. aus kann Macht Frauen an-
baggern, bis er grün wird.

»Wenn wir jeder auf eine Seite des Saals gehen, dann
decken wir ein Riesenrektum ... äh, -spektrum Leute
ab«, sagt er zu Rebel. In der Tat sind sehr viele Mitwirkende von ihren Projekten anwesend. Das ist Rebel zwar
herzlich wurscht, aber ihm ist schon klar, dass sozia-
ler/geschäftlicher Kontakt für alles, was sie in der letzten
Woche auf die Beine gestellt haben, sehr wichtig ist. Aber
was soll Rebel tun, das Macht nicht auch tun könnte?
Zehn Sekunden, nachdem sie sich getrennt haben, ist
Macht vom gesamten T.S.I.V.A.G.-Vorstand – CEO Hasse
Cashavettes inklusive – umringt und bringt die Leute
dazu, entweder vor Lachen fast zusammenzubrechen
oder aufrichtig interessiert zu irgendwas zu nicken, das er
zum Besten gibt. Was zum Teufel soll Rebel tun? Etwa
mit welchen von den Grafikdesignern und Fotografen
reden, die ihn vorgestern bei den Besprechungen mehr
als abgenervt haben? Bloß nicht. Mit Finanz-Niko?
Nicht mal, wenn er der letzte Mensch auf Erden wäre.
Rebel hat schon mehrere »Bekannte« in seiner Nähe gesehen und sich weggedreht, so gut er konnte. Diejenigen,
die etwas zu sagen haben, die die Fäden ziehen und
andere fertig machen, diejenigen, die über Autorität und
Macht verfügen und dafür sorgen, dass passiert, was passieren soll, die hält sowieso Macht warm bis zum *Event*,
sämtliche Verabredungen sind getroffen, der ganze
T.S.I.V.A.G.-Scheiß ist durchorganisiert. Rebel will nur
noch nach Hause und seine letzte Aufgabe erfüllen: eine
Rede schreiben. Solange diese neue Rede nicht fertig ist,
fehlt ihm etwas.

Nach ein, zwei Stunden hebt sich die Stimmung, und Rebel versucht zu überhören, was der besoffene Thomas Ruth Macht durch die laute Musik zuschreit:

»Ich kann dich so waaahnsinnig gut leiden, Macht. Wenn du kein Typ wärst, ich würde dich am liebsten in den Arsch vögeln.«

Rebel zieht Thong aus Thomas Ruths akustischer Reichweite heraus, um nicht noch mehr davon hören zu müssen, doch dann wird er von einem halb besoffenen mittelalten Typ gestoppt, der Thong beäugt und ihn mit einer Frage nach der anderen zu quälen beginnt, alle auf Thong bezogen. Rebel ist vollkommen desinteressiert, aber ihm wird klar, dass es eine Mordswirkung hat, wenn man mit jungen Mädchen auf so einem Fest auftaucht. Das war wohl auch Machts Absicht. Mit kleinen Mädchen Eindruck schinden. Noch mehr Eindruck. Dieser Typ hier ist offenbar einer von der Sorte, die FRAGEN, wenn sie was wissen wollen, er ist EHRLICH, seine Fragen hageln nur so auf Rebel nieder. Aber was kümmert sein Ehrlichkeitsfetisch Rebel? Einen Dreck. Er entgegnet »Scheiß drauf« oder »Kann dir doch scheißegal sein« oder einfach nur »Ach Shit« auf die irritierenden Fragen, die nur so aus dem Kerl rausplumpsen. Nur als Beispiel: Folgendermaßen »entschuldigt« dieser aufdringliche Mensch seine blöden Fragen:

»Alles, was du von mir erwarten kannst, ist, dass ich EHRLICH bin. Ich bin immer EHRLICH. Versuch ja nie, mir was vorzumachen, du Heuchler, ich bin nur EHRLICH, ja! Und ich erwarte, dass man zu mir genauso EHRLICH ist! *So* mache ich Geschäfte!«

Als also die zwanzigste Frage kommt, à la ob er

Thong von hinten nimmt oder ob sie's schluckt, da kann Rebel nicht mehr und sagt: »ICH KANN DEN AUSFLUSS AUS DEM STINKENDEN HOMOLOCH IN DEINEM GE-SICHT NICHT MEHR HÖREN. MACH DEN KOPF ZU!« Und da wird der Ehrlichkeitsfetischist ... ja ... butter-weich. Er ist glücklich. Tatsache. So was von Ehrlichkeit habe er schon lange nicht mehr erlebt usw. Er fasst Rebel und Thong um den Hals und drückt beide an sich.

»Ich wünsch euch so, dass mit euch alles gut läuft, ihr zwei seid verdammt noch mal die einzigen auf dem ganzen Fest, die ...« usw.

Und drüben bei den Chefs und CEOs und Direktoren sieht Macht die kleine Szene zwischen Rebel, Thong und Mr Ehrlich. Als dieser abgedampft ist, um ein paar Mäd-chen auf der anderen Saalseite zu schikanieren, kommt Macht rasch herüber.

»Mann, Rebel, wie hast du denn das geschafft?«

»Hä?«

»Weißt du, wer das war?«

»Wer denn?«

»*Wer denn*? Na der Typ, mit dem du dich eben un-terhalten hast ...«

»Oh Gott, der. Nein. Wer soll das sein?«

»Das war Hasses Bruder. Ihm gehört der halbe T.S.I.V.A.G.-Laden.«

»Aha.«

»*Aha*? Der hat dich umarmt, Mann. Was ist pas-siert ...?«

»Er hat versautes Zeug gequatscht und war ›ehrlich‹, und dann bin ich zurück ›ehrlich‹ gewesen«, sagt Rebel.

»Hasse hat mir erzählt, seinem Bruder gefällt mein

Gesicht nicht«, sagt Macht, »er findet, man sieht drei Meilen weit, dass ich zu ehrgeizig und berechnend bin, und dann hat er angefangen, Probleme zu machen.«

»Na und?«, sagt Rebel.

»*Na und*?!? Dem gehört der halbe Laden hier, hab ich gesagt. Denkst du, der lässt uns mit dem Firmennamen schalten und walten, wenn ihm mein Gesicht nicht passt? Hä? Hasse Cashavettes kann nichts machen, wenn sein Bruder ein Veto einlegt.«

»Nein, aber mich liebt er ja jetzt, also wo ist das Problem?«, fragt Rebel.

»Ja, das meine ich doch ...«

»Wie?«

»Ich bin rübergekommen, um dir zu sagen, dass wir ein VERTEUFELTES Team sind, Rebel. Den einzigen scheißwichtigen Typen heute Abend, mit dem ich nicht klar komme, den wickelst du um den Finger, ja ... bis er dich antatscht wie ein Homo. Nicht schlecht.«

Macht tätschelt Rebel den Rücken, aber Rebel macht sofort klar, dass er sich freut, dass sie auf einer Wellenlänge sind, dass sie ein gutes Team sind, dass sie Fatty fertig machen werden und all das, aber dass das KEINESWEGS das Recht zu jederzeitigen körperlichen Berührungen mit einschließt. Das hat übrigens mit Homophobie nichts zu tun, eigentlich ist Rebel durchaus FÜR Homosexualität in dem Sinne, dass Schwule als einzige aktiv daran arbeiten, KEINE weiteren Generationen von Homo Sapiens mehr in die Welt zu setzen. Oder besser keine weiteren De-Generationen. Wir haben es heutzutage nur noch mit De-Generationen zu tun, wenn man Rebel fragt. Mit schrecklichen Leuten.

313

Macht entschuldigt sich und nimmt ihm die Hand von der Schulter. Er kann das gut verstehen. Rebel nickt und blickt über die Gesellschaft. Gerammelt voll mit besoffenen Geschäftsleuten. Die Synergie, der *Boost*, der *Kick-Off*, um den es T.S.I.V.A.G. mit der Veranstaltung gegangen ist, funktioniert volle Kanne. *Corporate Bonding* lässt sich mit vier Worten benennen: »Gemeinsame Einnahme von Rauschmitteln.«

»Ich mag souveräne Leute, Rebel. Sogar, wenn sie gemein sind. Ich kann spüren, wie es sich anfühlt, souverän zu sein, und dass das NICHT zwangsläufig bedeutet, ein guter Mensch zu sein«, sagt Macht und meint, es mache unbedingt einen souveränen Eindruck auf das blasierte Volk hier, dass sie mit zwei so jungen Frauen aufgekreuzt sind.

»Das KÖNNTE eine breite Bewegung werden, Rebel. Das ist souverän. Du kannst den Visagen von den Leuten ansehen, dass sie auf die ganze ... Sache mit den Minderjährigen noch nicht gekommen waren.«

»Mmm«, sagt Rebel, innerlich damit beschäftigt, eine neue Version der Hölle zu entwerfen:

MODERNE VERSION DER HÖLLE
Die Geschäftshölle

Erster Höllenkreis: Biertrinken mit Ideengeschichtlern
Zweiter Höllenkreis: Businesslunch mit Eventmanagern (Konzert, Club, Ausstellung o. ä.)
Dritter Höllenkreis: Snowboardweekend mit einem Trendforscher

Vierter Höllenkreis: Politischer Austausch mit einem
TV-Journalisten
Fünfter Höllenkreis: Zugegen sein, wenn ein
professioneller Sänger das Maul aufmacht ...
um zu *reden*
Sechster Höllenkreis: Geschäftsbesprechung mit
negroiden Kollegen, die die Sklavenkarte aus-
spielen
Siebter Höllenkreis: Gespräch mit einem Belletristik-
Autor
Achter Höllenkreis: *Corporate Bonding*
Neunter Höllenkreis: Kontakte mit Vertretern
der politischen Linken.

Er dreht sich zu Macht um und sagt:
»Jetzt setzt es bald *Notes from the Blunderground* für
Fatty. Freu ich mich drauf!«
»YEAH!« Macht entblößt seine weißen Zähne.

Folgendermaßen willigt Thong ein, mit zu Rebel nach
Hause zu gehen:
»Kommst du mit zu mir nach Hause, Thong?«, fragt
er.
»Ist mir scheißegal.«
Rebel war in der jüngsten Zeit nicht gerade viel zu
Hause, und als er mit Thong den Fahrstuhl betritt, wird
ihm der eigentliche Grund, der unterbewusste, subpsy-
chische Grund dafür klar, der Grund, den sein gequältes
Hirn verzweifelt verdrängen möchte, der in dem be-
schissenen Fahrstuhl aber immer wieder auftaucht,
ebenso unausweichlich wie der Menstruationszyklus

315

oder die Jahreszeiten oder die Fernsehnachrichten oder der Neujahrsabend oder Weiterbildungsbedarf oder Rassismus oder Misshandlung in der Ehe oder Vergewaltigungen oder Mord oder Missbrauch aller Kinder dieser Welt, man kann sich drauf verlassen, dass er immer und immer wieder kommt, immer und immer wieder, jenes Phänomen namens ... diese Hölle auf zwei Beinen ... dieses wandelnde, quatschende Machwerk von Mensch ... ja, und jetzt alle im Chor: der KING OF ANALINGUS! Zuverlässig steht er hier im Fahrstuhl, und das um vier Uhr morgens! Treffer! Kein Ausweg! Der KING sieht Thong an, und zu Rebels tiefem Entsetzen wird anhand der folgenden Überlegung zum Thema Rebel und Thong als Liebespaar deutlich, dass KING OF ANALINGUS *exakt* über dieselben Dinge nachdenkt wie Rebel auch. Es war ja auch nur eine Frage der Zeit, bis Rebel bemerkt, warum er *sich selbst* ebenso hasst wie seine größten Hassobjekte: Fatty, Remmy Bleckner, KING OF ANALINGUS.

»Moin, Rebel! He, du hast dir ne Süße angelacht? Moin Süße ... wer ist die Kleine? Heißt'n du?«

Thong antwortet nicht.

»Gute Wahl, Rebel, verdammt, ganz schön abgedreht, so was Saujunges abzuschleppen, gut gedacht, Rebel, aber du sitzt trotzdem in der Falle, ja, darüber haben wir uns schon mal unterhalten, ja, über das Problem, wenn man unbedingt die ganze Zeit so *besonders* sein will und MUSS. Das ist das Paradox des Individualismus, ja, Rebel, ich habe es formuliert. Ich hab sogar ein Gedicht drüber geschrieben, kann ich dir aufsagen, hier bitte:

Tausend toughe Alternativen
Zusammengefügt mit dem Leim des Individualismus
Bilden immer nur wieder
Den guten alten Mainstream.

… na? Gib schon zu, Rebel, das Gedicht sagt alles über die Scheiße, die in deinem Gehirn so vor sich hinköchelt, oder? Rebel? Hä?«

Grußlos zerrt Rebel die kleine Thong hinter sich aus dem Fahrstuhl. Er ist nicht mal böse. Er ist traurig. Thong wird ins Schlafzimmer beordert. Er selbst bleibt im Wohnzimmer sitzen, raucht und versucht, nach KINGS mentalem Übergriff wieder zu sich zu kommen, indem er die Rede fertig schreibt, an der er seit ein paar Tagen arbeitet.

Zwei Stunden später sieht die Welt schon etwas besser aus. Die Rede ist vollendet, Thong liegt auf dem Bauch, sie hat einen winzig kleinen Tanga an und in der Hand Rebels Schwanz. Offenbar weiß sie nicht so recht, was sie damit anfangen soll.

»*I'm a genius in a bottle*«, sagt Rebel.

»Hä?«

»Scheiß drauf«, sagt Rebel und begreift, dass der Spruch viel, viel zu alt ist.

KAPITEL 16

FATTY LEITET TECHNICAL-STRATEGIC INFILTRATION-VESSEL AGAINST GONZOPOLITICS

FREITAG, 23:05

Der Tag des *Events* ist gekommen. Die Sonne verschwindet hinter einer Wolke, und die Wolke heißt Fatty. Fatty steht auf einem Bierkasten, den fetten Leib in einen knallroten Overall gepackt. Er hat den Kopf gesenkt. Seine fettigen Judenlocken hängen vor seinem Gesicht herunter. Er hat ein Blatt Papier in der Hand und ein Headset im Ohr.

Drei Meter vor Fatty steht ein Paar halb durchgelaufene NIKE-Kopien, darin zehn stinkende Zehen. Diese Zehen sitzen an zwei Plattfüßen, ihrerseits durch schlenkrige Fußgelenke mit blassen, dünnen Waden verbunden, die wegen der besorgniserregend steifen Knie mehr oder weniger unbeweglich sind; darüber dann untrainierte, geäderte Oberschenkel, die wiederum in eine Leidensgeschichte von Unterleib übergehen, der nie zu anderem genutzt worden ist als zu den falschen Sachen und überdies mit allerlei Krankheiten und Schikanen geplagt wurde, unverdientermaßen. Dieser Unterleib ist durch eine Katastrophenwirbelsäule mit einem wenig kooperationswilligen Bauch verbunden; meist muss dieses Rückgrat vierundzwanzig Stunden am Tag in derselben Haltung verharren, und die Bandscheiben befinden sich

318

auf allerlei Irr- und Abwegen, klemmen hier und da das Rückenmark ab, das mit seinen schwachen Impulsen zwei zugeteerte Lungenflügel und ein Herz bedient, das jedesmal weint, wenn die Sonne über den östlichen Horizont schielt. Dies Herz wird heute noch ein paar Liter mit einigen Milligramm Kampf-Dope gewürztes verkalktes Blut hierhin und dahin pumpen, manchmal sogar bis hinauf in eine Art Hirnbeutel, der bis zum Rand mit Webadressen, Programmiersprachen und Pornos angefüllt ist. Ja, stimmt, dieses Gehirn gehört Hacker-Cato, und neben Fatty, der unbeholfen auf einem Bierkasten steht, und neben dem Umstand, dass es sich frischer und tatkräftiger fühlt denn je, registriert es jetzt die rot gekleideten Menschen zur Rechten und zur Linken. Rund siebzig Stück. Im linken Augenwinkel bemerkt Catos Hirn Leute wie Satan-Harry, Sören Martinsen, Nasdaq, Jones Dow oder Pat Riot. Das Gehirn bemerkt, dass Riot gefährlich nah an Fattys Bierkasten steht und denkt, dass Riot wahrscheinlich selber gern dastehen und die Menge anfeuern würde. Aber nein. Heute steht Fatty auf dem Bierkasten, und niemand als Fatty allein. Im rechten Augenwinkel registriert Catos Hirn Sheeba Ali, Jenna, Fisting Furz, Pubes und Jan Mayhem, den es schon lang nicht mehr gesehen hat, und auf beiden Seiten gut sechzig andere *professionals*, die nur so zittern, vor Kampfeslust und natürlich auch vor Crystal Meth. Cato kennt einige noch von dem Aufstand in Danzig oder der Schlacht von Triest. Pat Riot, der Rekrutierungschef, hat ganze Arbeit geleistet. Alle siebzig tragen denselben roten Overall mit derselben Aufschrift wie Fatty. In allen kreist dasselbe Dope. Alle haben Bandanas oder Skimützen auf dem Kopf, die sie sich vors Gesicht ziehen können. Alle außer Fatty. Fatty benutzt keine Bandana. Fatty versteckt sein Gesicht nicht. Warum? Weil Fatty – überwachungstechnisch gesehen – sich sowieso nicht verstecken kann.

Trotz seines extrem schlechten Orientierungssinns weiß Cato, wo in der Stadt er sich befindet. Schließlich hat er an sämtlichen Strategietreffen teilgenommen, bei denen Fatty, Remmy und der ganze Clan immer wieder die Vor- und Zurückbewegungen, die Blockaden und das Timing durchgesprochen haben; zur Erläuterung zeigte Fatty immer mit seinen Wurstfingern die entsprechende Stelle auf einem Stadtplan. In dem Planungslokal – einer von Jenna organisierten, außer Dienst genommenen U-Bahn-Station – haben die Oberstrategen Fatty und Remmy außerdem ein großes Modell des PAYPLUG-Häuserblocks gebaut, das auch Teile jener Durchfahrt enthielt, wo die rot gekleidete Aktivistenschar sich jetzt versammelt hat. Hacker-Catos Gehirn erkennt tatsächlich die »urbane Topografie« wieder, die Fatty bei der Vorbereitung unablässig im Munde führte. Diese Durchfahrt erlaubt es den siebzig, direkt bis zum PAYPLUG-Gebäude zu gelangen, ohne vorn auf der Hauptstraße »paranoiden Spitzeln« und »vorbeikommenden Ratten« (»Straßenratten«, wie Fatty den gewöhnlichen Spitzel nennt) in die Arme zu laufen, die dann möglicherweise alles verderben. Nur keine Risiken! Alles, was auf gewalttätigen Aufruhr hindeuten könnte, also Barrikadenmaterial, Waffen etc., haben Remmy Bleckner und sein Bruder in ihren beiden Bussen.

Remmy ist per Funk mit Fattys Fresse kurz geschlossen, die sich jetzt öffnet, um die ersten Worte der *Kick-*

off-Rede ins Headset zu kotzen, in Remmys Ohren, und durch dessen Headset wieder in die Ohren der siebzig uniformierten »Kampfhunde«, die dicht gedrängt vor dem Bierkasten stehen, die Augen voll chemisch hervorgerufener Aggression. Einer Aggression, die jetzt durch diese Rede noch weiter *geboostet* werden soll, der Rede, die Fatty vom Superhirn Macht bekommen hat, dem sie von Meckerhirn Rebel geschickt wurde, welcher sie, wenn man so will, von Hitlers Nazihirn empfangen hat. Die Zitate aus *Mein Kampf* hat Rebel *getuned* und kursiv gesetzt, in der Hoffnung, dass Fatty sie besonders betont:

»Brüder!

Die Weltgeschichte wird von Minderheiten geschaffen, wenn nämlich eine zahlenmäßige Minderheit nach Willens- und Entschlusskraft eine Mehrheit verkörpert.
   Was viele als Schwierigkeit ansehen, ist daher in Wirklichkeit eine Voraussetzung für unseren Sieg. Gerade die Größe unserer Aufgabe und ihre Schwierigkeit machen es wahrscheinlich, dass sie nur die besten Mitstreiter für ihren Kampf finden wird. Diese Auswahl bürgt für den glücklichen Ausgang.

Wenn ich euch heute ansehe, euch Wenige, aber Wütende, sehe ich diese Minderheit, die wenigen, aber hingegebenen Mitstreiter, die dieser Kampf erfordert. Ich sehe in euch *das tiefste gesellschaftliche Verantwortungsgefühl, um eine bessere Grundlage für unsere Entwicklung zu schaffen, gepaart mit brutaler Entschlossenheit, die unheilbaren Krebsgeschwulste auszumerzen.*

Der heutige Zustand, der *status quo*, ist krankhaft. Das Bestehende ist krank und gehört – wenn man uns fragt – der Vergangenheit an. *Ebenso wie die Natur ihre größte Aufmerksamkeit nicht auf die Erhaltung des Bestehenden richtet, sondern auf die Aufzucht der Nachkommenschaft, die die Art weitertragen wird, kann* und muss *es im menschlichen Leben weniger darum gehen, das Schlechte, das existiert, künstlich zu* veredeln, *was in Anbetracht der menschlichen Natur zu 99 Prozent unmöglich ist, als darum, der kommenden Entwicklung gesündere Bahnen zu sichern.*

Den künftigen Generationen soll der miese Start, der uns zugemutet wurde, erspart bleiben. Der KRANKE Start, zu dessen Heilung und dessen Bekämpfung wir jede wache Stunde nutzen mussten. *Leidet eine Generation unter einem Fehler, den sie erkennt oder zumindest zugibt, und begnügt sie sich dennoch – wie es gegenwärtig von unserer bürgerlichen Seite her geschieht – mit der wohlfeilen Erklärung, es sei ja doch nichts daran zu ändern, dann ist eine solche Gesellschaft dem Untergang geweiht. Das Typische für unsere bürgerliche Welt ist eben, dass sie die Unvollkommenheiten nicht länger leugnen kann. Sie muss zugeben, dass vieles verrottet und schlecht ist, kann sich aber dennoch nicht dazu entschließen, sich gegen das Schlechte zu erheben, die Kraft von* Tausenden, wenn nicht Millionen *Menschen zu sammeln und sich mit vereinter Kraft der Gefahr entgegenzustemmen.* Und was ist die Gefahr? Ja, die Gefahr ist der KOMPROMISS. Die Gefahr besteht darin, dass du dir von der Kompromiss-Gesellschaft dein EINVERSTÄNDNIS abringen lässt! Die Gefahr besteht darin, dass die *Heuchelei* dich zu Entgegenkommen überredet, dazu, sich auf halbem Wege zu treffen und im Namen feiger Konfliktlösungen einen Vertrag zu unterzeichnen. Wir glauben nicht an den Kompromiss. Wir wollen den Konflikt! Wir wollen einen Kampf *initiieren*, nicht einen Friedensvertrag mit dem Feind, mit der Krankheit *abschließen. Man geht keinen Pakt mit einem Partner ein, dessen einzige Absicht darin besteht, den anderen zu vernichten. Schon gar nicht geht man Pakte mit Subjekten ein, denen kein Pakt heilig ist, da sie nicht als Verteidiger von Ehre und Wahrhaftigkeit auf Erden leben, sondern als Vertreter von Lüge, Betrug, Diebstahl, Plünderung und Raub. Der Mensch, der glaubt, er könne mit Parasiten eine vertragliche Übereinkunft schließen, erinnert an den Versuch eines Baums, zu seinem eigenen Vorteil ein Abkommen mit der Mistel zu machen.* Es ist und bleibt nun einmal wahr: *Der Teufel lässt sich nicht mit Beelzebub austreiben.*

Vielleicht finden manche von euch, wir seien zu wenige? Doch *glaubt man, dass der Fortschritt auf der Welt aus den Hirnen der Mehrheit stammt und nicht aus einzelnen Köpfen?* Da sage ich nur: *Eines soll und darf man nicht vergessen; die Mehrheit kann den einzelnen Mann nicht ersetzen. Nicht nur stellt die Mehrheit die Dummheit dar, sondern auch die Feigheit. Und ebensowenig, wie hundert leere Hirne zu einem klugen Mann werden können, können Hunderte Feiglinge einen heldenmütigen Entschluss fassen.*

Wir sind wenige, aber wir haben einen stählernen Willen.

Eine dreifache Allianz aus Wirtschaft, Unterdrückung und Markenpropaganda, auch genannt Weltbank, Internationaler Währungsfonds und Internationale Handelsorganisation, hat unsere Erde und unser Leben kolonialisiert. *Auf Grund des Wahnwitzes der ›ökonomischfriedlichen‹ Eroberung der Welt wird der Wahnwitz der Dreifachallianz klar und verständlich.* Die Dreifachallianz besteht aus *wichtigen, arroganten, selbstgerechten Personen ohne jede Fähigkeit zu kühler Überlegung und Abwägung, was doch aber eine Voraussetzung für außenpolitisches* oder globales *Wollen und Handeln wäre.* Diese Allianz lädt uns gern zu ›Gesprächen‹ oder ›Diskussionen‹ ein, *bei denen sie sich nicht einmal geniert, bürgerlich-moralische Gesichtspunkte gegen einen Kampf ins Feld zu führen, der versucht, die gröbste Unmoral abzuschaffen.* Doch hört, was ich euch sage: Heute sind wir nicht auf ›Gespräche‹ aus!

Wir werden der kollektiven Lähmung mit Suggestion begegnen! Wir werden das Gleichgültige, das Stereotype, das Einförmige, das Charakterlose und die konsumgeile korporative Öffentlichkeit zu Boden treten in unseren PRÄGNANTEN, HERVORRAGENDEN, UNVERKENNBAREN UNIFORMEN! Seht auf das, was ihr anhabt! Seht auf das, was ich anhabe! Nicht zufällig war ich, der ich euch heute anführe, in meiner frühen Jugend Zeuge einer marxistischen Demonstration in Nicaragua. Sie hat einen unauslöschlichen Eindruck bei mir hinterlassen. *Ein Heer roter Fahnen, roter Armbänder und roter Blumen warfen einen gewaltigen Widerschein auf diese Demonstration von rund 120000 Menschen. Mir wurde nur zu klar, wie leicht ein Mann aus dem Volk sich dem suggestiven Zauber eines so grandios wirkungsvollen Schauspiels unterwirft. In Hinblick auf die Wirkung ist die Farbkombination schwarzweiß-rot ganz sicher allen anderen überlegen. Sie ist der strahlendste Akkord, den es gibt.*

Und heute sind wir es, die diesen Akkord zum Klingen bringen. Das Schauspiel heißt *Technical-Strategic Infiltration-Vessel Against Gonzopolitics* – die Bühne heißt PAYPLUG. Und PAYPLUG ist auch der Name der Krankheit. Des Krebsgeschwulstes. *Das dürfen die Anhänger unserer Bewegung nie vergessen, wenn die Größe der verlangten Opfer sie je zu einem ängstlichen Vergleich mit dem zu erwartenden Sieg verleiten sollte.*

CURTAINS UP!«

In der Sekunde, in der Fatty »CURTAINS UP!« schreit, ist die Rede *official*, und der für Propaganda zuständige Sören Martinsen schickt sie mit seinem *communicator* an sämtliche 12363 Adressen auf seiner Liste. Das sind die Adressen der 12363 schärfsten Gehirne der internationalen Aktivistenszene, die sicher scharf genug sind, um zu spüren, dass *there's something smelly about this speech*. »CURTAINS UP!« – der Ruf ertönt um genau 11:47 Uhr, worauf Remmy in sein Walkie Talkie »LET'S ROLL!« ruft; das zweite Gerät hält sein Bruder Sami Bleckner in der Hand, und Fatty hört in seinem Headset, dass die beiden Busse starten, was bedeutet, dass Remmy und Sami in ungefähr siebenunddreißig bis vierzig Sekunden jeder an einem Ende der Michel Mochs Gate auftauchen werden, der eine am nordwestlichen, der andere am südöstlichen, und dadurch den PAYPLUG-Block hermetisch abriegeln.

Fatty reckt eine Hand in die Luft, während er auf die Uhr schaut, und nach dreiunddreißig Sekunden hört er und hört der ganze Clan das Gerumpel und Getöse eines Busses, der die Hospitalgate hochkommt, und eines zweiten, der die Sven Henningsens Gate runterkommt und über den so genannten »Schickimickiplatz« einschwenkt (wo sich Anzugleute vor dem Mittag- oder Abendessen zu versammeln pflegen). Fatty dreht sich um 180° auf seinem Bierkasten, dann steht er mit dem Rücken zu den anderen und blickt zum schmalen Ende der Michel Mochs Gate. Er breitet seine fetten Arme aus, sein Jesus-Markenzeichen, und entblößt so das Logo der Demonstration – *Technical-Strategic Infiltration-Vessel Against Gonzopolitics* –, das Macht design hat, und der/die für die Uniformen zuständige/n Sheeba Ali hat sie auf die Rücken aller siebzig Guantanamo-inspirierten Overalls drucken lassen:

Und als Fatty auf beiden Seiten des Häuserblocks die Bremsen der Busse kreischen hört, flüstert er:

»Let's roll ...« und joggt so flink, wie es mit einhundertzwanzig Kilo geht, vor dem ganzen Clan her die Michel Mochs Gate hinauf. Auf der Hauptstraße angekommen, teilt sich die Gruppe in zwei Teile, deren einer zu Remmys Bus hochrennt, der andere zu Sami runter. Fatty selber läuft von Nasdaq und Pubes eskortiert nach rechts zu Samis Bus, bleibt aber vor dem Haupteingang von PAYPLUG stehen. Fatty sieht auf die Uhr. Es ist 11:49 Uhr.

»It's conference-time«, sagt er heiser mit schauriger Aussprache, trabt so leichtfüßig, wie es ihm vergönnt ist, die Treppe hinauf und läutet an der Sprechanlage.

Es meldet sich eine Frauenstimme: »Ja bitte?«

»Hier Meinschaffen und Putz mit Sekretär, wir haben um 11:50 Uhr einen Termin bei Generalsekretär Schultz«, sagt Fatty.

»Er wartet schon in seinem Büro, kommen Sie«, sagt die Stimme.

»Danke«, sagt Fatty und stellt fest, dass Pubes' zwei Kumpel als »Elektriker« und »Klempner« schon im Gebäude sein müssen und die »vorbereitenden Zerstörungen« laut Kampfschema offenbar geleistet haben, denn das Videobild der Sprechanlage ist ausgefallen.

»Läuft wie geschmiert«, sagt Fatty und dreht sich lächelnd zu Pubes um. »Ist das Logo mariniert?«

»Yess boooy!«, sagt Pubes. »Es hat vierundzwanzig Stunden in einer Benzin-Marinade gebadet.« Er rückt seinen schweren Rucksack voller »Material« zurecht. Die Empfangsdame drückt auf den Türöffner, sie gehen hinein.

»Sie sind drin«, sagt Macht zu Rebel. »Jetzt brauchen wir nur zu warten, dass Fatty macht, was er soll, dann können wir loslegen ...«

Rebel nickt und blickt die Michel Mochs Gate hinunter. Macht und Rebel stehen im Vorstandsbüro von WODDY; die Büros liegen praktischerweise im Häuserblock gegenüber von PAYPLUG. NODDYS Tochtergesellschaft WODDY ist mit allen Angestellten zu einem »Kurs« unterwegs und hat die Räumlichkeiten Macht und Rebel für heute zur eigenen Nutzung überlassen. Die beiden haben sich im dritten Stock eingerichtet, exakt auf einer Höhe mit dem Büro von Jonathan Schultz, dem Generalsekretär von PAYPLUG, dessen Fenster wiederum genau über dem PAYPLUG-Logo in der Fassade sitzt. So haben sie beide eine unverstellte Sicht sowohl auf das, was im PAYPLUG-Gebäude vorgeht, als auch auf die Straße.

Zehn, fünfzehn rot gekleidete, das T.S.I.V.A.G.-Logo tragende Aktivisten zerren Barrikadenmaterial, Säcke, Planken, Autoreifen und Benzin aus dem Remmy-Bus und blockieren die Durchfahrt, in der Fatty seine Rede gehalten hat. Dann zünden sie den ganzen Scheiß an. Remmy steht in der Tür des Busses und verteilt wie am Fließband Molotow-Cocktails, Baseballschläger, Schleudern, Notsignalraketen, Startpistolen, Tränengas, Pflastersteine und Gasmasken an die eine Fraktion der Aktivisten; um die andere kümmert sich Sami im zweiten Bus, während der für Propaganda zuständige Sören Martinsen Banner und Flaggen austeilt. Jenna und Jones Dow (der Nasdaq dermaßen bewundert, dass er ihm das Namenskonzept geklaut hat) plus vier Holländer und drei Esten hängen große, handgefertigte rote Banner mit dem

T.S.I.V.A.G.-Logo an den Längsseiten der beiden Busse auf; das restliche Flaggensystem wird in die »Kampf-Gasse« gezogen und an die verstreuten maskierten Aktivisten verteilt, die im Qualm der brennenden Autoreifen herumwuseln. In diesem Moment brandet Jubel auf: Fatty zeigt sich am Fenster des Generalsekretärs, und eine Sekunde später klirrt Glas. Fatty tritt das Fenster raus und klettert unter dem Freudengeschrei des Clans durch den Rahmen. Draußen auf dem schmalen Vorbau, der das PAYPLUG-Logo trägt, hebt er eine Hand, um »die Massen zu grüßen« und klettert auf das P in der Mitte von PAYPLUG. Unten vorm Haus steht der Kampf-Dope-Lieferant Satan-Harry völlig *high of own supply* mit einer zwei mal vier Meter großen T.S.I.V.A.G.-Fahne, die er zu einer Lanze, einem Speer zusammenrollt und zu Fatty hochwirft. Der fängt sie beim ersten Versuch auf, balanciert kurz, fischt ein Zippo-Feuerzeug aus der Brusttasche des Overalls und entzündet es; in der Sekunde, da es aufglimmt, sieht man kurz Nasdaq, der Jonathan Schultz, den Generalsekretär, im Schwitzkasten hat, hinterm Fenster im Büro. Ganz offenbar ist da oben alles unter Kontrolle. Der Clan jubelt, das Feuerzeug fällt zwischen A und Y, und mit einem »BUFF« steht der Schriftzug PAYPLUG in Flammen, außer dem P in der Mitte, das Pubes als »Kanzel« für Fatty ausgespart hat; Fatty seinerseits entrollt die riesige T.S.I.V.A.G.-Flagge, um dann noch einmal, von Flammen und Rauch umhüllt, seine Jesus-Stellung einzunehmen. Alles jubelt und kreischt »DIE, DIE, DIE!« zu den PAYPLUG-Büros und dem brennenden Logo empor.

»Jetzt, jetzt, jetzt!«, ruft Macht, und Rick Lasn, Werbefotograf von NODDY, der seine Ausrüstung in den WODDY-Büros gegenüber von PAYPLUG aufgebaut hat, schießt rasend schnell ein digitales und analoges Bild nach dem anderen. Im selben Moment taucht Pubes ganz oben auf dem Dach des PAYPLUG-Gebäudes auf, fünf Stockwerke über Fatty.

»So, bitte«, sagt Macht zu Rebel, als Pubes seinen Rucksack öffnet und anfängt, Flyer mit der Fatty/Rebel/Hitler-Rede zu verstreuen, die mit dem Auftrieb von den Flammen fünf Stockwerke weiter unten weit hinauswirbeln, 3500 Blätter mit *Mein Kampf-Samples* steigen empor, über die Dächer, und verteilen sich über die ganze Stadt.

»JETZT, JETZT, JETZT!«, ruft Rebel Thong und Thong Jr. zu, als Fatty aufhört, mit der Fahne zu wedeln, und wieder durchs Fenster ins Haus klettert. Macht ruft: »Los, los, los … zur Hintertür, zur Hintertür!«. Der Werbefotograf schnappt sich sein Material und verschwindet über die Hintertreppe aus der Hintertür, via Mousonturmvei auf der Rückseite des Häuserblocks, und zugleich stürmen auf ein Zeichen von Nasdaq hin zwanzig, dreißig von Fattys Aktivisten in den Haupteingang von PAYPLUG, um a) die Büromäuschen einzufangen, die so langsam Lunte riechen (also brennendes Gummi), und b) die von Cato beschafften Sicherheitscodes einzusetzen, um c) »das PAYPLUG-System gründlich zu ficken«. Alle auf der Straße lassen einen Hagelschauer von Pflastersteinen auf die Fenster und die Fassade niedergehen.

»Nicht vergessen, nehmt drüben die Hintertreppe!

Unbedingt!«, ruft Rebel Thong und Thong Jr. nach, als die gemeinsam mit ihrer Freundin Silvia hinuntersprinten, wo neunundsiebzig ihrer Problemkidfreundinnen bereitstehen und darauf warten, dass man sie aktiviert, alle in roten LUCKMAN-Hotpants mit passenden roten LUCKMAN-BHs und pastellfarbenen LUCKMAN-Tangas, deren Strings über die Säume der Hotpants schauen, und auf sämtlichen Trägern steht neongelb

KRAFT DURCH FREUDE

Die Mädchen entrollen ihre Flaggen mit dem Logo von *Teenage Sodomy and Immigrant Violence Against Globalization*, das exakt so aussieht wie das von Fattys *Technical-Strategic Infiltration-Vessel Against Gonzopolitics*; einige Mädchen setzen Rucksäcke auf, dann rennen alle auf die Straße und schließen sich dem allgemeinen Aufruhr an. Die Aktivisten, die nichts von einer Mädchenbeteiligung wissen und sich plötzlich von Teenies in Hotpants umzingelt sowie *out-numbered* sehen, akzeptieren das mit ihren Aktivistenhirnen in ihren ganz besonders dicken Schädeln, die anlässlich der heutigen Aktion ihrerseits in Skimützen oder *vinegar-soaked bandanas* gehüllt sind. Sie stehen da und schauen zu, wie zwanzig kleine Mädchen, darunter Thong, Thong Jr. und Silvia, direkt hinter Fattys »Sturmtrupp« ins Gebäude rennen. Diejenigen Mädchen, die draußen geblieben sind, sprinten weisungsgemäß mit ihren T.S.I.V.A.G.-Fahnen und den *Kraft durch Freude*-Trägern durch die Michel Mochs Gate hin und her und auf und ab und mischen sich unter die Aktivisten, die sämtlich dreißig plus x Jahre alt sind und die reinsten Stielaugen kriegen; Remmy dreht sich um und fragt »Was zum Teufel?«, Sören Martinsen dreht sich um und fragt »Was zum Teufel?«, Sheeba Ali (der/die »lesbisch« ist), dreht sich um und fragt »Was zum Teufel?«, als er/sie den Mädchensturm sieht, der im PAYPLUG-Gebäude verschwindet.

»So, auf geht's. Und haltet nach dem Nasdaq-Japs Ausschau!«, sagt Rebel ins Handy zu Gold-Sultan.

»Na äändlik«, sagt Gold-Sultan und gibt den Jungs ein Zeichen, dass es losgeht.

»Der Rassenkampf beginnt«, antwortet Rebel, kratzt sich das W.A.R.-Tattoo auf dem Bauch und legt auf.

Knapp zwanzig Sekunden später durchbricht Fottis Telekaspermobil, vollgestopft mit Latino-Boys und gefolgt von zwei Gabelstaplern, die brennende Barrikade, die die Durchfahrt neben dem PAYPLUG-Gebäude absperrt. Amphetaminschnell räumen die siebzehn Jungs – sieben aus dem Auto und je fünf von den Gabelstaplern, alles Latinos, außer Gold-Sultan – Kartons von den Gabelstaplern und schütten den Inhalt mitten auf die Michel Mochs Gate zwischen dem PAYPLUG-Eingang und Remmys nordwestlicher Barrikade. Auf sämtlichen Kartons steht *Illona Short Publishing* – Macht hüpft auf der Stelle und klatscht in die Hände, als er das sieht –, und hinaus purzeln alle möglichen Antiglobalisierungsbücher, die rasch in Benzin getunkt und angezündet werden. Titel von Chomsky, Klein, Hardt/Negri, Noreena Herz, David Ignatius, Eric Schlosser, Gretchen Etterberg und anderen kringeln sich in den Flammen. Und im Schein des knisternden Buchfeuers erblickt Mendoza Nasdaq, den adoptierten Japaner, der aus dem Gebäude stürmt, mit blutigen Knöcheln, aber ohne Maske. Mendoza zeigt auf ihn und schreit:

»DA IS JAPANA!«, worauf er, Jorge, Gold-Sultan und Apollo sich die T-Shirts ausziehen, »SIEG HEIL! SIEG HEIL!« schreien und auf ihn losstürmen. Nasdaq sieht nur noch ein Eisernes Kreuz hier und einen Adler mit Hakenkreuz da, schon hat er ein paar in der Fresse. Mendoza ist als Erster bei ihm und pfeffert ihm eins an den Schädel, so brutal, dass das »KLACK!« auf der ganzen Straße zu hören ist. Mendozas breites, mit dem Adler geschmücktes Kreuz bückt sich über Nasdaq, der mit gebrochener Nase und drei ausgeschlagenen Zähnen zu Boden geht. Eine halbe Sekunde später sind die drei anderen Jungs auch da und treten frenetisch auf Nasdaqs Kopf, Rippen und Genitalien ein; ihr Opfer schreit wie ein Tier. Im Blutnebel sieht es überall um sich herum die mit T.S.I.V.A.G. betätowierten Latino-Schultern und begreift überhaupt nicht, wie es kommt, dass die braunen Naziraubtiere das Demo-Logo von PUSH benutzen.

»Wenn es einen Schlachthaus-Chic gäbe, dann wäre Nasdaq jetzt das reinste Model«, sagt Rebel lächelnd zu Macht auf ihrem Aussichtspunkt im WODDY-Büro. Das ist das erste Mal, dass Macht Rebel lächeln sieht.

»DIE PAKIS SIND NAZIIIS!!!«, schreit Remmy Bleckner unten auf der Straße und schafft seine eins neunundneunzig in wildem Tempo zu der Gewaltorgie hinüber. Er verpasst Jorge einen Tritt ins Kreuz und Apollo einen Hieb mit dem Ellbogen an die Schläfe. Der restliche Aktivistenclan erwacht beim Reizwort »Nazis« und greift die Latino-Gang mit allen verfügbaren Waffen an; rund um das Antiglobalisierungsbuchfeuer entspinnt sich ein wildes Handgemenge.

»Seine Existenzberechtigung daraus beziehen zu müssen, dass man eine freihandelsfreundliche Koalitionsregierung nach der anderen wählt oder abschafft, das ist VERDAMMT NOCH MAL NICHT GENUG!!!«, schreit Jones Dow durch die Löcher seiner Skimütze einer Horde zu Tode erschreckter Büromenschen zu, während er in der offenen Bürolandschaft von PAYPLUG einen Schreibtisch nach dem anderen umstürzt und Thong, Thong Jr. und Silvia mitten in dem Chaos aus Qualm und Aktivisten und fliegenden Papieren und Teenies und zerschellendem Glas und zerkrachenden Designermöbeln auf Fatty stoßen. Fatty erkennt Thong Jr. von deren Besuch bei ihm mit Macht wieder und bremst jäh.

»Du ... hier?«

»Ja, wir kämpfen ... mit euch ... Macht schickt uns ...«, sagt Jr.

»Aber hier ist es gefährlich ... ihr müsst ...«, stammelt Fatty.

»Ich hab an dich gedacht ...«, sagt Jr.

»Hä?«

»Ich hab an dich gedacht ...«, wiederholt Jr.

»Hä ... ich muss raus und ...«

»Schnauze! Komm mit auf die Hintertreppe!« befiehlt Thong.

»Hä ...?« Fattys Stimme bebt in einer Mischung von Verunsicherung und Erregung.

»Schnauze halten, mitkommen!«, sagt Thong.

»Hä? … Hintertreppe?«, stöhnt Fatty. »Warum …?«

»Wir wollen dir das Hirn rausficken«, flüstert Thong.

Fatty wird es schwarz vor Augen. Er weiß nicht mehr, wo er ist.

»Hä …?« Mehr kann er nicht sagen, so, wie man »hä« sagt, wenn man etwas entweder unbedingt oder auf gar keinen Fall hören will.

»Kleine Mädchen vögeln, ja oder nein?«, fragt Thong und lässt einen Tangastring schnellern.

»Hä …?«

»Draußen ist Chaos«, sagt sie. »Keiner merkt was. Komm jetzt. Wir brauchen das.« Dann nimmt sie ihn bei der Hand und zieht ihn nach hinten; Jr. nimmt ihn bei der anderen Hand, Silvia folgt dicht hinter ihnen. Fatty schaut sich hektisch um. Stimmt, es herrscht Chaos, alle sind vollauf mit ihrer Panik oder dem Adrenalin oder dem Kampfdope in ihren Adern beschäftigt. Rechts sieht Fatty, wie Pubes angerannt kommt und nebenbei einem *executive* eine wischt; links in der Kaffeepausenecke steht der Este Jan Mayhem und macht sich mit einem Trennschleifer an der Wasserleitung zu schaffen.

Die Tür zur Hintertreppe fliegt ins Schloss, Thong stellt sich mit dem Gesicht zur Wand und reckt Fatty ihren Hintern mit den *Kraft durch Freude*-Strings entgegen. Dann zieht sie sich die Hotpants runter und zerrt den Tangastring beiseite.

»Fick mich. Komm schon«, sagt sie und haut sich auf den Po, als würde sie einen Hund anlocken.

»Hä …?«

Fatty weiß nichts von den beiden Überwachungskameras auf dem Treppenabsatz über ihm. Er weiß auch nicht, ob er in der Hölle ist oder im Paradies. Mit flackernden Crystal-Meth-Augen sieht er Jr. und Silvia an, die ihm zustimmend zunicken, dann wieder Thong, die den Rücken fast im rechten Winkel von der Wand abstreckt und ihm signalisiert, dass sie es wirklich ernst meint. Fatty hatte noch nie eine Gelegenheit, eine Vierzehnjährige anzufassen, weder, als er selbst vierzehn war, noch in den Jahrzehnten seither, und ihm geht auf, dass das hier vielleicht die einzige Chance seines Lebens ist. Er kocht über.

»Wenn Macht das kann, dann kann ich das auch!«, zischt er sich selbst zu und zieht den Reißverschluss seines Overalls auf, vom Hals bis in den Schritt; sein Bauch sackt heraus, und kurz fürchtet Fatty voller Panik, dass sein Organ vielleicht nicht mitspielt, amphetaminbasierte Stimulanzien sind schließlich nicht eben als potenzfördernd bekannt, aber er spürt gleich: Die Situation ist derart über alle Maßen erregend, dass er bis zum Platzen voller Medikamente sein könnte, ohne jede unerwünschte Nebenwirkung. Hier kriegt er all seine Fetische auf einem Tablett serviert, sein Fattyschwanz steht wie eine Eins und Thongs Hintern ist kleiner und süßer, als er es sich in seinen quälendsten Sehnsuchtsträumen hätte vorstellen können. Sexuelle Aggression verjagt die letzten Zweifel, er klatscht Thong rechts und links ein paar auf die Hinterbacken und faucht:

»Du willst also gefickt werden? Hä? Billige kleine Hure? Ich fick dich in Grund und Boden!«

Dann packt er sie beim Pferdeschwanz und stößt zu, zitternd wie Espenlaub, ja ja, und aus der Perspektive der Überwachungskameras verschwindet Thongs kleiner

Körper halb hinter Fattys fettem Rücken mit dem fetten T.S.I.V.A.G.-Logo, und all dieses, Fatty, wie er Thong an der Wand nagelt, flankiert von Jr. und Silvia in Hotpants, kann Rebel drüben im dritten Stock von WODDY auf einem Bildschirm verfolgen. Macht steht ein Stück abseits. Rebel sitzt ganz still, eine Hand vorm Mund.

»Ich liebe dich«, murmelt er durch die Finger dem Bildschirm zu.

Er wendet sich ab und schaut aus dem Fenster. Das PAYPLUG-Logo qualmt, die Buchstaben sind teilweise geschmolzen. Dann schaut er zurück auf den Bildschirm und nimmt wieder die Hand vor den Mund.

»Das ist *War Against Rebel*, wie du's gewollt hast, aber meine Süße ist nicht die Einzige, die hier gefickt wird. Du wirst auch gefickt, und du ahnst nicht wie, Fatty«, denkt er, und damit hat er allerdings Recht, Fatty ist ein für alle Mal *fucked up*, denn Rebel sieht die Szene nicht auf einem ÜBERWACHUNGSMONITOR, sondern auf einem COMPUTERBILDSCHIRM, mit anderen Worten, er ist im INTERNET – und dort ist Fatty auch, denn dank der von Cato erhackten Zugangscodes, die Macht ihnen zugespielt hat, haben die Herrschaften von WEB CAM(BODIA) sich absprachegemäß ins Überwachungssystem von PAYPLUG eingeloggt. Die beiden Herren mit den »Künstlernamen« *Youthas* und *Sateen* – die, tja, wie soll man sagen … »Programmchefs« dieses Net-Dienstes, der sich auf von Webcams live übertragenen Missbrauch von vorzugsweise ostasiatischen, stets »minor commodities« genannten Kindern und Jugendlichen spezialisiert hat – haben seit einer Stunde sämtliche Überwachungskameras auf allen Treppenabsätzen verfolgt, da unklar war, in welchem

Stockwerk die Sache steigen würde. Und als Fatty und die Mädchen endlich im zweiten Stock auf die Treppe hinausgestolpert kommen und sie Thong und Thong Jr. aus dem Werbefilmchen wiedererkennen und das T.S.I.V.A.G.-Logo auf Fattys Rücken lesen – und zwar als Abkürzung für *Teenage Sodomy and Imigration Violence Against Globalization*, da *launchen* sie sofort ihr *web castpackage*, für das sie bei ihren 67 000 zahlenden Abonnenten, Zuschauern, Kunden, wie man's will, aggressiv geworben haben; der gesamte »Interessentenkreis« (lies: Pädoring) freut sich auf die angekündigte »einzigartige, spontane Liveübertragung mit weißer, westlicher, minderjähriger Ware, der ›Missbrauch‹ und dazu die ›Missbrauchsideologie‹ des ›Missbrauchers‹ in Form eines Pamphlets«. Die Zuschauer an den über die ganze Welt verteilten Computerbildschirmen können sogar eine *split-screen*-Fassung anfordern, um auf einem Teil des Monitors den *Immigrant Violence*-Teil des T.S.I.V.A.G.-Konzepts zu verfolgen, also live zuzusehen, wie das Blut über die Straße spritzt – merkwürdigerweise haben nur 13 % der Zuschauer das Angebot genutzt, warum wohl. So gut wie alle 67 000 Abonnenten hingegen sehen bei dieser *Teenage Sodomy* zu, also wie Rebels Süße gefickt wird, auch Rebel selbst sieht zu, wie seine Süße gefickt wird; vereinzelte User unter den 67 000 klicken auch das Pamphlet an und lesen ein bisschen in exakt demselben Schrieb, den gerade achtzehn von Thongs Problemkidfreundinnen vieltausendfach vom Dach des PAYPLUG-Gebäudes in den Wind streuen, vom selben Ort, wo vorhin Pubes stand und Fattys Hitler-Rede verteilte.

»WO ZUM TEEEEUFEL IST FATTY, DER ARSCH?«,

kreischt Remmy Bleckner. Blut, vor allem Latinoblut, bedeckt sein Gesicht, seine Hände und den Baseballschläger. Remmy weiß, wie man zuschlägt. Er kreischt weiter, während er sich von der Bücherverbrennung in der Michel Mochs Gate entfernt. Woher soll er auch wissen, dass Fatty Frank, der Meisterstratege, gerade eben einen Pre-Teen vögelt, ja, unterdessen ist er mit Thong Jr. zugange, und Jr. ist erst zwölf, etwas, was Macht völlig bewusst ist, der da neben Rebel steht, die Hände in die Seiten gestemmt, und die Szene live bei www.webcambodia.com verfolgt. Remmy und der Aktivistenclan hätten hingegen dringenden Bedarf für ein Gespräch mit Fatty, denn Remmy hat soeben erfahren, dass die Bullerei im Anmarsch ist: Die Trachtengruppe naht. Aber Fatty ist im Teenievögelland. Remmy muss sich selber kümmern.

»Leute, wir müssen die Zufahrten DOPPELT blockieren! Die Grünen kommen!«, ruft er, und sofort wird an beiden Enden der Michel Mochs Gate eine neue Runde Altreifen und anderes Barrikadenmaterial abgeladen und in Brand gesteckt, sofern die Aktivisten sich von den hysterisch blutdürstigen Einwandererjungs freimachen oder die Augen von den Teenies lösen können, die überall herumwuseln. Die Operation dauert gegen fünf Minuten, und bis dahin hat Fatty fertig gevögelt; ejakuliert hat er – beim Versuch, wie sein Gehirn es selbsttätig formulierte, »ihr kleines Arschloch mit stinkendem Altmännersperma zuzukleistern« – auf den Overall, *auf seine eigenen Beine*, dann hat er den Reißverschluss bis zum Kinn hochgezogen und ist ohne ein Wort die Hintertreppe runtergerannt, und da kommt er auf die Straße, wo ihm erst mal eins von den *Teenage*-Pamphleten ins Gesicht fliegt, aber bevor er noch »Was zum Teufel …?« sagen kann, schreit Mendoza:

»DA IIS FÄTTA JUDÄÄ!!!«, und sämtliche zutiefst traumatisierten und problematischen Einwandererjungs lassen den Aktivistenarsch, den sie gerade einmachen, liegen, und stürmen zu Fatty, der sich genauso aus der Affäre ziehen will wie bei der PUSH-Party Nr. 5: Er dreht auf dem Absatz um und rennt im Zickzack wie eine Wildsau zwischen Pamphleten und Reden und Flaggen und brennenden Büchern und Reifen und Hotpants und Bandanas davon, doch Gold-Sultan hat ihn sofort eingeholt und mit einem Fausthieb auf den Hinterkopf zu Boden gestreckt. Wie wilde Hunde machen sich die Jungs über ihn her und treten und prügeln ebenso eifrig auf ihn ein wie zuvor auf Nasdaq. Fatty quiekt wie … ja, wie ein Schwein, ein Ferkel, ein Eber, eine Sau, und tut, was rettungslos unterlegene Tiere immer tun, nämlich er strampelt mit Armen und Beinen.

»BEFRRREEEEEEIT FRANKIIIIEH!«, kommandiert Remmy von seiner neuen »strategischen« Position auf dem Busdach, von wo aus er einen Molotowcocktail nach dem anderen an die Fassade schleudert, direkt über den neuen Barrikaden, um den Aufruhr so effektiv wie möglich vor der anrückenden Staatsmacht zu schützen.

»Diese *firewall* wird so undurchdringlich, dass nicht mal der Bullen-Virus durchkommt«, verspricht er sich selbst in einem Anfall von elektronischer Metaphorik. Zwanzig, fünfundzwanzig Mitglieder von Fattys Clan stürmen das Rodney-King-artige Szenario vor dem Eingang von PAYPLUG – mit Juden-Frank in der Rolle von Neger-Rodney – und versuchen, die durchgedrehten Latinos wegzuschaffen oder ohnmächtig zu treten. Es dauert ein Weilchen, bis ihnen das so weit gelingt, dass Fatty Frank seinen zerschlagenen Leib aus dem Gemenge winden und pfeilschnell wie ein blutendes Schwein zu Remmys Bus hinüberflitzen kann, wo er zitternd und ächzend auf den Türschließknopf drückt und sich einsperrt. Er schnauft und tropft. Ganz hinten im Bus findet er Satan-Harrys Dope-Lager und findet, hier hilft nur noch, sich rasch ein paar Lines zu gönnen.

Er zieht sich eine mörderische Dosis rein, so dass sein Gehirn wieder funktioniert, dann rennt er ein paar Mal im Mittelgang des Busses auf und ab und schreit dazu (»äääääÄÄÄ … äääääÄÄÄ!!!«) und schlägt sich mit beiden Händen an den Kopf, dass seine Locken nur so fliegen. Dann fängt er an, sich zu ohrfeigen, sich das Blut aus seiner Nase im Gesicht zu verreiben und mit hoher Stimme zu quieken (»ʜᴠɪɪɪɪɪɪ … ʜᴠɪɪɪɪɪ!!!«). Er packt einen Baseballschläger, öffnet die Tür und rennt überraschend schnell zum Zentrum der Schlacht, so laut kreischend, dass den Latino-Nazis schmerzhaft die Ohren klirren. Was für ein Schauspiel – ein fetter weißer Mann, gekleidet in Weiß, Rot und Schwarz, mit Sperma an den Beinen, prügelt mit seinem Baseballschläger auf dunkelbraune Glatzen ein, umwirbelt von Rauch und einer Wolke von Pamphleten voller Nazi- und Pädo-Propaganda.

Die Kämpfe zwischen maskierten Aktivisten, Fatty und den tätowierten Latinos gehen weiter, bis jenseits der beiden Busse oben und unten an der Michel Mochs Gate Sirenen und Hupen zu hören sind. Jetzt löst die Situation sich automatisch auf, denn den Latinos fehlt das ideologische Interesse der Aktivisten, »Bullenschweine platt zu machen«; ihr Kleinhirn löst vielmehr einen Fluchtreflex aus, und sie ziehen sich rasch zurück. Einige, die besonders hart von Baseballschlägern und Pflastersteinen getroffen wurden, müssen weggetragen werden. Sie zwängen sich irgendwie in ihre Fahrzeuge und düsen ab, auf demselben Weg, auf dem sie gekommen sind. Die Aktivisten ihrerseits versuchen, die Polizei an beiden Enden der blockierten Straße aufzuhalten, durch Flammenregen mittels Molotows, gewürzt mit Pflastersteinen und Tränengas und Notsignalraketen und Schüssen aus Startpistolen. Die *Prop-Masters* Remmy und Nasdaq verteilen Gasmasken und Schwimmbrillen und tauchen Bandanas und Skimützen in Essig, denn die Bullerei antwortet mit einem Hagel von Tränengasgeschossen.

Auch die kleinen Mädchen kriegen ihren Teil ab; sie weinen und jammern und reiben sich die Augen. Macht beschließt, sie jetzt durchs WODDY-Gebäude zu schleusen, fast alle kommen rein, nur drei, vier Hotpants haben sich verlaufen, vor allem Angehörige der Gruppe, die die Pamphlete vom Dach geworfen hat. Die müssen eben allein zusehen. Die restliche Teenie-Schwadron verschwindet durch die Hintertür und verläuft sich auf dem Mousonturmvei hinter dem WODDY-Gebäude, wo vor einiger Zeit schon Rick Lasn, der Werbefotograf, geflohen ist, ein Taxi genommen hat und auf direktem Wege zu Waldschmidt & Son Design & Publishing rübergefahren ist, wo Waldschmidt, sein Sohn, Thomas Ruth von T.S.I.V.A.G. und NODDYs Frank Wise ihn und seine Bilder mit offenen Armen und eingeschalteten Druckerpressen erwarteten. Wie auch immer, jetzt sind alle aus dem WODDY-Gebäude raus, auch Macht und Rebel haben hier nichts mehr zu suchen, also schließen sie die Büroräume ab und verschwinden.

Der Molotowregen des Fatty-Clans hält unvermindert an, es brennt und qualmt bis weit aus der Straße hinaus. Der Aktivistenclan hat noch hektoliterweise Benzin in petto, genug, um bis morgen früh weiterzumachen; Remmy und Nasdaq haben an den Vorabenden aus mindestens dreißig Mercedes das Benzin geklaut, und es stehen in beiden Bussen noch Dutzende von 25-Liter-Kanistern mit der Aufschrift »VERCEDES« und dem Logo

auf der Seite. Der dichte Flammenregen führt dazu, dass Hansson, der Einsatzleiter der Polizei, »aus Gründen der Sicherheit« beschließt, seine spärlichen Kräfte zurückzuziehen, bis Verstärkung eintrifft, was wiederum Fatty und Remmy als *die* Chance erkennen, abzuhauen und sich über die »urbane Topografie« zu verteilen. Sie kommandieren Sami, er solle seinen Bus starten, Remmy wirft seinen an, während Fatty den Leuten verbietet, einzusteigen:

»WENN WIR ALLE MITEINANDER IM SELBEN BUS SITZEN, DANN IST DAS JA DAS REINSTE WEIHNACHTS-PAKET FÜR DIE BULLEREI! JEDER HAUT FÜR SICH AB!«

Und als die Busse durch die Barrikaden brechen, wuseln zu allen Seiten wirräugige Aktivisten davon; eine ziellose »Rette-sich-wer-kann«-Panik ersetzt die obligatorische *spontaneous-community*-Logik, mit der sie sonst operieren.

»Ab geht's durch die Mitte, Frankeehhh ...«, sagt Remmy hinterm Steuer.

»Nach rechts! Nach rechts! NACH RECHTS!«, ruft Fatty, und Remmy biegt nach rechts ab, der brennende, rauchende *Fucktivist*-Bus dröhnt die Juryegate hoch bis zum Hertugvei, dort fährt er links. Remmy drückt aufs Gas, folgt der Straße über den Triangelplass, kreuzt die St. Oscarsgate und saust Richtung Hotel Royal.

»Waaaaahn, was eine Wahnsinnsaktion, Frankeeh ...« Remmy nimmt den blutenden, stöhnenden Fatty auf dem Beifahrersitz in Augenschein. Ganz offensichtlich ist Fattys Nase gebrochen, sie hängt ihm schief in der Visage. Gesicht und Overall sind voller Blut und Rotze, sein Bart ist verkleistert. Er prustet, dass es nur so auf Armaturenbrett und Windschutzscheibe sprüht. Sein Bauch krampft nach Luft. Remmy lenkt, dass es kracht, und düst weiter den Hertugvei hinauf. Wieder sieht er nach Fatty. Sein Blick bleibt am Hosenbein hängen.

»Scheiße, Frank ... Scheiße, iss'n das da?«, fragt Remmy.

»Hä?«, röchelt Fatty.

»Ist das Sperma da an deinen Beinen oder was?!?«

»Hä ...«, sagt Fatty nochmals mit flackerndem Blick.

»Hast du da Sperma an den Beinen oder … das IST
Sperma!« Remmy deutet mit ausgestrecktem Arm auf
Fattys Beine. »Scheeeeeeiiiiiße Frank … sag jetzt bloß
nicht … neinneinneinneinnein … nicht die kleinen Mädchen, Frank? Heeeh? (…) NEEEIN SAG DAS BLOSS
NICHT FRANKEEE!!!« Er läuft rot an vor Wut, doch bevor er antworten kann, stößt Fatty Frank Leiderstam
einen herzzerreißenden Schrei aus, der Remmy zusam-
menzucken lässt:

»NEEEEEEEEEEEEEEEIIIIIIIIIIIIIIIIIIIIIIIIIIIIIIIN!!!!«

»Scheiße, was ist mit dir los, Frank!?! Hä!?!«

Fatty hat Schluckauf, er hält sich die Hand vor den
Mund und schaut starr auf die große Wand des städti-
schen Krankenhauses. Remmy dreht sich um, schaut in
dieselbe Richtung und flüstert:

»Au Kacke.«

Der Bus bremst, der Motor wird abgewürgt, mit einem hydraulischen »pschschsch« geht die Tür auf, Fatty
purzelt heraus, gefolgt von Remmy. Dann stehen sie nebeneinander und sehen auf die Bilder, die dicht an dicht
auf Billboards den gesamten Hertugvei entlang zu sehen
sind, Fatty dreht sich mit fliegenden Locken um und
sieht dasselbe Bild gigantisch vergrößert und beleuchtet
weit oben an der Wand des Hotel Royal. Und was zeigen
all diese Bilder? Hier bitte: Frank Leiderstam im roten
Kampfoverall steht auf einem brennenden PAYPLUG-
Logo mit ausgestreckten Armen in seiner typischen Jesus-
der-Juden-König-Pose, die große T.S.I.V.A.G.-Fahne in
der Hand, umwirbelt von weißen Blättern und Rauch.
Untertitel:

T.S.I.V.A.G. UND DIE JUDEN GEMEINSAM IM KAMPF
GEGEN DIE UNMORAL DER KONZERNE!
T.S.I.V.A.G.. – *Thomson, Smithson, Immhauser*
Values Alimited Googol

T.S.I.V.A.G. und NODDY haben gemeinsam mit beunruhigend präzisem Timing dafür gesorgt, die gesamte Stadt
zu plakatieren. In weniger als vier Stunden haben sie 1800
Billboards mit Fatty als aktivistischem Poster-Boy verteilt. Fatty fällt auf die Knie und fängt an zu schluchzen.

»WIIIEEE DEEENNNN??? WAAARUUUUM??? WAAA-
RUUUUM???«, heult er, dass seine Guantanamo-Maßan-
fertigung erzittert, aber er verstummt sofort, als Remmy
schreit:

»Du Überlääääuuuferschweeiiiiiiin! Veräääääter!«,
und ihm einen Tritt in die Nieren verpasst, dass er ohnmächtig zusammensackt.

NACHSPIEL

»Sauber, Macht … wirklich sauber!«, sagt Marketingchef Thomas Ruth. Er sieht den lächelnden Macht an und dann an Macht vorbei zu T.S.I.V.A.G.-CEO Hasse Cashavettes. Cashavettes nickt; er hat einen Arm Thong um die Schultern gelegt, den anderen Thong Jr. Sie stehen auf seiner Dachterrasse in der Stadtmitte und blicken auf das Bild von Fatty, das große Teile der Fassade des Hausblocks gegenüber bedeckt. Einen Drink in der Hand, lehnt Rebel sich übers Geländer und spuckt auf die Straße vierzehn Stockwerke unter ihm. Er blickt zu Fattys siegesgewissem Lächeln hoch, das ihn unter den Strahlern anleuchtet. Es ist halb ein Uhr nachts.

Hinter ihnen sitzen zehn, zwölf Leute auf der Terrasse mit Drinks um einen Tisch aus Stahl und Glas. Frank Wise ist da, Ruths Frau Janine ist da, Rick Lasn, der Fotograf, ist da, der Finanzvorstand Niko Fick Ding ist ebenso da wie andere PR-Mitarbeiter von T.S.I.V.A.G. und NODDY.

Hasse knuddelt die beiden kleinen Mädchen und kommt zu Macht und Rebel herüber.

»Where did you find the fat Jew, Macht?«, fragt er.

»Oh, you know, contacts«, sagt Macht. »Friends of friends of Rebel.«

»So Rebel knows a lot of Jews, or what?«

»Well, some, I guess … Do you know many Jews, Rebel?«

Rebel spuckt noch einmal auf die Straße.

»Some …«, sagt er.

»Excellent … Excellent. Well, he did his job thoroughly, didn't he? That fat Jew.«

»Yeah, he did«, sagt Macht.

»He really fucked up PAYPLUG, didn't he?«

»Yeah, he did.«

»Well, I don't know many Jews myself. The only relation I have to Jews is through jokes, actually …«

»Really?«, fragt Macht.

»Yeah … yeah … jokes …« Hasse Cashavettes blickt nachdenklich, »yeah, listen to this: Do you know what a Jewish dilemma is …?«

»Hey, Hasse, I've gotta go …«, unterbricht ihn Fotograf Rick Lasn.

»What's that, Rick? You gotta go?«, fragt Hasse.

»Yeah, sorry, I'm going to Brussels tomorrow. Just wanted to say hi and bye to the guys …«

»Sure you can't stay? Come on! You can handle another drink.«

»No, no, I can't, I've got a prain … plane to catch«, sagt Rick höflich.

»Ah well, that's a shame … Have a nice trip, Rick!«

Am Tisch bekommen alle vier, Macht, Rebel, Thong und Thong Jr., einen Drink in die Hand gedrückt. Der steinreiche und EHRLICHE Bruder von Hasse Cashavettes winkt Rebel und Thong zu sich rüber. Er klopft Rebel freundschaftlich auf den Rücken und sagt, diese »Juden-Billboards« seien ja wirklich super.

348

»Kennst du viele Juden, Rebel?«

»Ein paar«, sagt Rebel.

»Jaha … hmm … Juden«, sagt der Bruder. Dann kippt er seinen Drink, steht auf und richtet sich mit lauter Stimme an die Runde:

»Hey, listen to this! Hey, people, listen!«

Die Gespräche verstummen, man wendet sich ihm zu.

»Do you people know what a Jewish dilemma is?«

»Noo …?«, wird gemurmelt.

»Hey, that's my joke!«, ruft Hasse.

»Ah, fuck off, Hasse! You're always telling the jokes … So, do you folks know … what's a Jewish dilemma?«

»…«

»FREE HAM!«, schreit er.

Sein großer Bruder Hasse lacht, dass er fast vom Stuhl fällt. Frank Wise gluckst auf seine etwas zurückhaltendere Art. Alle Frauen am Tisch lehnen sich kichernd zueinander. Jetzt hat Macht einen Einfall, er lächelt und hebt die Hand.

»Yeah, hey, and what about this«, sagt er und nimmt einen Schluck von seinem Cocktail. Wieder verstummen alle.

»One day a Jewish boy asks his dad for ten bucks. His dad's reply: ›Eight bucks … whatta ya need six bucks for?‹ So he says: ›Okay. Have three bucks‹, pulls out two and asks for a buck change.«

Wieder allgemeines Gelächter. Ruths Frau steht auf und geht auf die Toilette, während Gastgeber Hasse das Wort ergreift und diesen hier serviert:

»All right! Everyone … Question: How do you know when it's time to wash dishes and clean the house?«

»…«

»Answer: Look inside your pants; if you have a penis, it's not time!«

Hasse lacht lauthals, entschuldigt sich gespielt bei den Damen, meint, es solle nicht noch mal vorkommen, aber Finanzvorstand Niko Fick Ding winkt ab und serviert diesen hier:

»Question: What's the difference between a paycheck and a penis?

Answer: You don't have to *beg* your girlfriend to blow your paycheck!«

Hasses Bruder gackert mit offenem Mund, und Macht ergreift erneut das Wort:

»Yeah, and why are there so many homes for battered women?

Because they just don't fucking listen!!«

Thong und Jr. lachen nicht, aber vielleicht sind sie auch in Englisch ein bisschen schwach. Sie nippen an ihren Drinks. Es ist ziemlich warm. Rebel trägt nur ein T-Shirt. Macht sieht ihn lächelnd an:

»Question: What's the best thing about an Ethiopian blowjob?«

Answer: You know she'll swallow!«

Ruths Frau Janine kommt von der Toilette zurück und stellt fest, dass ihr Mann sich königlich amüsiert. Nicht, dass ihr das nicht recht wäre. Er lacht schallend, steht auf und erzählt:

»A girl is watching her father shower. She points to his penis and says, ›Daddy, when will I get one of those?‹ He looks at his watch and says, ›When your mother leaves for work!‹« Janine kichert und legt etwas überraschend nach:

»Question: How does Peter know when his big sister has her period?

Answer: Because dad's penis tastes like shit!«

Und Hasses Bruder weiß vollends nicht mehr, wo er sich lassen soll, als Frank Wise fragt:

»Question: What did the deaf, dumb and blind kid get for Christmas?

Answer: Cancer.«

Rebel schluckt seinen Cocktail, gibt Thong einen Klaps aufs Bein und meint, er müsse jetzt auch mal was anbringen. Er steht auf, alle sehen ihn an:

»Why is beer better than retarded people?«, fragt Rebel.

Gespannte Stille.

»Beer doesn't drool.

Beer will wait patiently in the car.

You don't have to limit yourself to bisyllabic words in discourse with beer.

Beer doesn't cry if you forget it.

Beer doesn't vote.

Beer never answers your phone.

Beer doesn't demand to watch cartoons.

Beer won't ask loud, embarrassing questions in public.

If the head's too big on your beer, you can blow it off.

If the head's too small on your beer, you can get another.

And beer doesn't have to be sterilized.«

Der Verlag dankt NORLA für die Förderung der Übersetzung und Georg M. Oswald für die juristische Beratung.

© der Originalausgabe
  J. W. Cappelens Forlag s. a., 2002
  Die Originalausgabe erschien
  unter dem Titel »Macht und Rebel«.
© der deutschen Ausgabe
  Blumenbar Verlag, München 2005
  1. Auflage 2005

Die Zitate auf Seite 139 und 140 sind entnommen aus:
ADOLF HITLER, *Mein Kampf*, Band II, Zentralverlag der NSDAP, Jubiläumsausgabe, München, 1939

Coverdesign: Chrish Klose in Anlehnung an den
    Originalumschlag von Matias Faldbakken
Logo-Artwork: Matias Faldbakken
Lektorat: Ulrich Blumenbach
Korrektur: Dr. Wolfgang Lasinger
Typografie + Satz: Frese, München
Druck und Bindung: Aalexx, Großburgwedel
Printed in Germany
ISBN 3-936738-16-5

Kontakt:
look@blumenbar.de
www.blumenbar.de